UNE HEURE DE SILENCE

DU MÊME AUTEUR

La Mort du privé
Seuil, 2006
et « Points », n° P1886

Et que justice soit faite
Seuil, 2008
et « Points », n° P2170

Une tombe accueillante
Seuil, 2009
et « Points », n° P2297

La Nuit de Tomahawk
Seuil, 2010
et « Points », n° P2633

Michael Koryta

UNE HEURE DE SILENCE

roman

TRADUIT DE L'ANGLAIS (ÉTATS-UNIS)
PAR FRÉDÉRIC GRELLIER

ÉDITONS DU SEUIL
25, bd Romain Rolland, Paris XIVe

COLLECTION DIRIGÉE
PAR EMMANUELLE VIAL

Titre original : *The Silent Hour*
Éditeur original : Thomas Dunne Books, an imprint of St. Martin's Press, New York
ISBN original : 978-0-312-36157-2

ISBN 978-2-02-101250-7

www.seuil.com

À Don Johnson et Trace Investigations,
avec ma plus profonde gratitude.

PREMIÈRE PARTIE

La Crête aux Murmures

1

Il avait aiguisé son couteau une heure avant de tuer. La police, le procureur et les médias en avaient fait grand cas. Pour eux, il y avait préméditation. Dessein criminel. Meurtre de sang-froid.

Parker Harrison s'était contenté de répondre qu'il aiguisait souvent son couteau le soir.

Un peu léger comme défense.

Harrison, jardinier au chômage au moment de son arrestation, avait choisi de plaider coupable, ce qui lui avait valu la perpétuité, assortie toutefois de la possibilité d'une libération conditionnelle – le genre de peine qui semble absurde aux gens normaux mais que les avocats estiment apparemment raisonnable.

Il n'y avait pas eu de procès en raison du plaider-coupable, et par conséquent Harrison n'avait tenu que brièvement son rôle de criminel médiatique du moment. Quelques rédacteurs en chef et présentateurs de journaux télévisés avaient sans doute rouspété en apprenant qu'il allait disparaître discrètement derrière les barreaux, emportant avec lui une bonne histoire bien saignante. Le jour de son arrestation, il leur avait offert quelque chose de singulier. Du jamais-vu.

La victime était un certain John Maxwell, le nouveau copain de Molly Nelson, ex-maîtresse d'Harrison. Les faits s'étaient déroulés dans la maison qu'elle louait dans les collines au sud de Xenia, ville de l'Ohio rendue tristement célèbre par la tornade meurtrière survenue l'année où Harrison était entré au lycée. Outre les écoles, les églises et les habitations détruites, trente-quatre personnes avaient perdu la vie et près de dix mille s'étaient retrouvées sans abri, dont la famille d'Harrison. Ce n'était pas la première fois qu'une tempête d'une telle férocité traversait la petite ville. Plus d'un siècle auparavant, les Shawnees avaient baptisé l'endroit « le lieu des vents du diable ». Les vents avaient certes marqué la jeunesse d'Harrison, et quelques décennies plus tard les habitants du coin affirmeraient que le diable l'avait influencé tout autant. Natif de Xenia et à moitié shawnee, Harrison était revenu en ville alors qu'il était séparé de Nelson depuis plus d'un an, et ils s'étaient remis ensemble l'espace d'une soirée. Des retrouvailles violentes et passionnées, commençant par une engueulade et se terminant par un coït à même le sol. Par la suite, les experts de la police scientifique avaient admis qu'Harrison s'était brûlé les genoux sur la moquette ce soir-là, et que ses blessures n'avaient rien à voir avec le meurtre commis le surlendemain. Après leur nuit de sexe et de dispute, Nelson avait sorti à Harrison qu'elle en avait assez de lui, que le moment était venu de passer à autre chose. D'aller voir ailleurs. « Fiche le camp, avait-elle dit. Occupe-toi les idées autrement. »

Apparemment elle ne l'avait pas convaincu. Il était revenu chez elle le surlendemain soir, dans l'espoir, selon lui, de poursuivre la conversation. La police affirmait qu'il était revenu avec des idées de meurtre et un couteau fraîchement affûté dans son pick-up. La version d'Harrison – une simple prise de bec que le nouveau petit ami aurait transformée en affrontement physique – n'avait jamais été ni prouvée ni réfutée, faute de procès. L'issue de la soirée, en revanche, n'avait pas été contestée : Harrison avait filé un coup de poing dans la mâchoire de Nelson alors que celle-ci s'emparait du téléphone, l'interrompant au moment où elle composait le dernier des trois chiffres des urgences, puis il s'en était pris à Maxwell et l'avait mortellement poignardé. Harrison avait débranché le téléphone, mais une voiture de police avait déjà été dépêchée sur place et un shérif adjoint avait donc pénétré dans la maison par une porte latérale entrouverte. Il avait découvert Nelson évanouie et Harrison dans la cuisine avec le cadavre de Maxwell. Assis par terre, Harrison recueillait le sang au creux de ses mains. Il cherchait, avait-il expliqué, à remettre le sang dans le corps de la victime. À le rendre à Maxwell, pour lui redonner vie. Il avait prétendu être en état de choc.

Ce détail, la tentative de rendre son sang à la victime, avait conféré une touche originale à l'habituel fait divers local, aussi le crime atroce avait-il eu droit à une couverture médiatique non négligeable. La première page des quotidiens, de précieuses minutes dans les journaux télévisés. Le meurtre avait fait couler beaucoup d'encre, mais je ne m'en souvenais pas. J'étais un nourrisson à l'époque de l'arrestation d'Harrison, et son nom m'était complètement inconnu jusqu'à ce que les lettres commencent à arriver, près de trente ans plus tard.

2

Il m'écrivit une première fois en hiver, une quinzaine de jours après le départ pour la Floride de mon associé, Joe Pritchard. Je m'en souviens car mon premier réflexe fut d'éclater de rire, tout en regrettant de n'avoir personne avec qui partager la plaisanterie. C'était la lettre démente d'un déséquilibré, d'un assassin déjà relâché dans la nature. Sa condamnation à perpétuité lui avait seulement valu quinze ans de prison. Treize ans après sa libération, il m'adressait un courrier où il expliquait qu'il souhaitait m'entretenir d'une affaire « d'une grave importance », mais tenait à me dévoiler son passé avant de me rencontrer. Par mesure d'honnêteté, écrivait-il. Il avait appris l'importance d'être parfaitement honnête, d'assumer ses responsabilités, aussi ne cherchait-il pas à dissimuler ses fautes. Il me livrait donc le récit, dans un style neutre et empesé, du crime qu'il avait commis et de la peine qu'il avait purgée. Il me priait de l'appeler au numéro indiqué dès que je serais disposé à le recevoir.

La lettre atterrit dans la corbeille sans autre cérémonial et je ne décrochai pas mon téléphone.

Il s'écoula plus d'un mois avant la suivante. Dans celle-ci, Harrison se montrait plus insistant et encore plus bizarre. Il avait suivi ma carrière par les journaux, écrivait-il, et il était convaincu que j'étais tout désigné pour sa mission. Il se doutait que cela devait me sembler étrange mais je devais à tout prix le croire et le rencontrer au moins une fois. Je n'étais pas tant un détective privé, prétendait-il, qu'un raconteur d'histoires. Harrison avait une histoire dont il voulait connaître la fin. Moi seul pouvais la lui révéler. Étais-je intrigué ?

Pas du tout.

Cette fois, je songeai à brûler la lettre, voire la déchirer en mille morceaux, mais je décidai que le geste serait excessif. Je me contentai de la remettre dans son enveloppe et de la balancer au panier. Quatre missives semblables connurent le même sort au cours des mois suivants. Harrison se faisait tellement pressant, m'écrivant de plus en plus souvent, que je pris le temps de me renseigner sur son compte pour voir à quel genre de psychopathe j'avais affaire. J'envisageai même de m'adresser à son agent de libération conditionnelle, mais n'en fis rien. Sa correspondance était certes agaçante mais elle me paraissait plutôt inoffensive.

Il laissa tomber sa campagne épistolaire et décida de se présenter en personne la première semaine de mai, par une après-midi d'une chaleur inhabituelle. J'étais au bureau, occupé à des besognes cruciales – surfer sur le site d'ESPN[1] tout en réfléchissant à ce que je pourrais bien manger au déjeuner –, quand on frappa à la porte, un seul coup très discret. La clientèle sans rendez-vous n'est pas seulement rare à l'agence, elle est carrément inexistante. Nous n'avons pas d'enseigne à l'extérieur du bâtiment, à dessein. Selon une théorie chère à Joe, les clients sans rendez-vous sont à fuir dans notre profession, aussi avons-nous adopté un profil bas.

Je m'écartai du bureau, traversai la pièce, ouvris la porte et me retrouvai face à un individu qui ne mesurait guère plus d'un mètre soixante-cinq. Doté d'une belle carrure, naturelle plutôt que développée en salle de musculation, il avait les cheveux coupés ras et une cicatrice au visage, une marque

1. Chaîne câblée spécialisée dans le sport. (*Toutes les notes sont du traducteur.*)

sombre sur le haut de la pommette qui formait un contrepoint aux yeux noirs comme du charbon rivés sur les miens.

– Monsieur Perry.

Ce n'était pas une question. Il savait qui j'étais.

– Oui ?

– Je suis Parker Harrison.

Ma réaction ne lui échappa pas.

– Je suis désolé si mes lettres vous ont dérangé. Je ne voulais pas vous importuner. Mais je pensais que… comme vous avez été policier, j'ai songé que mon nom vous dirait peut-être quelque chose, alors autant jouer franc jeu, n'est-ce pas ? Ensuite, comme vous n'appeliez pas, je me suis demandé si je n'avais pas eu tort. J'espérais que vous sauriez m'accueillir.

– Vous accueillir ?

– Oui.

Nous demeurâmes un instant figés et silencieux, puis il indiqua l'intérieur d'un geste du menton et demanda :

– Vous comptez me faire entrer ou bien allons-nous discuter debout ?

– Debout. La conversation sera vite expédiée, Harrison. Je n'enquête pas sur les meurtres vieux de trente ans, commis devant témoin et ayant fait l'objet d'aveux. Et puis, vous êtes déjà libre. Vous avez purgé votre peine, vous êtes quitte. Quel intérêt ? Je ne comprends pas et je ne veux rien avoir à faire avec cette histoire.

Il me fixa un moment, l'air interdit. Puis un sourire non dénué de chaleur se dessina sur ses lèvres.

– Bien sûr, vous pensez que je suis là pour ça. Comment pourrait-il en être autrement ? Je m'en excuse, Lincoln. Vous permettez que je vous appelle par votre prénom ? Je suis désolé pour ce malentendu, mon affaire est le cadet de mes soucis. Enfin, il n'y a même plus d'affaire. Comme vous l'avez dit vous-même, j'ai avoué. Ce n'était pas pour rigoler, ni pour le plaisir de passer le reste de ma vie en prison. J'ai tué cet homme, Lincoln, je l'ai tué et je ne l'ai jamais nié.

Sans doute perçut-il une réaction dans mon regard, la trace du frisson qui me prit à l'estomac, car il se tut et plissa le front.

– Je raconte ça comme si de rien n'était, reprit-il, mais ce n'est pas ce que je ressens. Vraiment pas. Je le regrette énormément, je ferais n'importe quoi pour que ma victime recouvre la vie. Je donne l'impression d'en parler comme si ce n'était rien, mais ne voyez là qu'un effet de l'habitude. Quand jour après jour on paie le prix de deux vies bousillées, la sienne et celle d'un autre, tout ça devient bigrement familier.

Il s'exprimait très bien, et même avec élégance.

– Bon, dis-je. Apparemment je me suis mépris, mais pourquoi évoquer votre affaire dès la première lettre si ce n'est pas ce qui vous préoccupe ?

– Je vous l'ai dit, je tenais à être honnête.

Je haussai les sourcils.

– Vous savez, Harrison, chacun a ses petits secrets qu'il préfère garder pour soi. Si j'avais poignardé quelqu'un à mort, ça ferait probablement partie de la liste.

– Vous comptez me faire entrer ?

Après un moment d'hésitation, j'ouvris la porte en soupirant et regagnai mon fauteuil derrière le bureau. Il prit place en face de moi, sur l'un des sièges de stade. Comme la plupart des gens, il le contempla d'un air intrigué.

– Ça vient de l'ancien stade ?

J'acquiesçai.

– Quand j'étais petit, dit-il, j'ai vu Jim Brown [1] y jouer.

– Vous n'êtes pas le seul.

Mon ton peu aimable parut le contrarier.

– J'ai six mille dollars. Un peu plus mais j'arrondis. Je comptais commencer par là, faire les choses dans les règles, vous verser une avance…

– Je ne cours pas vraiment après le travail en ce moment, Harrison. D'ailleurs, j'ai pas mal de dossiers en retard.

1. Joueur de football américain, arrière légendaire des Browns de Cleveland.

Il contempla mon bureau, notant peut-être l'absence de paperasse, et je fis pivoter l'écran d'ordinateur pour lui dissimuler la page d'accueil d'ESPN.

– Je vous assure, insistai-je, je suis débordé.

– J'ai lu des articles sur vous.

– Génial. Je n'étais pas franchement ravi de me retrouver dans les journaux.

– J'ai eu la même réaction quand j'ai fait la une.

Je le regardai droit dans les yeux.

– Vous cherchez à faire de l'humour ?

– Non, je suis très sérieux.

Près d'une minute s'écoula. Je l'observai, avec sa cicatrice à la joue et son regard d'acier. Sa voix était douce. Trop douce pour une balafre et de tels yeux.

– Avec ce que j'ai lu sur vous, dit-il, j'ai compris que vous étiez l'homme de la situation. Je l'ai tout de suite su. Vous avez témoigné de la compassion à des gens qui se sont mal conduits. Vous-même, il vous est arrivé de mal agir.

Il semblait attendre une réaction, mais je n'en affichai aucune. Après un silence, il poursuivit :

– Je savais que vous ne me traiteriez pas comme un moins que rien, comme un pestiféré, simplement parce qu'un jour j'ai commis une faute terrible qui a coûté la vie à quelqu'un.

Une faute terrible qui a coûté la vie à quelqu'un. C'était une manière de formuler la chose. Je m'écartai du bureau et croisai une jambe par-dessus l'autre, toujours impassible.

– Vous me regardez avec dégoût, dit-il.

– Désolé.

– Ça vous dérange. De vous trouver dans cette pièce avec moi, en sachant que quelqu'un est mort par ma faute.

– Votre présence ne me dérange pas en tant que telle. Savoir que vous avez commis un meurtre, c'est autre chose. Ça vous surprend ?

– Je présume que vous n'avez jamais tué personne ?

Mon hésitation lui fournit la réponse et l'air satisfait

qui transparut sur son visage me déplut. J'avais certes tué quelqu'un, mais ça n'avait franchement rien en commun avec le geste d'Harrison. Évidemment. Lui avait tué sur un coup de rage. Moi par autodéfense – et je n'avais jamais signalé cet homicide.

– Monsieur Harrison, j'aimerais que vous vous en alliez. Ça ne m'intéresse pas du tout de poursuivre cette conversation, ni de travailler pour vous. Je suis navré de vous décevoir. Cela dit, ce ne sont pas les privés qui manquent dans cette ville. Consultez un de mes confrères, et cette fois-ci montrez-vous à votre avantage : passez sous silence l'épisode du meurtre.

– Vous refusez de travailler pour moi.

– C'est exact.

– Parce que je vous ai confié que j'ai commis un crime.

Sentant un mal de crâne diffus qui me prenait aux tempes, j'étais pressé de le voir quitter l'agence. Sans un mot, je lui fis signe de s'en aller. Après m'avoir longuement dévisagé, il se leva et se dirigea vers la porte mais se retourna avant de l'atteindre.

– Pensez-vous que la prison change les gens ? me demanda-t-il.

– J'en suis certain.

– Je veux dire, les change-t-elle comme elle est censée le faire ? Peut-elle favoriser la réinsertion ?

Je ne répondis pas.

– Soit vous n'y croyez pas, insista-t-il, soit vous n'en êtes pas sûr. Pourtant, vous avez été policier. Vous avez envoyé des gens en prison. Vous deviez bien y croire, non ?

– Je crois que pour le moment nous n'avons pas de meilleure solution. Cette réponse vous satisfait ?

– La question est plutôt : et vous, Lincoln, en êtes-vous satisfait ?

– Si vous cherchiez une discussion sur le système pénal, vous auriez pu l'avoir avec votre agent de libération conditionnelle.

– Je ne voulais pas débattre sur le système. Je voulais être traité comme un citoyen à part entière, qui a sa place dans la société. Vous avez adopté une autre attitude.

Je me frottai les yeux, regrettant de ne pas être sorti déjeuner dix minutes plus tôt.

– Ce n'est pas la prison qui m'a permis de me réinsérer, dit-il, mais un autre lieu. D'autres gens.

Il se tenait toujours au même endroit et ne s'était pas rapproché de la porte. Je finis par m'avouer vaincu. Apparemment, il serait plus simple de l'écouter que de l'éconduire.

– C'est quoi comme boulot ? Qu'attendez-vous de moi ?

Il indiqua son fauteuil, je soupirai en hochant la tête et il se rassit.

– Je suis sorti de prison il y a treize ans. La première année, j'ai travaillé pour la femme la plus sensationnelle que j'aie jamais connue. Comparée à la plupart des gens, elle œuvrait à un niveau supérieur. Une femme bonne, charitable, belle. Elle et son mari ont fait construire une maison dans la forêt, un lieu exceptionnel, comme j'en ai rarement vu sur terre. Un endroit magnifique et envoûtant. Si vous vous y rendez, et j'espère que vous le ferez, vous comprendrez ce que je veux dire. Il y règne une énergie et un esprit particulier que vous ressentirez forcément, Lincoln. Ce sont eux qui ont eu l'idée de cette maison, et c'est un lieu vraiment extraordinaire. Elle est construite en partie sous terre, de telle sorte qu'en arrivant par l'allée, on ne voit qu'une porte cintrée découpée dans le sol. (Il tendit les mains pour décrire la voûte, dévoilant des tatouages aux deux poignets.) Une porte en chêne massif, encadrée de pierres sèches. On ne voit rien d'autre. Une porte qui semble ne mener nulle part. On peut grimper au sommet de la butte et s'y tenir sans se douter de rien, alors qu'on a la maison sous les pieds. Des arbres et des plantes poussent un peu partout, mais il n'y a aucun signe de l'habitation en dessous. Tout en haut, ils ont fait construire un puits en pierre dans un style ancien, on lui donnerait deux cents ans. Il est faux, bien entendu, puisque la maison se trouve dessous. Juste au-delà, on arrive à un à-pic… (Cette fois, il fit le geste de trancher avec ses mains.) C'est l'arrière de la maison. Deux étages de verre, un tas de fenêtres avec vue sur le ruisseau, l'étang et les bois. La maison est seulement visible par-derrière. À l'avant, on ne voit que la porte et la pente. Alexandra tenait à créer cette illusion. Elle voulait un endroit où fuir le monde.

J'avais la nette impression qu'il ne me voyait plus, que j'aurais pu me lever et faire le poirier sans qu'il cille. Il était de retour là-bas, à la maison souterraine, et je n'avais qu'à voir son visage pour comprendre qu'il s'en souvenait dans ses moindres détails, qu'il s'agissait là du décor encore très précis d'un film qu'il se repassait régulièrement dans la tête.

– Je m'occupais du potager, je tondais le gazon, je taillais les arbres, j'entretenais le ruisseau et l'étang. En automne, je ramassais les feuilles et l'hiver je dégageais la neige. Aucun matériel électrique, même pas une tondeuse. Je faisais tout à la main. Au début, j'ai pensé qu'ils étaient dingues d'exiger ça, mais j'avais besoin de ce boulot. J'ai compris ensuite à quel point c'était important. Que le bruit d'un moteur aurait tout gâché.

– Qui étaient ces gens ? m'enquis-je.

L'interruption lui parut aussi brutale qu'une gifle. Il cligna des yeux à plusieurs reprises avant de répondre.

– Les propriétaires s'appelaient Joshua et Alexandra Cantrell. Je n'ai jamais été très lié à Joshua mais en l'espace d'un an, je suis devenu très proche d'Alexandra, au-delà de ce que j'aurais cru possible. C'était quelqu'un de profondément spirituel, en phase avec la nature. Quand elle a appris que j'avais des ancêtres shawnees, elle a voulu connaître tous les récits que j'avais entendus, elle était vraiment fascinée par cette culture. Elle a beaucoup appris de moi, autant que j'ai appris d'elle. Pendant cette année-là, il a régné dans ma vie une certaine harmonie… (Il marqua une pause, releva la tête et me regarda droit dans les yeux.) Ils sont partis, ils ont quitté la magnifique maison qu'ils avaient fait construire, sans crier gare. Ils ont filé en voiture et ont tout abandonné. Je ne les ai pas revus, je n'ai jamais eu de nouvelles. C'était il y a douze ans.

Je me gardai de rompre le silence qui s'installa. Pour être tout à fait franc, une des raisons qui me retenaient de parler était l'espèce de frisson électrique que je ressentais et voulais prolonger un peu. Cela tenait moins à l'histoire elle-même, certes intrigante mais qui n'était peut-être que pure foutaise, qu'à sa manière de la raconter. Il y avait une forme de ravissement dans son regard lumineux, dans l'énergie qu'il dégageait en s'exprimant. Son récit était empreint d'une profonde empathie comme j'en avais rarement connu. Le genre d'empathie qu'acquiert probablement celui qui passe plus de dix ans dans une cellule et atterrit à sa sortie de prison dans un lieu comme celui qu'il venait de me décrire.

– Je suis sûr qu'il existe une explication simple, dis-je. Quelques recherches par ordinateur suffiront probablement. Ils se sont peut-être trop endettés pour construire la maison, et la banque a demandé la saisie. Ou bien ils ont déménagé pour se rapprocher de leur famille. Ou bien ils sont partis à l'étranger.

– Parce que vous vous imaginez que je n'ai pas fait de recherches sur Internet ? Vous croyez que l'idée ne m'est pas venue ? J'ai cherché, Lincoln.

– Vous n'avez rien trouvé ?

– Rien. J'ai déniché les adresses de quelques personnes qui portaient le même nom, je leur ai écrit, je n'ai jamais reçu de réponse, sauf quand on m'a retourné mes lettres.

– Toutes ne vous ont pas été renvoyées ? Dans ce cas, certaines ont dû leur parvenir mais ils n'ont pas souhaité répondre. Ne le prenez pas mal, Harrison, mais pour la plupart des gens, correspondre avec un meurtrier n'est pas une priorité. Je peux concevoir qu'ils aient ignoré vos courriers, ayant moi-même tenté d'en faire autant.

Il s'exprima avec une infinie patience.

– Alexandra n'aurait jamais ignoré mes lettres. C'était quelqu'un de bien.

– Les gens changent.

– J'ai six mille dollars, m'informa-t-il à nouveau.

Je l'interrompis d'un geste.

– Je sais, Harrison. Vous me l'avez déjà dit.

Il me regarda tristement, puis reprit la parole en fixant le sol.

– J'ai besoin de savoir ce qui est arrivé. Même si ça doit me coûter jusqu'à mon dernier *dime*[1], je n'aurai pas l'impression d'avoir gaspillé mon argent. Ce que je vous disais dans mes lettres venait du cœur. Je vous vois comme un raconteur d'histoires. Vous vous emparez de ce qui est caché et vous l'exposez au reste du monde, vous apportez des réponses à nos questions, vous nous dévoilez la fin. Voilà ce que vous accomplissez, et avec talent me semble-t-il. Je vous demande de faire ça pour moi. Apportez-moi les réponses, la fin de l'histoire.

Je ne pipai mot. Il changea de position sur son siège ; c'était la première fois qu'il avait l'air mal à l'aise et j'y vis le signe qu'il tenait vraiment à ce que j'accepte le boulot.

– Vous voulez seulement savoir ce qu'ils sont devenus ? demandai-je. C'est tout ?

Il pinça les lèvres.

– J'aimerais parler à Alexandra.

– Il est exclu que je facilite le contact. À mon avis, il est fort probable qu'une de vos lettres leur soit parvenue mais qu'ils n'aient pas souhaité avoir de vos nouvelles. Si tel est le cas, je ne transmettrai aucun message et je ne vous dévoilerai pas leur nouvelle adresse. Je me contenterai de vous expliquer la raison de leur départ, dans la mesure du possible.

– Mais l'adresse a son importance, je tiens à leur faire parvenir une lettre. J'ai des choses à leur dire.

– Non, je ne peux pas faire ça. Je pourrais tout au plus leur indiquer où vous habitez et que vous souhaitez reprendre contact avec eux. S'ils ont envie de renouer, à eux d'en prendre l'initiative.

Il resta coi, une nouvelle objection sur les lèvres, mais la laissa s'envoler et acquiesça.

1. Pièce d'une valeur de dix *cents*, soit le dixième d'un dollar.

– Parfait. Si vous la retrouvez, elle donnera signe de vie. J'en suis sûr.

– Vous m'avez dit que vous n'étiez pas très lié avec son mari. S'il n'avait pas une très haute opinion de vous, c'est peut-être en partie à cause de lui que vous n'avez pas eu de nouvelles.

– Non, il n'y est pour rien.

– On verra bien.

Un nouveau silence s'ensuivit, chacun comprenant que notre joute verbale était terminée, que j'avais bel et bien accepté. Je ne sais pas lequel était le plus surpris. Harrison changea de posture, puis il évoqua encore une fois les six mille dollars et me demanda quelle avance je souhaitais.

– Rien, Harrison. Rien pour l'instant. Je ne m'attends pas à ce que ce soit très compliqué. Ce qui paraît fort mystérieux le sera probablement nettement moins dès que je me mettrai à creuser. Bon. Vous m'avez donné leur nom, mais vous ne vous souviendriez pas de l'adresse de cette maison ?

– Numéro 3730, sur la route 606. À la sortie de Hinckley.

Hinckley se trouvait au sud de Cleveland, à moins d'une heure de route. Je pris un bloc-notes dans le tiroir et lui fis répéter l'adresse.

– Il y a un poteau en pierre qui marque le début de l'allée, avec l'inscription « la Crête aux Murmures ». Alexandra avait ainsi baptisé la propriété et le nom était bien choisi. Ça convient parfaitement. Je n'ai jamais connu de lieu aussi silencieux. L'un des entrepreneurs avait expliqué à Alexandra que la maison était construite sur une zone d'ombre acoustique. Savez-vous ce que c'est ?

Je fis non de la tête.

– Moi non plus je ne connaissais pas l'expression. Apparemment, certains reliefs font que les courants d'air empêchent les sons de se propager comme ils devraient. J'ignore si c'est vraiment le cas pour la Crête aux Murmures, mais je peux vous dire qu'il règne là-bas un calme hors du commun.

– La maison me fournira un point de départ, dis-je pour

m'épargner un nouveau laïus. Je découvrirai quand ils ont vendu ou s'il y a eu saisie. Avec un départ aussi soudain, c'est probable.

Il secoua la tête.

– Non, vous n'allez pas démarrer par là.

– Ah bon ?

– Enfin, si. Il faut tout à fait commencer par la maison. J'aimerais que vous puissiez la voir avant toute chose, mais vous n'apprendrez rien sur une quelconque vente.

– Vous affirmez ça avec aplomb.

– Parce qu'ils n'ont jamais vendu.

– Vous en êtes sûr ?

– Oui.

– Qui y habite, dans ce cas ?

– Personne.

La tête légèrement penchée, je le dévisageai.

– Vous en êtes certain ?

– Sûr et certain. J'ai écrit au shérif du coin. La propriété appartient toujours aux Cantrell, les taxes foncières continuent d'être réglées, et d'après lui la maison est vide.

– Ça fait douze ans, m'étonnai-je.

– Oui.

– La maison est restée inoccupée tout ce temps ?

– À ma connaissance.

– Une maison qui doit valoir au bas mot…

– Plusieurs millions pour la propriété. Je sais que vous vous attendez à ce que ce soit simple mais je n'ai pas la même impression. Je pense que l'enquête sera tout sauf simple.

3

Quelques minutes après le départ d'Harrison, je sortis pour aller déjeuner au Gene's Place, à deux pas de l'agence. J'attendis au croisement de pouvoir traverser Rocky River Drive, en m'efforçant d'apprécier la brise tiède et le soleil au lieu de ressasser le fait que je venais d'accepter de travailler pour un assassin. Et pas un assassin présumé, pain quotidien des avocats, mais un tueur passé aux aveux, un type qui s'était assis en face de moi et qui m'avait parlé, l'air de rien, de l'homme qu'il avait poignardé.

J'avais obtenu qu'il se lève, qu'il se dirige vers la porte, mais voilà que je bossais pour lui. Pourquoi ce revirement ? Pourquoi, après lui avoir ordonné de partir, avais-je répondu favorablement à sa requête ? Je pouvais toujours prétendre que cela tenait en partie à son récit, à l'énigme intéressante qu'il m'avait soumise, mais ce n'était pas tout.

Vous me regardez avec dégoût, m'avait-il sorti, et il avait raison. Il m'avait répugné dès qu'il était entré dans mon bureau, et même dès la première lettre que j'avais reçue pendant l'hiver. C'était un assassin. Il avait supprimé une vie, il avait fait couler du sang innocent. J'avais bien le droit d'être dégoûté, non ? Puis il m'avait dévisagé et m'avait demandé si je croyais à ses chances de réinsertion, si je croyais au travail que j'avais accompli en tant que policier, et grâce à ces questions il s'était assuré mon aide. Je ne voulais pas le repousser au seul motif qu'il était une cause perdue. Je ne voulais pas repartir de l'agence avec un sentiment de mesquinerie que je n'avais pas en arrivant.

Quand le feu passa au rouge, je traversai et coupai à travers le parking en direction du restaurant. Cet Harrison était un sacré malin ! Vraiment bien joué, sa dernière question sur la réinsertion ! Au bout du compte, il était parvenu à ses fins. Une partie de moi-même jugeait ma décision honorable, mais une autre partie estimait avoir été manipulée. S'être fait avoir.

J'avais peut-être commis une erreur. Ce n'était pas le genre de personnage que je souhaitais avoir comme client. Certes, rien n'était signé et je pouvais toujours me raviser…

– Joe va être furieux, dis-je à voix haute.

Un petit rire m'échappa. Non, mon associé n'allait pas goûter cette histoire. Je l'entendais d'ici m'exposer d'un ton exaspéré les cent raisons évidentes pour lesquelles je n'aurais pas dû accepter cette enquête. Voilà qui me suffirait à justifier d'avoir dit oui. Depuis que Joe était en Floride, j'avais toutes les peines du monde à lui hérisser le poil. Mais je tenais peut-être là le bon bout. Un dossier susceptible de l'agacer malgré les kilomètres.

Et puis, ça promettait d'être simple. J'ajoutai ce point à la colonne « pour » avant d'entrer dans le Gene's Place et de descendre les marches en brique devant la vieille machine à pop-corn qui accueillait la clientèle depuis des années. Honnêtement, il ne me faudrait sans doute pas plus d'un ou deux jours pour découvrir ce qu'étaient devenus les Cantrell. Je leur passerais un petit coup de fil ou je leur adresserais un mot pour leur expliquer comment joindre Harrison et ce qu'il voulait. Tant mieux s'ils acceptaient de le contacter. Dans le cas contraire, je me serais tout de même acquitté de mon engagement – en espérant qu'Harrison s'en contenterait et disparaîtrait.

Je commandai un club sandwich à la dinde et un café noir, et me régalai en écoutant les gens autour de moi se réjouir de cette belle journée et du soleil si agréable. Avril avait été froid et féroce, débutant par une tempête de neige tardive qui avait entraîné l'annulation des premiers matchs de base-ball de la saison, suivie de quelques semaines de ciel gris et de pluie glaciale. Le sale temps semblait être derrière nous, enfin. Cette journée printanière avait des airs de proclamation officielle, comme si l'hiver signifiait sa cessation d'activité à la ville, ou plus exactement sa fermeture pour la saison. Il serait de retour assez tôt, comme tout le monde à Cleveland est bien placé pour le savoir.

Quoi qu'il en soit, ce jour-là l'hiver avait disparu et il paraissait criminel, ingrat, de rester enfermé à l'intérieur. Je n'avais pas vraiment besoin d'aller voir la maison des Cantrell, l'affaire pouvait sans doute être bouclée sans quitter mon bureau, mais cette journée méritait une sortie et c'était la seule qui s'offrait à moi. Mon déjeuner terminé, je repartis en direction de Lorain Avenue, passai devant l'agence et gagnai mon immeuble quelques blocs plus loin. Je suis propriétaire d'une salle de gym ouverte vingt-quatre heures sur vingt-quatre et j'habite à l'étage. À l'origine, après avoir été viré de la police, mon plan était de vivre grâce au club. Puis Joe avait pris sa retraite et m'avait convaincu de le rejoindre comme détective privé, ce que j'avais accepté volontiers compte tenu des maigres profits de mon affaire. Quelques brèves années plus tard, Joe était absent pour une période indéterminée et voilà que je dirigeais l'agence tout seul. L'homme fait des plans, Dieu s'esclaffe.

Je passai au club, juste le temps de saluer Grace, la gérante, puis montai dans mon pick-up et pris la route vers le sud en direction de Hinckley. La demeure des Cantrell était censée se trouver sur la 606, une deux-voies tortueuse qui traverse de petites villes et des terres agricoles. Je la rejoignis trop au sud et dus revenir en arrière. Dix minutes plus tard, après un nouveau demi-tour, je repérai enfin le 3730, une boîte aux lettres métallique cabossée sur un vieux piquet en bois, la peinture des chiffres écaillée et fendillée. Le pieu était curieusement planté, selon un angle qui laissait supposer qu'une voiture l'avait heurté. Rien d'étonnant à cela. Les tempêtes hivernales s'abattent rapidement par ici, et les municipalités rurales ont plus de chaussées que de chasse-neige.

La boîte aux lettres était située en face de l'allée, laquelle était signalée, comme Harrison l'avait précisé, par un poteau en pierre portant l'inscription « la Crête aux Murmures ». Je m'engageai sur le chemin gravillonné parsemé d'ornières. Enfin, ce qu'il en restait. La plupart des gravillons avaient été emportés par les pluies ou s'étaient incrustés dans la terre, et l'herbe avait entamé sa reconquête. Je parcourus une dizaine de mètres à vous déchausser les dents avant d'apercevoir la grille.

Parker Harrison ne m'avait rien dit des barreaux en acier, mesurant bien deux mètres cinquante et munis d'une serrure électronique, qui interdisaient l'accès à la propriété. De part et d'autre du portail se dressait une clôture métallique surmontée de barbelé.

Je coupai le moteur et descendis pour inspecter l'obstacle. Inutile de prendre le risque de déclencher une alarme ou d'importuner un voisin en tentant de m'introduire par effraction, mais maintenant que j'étais sur place j'avais envie de voir cette fichue bicoque. Il devait bien y avoir un moyen d'y accéder ; l'expédition serait un peu moins simple qu'escompté, voilà tout.

Je commençai par longer la clôture sur la gauche, et ce fut une erreur. Au bout d'une dizaine de mètres compliqués à travers les fourrés, je fus bloqué par de l'eau. Le grillage s'arrêtait au bord d'un ruisseau, large de quatre ou cinq mètres et assez profond. Je n'avais pas l'intention de me baigner. Je rebroussai chemin et suivis la clôture dans l'autre sens, mais de ce côté-ci on aboutissait à des ronces et à d'épaisses broussailles. À la réflexion, le ruisseau n'était peut-être pas une si mauvaise solution. C'était plus proche de l'allée et Harrison avait parlé de la vue sur un étang et une fontaine, non ? Ce cours d'eau devait les alimenter. Fort de cette conviction, j'entrepris de bousiller une belle paire de chaussures. Au début, j'eus l'espoir de pouvoir sauter de pierre en pierre, mais ce brave Lincoln était moins agile sur ses pieds qu'il n'en avait le souvenir. Je contournai le grillage en pataugeant, avec force jurons et bougonnements, puis me frayai à nouveau un chemin parmi les ronces jusqu'à retrouver l'allée de l'autre côté du portail. À partir de là, c'était tout à fait praticable. L'allée s'étendait sur près d'un kilomètre et décrivait un virage à travers une pinède derrière laquelle mon pick-up eut bientôt disparu. J'atteignis un embranchement, un chemin de terre qui partait sur la droite, mais il menait sans doute à quelque dépendance aussi m'en tins-je au gravier, en contournant les branches ou les nids-de-poule. Je finis par atteindre un demi-cercle pavé qui marquait la fin de l'allée.

Au début, je ne vis que des arbres et du sumac vénéneux. Comme la végétation avait poussé dans tous les sens, les lieux étaient plongés dans l'ombre, ténébreux malgré le soleil. Soudain, je distinguai la colline pentue devant moi et la porte en son centre.

Harrison me l'avait parfaitement décrite. La porte était constituée d'un panneau en chêne massif encadré d'une arche de pierres brutes. Usée par les éléments et laissée à l'abandon, elle s'intégrait parfaitement au paysage.

À côté de la porte, une large pierre plate insérée dans le relief comportait une inscription. Je m'en approchai, écartai les mauvaises herbes et pus lire : « La Crête aux Murmures, berceau des rêves, 2 octobre 1992 – 12 avril 1996. »

Une épitaphe pour une maison ? Je laissai mes doigts courir sur la pierre gravée, puis sur le panneau en bois, et je relâchai mon souffle que je n'avais pas eu conscience de retenir.

– C'est insensé, dis-je.

Je n'avais jamais rien vu de semblable. Il n'y avait là qu'une butte tapissée de sumac et de mousse, et cette porte solitaire flanquée de l'inscription gravée. En la relisant, je compris mon erreur. L'épitaphe n'était pas pour la maison ; toujours debout, celle-ci avait survécu. L'épitaphe était pour les rêves.

Je reculai et jetai un coup d'œil à la ronde, aux arbres et à l'allée par laquelle je venais d'arriver. Bon. La maison se trouvait bien là, et Harrison avait dit la vérité pour la porte. Il n'y avait plus qu'à poursuivre l'inspection.

Je gravis le tertre qui s'aplatissait au sommet. Je repérai un chemin de pierre, à peine visible parmi les hautes herbes, et le suivis jusqu'au puits. Comme l'encadrement de la porte, celui-ci était en pierres sèches, et il semblait effectivement dater de plusieurs siècles, ainsi que l'avait dit Harrison. Au moment où je passai à côté, j'éprouvai une singulière et puissante méfiance à l'idée de m'y pencher, comme si quelque chose risquait d'en jaillir en grognant. J'eus un rire forcé et m'approchai du bord pour scruter l'intérieur, sans me soucier du frisson qui remontait le long de ma colonne vertébrale.

Le fond était tapissé de contre-plaqué pourri, des bouts de planches dont les rebords hérissés étaient couverts de boue et de mauvaises herbes.

Je me redressai et balayai le paysage d'un regard circulaire. La propriété ne payait pas de mine, les fourrés et les mauvaises herbes menaçaient de tout envahir, mais j'imaginais parfaitement quel magnifique endroit ç'avait dû être quand Parker Harrison s'en occupait et maintenait la forêt à l'écart. C'était un lieu solitaire, aucun doute là-dessus. Je n'entendais rien excepté le vent et les oiseaux. La route n'était pas si loin et pourtant aucun bruit de circulation ne me parvenait. Comme cela me paraissait incroyable, je tendis l'oreille plus attentivement mais ne repérai toujours aucune voiture. Je finis par laisser tomber et m'éloignai du puits.

Je me dirigeai vers une petite crête de pierres au bout de la colline et constatai qu'il s'agissait du faîte de la maison. Je le longeai et découvris un chemin qui descendait la butte et s'arrêtait au pied de la demeure.

Elle correspondait exactement à la description d'Harrison : deux étages presque entièrement en verre avec vue sur l'eau. La fontaine avait disparu et l'étang, caché derrière un massif de roseaux desséchés et brisés, était recouvert d'une couche d'algues et de feuilles mortes, mais peu m'importait. La maison retenait toute mon attention. Elle aurait dû être splendide, au lieu de quoi elle était délabrée et comme ensevelie sous une épaisse couche de saleté. Les fenêtres étaient encrassées et cassées par endroits. Malgré tout, on devinait ce qu'avait dû être cet édifice, ce qu'il serait encore si quelqu'un l'avait entretenu.

Je m'approchai d'une vitre au rez-de-chaussée, me servis de ma manche pour retirer une partie des salissures et plaquai mon visage contre le verre en portant la main en visière, comme un passant scrutant la vitrine d'un magasin fermé pour la nuit.

Il y avait là une piscine. Étroite et profonde, conçue pour faire des longueurs. Vide, bien entendu, craquelée et marquée par la corrosion. Autour du bassin, le sol était recouvert d'un carrelage italien brisé en de nombreux endroits. Les épais murs en plâtre étaient nus. Par la porte menant à la pièce suivante, je pus distinguer deux colonnes ouvragées et un mur en pierre arrondi, percé d'une cheminée.

Je demeurai là un long moment. Je ne bougeai que lorsque je ne vis plus rien, ma respiration ayant embué le carreau. Je m'écartai, contemplai l'étang silencieux, puis la maison à nouveau, pris d'un soudain pressentiment.

Ce n'était pas normal. Le marché de l'immobilier n'était pas au mieux dans le comté de Medina, mais on trouvait toujours des gens désireux de se mettre au vert même au prix de longs trajets. Ce genre de propriété partirait pour un sacré montant. Alors pourquoi ne l'avait-on pas vendue ? Pourquoi laisser une maison si exceptionnelle vide et exposée aux éléments pendant douze ans ?

Je m'éloignai du bâtiment et gravis la colline par l'autre côté. À un endroit, je pus jeter un coup d'œil à l'étage où je vis d'autres pièces magnifiques et tout aussi vides. Un peu plus loin, je tombai sur une deuxième entrée, un jardin d'hiver dont presque toutes les vitres étaient fracassées. J'enjambai le verre coupant et m'approchai de la porte où je me livrai encore à du lèche-vitrines. Cette fois, je pus distinguer un couloir délimité par une courte cloison avec des spots encastrés, et des portes vers des pièces qui m'étaient dissimulées. Je repartis par la fenêtre brisée et à travers bois, m'éloignant de la maison d'un pas plus rapide qu'à mon arrivée, pressé de regagner mon pick-up. Je sentais une étrange raideur au milieu du dos et j'avais des mèches collées au front par la sueur. Je franchis à nouveau le ruisseau sans pester dans ma barbe ni me soucier de mes chaussures, et grimpai jusqu'à l'allée.

Personne n'abandonne sa maison ainsi. Je n'avais jamais rien vu de la sorte et c'était peut-être pour ça que j'étais ébranlé, au point de me sentir quasi soulagé quand je fus installé au volant et que le moteur démarra. C'était vraiment… inhabituel, voilà tout. Ça me semblait bizarre parce que… eh bien, parce que ça l'était. Un truc anormal. Mais bon, je n'avais qu'à découvrir ce qui était arrivé, en faire part à Harrison, et j'en aurais terminé. Je lui devais bien ça parce que sa quête me paraissait sincère, assassin ou non. Il m'avait livré au moins une partie de la vérité : la porte se trouvait bien là dans le sol, et la maison derrière elle était déserte.

4

Mes chaussures m'obligèrent à rentrer chez moi. J'étais tenté de me rendre directement au cadastre du comté de Medina, pour apprendre qui était le propriétaire et s'il y avait une hypothèque, puis aux services fiscaux pour vérifier si les taxes étaient effectivement versées et qui diable les réglait. Mais mes chaussures et les jambes de mon pantalon étaient trempées et maculées de boue fangeuse, et je ne tenais pas à débarquer dans les bureaux du comté en ayant l'air de sortir d'un marécage.

J'étais de retour en ville, à quelques rues de mon immeuble, quand Amy appela.

– Devine qui m'a rendu visite aujourd'hui ? lançai-je en guise de salutation.

– Qui donc ?

– Parker Harrison.

Amy Ambrose, amie devenue *petite* amie – une mutation qui n'allait pas sans quelques soubresauts – était parfaitement au courant des lettres d'Harrison.

– Le psychopathe ?

– Le meurtrier amendé, Amy.

– Et les fèves ? Dis-moi qu'il t'a parlé de son goût pour les fèves accompagnées de chianti[1].

1. Allusion à une réplique d'Hannibal Lecter, héros du *Silence des agneaux*, qui affirme avoir dégusté le foie d'une de ses victimes accompagné de fèves et d'un bon verre de chianti.

– Non, malheureusement.

– Que voulait-il ? Comment ça s'est passé ? Il est dingue ? Je parie qu'il est charmant. Ils le sont toujours. À moins qu'il ne se soit fâché. Je le verrais bien…

– Amy.

– Désolée, je m'emporte.

– Certes.

Je forçai le passage à travers la circulation arrivant d'en face et m'engageai en cahotant dans l'allée adjacente à mon immeuble.

– Alors ? s'impatienta-t-elle.

– Il est vraiment unique. Plutôt du genre charmant, c'est certain.

– Oh ! non, ne me dis pas qu'il t'a charmé au point de t'amener à accepter l'enquête ? D'après ce que j'ai lu, ce type était entièrement coupable.

– Sans conteste. (Je me garai et coupai le moteur.) Il a reconnu sa culpabilité candidement.

– Que te voulait-il, alors ?

– Mon aide pour une enquête des plus mineures. Enfin, c'est curieux qu'il se soit livré au cinéma des lettres, car cela devrait se régler en un rien de temps…

– Mince. Tu as accepté, n'est-ce pas ?

– Qu'est-ce qui te fait dire ça ?

– Tu cherches à me l'exposer du ton rationnel et détaché que tu emploies toujours pour justifier les trucs stupides.

Je souris et ne répondis pas.

– Exprime-toi, dit-elle. Dis-moi que j'ai tort.

Toujours silencieux.

– Lincoln !

Je finis par lui expliquer. J'expédiai le récit d'Harrison pour en venir à la description de la maison. J'étais certain d'amadouer Amy. Sa curiosité congénitale dépasse largement la mienne.

– Tu penses que la propriété vaut combien ? s'enquit-elle quand j'eus terminé, la voix adoucie.

– Sans être expert en immobilier, je dirais plusieurs millions, avec autant de terrain. La maison est extraordinaire mais elle est aussi à l'abandon depuis longtemps. Il faudrait un acheteur qui soit prêt à investir dans sa rénovation.

– Je veux la voir.

– Munis-toi de cuissardes de pêcheur. L'accès le plus simple est par le ruisseau.

– Ton psychopathe ne t'en avait rien dit ? Il ne savait même pas qu'il y avait une clôture ?

– Mon client n'a pas évoqué ce point.

– Hé ! quand on bosse pour un assassin autant s'habituer aux critiques et aux quolibets. Quoi qu'il en soit, la clôture est peut-être récente.

– Probablement.

– Je me demande qui l'a fait installer.

– Moi aussi. Je me change puis je retourne sur place, aux services fiscaux du comté, pour découvrir qui règle les taxes.

– Tu comptes t'en occuper aujourd'hui ?

– Ouaip.

– Ça fait beaucoup de voiture pour une journée.

En effet, et pour toute autre enquête j'aurais sans doute remis la deuxième virée au lendemain. Mais là c'était différent. Cette propriété avait quelque chose de particulier, elle m'avait captivé dès la première visite, et je tenais à savoir qui en avait la charge, qui avait veillé à ce qu'elle ne soit pas vendue aux enchères par le shérif sans pour autant se donner la peine de l'entretenir.

– Je ne suis pas débordé. Plus vite je réglerai cette histoire et plus vite je pourrai mettre un terme à ma relation avec Harrison.

Deux heures plus tard, portant un pantalon propre et des chaussures impeccables, je me tenais dans les bureaux du cadastre, un titre de propriété sous les yeux. Joshua et Alexandra Cantrell étaient effectivement les propriétaires. Aucune hypothèque. Ils avaient acheté le terrain nu dix-sept ans auparavant pour cinq cent mille dollars. Une parcelle de dix-neuf hectares.

Les renseignements d'Harrison étaient donc exacts et à jour. La maison appartenait toujours aux Cantrell. Je pouvais passer à la deuxième étape, les services fiscaux, où j'obtiendrais la nouvelle adresse du couple.

Enfin, c'était censé se dérouler ainsi. Mais quand je me présentai avec mon numéro de parcelle et demandai à consulter l'historique fiscal, j'appris que les taxes foncières étaient réglées chaque année, scrupuleusement et ponctuellement, par un certain Anthony Child, avocat à Hinckley, dans l'Ohio. Bon, peut-être me faudrait-il une troisième étape pour boucler le dossier.

Child avait son cabinet au deuxième étage d'un immeuble en brique sur la place centrale de Hinckley, une bourgade célèbre pour la « journée du busard », étrange rituel qui voit des gens se rassembler chaque mois d'avril pour fêter le retour des vautours à tête rouge. Ailleurs, leur retour susciterait l'inquiétude, voire une légère répugnance. Dans l'Ohio, cela donne lieu à une fête. Vous savez, par ici les hivers sont longs et ennuyeux. On s'amuse comme on peut.

L'avocat était là et disposé à me recevoir. Apparemment le cabinet comptait en tout et pour tout une secrétaire à la mine acariâtre dans le vestibule, et Child dans le bureau au-delà. La porte des toilettes était entrouverte, la lunette du siège relevée. Quelle classe ! On me fit passer dans le bureau où l'avocat garda le dos tourné une trentaine de secondes pour regarder la météo à la télé. Pas question de louper les prévisions.

– Chaud, annonça-t-il quand il éteignit enfin le poste et me fit face. Une chaleur exceptionnelle pour la première semaine de mai.

– Je sais.

– On va en baver cet été. Ça ne trompe pas.

Tout le monde se réjouissait que l'hiver soit enfin terminé mais ce type-là râlait à propos de l'été à venir. Joyeux drille.

Il s'assit et me fixa, sans grand intérêt. La cinquantaine, petit visage, bajoues et yeux endormis. Le nœud de sa cravate était défait et il avait retiré son veston.

– Comme je l'ai expliqué à votre secrétaire, je suis tombé sur votre nom dans des archives fiscales. Je m'intéresse à une propriété et quand je me suis renseigné, j'ai appris que votre cabinet se chargeait de régler les taxes.

Il n'en fallut pas davantage pour réveiller le regard assoupi. Child vrilla sur moi des yeux perçants, puis s'écarta du bureau et laissa courir ses pouces le long de ses bretelles.

– Quel métier exercez-vous au juste, monsieur Perry ?

Je sortis une carte de visite et la lui tendis par-dessus le bureau. Il l'examina longuement, comme s'il prenait le temps de lire chaque mot trois fois, à l'endroit puis à l'envers. Il finit par la poser et garda la main dessus en même temps qu'il m'observait.

– C'est au sujet de la demeure des Cantrell.

J'acquiesçai.

– Pour qui travaillez-vous ?

Là je marquai une hésitation, pour une raison évidente. Le nom de Parker Harrison ne m'avait rien évoqué avant qu'il ne m'écrive mais Child était plus âgé que moi et donc plus susceptible de se souvenir d'un meurtrier de cette époque.

– Quelqu'un qui s'intéresse à la propriété, répondis-je après une seconde de silence. Une maison d'une telle valeur, c'est dommage de la laisser à l'abandon.

– J'imagine que vous vous y êtes introduit par effraction ? N'ayez crainte, je ne vais pas vous dénoncer. Quantité de gens l'ont fait avant vous. Une vraie plaie, cette maison ! Pour ce que ça m'a rapporté, je regrette de m'être engagé.

Il s'exprimait en agitant la main et semblait plus à l'aise avec moi, plus détendu qu'au début.

– C'est vous qui avez fait installer le portail ? (Confirmation d'un hochement de tête.) À la demande des Cantrell ?

Il marqua une hésitation, comme si ma question était étrange, puis répondit :

– Non, pas vraiment. Je me suis rendu sur place un certain nombre de fois et j'ai constaté des actes de vandalisme. Le shérif m'a appelé pour se plaindre parce qu'il avait dû intervenir à plusieurs reprises afin de chasser des groupes de jeunes qui traînaient dans la propriété et s'y saoulaient. Le mot s'était répandu que personne n'y habitait et les gamins y avaient aussitôt pris leurs habitudes. Vous savez comment c'est. Puis un auto-stoppeur s'y est carrément installé, un énergumène qui voulait faire valoir ses droits en tant que squatteur. Comme le shérif en avait assez, j'ai fait mettre la clôture et le portail. C'est mieux ainsi.

– Vous avez payé de votre poche ?

– Je tire de l'argent sur le compte qu'elle m'a laissé. Il y en avait assez. (Il se rapprocha du bureau et plissa le front.) Monsieur Perry, visiblement vous ne souhaitez pas me dire pour qui vous travaillez ni pourquoi ces gens veulent la retrouver, mais je dois vous dire une chose : il y a un tas de monde qui la cherche, que ce soit la police, les journalistes ou des gars comme vous, mais je ne peux pas vous aider. Je vous demande juste de faire comprendre ça à votre client. J'ignore comment la contacter ; j'ignore où elle est et ce qu'elle fait.

– Monsieur Child, je ne comprends pas très bien pourquoi tant de monde la recherche. Et puis, qui est cette femme ?

Il me dévisagea comme si je venais de lui demander d'épeler mon propre nom. Puis il sembla réfléchir et hocha la tête.

– Votre client s'intéresse à la propriété.

– Tout à fait.

Ce n'était pas entièrement vrai, mais j'avais l'impression qu'il avait besoin d'entendre ça pour se rassurer.

– Vous n'avez donc pas la moindre idée… Merde, vous ne savez donc rien du tout. Voilà qui me tranquillise. Vraiment.

– Qu'est-ce qui m'échappe, monsieur Child ?

– Tout. Tout vous échappe. Que savez-vous de Joshua et Alexandra Cantrell ?

– Seulement que leurs noms figurent sur le titre de propriété.

– OK. Donc vous ne comprenez fichtre rien. Maintenant je vais vous dévoiler deux petits détails, puis je vous demanderai encore une fois pour qui vous travaillez, et si vous refusez toujours de me le dire, je vous demanderai de foutre le camp. (Il planta les coudes sur son bureau et croisa les mains.) Vous ne vous êtes pas foulé pour les recherches, monsieur Perry. Voici les deux détails qu'il faut que vous sachiez : d'abord, Joshua Cantrell est mort. Il n'avait pas donné signe de vie depuis douze ans et l'hiver dernier on a retrouvé son squelette à proximité du lac de rétention de Pymatuning. Enterré dans les bois. L'enquête est en cours.

Il marqua une pause et je m'aperçus du silence qui régnait dans la pièce, un silence tel que je pouvais entendre le robinet qui fuyait dans les toilettes de l'autre côté du mur, une goutte tombant dans le lavabo toutes les quatre ou cinq secondes. *Plic, plic, plic.*

– Second détail, reprit-il. Connaissez-vous le nom de jeune fille de la ravissante Mme Cantrell ?

– Non.

– Sanabria. Alexandra Sanabria.

– Merde… vous plaisantez ?

Il fit non de la tête.

– Son nom de jeune fille ? Tout de même, elle est trop âgée pour être la fille de…

– De Dominic ? Oui, elle est trop âgée pour être sa fille. Mais elle a tout à fait l'âge d'être sa sœur. Sœur de Dominic, fille de Christopher, en bonne place sur le tronc de l'infâme arbre généalogique. La fierté de Crimetown, États-Unis.

Le surnom remontait à près de cinquante ans, mais dans la tête des gens il restait attaché à Youngstown, rugueuse cité industrielle à une heure de Cleveland. Alors qu'à Cleveland la mafia italienne avait décliné après avoir connu son heure de gloire dans les années soixante et soixante-dix, Youngstown était demeuré une plaque tournante de la pègre au fil des décennies, toujours sous la vigilance du FBI. De temps à autre, une voiture piégée explosait ou un caïd tombait sous les balles d'un tueur à gages. À l'occasion d'une tentative de corruption, on avait même vu un prêtre chargé de remettre un pot-de-vin au maire. Les liens avec le milieu étaient profondément ancrés à Youngstown, et ils passaient souvent par la famille Sanabria. Christopher, le patriarche, avait été assassiné à la fin des années soixante-dix alors qu'il faisait l'objet d'une enquête fédérale d'envergure. Vingt ans plus tard, son fils Dominic avait eu droit à la une pendant quelques mois, à l'occasion des procès de Lenny Strollo et de James Traficant. Environ soixante-dix condamnations avaient été prononcées – Traficant était élu à la Chambre des représentants, pour ajouter au cirque médiatique –, mais Dominic Sanabria s'en était sorti avec l'une des plus clémentes, deux ans pour des délits mineurs. Non pas qu'il fût un personnage secondaire, mais il avait laissé moins de traces et faisait confiance à moins de gens. À l'époque, l'un des procureurs avait suggéré que Sanabria était le plus dangereux de la bande, une petite phrase amplement reprise par les médias. Dans la région de Cleveland, le nom de Sanabria demeurait gravé dans les mémoires.

– Cette maison appartient à la sœur de Dominic Sanabria ? C'est ça que vous êtes en train de me dire ?

La mine de Child devint antipathique et il se pencha par-dessus son bureau, quittant quasiment son fauteuil.

– Oui ! Maintenant, bordel de merde, dites-moi pour qui vous bossez…

– Cette information est confidentielle, monsieur Child. Désolé.

– Alors foutez-moi le camp. Et dites à votre client d'arrêter de se renseigner sur cette maison.

Il se leva et se dirigea vers la porte.

– Où est-elle ? m'enquis-je. Qu'est devenue Alexandra ?

Je n'imaginais pas qu'il me répondrait mais le cas échéant je voulais jauger sa réponse, pour voir si je flairais un mensonge.

Il se figea, la main sur la poignée, et se retourna vers moi.

– Personne n'en sait rien. Ni moi ni sa famille, et surtout pas la police. Sinon, ils cesseraient peut-être de m'appeler à tout bout de champ.

Ça sonnait vrai.

Il actionna la poignée et m'ouvrit la porte d'un grand geste.

– Adieu, monsieur Perry.

5

Dehors, il faisait lourd et les nuages menaçants s'amoncelaient à l'ouest. Une chaleur moite et pesante. Je défis le deuxième bouton de ma chemise et contemplai la place endormie.

Joshua Cantrell est mort… squelette retrouvé cet hiver… enterré dans les bois. Enquête en cours…

Sans quitter les marches du perron, je sortis mon portable et appelai Amy au journal. Pour une fois, elle était là. Je lui demandai de faire une recherche dans les archives sur Joshua Cantrell.

– Le type à qui appartient la baraque ?

– Appartenait. Il est mort.

– Lincoln…

– Lance la recherche, s'il te plaît. J'aimerais savoir quand le cadavre a été retrouvé.

Je l'entendis taper au clavier ; autour d'elle des collègues riaient. Cela prit quelques minutes, durant lesquelles aucun de nous deux ne dit rien. Elle finit par dénicher le bon article.

– Apparemment c'est un chasseur qui l'a retrouvé, début décembre.

– Juste avant la première lettre d'Harrison. Il était donc au courant. Ce fils de pute était au courant.

– Ce n'est pas tout, Lincoln… Attends… Il est précisé que Cantrell était lié par sa femme au crime organisé, à la famille Sanabria…

– Oui, je viens d'en être informé à l'instant.

– Que manigance Parker Harrison ?

– Je n'en ai pas la moindre idée, mais je peux te garantir qu'il savait que Cantrell était mort quand il m'a envoyé par ici. Il était au courant et il ne m'en a rien dit.

– Tu ne penses pas qu'il l'a tué ? Qu'il se livre à un petit manège cinglé maintenant que le cadavre a été découvert ?

– J'ignore si c'est lui qui l'a tué mais oui, il se livre en effet à un petit manège cinglé… et je vais y mettre un terme.

J'appelai Harrison du pick-up et lui demandai de me retrouver à l'agence. Sans en dire davantage. Les nuages s'accumulèrent dans le ciel pendant le trajet de retour. Je conduisis en agrippant le volant à deux mains, sans mettre la radio, la cabine silencieuse. La pluie commença quand j'atteignis le feu rouge en face de l'agence. Le temps que je pénètre dans l'immeuble, il pleuvait des cordes mais le fond de l'air encore tiède confirmait qu'il s'agissait d'un orage de printemps et non d'hiver. Déjà là, Harrison m'accueillit sur le palier avec un sourire.

– Quand vous m'avez dit que vous reprendriez contact, je m'attendais à devoir patienter un peu plus.

Je ne prononçai pas un mot. Je me contentai d'ouvrir, d'entrer et de m'installer à mon bureau, puis je le fixai tandis qu'il prenait place en face de moi et attendis. Il finit par perdre son sourire et froncer les sourcils.

– Quel est le problème ? me demanda-t-il.

– C'est vous qui l'avez tué ?

Si je m'attendais à une réaction viscérale, j'avais tort. Il porta la main à son visage, laissa ses doigts glisser sur sa pommette balafrée et détacha son regard du mien.

– Non, je ne l'ai pas tué. Si vous faites allusion à Joshua Cantrell.

– Si je fais allusion… Écoutez-moi, Harrison. Vous êtes vraiment tordu, mon salaud. Qu'est-ce que c'est que ce petit jeu ? Vous croyez que j'ai envie de jouer ?

– Un instant, Lincoln.

– La ferme. Je n'aurais jamais dû vous laisser franchir ma porte et, même après avoir commis cette bêtise, je n'aurais pas dû avoir la stupidité de croire à votre histoire. C'était une belle histoire, cela dit, captivante, et vous m'avez ferré avec vos questions, en me demandant si je croyais à la réinsertion et au système. Joli et subtil. Vous avez su jouer sur ma mauvaise conscience. Je suis sûr qu'il existe des termes plus appropriés, une expression de psychologue, et vous la connaissez sans doute après avoir passé quinze ans dans une cellule où vous n'aviez rien d'autre à faire que bouquiner et concocter vos petits jeux ! Mais vous n'auriez pas dû m'impliquer, Harrison.

J'étais penché vers lui, agressif et véhément, mais à voir sa mine impassible, cela n'avait pas le moindre impact. Il attendit que je me calme avant de s'exprimer.

– Je vous ai dit la vérité.

– Foutaises !

– Lincoln, j'ai travaillé pendant un an comme jardinier chez les Cantrell et depuis je me suis toujours demandé…

– Oh ! arrêtez, dis-je en l'interrompant d'un geste. Tout ça est peut-être vrai, mais je me fiche de savoir si ça l'est ou non. Ce qui m'importe, c'est que vous m'ayez menti. Vous étiez assis là et vous m'avez parlé de Joshua Cantrell comme si vous n'imaginiez pas une seconde qu'il soit mort. Vous m'avez dit que vous vouliez le retrouver.

– Je n'ai jamais parlé de lui. Je vous ai dit que je voulais *la* retrouver. D'ailleurs, je vous ai certifié que ce n'était pas à cause de lui qu'elle avait coupé les liens.

– Vous saviez qu'il avait été assassiné et vous avez omis de le mentionner. Ce sont pour vous des détails insignifiants, Harrison, que le type soit mort et que sa femme soit la sœur d'un mafieux de Youngstown ? Comment vous êtes-vous acoquiné avec ces gens-là ? Aux dernières nouvelles, la condition est d'être italien et non shawnee.

– Je n'ai jamais frayé avec eux.

– C'est ça.

– Je ne vous ai confié que le strict minimum, dit-il. Je veux bien admettre cela.

Je laissai échapper un rire lourd de dégoût.

– Le strict minimum ! Vous en avez de belles, Harrison ! Vous auriez dû être avocat plutôt que meurtrier !

Cette dernière remarque parut le toucher et il en retrouva momentanément son air sincère. Il était blessé.

– Auriez-vous accepté cette enquête si vous l'aviez su d'emblée ?

– Non.

– Vous voyez, j'ai fait le même raisonnement. Je n'y croyais pas trop, mais je me suis dit que si j'obtenais que vous vous rendiez là-bas en pleine nature et que vous sentiez l'énergie de ce lieu, alors peut-être que ça changerait les choses. Je pensais que c'était jouable parce que je savais que cette enquête était faite pour vous, que vous seriez…

– Fermez-la ! m'emportai-je en tapant du poing sur le bureau. Je ne veux plus rien entendre. Je refuse votre affaire. C'est terminé entre nous.

Je me levai, me dirigeai vers la porte et la lui ouvris, comme Child l'avait fait pour moi une heure auparavant.

– Vous avez vu la maison ? me demanda-t-il sans se retourner.

– Oui.

– Vous n'avez rien éprouvé ?

– Non…

Était-ce un pincement dans le dos que je venais de ressentir, comme pris d'un remords d'avoir menti ? Non, ce devait être autre chose.

– D'accord, fit-il. Désolé que vous vous sentiez offensé. Et trahi.

– Je ne me sens pas trahi, je me sens stupide. Je vais tout de même vous filer un tuyau : je compte prendre contact avec le service de police qui enquête sur la mort de Cantrell et les informer de votre proposition.

– Vous pensez que je suis impliqué ?

Il avait la tête penchée en avant. Me tenant dans son dos, je pouvais voir une autre cicatrice, longue et hideuse, sur la nuque et le crâne.

– Je n'en sais rien, mais vous avez déjà tué et vous m'avez l'air vraiment fasciné par ce couple, dont le mari a justement été assassiné. J'estime que les flics concernés doivent être mis au courant.

– C'est mon passé qui vous dérange. À cause de lui vous refusez de m'accorder la moindre crédibilité.

– Oui, Harrison, ça me gêne. Un tantinet. Désolé.

– Permettez-moi de vous poser une question.

Il me tournait toujours le dos. Je restai silencieux.

– Quelqu'un de bien peut-il commettre un acte horrible ?

Figé près de la porte, j'observai sa tête inclinée et dis :

– Allez-vous-en, Harrison.

Il acquiesça et se leva.

– Bien, monsieur Perry. Adieu.

C'était la première fois qu'il ne m'appelait pas Lincoln. J'attendis qu'il franchisse le seuil. Puis je me dirigeai vers la fenêtre et le vis sortir de l'immeuble et s'éloigner sous une pluie battante.

6

Je rentrai chez moi, où Amy m'avait devancé. Elle préparait un plat italien dont le puissant bouquet d'ail et de tomate emplissait l'appartement, créant une atmosphère accueillante comme j'en avais rarement connu.

– Quelqu'un t'a donné la permission de toucher à mes précieux ustensiles ? demandai-je en m'emparant d'une râpe à fromage posée sur le plan de travail.

C'était la première fois qu'Amy cuisinait chez moi.

– Si tu veux être le seul à manipuler tes ustensiles, je peux y veiller.

Elle agita la poêle et baissa le feu.

– Sérieusement, qu'est-ce qui me vaut cette surprise ?

– Tu m'as semblé un peu à cran au téléphone, comme si ça n'avait pas été une journée sensationnelle.

Je l'écoutai et l'observai qui s'affairait en cuisine, heureux de sa présence. Elle avait raison, la journée n'avait pas été géniale ; mais les jours comme ça avaient une fâcheuse tendance à s'enchaîner et c'était pour moi une nouveauté bienvenue que de les terminer en compagnie d'Amy. C'était autre chose que de se retrouver seul avec une bouteille de bière et un jeu télévisé crétin en fond sonore.

– Merci, dis-je. Vraiment.

– À ta place, j'attendrais d'avoir goûté.

– C'est quoi ?

– J'ai baptisé ce plat « lasagnes à la mafia ». En hommage à la famille Sanabria.

– C'est faible comme humour, Amy. Très faible.

Elle s'essuya les mains avec un torchon.

– Si ça t'intéresse, j'ai imprimé une série d'articles sur Joshua Cantrell, du moins sur la découverte du cadavre… Là-bas, sur la table. Quant à Alexandra, je n'ai pas trouvé grand-chose. Elle est la plus discrète de la famille Sanabria, j'imagine.

Je me dirigeai vers la table et pris la liasse. Un paquet d'articles. La découverte du cadavre de Cantrell avait fait couler beaucoup d'encre.

– Je ne comprends pas que son nom n'ait pas fait tilt, m'étonnai-je en feuilletant les pages.

Amy se tourna pour me regarder par-dessus son épaule, quelques mèches collées à sa joue par la vapeur. Après avoir lutté plusieurs mois contre ses boucles blondes naturelles, elle avait abandonné la partie et j'en étais ravi. Avant, ses cheveux lisses lui donnaient une tête de jeune cadre dynamique – remarque qui m'avait valu de me prendre un stylo dans la figure.

– Tu ne t'es pas beaucoup intéressé à l'actualité récemment, dit-elle en ouvrant le four. (Elle se pencha pour inspecter son plat, poursuivant d'une voix étouffée :) Ça fait une éternité que je ne t'ai pas vu lire le journal.

Remarque judicieuse. D'ordinaire j'aurais lu quelque chose sur la découverte du cadavre de Cantrell et je me serais probablement souvenu du nom en entendant Harrison le prononcer, mais j'avais cessé de lire la presse et de regarder le journal télévisé à l'automne, époque où j'y figurais moi-même trop fréquemment. Je ne m'y étais toujours pas remis, le moment était peut-être venu. Il est dangereux d'être mal informé, comme cette journée venait de me le démontrer.

– Simple affaire de bon goût, rétorquai-je. Tu sais bien que les journaux publient un tas de conneries de nos jours. Je m'étonne qu'on continue d'appeler ces gens-là des journalistes !

Elle ferma le four et se redressa.

– Méfie-toi, dit-elle. J'ai des couteaux à portée de main. De longs couteaux bien aiguisés.

– Tu fais bien de me le rappeler.

Je poussai la pile d'articles à l'écart. Ça attendrait… si je les lisais jamais. Rien ne m'y obligeait. J'avais bêtement mordu à l'hameçon mais maintenant que je voyais le leurre et l'appât, j'étais averti que mieux valait déguerpir. L'affaire Cantrell n'avait pas besoin de moi, et pour ma part je me passais volontiers d'attirer l'attention de la famille Sanabria.

– C'est bientôt prêt, dit Amy. Et comprends bien que je te nourris uniquement pour que tu me livres le récit. Et pas une version tronquée, hein ? La vérité, avec tous les détails.

– Tu l'auras, mais laisse-moi d'abord servir le vin.

Ce fut une agréable soirée qui se prolongea toute la nuit. Amy resta dormir et nous partageâmes dans mon lit un sommeil profond et douillet, tandis qu'à l'extérieur les rafales soufflaient en provenance du lac et martelaient de pluie les murs qui nous protégeaient. Amy se réveilla vers 7 heures et s'éclipsa pour repasser à son appartement avant d'entamer sa journée de travail. Nous étions ensemble depuis un petit moment, mais chacun tenait à conserver sa routine et son espace. Je me faisais parfois la réflexion qu'il en irait toujours ainsi et que c'était préférable car nous n'étions pas faits pour la vie à deux. D'autres fois, quand je me retrouvais tout seul en rentrant chez moi, je me demandais ce qui me retenait de l'épouser.

Elle était partie depuis près d'une heure et j'étais retombé dans un sommeil superficiel, pas tout à fait réveillé mais jamais loin de l'être, quand les coups commencèrent. Une petite série tout en douceur, cinq ou six coups, puis un silence, suivi d'une nouvelle série. Je ne sais pas combien de fois cela se répéta avant de s'imprimer enfin dans mon cerveau. Je me redressai dans mon lit en comprenant qu'on frappait à ma porte. Avec une extrême régularité et une infinie patience. Ni fort ni impatient, mais persistant. *Toc, toc, toc, toc.*

Je sortis du lit, enfilai un jean et un tee-shirt, atteignis le haut des marches en même temps que commençait une nouvelle série et arrivai en bas au moment où elle prenait fin. J'ouvris la porte, plissai les yeux à cause de la luminosité et fixai un petit individu aux cheveux noirs, qui brandissait le poing. Il portait une bague plus étincelante que les rayons du soleil, un machin hideux en or et en diamant. Elle avait l'air très lourde ; j'espérais pour lui qu'il en portait une à l'autre main pour ne pas être déséquilibré. Il était sur le point de ramener son poing sur la porte, de continuer à frapper, mais quand il me vit, il maintint la pose un instant puis baissa lentement la main.

– Bonjour, monsieur Perry.

Bien qu'étant pieds nus et lui en chaussures, je le dépassais d'une bonne quinzaine de centimètres, et pourtant je ne suis pas si grand que ça. Mince du torse et des épaules, il avait de petites mains et des poignets fluets – on l'imaginait bien demander à sa femme de lui ouvrir le bocal à cornichons. Jusqu'à ce qu'on croise son regard. Un regard soutenu et résolu, empreint d'une qualité typique chez des hommes nettement plus costauds, plus musclés. Des hommes qui se croient invincibles.

Comme je ne lui répondais pas, il ajouta :

– Je vous réveille, excusez-moi. J'ai toujours été lève-tôt.

Il tendit la main baguée et attendis que je la serre, que ma paume soit fermement prisonnière de la sienne, pour se présenter.

– Dominic Sanabria.

Je dégageai ma main de sa poigne et quittai l'embrasure pour m'avancer en plein jour.

– Je suis navré que vous ayez fait le déplacement. C'était tout à fait inutile, monsieur Sanabria.

– Vous ne savez même pas dans quel but je me suis déplacé.

– Mais je sais qui en est responsable.

– Ah bon ?

– Un avocat du nom de Child a dû vous appeler. Ou bien quelqu'un au cadastre du comté de Medina, même si ça paraît moins probable. Quoi qu'il en soit, on vous a prévenu que je posais des questions sur la maison de votre sœur. Cette information n'est plus valable.

– Vraiment ?

Je hochai la tête.

– J'ai appris que la propriété n'était pas à vendre et j'ai transmis l'information à mon client. Pour nous, l'affaire est close.

Il se passa la main sur la bouche, comme pour s'essuyer les lèvres, puis s'exprima sans me regarder.

– Montons à l'étage pour discuter, et je vous demande de ne plus me mentir. Je n'apprécie guère le mensonge.

Il passa devant moi et gravit les marches sans ajouter un mot. Je me retournai, indécis, et le suivis après avoir refermé la porte, refoulant la clarté du soleil. Quand j'arrivai en haut de l'escalier, il était déjà dans mon salon, devant la bibliothèque. Il sortit avec l'index un roman de Michael Connelly et en étudia la couverture.

– Mon beau-frère était un gros lecteur, dit-il. Mais pas ce genre de bouquins, pas des romans. Il était anthropologue. Il s'intéressait aux peuples… comment dit-on, déjà ? Oui, les peuples indigènes. (Il réinséra le livre et me fit face.) Il ne s'intéressait pas à moi. Ni aux miens. Il n'en avait aucune envie. Il se tenait à l'écart. Ça, il était très poli, un type vraiment sympa, mais il préférait en savoir le moins possible sur moi et mes associés, sur ce que nous faisions. J'ai toujours apprécié cela chez lui.

Je ne dis rien, restai parfaitement muet tandis qu'il s'approchait d'un fauteuil sur le bord duquel il prit délicatement place. Dominic Sanabria se trouvait chez moi. Il n'était pas encore 9 heures du matin et Dominic Sanabria était installé dans mon salon, à me parler de son beau-frère assassiné. Nul besoin d'un café ce matin-là pour donner un coup de fouet à mon organisme.

– Ma sœur est une fille remarquable, dit-il en croisant les

jambes d'une manière qui eût paru efféminée chez un autre. Une femme, devrais-je dire, mais pour moi elle reste une jeune fille. J'ai neuf ans de plus qu'elle, vous savez. Quand elle était petite, ma famille a traversé une passe délicate. Des démêlés judiciaires, dont vous vous souvenez ou peut-être pas. Vous êtes assez jeune. Mais bon, mon père, qui avait ses défauts mais qui a toujours aimé profondément ses enfants, a jugé préférable d'envoyer Alexandra en pension.

Je ne m'étais pas assis, j'étais resté en haut des marches, parce qu'il me semblait préférable de l'écouter sans bouger. Il y a des types qui font ressortir mon côté petit malin, qui me donnent envie de leur rendre quelques coups, pour leur montrer que le numéro du gros dur est moins intimidant qu'ils ne l'imaginent. Mais ce n'était pas le cas avec Dominic Sanabria. Je n'avais qu'une seule envie : l'écouter et qu'il foute le camp au plus vite. Malgré ce souhait qui occupait mes pensées, le changement de temps ne m'avait pas échappé. Il avait évoqué Joshua Cantrell au passé, et à juste titre ; Joshua Cantrell avait rejoint le passé dans ce monde-ci, à n'en pas douter. Alexandra, elle, avait eu droit au présent. *Ma sœur est une fille remarquable.*

– On lui a trouvé une école sur la côte Est, dans les Adirondacks, qui coûtait une petite fortune. Mais ça les valait, vous savez ? Ça les valait. Parce que Alexandra, qui avait toujours été une gamine géniale, après avoir été là-bas, avec ce genre de professeurs et ce genre... enfin, ce genre d'expériences, eh bien elle en est revenue changée. À son retour, comment dire ? voyez-vous, c'était quelqu'un de plus spirituel. À fond dans la compassion. Elle était moins proche de la famille que nous autres, mais c'était mieux comme ça. C'était bien qu'elle rencontre d'autres gens, qu'elle subisse d'autres influences. Chaque famille a sa petite chérie, pour nous c'est Alexandra.

Il eut le même geste de la main, se la passant sur la bouche comme s'il avait les lèvres gercées et en était gêné.

– Quand elle s'est mariée, elle a choisi un type... enfin, pas le genre de type auquel nous sommes habitués. Et différent de ceux que vous fréquentez, probablement. Un garçon discret, super intello, vous voyez le genre ? Toujours le nez fourré dans un bouquin. Il me plaisait assez. Peut-être bien qu'il n'était pas très à l'aise avec moi, mais il était gentil avec ma sœur. Ils étaient en accord là où ça compte. (Il se toucha le front avec l'index et le majeur, puis le cœur.) Là où ça compte.

En bas dans la rue, un camion freina brusquement et un coup de klaxon retentit, tandis que Dominic Sanabria me regardait fixement.

– Joshua me plaisait, répéta-t-il. Je l'appelais toujours Josh et jamais il se foutait en rogne pour ça, mais un jour ma sœur m'a dit qu'il n'aimait pas. « Appelle-le Joshua », qu'elle m'a dit. Il me plaisait, parce que j'aime ma sœur et qu'il la rendait heureuse.

Il soupira, se massa la nuque et contempla le sol.

– On a retrouvé son squelette il y a quelques mois et vous n'imaginez pas combien ça me rend malheureux, car je sais à quel point elle doit l'être aussi. Je ressens sa douleur dans mon cœur, vous comprenez ? Je l'éprouve autant qu'elle. Il y a des gens, quelque part, qui savent des choses que j'ai besoin de savoir.

– Je n'en fais pas partie.

C'était la première fois que je m'exprimais depuis qu'il était entré chez moi.

– Sans doute pas, cependant il se pourrait que vous bossiez pour l'un d'eux. À mon avis, c'est le cas. J'aimerais parler à cette personne.

Balance-le ! criait une voix dans ma tête. *Balance-le !* Mais une autre voix, le doux murmure de l'instinct, exprimait son désaccord.

– Monsieur Sanabria, j'exerce une activité qui n'est pas possible sans confidentialité. Si je la bafouais, mon agence disparaîtrait et je me retrouverais à la rue, sans boulot. Je vous respecte, cela dit, tout comme je respecte l'intérêt qui est le vôtre dans cette affaire, et je peux vous dire une chose : je ne suis plus en relation avec ce client. Je vous le promets, je vous le garantis. J'y ai mis un terme hier et il n'est pas question que je reprenne le dossier, ni demain ni jamais. Je ne sais rien… rien qui puisse vous aider. Comme Child vous l'a sans doute rapporté, j'étais parfaitement ignorant en arrivant à son cabinet et je le demeure. Et je n'ai aucun désir d'en savoir davantage.

– Qui vous a embauché ?

Je fis non de la tête.

– Vous êtes un garçon expérimenté, dit-il. Vous comprenez que les gens peuvent se laisser convaincre de partager l'information.

– J'ai aussi pu constater combien ce travail de conviction s'avère parfois stupide et vain quand il ne produit aucun renseignement de valeur. J'ai vu les problèmes qui surgissent du seul fait des efforts déployés.

– Vous étiez flic.

– Oui.

– Les flics ont tendance à se sentir à l'abri. Intouchables, protégés. Vous voyez ce que je veux dire.

– J'ai assisté aux obsèques de quelques policiers. Suffisamment pour ne pas me leurrer.

– Et pourtant vous refusez de me parler.

– Le nom ne vous servirait à rien, monsieur Sanabria. Mon client est quelqu'un d'insignifiant. *Était* quelqu'un d'insignifiant.

– En fait vous m'appréciez. Je vous plais bien, vous avez envie que je repasse. Ça doit être ça, vu que vous avez l'occasion d'être débarrassé de moi pour de bon mais que vous vous y refusez.

– Je vous aime bien. Vous êtes génial, sincèrement. Malgré tout, je n'ai aucune envie de vous revoir ici.

– Vous avez l'air un peu mal à l'aise.

– Je le suis.

– Il se pourrait même que vous ayez peur.

Le ton était mordant, railleur.

– J'ai peur de ma propre stupidité, répondis-je. Il y a des gens avec qui je préfère n'avoir aucune relation, d'aucune nature, en aucune circonstance. Vous en faites partie.

– Je pourrais le prendre comme une insulte.

– Il faut le prendre comme un simple constat. Je ne veux rien avoir à faire avec vous et je ne sais rien qui puisse vous intéresser. Quant à ce que nous réservera l'avenir, c'est à vous de décider et à moi d'assumer.

Il hocha lentement la tête.

– Oui, oui, en effet… je déciderai.

Après un nouveau silence, il se leva et se dirigea vers moi. Il ralentit un poil en arrivant à ma hauteur, mais me contourna, descendit l'escalier, ouvrit la porte et sortit. Il ne referma pas derrière lui. J'attendis quelques secondes avant de descendre. Je fermai la porte, la verrouillai et m'assis sur les marches. Je restai là un long moment. Un bruit de moteur finit par retentir sur le parking, une voiture s'éloigna et je fus enfin seul.

7

Une bonne semaine s'écoula sans incidents. Je prenais soin de verrouiller les serrures, j'emportais mon arme partout et je retenais ma respiration chaque fois que je tournais la clé dans le contact de mon pick-up. La visite d'un personnage comme Dominic Sanabria vous rend attentif à ces choses-là. Rien ne se produisit. Sanabria ne revint pas, ni quiconque à sa solde. Parker Harrison ne chercha pas à me contacter. Moi aussi je me fis discret – malgré ma promesse de communiquer le nom d'Harrison aux flics qui enquêtaient sur la mort de Cantrell, je ne passai aucun coup de fil. Après la visite de Sanabria, il me semblait préférable d'adopter un profil bas. Amy et moi discutâmes souvent de la situation au cours des premiers jours, puis le sujet fut peu à peu abandonné et j'en revins à laisser mon pistolet chez moi et à démarrer mon pick-up sans y réfléchir. Je m'étais sorti du guêpier à temps, apparemment, et sans dommage.

– Cette fois tu as réussi à passer entre les mailles, remarqua Joe quand je l'appelai pour l'informer que sept jours s'étaient écoulés depuis le passage de Sanabria sans qu'un désastre s'ensuive. C'est bien que tu acquières ce talent, LP. Sans moi à tes côtés, tu es obligé d'apprendre le bon sens.

– T'es fier de moi, hein ?

– Pas tant que ça. Si tu avais ne serait-ce qu'une dose normale de jugeote, tu n'aurais jamais accepté d'aller voir cette maison.

– Harrison m'a certifié qu'il s'était amendé. Que voulais-tu que je fasse ?

– J'ai entendu de vrais psychotiques affirmer la même chose au juge des libérations conditionnelles.

– Toi, Joe, tu flanquerais cinq ans de cachot pour le simple fait d'avoir traversé hors des clous !

La conversation bifurqua ensuite, délaissant Harrison au profit de sujets plus essentiels comme le base-ball, et Joe en vint à me demander quel temps nous avions.

– Il fait doux. Le soleil brille tous les jours et il fait bon. Comment se fait-il que tu sois toujours en Floride ? Je suis à peu près certain que tous ceux de ton espèce sont rentrés dans le Nord.

– Mon espèce ?

– Les retraités qui migrent en hiver, Joseph. Des types qui passent leurs journées autour de la piscine, à raconter leurs souvenirs de la guerre de Corée ou de la campagne pour l'élection de Truman. Tes pairs, quoi.

– Mes pairs.

Joe ne supportait pas l'idée d'être l'un de ces retraités qui se réfugient en Floride à la saison froide, aussi je ne me privais pas d'aborder le sujet à chaque coup de fil.

– Mais j'ai peut-être tort, dis-je. Tu n'en fais peut-être pas partie. Comme je te l'ai dit, la plupart d'entre eux sont de retour dans le Nord. Si tu as besoin de rester là-bas si tard dans la saison, tu dois être encore plus vieux et fragile.

– Oui, ce doit être ça, convint-il, bien décidé à ne pas mordre à l'hameçon.

– Quand comptes-tu rentrer ? demandai-je d'un ton sérieux.

Je m'attendais à le revoir en avril, mais ce mois s'était envolé et il était toujours dans le Sud.

– Je ne sais pas encore. On verra.

– On verra ? Ici, on frôle les 25 degrés, chez vous il doit faire… combien ? 70 degrés avec quatre-vingt-quinze pour cent d'humidité ?

– Pas loin, oui.

– Et ce n'est même pas l'été ! Il faut être bête pour subir la fournaise de Floride quand on pourrait se replier sur les magnifiques berges du lac Érié.

– Je reconnais que le climat me convient moins ces derniers temps.

– Alors pourquoi tu ne rentres pas ? Qu'est-ce qui te retient ? T'as rencontré une femme ?

Il ne répondit pas.

– Joe ?

– Ce pourrait bien être vrai, LP. Va savoir.

Alors que j'avais lancé cela comme une boutade, sa réaction paraissait sincère et j'en restai coi. Son épouse Ruth était morte cinq ans plus tôt, après trente ans de mariage, et depuis il n'était pas sorti une seule fois avec une femme. Les rares personnes qui avaient tenté de lui présenter des amies avaient essuyé un refus net et catégorique. Si Joe avait vraiment rencontré quelqu'un, c'était pour lui une étape majeure.

– Eh bien, tant mieux pour toi, finis-je par dire quand le silence eut trop duré.

– Oh ! épargne-moi ta bienveillance ! Ça me répugne. Si j'étais quelqu'un d'autre, tu te foutrais de moi et tu me demanderais dans quel club de strip-tease je l'ai rencontrée.

– Une strip-teaseuse, à ton âge ? Jamais de la vie ! Je me suis dit que t'avais dû faire du bénévolat dans un foyer pour aveugles, la convaincre que tu avais quarante ans de moins et que t'étais beau mec. Que tu me ressemblais, en gros !

– Tu n'es pas beau mec et tu n'as pas quarante ans de moins que moi.

– J'ai quasiment raison pour les deux, pépé ! Quasiment raison, pépé ! On peut savoir le prénom de la charmante demoiselle ?

– Gena, et elle a quelques années de moins que moi, petit malin.

– Vieux cochon lubrique ! Combien d'années ? Elle n'est pas mineure, dis ? Cette fille a-t-elle…

– Au revoir, Lincoln.

– Allons, tu peux m'en dire un peu…

– À la prochaine !

Il raccrocha en riant.

De bonne humeur moi aussi, je descendis prendre le courrier, content pour Joe même si j'étais déçu que cela repousse son retour. Je ne perdis mon sourire qu'en voyant mon nom sur l'unique enveloppe, rédigé d'une écriture malheureusement familière. L'expéditeur était un certain « P. T. Harrison », mais j'aurais pu l'identifier sans cela. J'avais vu bien assez de ses lettres à la con.

Je déchirai l'enveloppe en remontant l'escalier et la secouai avec appréhension pour en extraire le contenu. Quel plaidoyer tordu avait-il choisi de m'écrire cette fois ? Mais il n'y avait pas de lettre, rien qu'un chèque de cinq cents dollars, avec « Merci pour votre temps » dans la case objet.

Je jetai l'enveloppe à la corbeille mais gardai le chèque en main une minute. C'était un modèle courant, lettres bleues sur fond bleu, police standard, comme la plupart des banques en proposent à coût modique. Cela ne m'apprenait rien sur Parker Harrison que je ne sache déjà, hormis qu'il avait un compte chèques. *J'ai six mille dollars… Je dépenserai jusqu'à mon dernier* dime…

Je défroissai le chèque contre le rebord du bureau. Un chèque en bois ? Sinon, Harrison s'en était bien sorti après ses quinze ans en prison. Douze ans de liberté et quelques dollars mis de côté, voilà qui paraît peu mais la plupart des détenus ne parviennent même pas à ça. Certains se constituent un sacré palmarès en douze ans ! Un ami qui bosse à la prison du comté de Cuyahoga a baptisé le service de levée d'écrou « la porte à tambour ». Les mêmes visages vont et viennent, année après année, décennie après décennie. Pas Harrison. D'après les quelques recherches auxquelles je m'étais livré au début de sa correspondance, il n'avait été poursuivi pour aucune infraction depuis sa libération, même pas un excès de vitesse. J'ignorais où il travaillait, de quoi il vivait et comment il s'occupait, mais il n'avait pas subi la moindre arrestation. Pendant des années, il avait vécu tranquillement et sans aucun incident. Puis on avait retrouvé en forêt la dépouille d'un ancien employeur et il avait décidé de refaire surface – dans ma vie.

– Va-t'en, Harrison, murmurai-je. Va-t'en.

Je pris le chèque, le tins au-dessus de la corbeille, écartai les doigts et le regardai tomber en tournoyant. Il n'était pas question que je l'encaisse. Je ne voulais pas de son argent, je n'en avais pas besoin.

Pour une fois, c'était vrai. Mon ex-fiancée, Karen Jefferson, m'avait adressé à l'automne un chèque de quatre-vingt mille dollars pour mon enquête sur le meurtre de son mari. Elle avait les moyens, avec tous les millions qu'elle avait raflés, mais celui-là avait aussi terminé à la corbeille, de même que les deux autres qui l'avaient suivi. Puis elle m'en avait fait parvenir un quatrième, accompagné d'une lettre me priant d'accepter cette somme. J'avais encaissé le chèque, sans toutefois en dépenser un seul *dime*. L'argent était placé à un taux dérisoire, ce dont je me contentais. Je ne souhaitais ni l'investir ni y toucher, mais j'appréciais la sécurité qu'il me procurait. Un sentiment de liberté. Si quelqu'un ne me plaisait pas, je n'étais pas obligé de le prendre comme client. Si un dossier ne me convenait pas, rien ne m'obligeait à l'accepter. Si je n'avais pas envie de bosser, quelle qu'en soit la raison, eh bien je n'étais pas obligé. Pour un certain temps, du moins. Les quatre-vingt mille me permettaient de voir venir.

La rédaction d'un rapport m'occupa une bonne partie de la journée. Une compagnie d'assurances m'avait chargé d'une enquête préliminaire sur des candidats à un poste d'encadrement. Quand j'eus enfin terminé ma synthèse sur les sept postulants, c'était le milieu de l'après-midi et j'en avais assez d'être enfermé à l'agence. Je sortis dans l'idée d'aller faire du sport. Mais je manquais d'énergie et, le temps d'atteindre mon immeuble, je m'étais convaincu de laisser tomber la séance d'exercice. Je sautai dans mon pick-up et filai en direction de

Clark Avenue pour y boire un verre. Quitte à faire une croix sur l'option saine, autant assumer jusqu'au bout, non ?

Je choisis le Hideaway, qui avait rouvert en avril après un an de fermeture pour cause d'incendie. J'y étais souvent passé ces dernières semaines, peut-être pour tenter de renouer avec quelque chose qui avait déjà disparu, ou tout bonnement parce que je m'y plaisais. Inutile de suranalyser. Le propriétaire, Scott Draper, avait été un bon copain autrefois et peut-être le redeviendrait-il. Pendant l'absence de Joe, j'avais pris conscience du nombre d'amitiés qui s'étaient envolées ou affadies au fil des ans. C'était en grande partie de ma faute – je m'étais retiré du monde un certain temps après avoir perdu Karen et mon boulot. Disons-le : si Amy n'était pas apparue à l'époque, parce qu'on lui avait demandé un article sur le meurtre d'un gamin qui avait beaucoup fréquenté mon club, je serais aujourd'hui dans un état sacrément lamentable. Il suffit d'une femme pour donner l'impression d'être un type bien intégré socialement. Étonnant.

Une semaine ou quelques jours auparavant, j'aurais peut-être remarqué la voiture dès la voie express. Au sommet de ma paranoïa, j'avais su mettre mes rétros à contribution. Mais c'était du passé, aussi ne me souciai-je pas des véhicules derrière moi sur la I-71 en direction du centre-ville, jusqu'à ce que je m'engage sur la bretelle de Fulton Road. Même là, ce ne fut qu'une impression fugace ; j'étais vaguement conscient qu'une seule autre voiture avait quitté la voie express en même temps que moi.

Quand je tournai dans Clark et qu'elle me suivit, je lui accordai enfin quelques secondes d'attention, le souvenir de Dominic Sanabria n'étant pas encore entièrement effacé. Honda Pilot, modèle récent, rouge. Pas vraiment le genre de voiture des hommes de main de la mafia. Je reportai mon regard sur la route et me garai à deux cents mètres du Hideaway. La Pilot fila tout droit. Pas lieu de s'inquiéter.

Mais une fois descendu, je constatai que son conducteur

s'était garé un peu plus loin, le long du trottoir d'en face. La portière s'ouvrit et un grand blond en sortit. Il marcha dans ma direction, traversa la rue et continua d'avancer sans marquer la moindre hésitation, même quand il s'aperçut que je l'observais. Il vint droit vers moi, leva la main comme pour attirer mon attention et dit :

– Lincoln Perry ?

Comme sa voiture, il ne correspondait pas du tout aux canons mafieux. Grand, un mètre quatre-vingt-cinq ou quatre-vingt-dix, larges épaules musculeuses sous une chemise bleue amidonnée. Sa dégaine me faisait penser à un joueur de base-ball, à un lanceur tout particulièrement. Il se déplaçait avec aisance quoique sans donner une impression de vitesse ni d'agilité ; le genre de type qui est doué en sport sans être particulièrement sportif. Il avait une barbe de trois jours, plus foncée que ses cheveux blonds aux reflets roux, et des yeux bleu pâle.

– Pourquoi me suivez-vous ?

– Vous êtes Lincoln ?

– Vous le savez très bien. Vous me suiviez.

Il brandit les mains, paumes en avant.

– Désolé, mon gars. Je ne voulais pas vous foutre la trouille. Je suis passé au club de gym et je me dirigeais vers l'agence quand je vous ai vu monter dans votre pick-up. Comme j'étais au volant, j'ai démarré derrière vous.

– Je ne vous ai jamais vu. Comment avez-vous su que c'était moi, et mon pick-up ?

Il sourit.

– La dame à l'accueil du club a jeté un coup d'œil dehors pour s'assurer que votre pick-up était bien là avant de m'envoyer à l'agence.

– Et votre réflexe naturel a été de me suivre ?

– Oui, en fait. Je suis détective privé, vous savez comment c'est.

– Détective privé ?

– Je m'appelle Ken Merriman. Vous êtes de ceux qui tiennent à voir une pièce d'identité ?

Il voulut sortir son portefeuille, je l'interrompis d'un geste.

– Ne vous embêtez pas, Ken. J'ai été un peu sur les nerfs ces derniers temps. Vous n'y êtes pour rien.

– Pas de problème… Tout de même, faites-moi confiance : si je vous avais filé, je m'en serais tiré mieux que ça ! (Il pointa le Hideaway du menton.) C'est pour le boulot ou pour une bière ?

– Bière.

– Vous permettez que je vous paie un coup à boire et qu'on y mêle aussi un peu de boulot ?

– Une visite à but professionnel ?

– Tout à fait, dit-il en se dirigeant vers le bar.

– Vous êtes d'où ? lui demandai-je en l'accompagnant.

Je connaissais une bonne partie des privés des environs, de nom ou de vue, mais ni son visage ni le nom de Ken Merriman ne me disaient quoi que ce soit.

– Pittsburgh.

– Moins fort, mon gars ! Dans ce quartier, les gens n'ont qu'à entendre le nom de Pittsburgh pour devenir méchants. La ville des Steelers[1] !

– Nous sommes fiers de notre équipe, rétorqua-t-il comme nous atteignions les marches à l'entrée du bar.

– Ça fait longtemps que je n'ai pas traité d'affaire où il soit question de Pittsburgh, dis-je en saisissant la poignée. Votre dossier doit avoir des ramifications locales.

– Du moins, il en a eu autrefois.

– Autrefois ?

– Il y a environ douze ans.

Je lui tenais la porte ouverte mais il s'arrêta sur la dernière marche et me dévisagea.

1. Nom de l'équipe de football américain de la ville de Pittsburgh, donné à l'époque où l'industrie de l'acier (*steel* en anglais) y était florissante.

– Douze ans ? fis-je d'une voix caverneuse.

Il acquiesça.

– Il y a un nom que je n'ai pas du tout envie de vous entendre prononcer, marmonnai-je.

– Lequel, Cantrell ou Sanabria ?

Il me décocha un clin d'œil et pénétra dans le bar.

8

Draper n'était pas derrière son comptoir, mais peu m'importait. Ken Merriman venait d'annihiler mes plans pour une soirée tranquille. Je le suivis au bout de l'étroite salle où il se glissa dans un box.

– Vous buvez quoi ? lui demandai-je.

– Pas de serveuse ?

– Pas avant 17 heures. Alors, ce sera quoi ?

– Je prendrais bien une Guinness.

Je saisis le billet de dix dollars qu'il me tendait, me fis servir au comptoir sa Guinness et une Moosehead pour moi, et revins m'installer en face de lui. S'il y avait quelques clients au bar, nous étions les seuls en salle.

Je levai ma bière avec un hochement de tête.

– Aux importuns en provenance de Pittsburgh !

– Allons, ne dites pas ça. Aux collègues détectives ! C'est plus amical, non ? (Il sourit et leva son verre.) À Sam Spade[1] !

– À Sam Spade, acquiesçai-je.

Je fis tinter ma bouteille contre son verre, puis j'en bus une gorgée. Ce type était franchement sympathique, avec sa bonne humeur décontractée, mais le motif de sa visite n'en demeurait pas moins déplaisant.

– J'aurais préféré un coup de fil pour vous épargner de

1. Personnage de détective privé créé par Dashiell Hammett et incarné à l'écran par Humphrey Bogart.

perdre votre temps, commençai-je, mais maintenant que vous avez fait le déplacement, autant vous dire ce que je sais : rien. Quelqu'un m'a chargé de me renseigner sur la maison, pour savoir ce que sont devenus les propriétaires. J'étais dangereusement mal informé, je n'avais pas idée que les restes du mari étaient conservés quelque part chez un légiste ni que la femme était de la famille du meilleur pote de Lenny Strollo.

Merriman prit une gorgée et secoua la tête.

– Non, Strollo et Dominic n'étaient pas si liés que ça. Ils se connaissaient, bien sûr, on pourrait dire qu'ils étaient collègues, mais pas très proches.

– Me voilà rassuré !

Nouveau sourire.

– Vous m'avez l'air tendu, Lincoln.

– Vous le seriez aussi si Dominic Sanabria vous avait rendu visite à domicile.

– Au dire de tout le monde, Sanabria s'est assagi. Il file droit. Quasi aucune incartade.

– Quand bien même, il y a eu quelques plaintes par le passé, notamment des histoires de voitures piégées.

Il en convint avec un hochement de tête et s'enfila une nouvelle rasade.

– Il vous a menacé ?

– Pas ouvertement. Il a quand même veillé à ce que l'idée me trotte dans la tête. Ce n'était pas une conversation amicale.

– Comment a-t-il eu vent de votre implication aussi rapidement, d'après vous ?

– L'avocat.

– Anthony Child ? Oui, ça tombe sous le sens.

– Bien sûr. Il vous a contacté vous aussi.

Il agita l'index.

– Faux. Bien tenté, néanmoins c'est faux.

– OK, Ken. Qui vous a prévenu, alors ? Qui vous a dépêché de Pittsburgh pour me faire boire et parler ?

– Boire, vous en avez eu l'idée tout seul. Je me suis contenté de suivre le mouvement.

– Nous n'irons pas bien loin si nous refusons tous les deux de dévoiler pour qui nous travaillons. Personnellement, le statu quo ne me dérange pas. Je n'ai aucun objectif. Vous, par contre, il semblerait que si.

– Si je vous dis qui m'a mis au courant, aurai-je droit à la réciprocité ? Vous me donnerez le nom de votre client ?

Je fis non de la tête.

– Mince, c'est ce que je craignais. Mais la bonne nouvelle, Lincoln, c'est que je ne me préoccupe pas trop de votre client. Ce n'est pas pour ça que je suis ici.

– Ah bon ? Pourquoi vous êtes-vous déplacé, alors ?

– Je veux que vous bossiez avec moi. Ou plutôt je veux travailler avec vous. Je me suis renseigné. Apparemment vous êtes sacrément doué. J'ai besoin d'aide sur ce coup.

– Par « ce coup », vous entendez…

– Découvrir qui a tué Joshua Cantrell.

Je secouai la tête.

– Non, merci, Ken.

– Sanabria vous a flanqué la trouille à ce point ?

– Ce n'est pas que ça, même si je dois avouer qu'il s'y est pris comme un chef. Je n'ai rien à tirer de cette histoire. Elle ne m'intéresse pas.

– Vraiment ? fit-il en reposant sa Guinness, presque terminée. Je suis surpris d'entendre ça. Parce que, mon gars, voilà une affaire qui ne manque pas de mystère, et la plupart des privés que je connais, eh bien c'est leur truc. Le défi. Du moins les détectives qui valent quelque chose.

– Apparemment je n'ai pas ma place sur cette liste.

– Comme ça, si je proposais de vous informer du passé de Cantrell, de vous parler de ce couple heureux, de vous raconter ce qu'ils ont fait jusqu'à leur disparition, vous me répondriez : « Non, merci, je préfère ne pas savoir » ?

– Une seule chose m'intéresse, c'est comment vous avez su que je m'étais renseigné sur leur maison.

– Très bien, je vais vous le dire, mais il faudra aussi écouter le reste. Si je dois me lancer, je commence au début.

Je ne répondis pas.

Il sortit du box et se leva.

– Si vous préférez vous abstenir, dit-il, je sors d'ici et je rentre chez moi. Mais si vous voulez m'écouter, autant que je vous repaie un coup.

L'un des clients au comptoir lâcha un rire tonitruant pendant que Ken Merriman attendait ma réponse. La gaieté ambiante retomba et le calme revint. Merriman se dandina et écarta les mains, paumes en avant.

– Alors ?

– Prenez-moi une autre Moosehead et un bourbon, dis-je. Je pense que les deux ne seront pas de trop.

Il avait été engagé par James et Maria, les parents de Joshua Cantrell, environ deux mois après que leur fils et sa femme avaient quitté la maison de Hinckley pour une destination inconnue. Les Cantrell n'étaient pas une famille particulièrement soudée ; depuis des années, les relations étaient tendues avec leur fils en raison d'un trop grand fossé social et de différends idéologiques, mais il était rare que plusieurs semaines s'écoulent sans qu'ils aient de nouvelles. Quand ils avaient enfin décroché leur téléphone, la ligne n'était plus en service.

– Un autre mois a passé avant qu'ils s'inquiètent vraiment, au point de m'embaucher. Ils se sont rendus sur place, ils ont constaté que la maison était déserte, après quoi ils sont allés trouver la police locale qui s'est un peu renseignée, suffisamment pour apprendre qu'Alexandra avait pris des dispositions concernant la propriété. Ce qui indiquait un départ volontaire et non un crime. Ignorer ses parents n'a rien d'illégal.

James et Maria Cantrell ne pouvaient pas croire que leur fils soit parti si brusquement sans leur en parler. Comme les semaines défilaient et qu'ils n'avaient toujours aucune nouvelle, ils avaient acquis la certitude qu'il s'était passé quelque chose de louche.

– La première fois qu'ils sont venus à l'agence, ils étaient pétrifiés. J'ai eu du mal à leur soutirer des éléments concrets.

Quand il avait mis son nez dans l'affaire, Ken s'était vite aperçu qu'il y avait très peu d'éléments. Une seule personne avait su que le couple comptait partir, Anthony Child, et tout s'était fait par téléphone. L'avocat jurait avoir reconnu la voix d'Alexandra et être convaincu que c'était bien elle qui lui avait transmis les instructions.

Ken retourna au bar et en rapporta deux bières, toujours accompagnées de deux bourbons.

– Depuis douze ans, la police refuse d'enquêter parce que l'appel téléphonique à Child donne à penser qu'ils sont partis sur un coup de tête. Ça, c'était avant la découverte du cadavre, qui a tout chamboulé.

Le problème tenait, convenait Ken, à ce que le couple était bien du genre à déménager pour une lubie. C'était un duo éclectique et la plupart de leurs centres d'intérêt – les pratiques holistiques, la guérison par la prière, les retraites spirituelles – dénotaient une vie en marge de l'ordinaire. Bien que surpris de leur disparition, leur entourage devait convenir que cela leur correspondait bien.

Ken avait enquêté plusieurs mois sans dégager la moindre piste sur ce qu'était devenu le couple ou le pourquoi de leur départ. Mais il en avait beaucoup appris sur leur passé, notamment un élément très intéressant : pendant des années, les Cantrell avaient collaboré avec l'administration pénitentiaire de l'Ohio, à faciliter la transition pour de violents criminels au cours des premières phases de leur libération conditionnelle.

– Ils se sont connus en doctorat, m'expliqua Ken. Ils étudiaient la réinsertion des délinquants. Un intérêt partagé, intellectuel pour Joshua et plus personnel pour Alexandra. Vous imaginez d'où ça lui venait : son père avait fait plusieurs séjours en prison avant d'être abattu, et ses frères prenaient le même chemin. En tout cas, une fois mariés, Alexandra et Joshua ont cosigné quelques articles, ils ont mené des études de terrain et ils ont monté un programme alternatif qui a décroché une subvention fédérale. À l'époque, les autorités mettaient l'accent sur l'implication de la famille du détenu pour aider à sa resocialisation. Les Cantrell ont souligné le problème suivant : *quid* du délinquant qui n'a pas de famille, ou de celui qui vit la sienne comme un cancer ?

Je sirotais ma bière en gardant les yeux fixés sur la table, soucieux de ne pas trahir qu'il ne m'apprenait rien. Je n'avais toujours pas décidé si j'allais lui dévoiler l'identité de Parker Harrison, mais je me demandais si Ken n'allait pas l'évoquer lui-même, compte tenu du tour que prenait son récit.

– Un policier m'a contacté il y a quelques mois, après la découverte du cadavre de Cantrell. Il avait appris que j'avais enquêté dès le début et voulait savoir si j'avais repéré quiconque ferait un bon suspect pour un meurtre. Je lui ai répondu : « Oui, j'ai vingt-huit noms. »

Les vingt-huit délinquants violents dont Joshua et Alexandra Cantrell avaient facilité la réinsertion. Nous reprîmes à boire et Ken m'énuméra leurs crimes, un éventail qui allait du braquage de banque au meurtre en passant par le viol. Au dernier décompte, dix-neuf étaient toujours en liberté et deux étaient morts.

– Ce qui signifie que seuls sept des délinquants pris en charge par les Cantrell sont retournés en prison, dit-il. Vous avez une idée du taux habituel de récidive ?

– Je m'y connais assez pour savoir que ces chiffres sont nettement supérieurs à la moyenne.

– Oui, tout à fait. Il semblerait que leur méthode fonctionnait.

– Comment s'y prenaient-ils ?

– Au début, ils agissaient comme… enfin, on pourrait parler d'une famille d'accueil. En quelque sorte ils adoptaient ces types, ils étaient présents à leurs côtés, ils les conseillaient, et ainsi de suite. Vers la fin, quand ils ont acheté le terrain à Hinckley, le système a évolué. Ils embauchaient ces individus, les faisaient travailler pour eux entre six mois et un an. C'était bien payé, à une condition : ils devaient loger sur place.

– Dans la maison ?

– Oui. Vous imaginez, accueillir des assassins chez soi ? Et puis, même s'il y avait tout le confort moderne, l'eau courante, l'électricité et le reste, les Cantrell imposaient que tout soit fait à la main, sans matériel électrique. (Il sourit.) Bizarre, hein ?

Au début, j'ai pensé qu'ils étaient dingues d'exiger ça… J'ai compris ensuite à quel point c'était important. Que le bruit d'un moteur aurait tout gâché.

– Bizarre, convins-je en terminant ma bière.

– Alexandra soutenait que le fait d'être coupé de la nature était un facteur de récidive. Qu'une incarcération prolongée entraînait un sentiment d'isolement traumatisant.

– Certes.

– J'ai discuté avec une femme du bureau des libérations conditionnelles qui travaillait avec les Cantrell. Elle m'a raconté qu'Alexandra avait la vision d'un nouveau modèle de prison où les détenus ne seraient plus coupés de la nature. Comme vous pouvez l'imaginer, ce genre de changement s'avère compliqué. Elle a donc appliqué ses idées au versant réinsertion.

– Elle en attendait quoi ? Que les repris de justice se découvrent un lien avec la nature ?

– À l'évidence. Elle avait un tas d'études à l'appui. L'une démontrant qu'une chambre d'hôpital avec vue sur un jardin diminue à elle seule le recours aux tranquillisants, une autre établissant que le taux de récidive est moins élevé chez les détenus participant à un atelier de jardinage. Faute d'obtenir le soutien qu'elle espérait, elle a créé son propre programme à une échelle minuscule.

– Comment étaient choisis les candidats ?

– Les Cantrell étudiaient leur dossier, leur parcours, puis ils leur faisaient la proposition. Les ex-détenus n'étaient pas obligés d'accepter, cependant personne n'a jamais refusé. La paie était bonne. Les Cantrell n'avaient qu'une seule exigence : ils ne retenaient que des criminels violents, de préférence des meurtriers.

– Je n'ai pas les mêmes critères quand je cherche un colocataire.

– Oui, ce n'est pas une condition courante dans les petites annonces.

– Alors, combien de types sont venus bosser chez eux ?

– Quatre. Aucun n'est retourné en prison, mais l'un d'eux est décédé.

– Comment est-il mort ?

– Circonstances mystérieuses. Peu de temps après avoir quitté les Cantrell.

Après un moment de silence, je lançai :

– Apparemment, c'était le genre de programme « ça passe ou ça casse ».

Ken retrouva le sourire.

– Oui, en effet. Ils espéraient sans doute profiter de cette poignée d'exemples pour se lancer à plus grande échelle. Les quatre premiers étaient des sujets tests.

– OK. Vous avez donc vingt-huit criminels violents qui ont travaillé étroitement avec le couple, sans compter que la disparue se trouve être la descendante d'une famille mafieuse au passé sanglant. Vous n'étiez pas en manque de suspects.

– Non.

– Alors, sur quoi a débouché votre enquête ?

Il contempla son verre. Vide à nouveau. Nous nous en étions enfilé un certain nombre ; j'avais perdu le compte. Le mélange bourbon-bière a parfois cet effet.

– Sur rien, Lincoln. Je n'ai rien trouvé. J'aurais bien continué, mais les parents avaient peu de moyens, ils ne pouvaient pas financer mes allers et retours entre Pittsburgh et ici. Au départ ils m'ont engagé parce qu'ils voulaient quelqu'un de local, qu'ils puissent rencontrer en personne, mais j'ai dilapidé leur budget et tout ça pour que dalle. Rien ne justifiait qu'ils remettent la main à la poche. Ils n'étaient pas très riches.

– Ça remonte à douze ans ?

– Onze ans quand ils ont arrêté les frais.

– Qu'est-ce que vous fichez par ici, alors ?

Sa bonne humeur avait disparu et il semblait mal à l'aise.

– Vous prendrez autre chose ?

– Je veux que vous répondiez à ma question.

Il demeura muet.

– Qui vous a parlé de moi ?

– C'est ça qui vous inquiète ? Votre pote Sanabria.

– Il vous a engagé ?

– Non. On s'était croisés brièvement à la fin de l'année dernière, quand j'ai repris le dossier, et apparemment il n'avait pas oublié mon nom. Il m'a appelé la semaine dernière pour me demander si vous bossiez avec moi ou pour les parents de Cantrell. J'ai répondu « Pas du tout » à sa première question et « Aucune idée » à la seconde. Il n'a pas paru s'en satisfaire.

– Oui, j'ai aussi eu droit à ce genre de réaction.

– C'est donc comme ça que j'ai eu votre nom et forcément que j'étais intrigué, vu que cette affaire m'était restée dans la tête depuis toutes ces années et que la découverte du cadavre de Joshua m'avait replongé dedans. Je me suis renseigné sur vous, j'ai vu que vous aviez traité de gros dossiers, vraiment du lourd de chez lourd, et je me suis dit : « Après tout, je n'ai qu'à sauter dans ma bagnole pour aller lui faire une proposition. »

– Je ne comprends pas quelle est la proposition.

– Je veux mener cette enquête, mon gars. Dans l'idéal, avec toi… On peut se tutoyer, non ? Sans toi, si tu refuses.

– Tu n'as même pas de client, Ken. À quoi bon ?

Il planta les coudes sur la table et se rapprocha.

– Voilà quatorze ans que je suis dans le métier et je n'ai jamais enquêté sur quoi que ce soit d'essentiel. Tu sais ce que je traite, année après année ? Des dossiers d'assurance et des adultères. C'est tout.

– Ça permet de régler les factures. Le but est là, non ?

– Non ! Le but mon cul ! (Il frappa la table et se redressa.) Tu bosses pour régler les factures, vraiment ? C'est ça qui t'a fait choisir cette profession ?

– Je suis dans le métier parce que je me suis fait virer, Ken.

– Je sais. Lourdé de la police, tu t'es installé comme privé. Pourquoi ?

– Je n'étais bon qu'à ça.

Il expira avec dégoût et détourna le regard.

– Je comprends ton point de vue, dis-je. Cette enquête est plus attrayante qu'une fraude à l'assurance. Cela dit, s'il y a bien une espèce de détectives dont je me suis toujours méfié, ce sont les chasseurs de gloire.

– Ce n'est pas ce que je recherche, bordel ! Je ne parle pas du tout de ça.

Il soupira et se passa les deux mains dans ses cheveux blonds. Ses joues avaient rosi et ses yeux étaient marqués par l'alcool.

– Je dis juste qu'en quatorze ans, je n'ai eu qu'une seule enquête vraiment importante, et je n'ai obtenu aucun résultat. Je n'ai pas retrouvé leur fils. Voilà qu'il est mort, et j'aimerais pouvoir leur expliquer pourquoi.

Je détournai le regard, regrettant soudain de ne pas avoir accepté qu'il retourne au bar.

– Tu as déjà traité ce genre d'affaires, poursuivit-il d'une voix retenue. J'ai lu des articles sur toi, Lincoln. Je te l'ai déjà dit. Tu as eu des enquêtes qui comptaient. Auxquelles les gens attachaient de l'importance. D'autres gens que toi et tes clients.

– Ken… commençai-je, mais il ne s'interrompit pas.

– Ma fille a quatorze ans, elle adore les séries policières. Tu sais, les conneries à la télé qui n'ont rien à voir avec la réalité, mais elle aime ça. Il y a des fois… des fois où elle m'interroge sur mon travail et je me surprends à… Je ne lui mens pas vraiment, Lincoln, mais j'en rajoute. Je force le trait, comme si ça ne se limitait pas aux maris volages et aux scènes d'accident à photographier. (Il repoussa son verre vide et eut un rire forcé.) Si je te raconte ça, c'est que j'ai un coup dans le nez !

Je ne dis rien.

– Tu n'as pas d'enfants ?

– Non.

– Tu n'as pas de gamins, tu n'as jamais divorcé. Tu n'as pas vu un autre type entrer dans la vie de ta fille. Un putain de médecin, Lincoln. Un chirurgien. Lui, son métier, c'est de sauver des vies. Moi, je prends des photos près d'une benne à ordures, en espérant surprendre un pauvre mec en train d'embrasser une traînée, pour pouvoir retourner auprès de ma cliente et lui dire : « Ouais, votre mari est bien un trou du cul. Je peux avoir mon chèque, maintenant ? » Pendant ce temps, ma fille habite dans une super baraque et elle attend tous les soirs que son beau-père rentre au volant de sa Porsche pour lui raconter une greffe de foie ou je ne sais quelle connerie !

Il avait haussé le ton et en était presque à crier quand il s'en aperçut et se tut. Le bar s'était rempli en fin d'après-midi, d'autres clients nous avaient rejoints en salle. J'avais beau leur tourner le dos, je sentais les regards braqués sur nous. Nous demeurâmes silencieux et, quand ils comprirent que la diatribe de Ken était terminée, ils retournèrent à leurs verres et à leurs conversations.

– Je sais que c'est mesquin d'y attacher de l'importance, dit-il. Je m'en rends compte. Mais j'aimerais t'y voir ! Vas-y, essaie.

Il tendit la main, referma les doigts autour du verre vide et les y maintint.

– Ce dossier, Ken… il n'y a rien de bon à en tirer. Tu comprends ça, non ?

Il fit non de la tête.

– Pas du tout ! Ce que je comprends, Lincoln, c'est que cet homme et sa femme ont disparu, ils se sont volatilisés jusqu'à ce qu'on retrouve la dépouille du mari. Lui est donc mort, elle n'a pas réapparu, et les parents de Joshua n'ont toujours pas la moindre explication, putain ! Ils n'ont aucune idée de ce qui a pu mal tourner dans la vie de leur fils, comment son squelette a atterri dans les bois à une heure de voiture de la somptueuse demeure qu'il avait quittée sans prévenir. (Il me regarda droit dans les yeux.) Je veux leur fournir l'explication. Je me fiche que ce soit les Sanabria, la famille Manson [1] ou la femme du bonhomme, je veux retourner chez ces gens pour leur dire : « Voici ce qui est arrivé à votre fils. » (Il leva le verre, se souvint qu'il était vide et le reposa.) Je ne suis pas assez doué pour me débrouiller seul.

Je secouai la tête mais il en faisait déjà autant.

– J'ai déjà essayé seul, Lincoln. J'ai échoué. Je ne vois pas pourquoi cette fois je m'en sortirais mieux.

– Je ne suis pas d'accord.

Après un long silence, il dit :

– J'ai une idée : et si je passais demain à ton agence avec mon dossier d'enquête ? On l'étudie ensemble et on discute des approches possibles. De la suite des opérations. Tu auras bien quelques suggestions, non ? Peux-tu m'objecter une seule raison qui t'empêche de m'accorder au moins ça ?

J'étais sûr qu'il en existait une mais elle ne me vint pas assez vite à l'esprit pour me sauver.

– D'accord, je peux faire ça.

Il me salua de son verre vide.

1. Communauté hippie des années soixante dont les membres ont commis plusieurs meurtres à l'instigation de leur leader Charles Manson, notamment celui de l'actrice Sharon Tate.

9

Ce soir-là des rubans de nuages anthracite défilaient devant une belle lune gibbeuse, poussés par un vent soutenu en provenance du lac. Installé sur le toit de mon immeuble, je m'émerveillai de leur vitesse et les contemplai si longtemps que les lumières et les bruits de la rue finirent par s'estomper tant j'étais captivé par l'allure des nuages, par la lune qui disparaissait et réapparaissait à tour de rôle. Quand je les fixais vraiment longtemps, j'avais l'impression de ne plus me trouver sur le toit mais loin en mer, sous un ciel à perte de vue.

Oui, j'avais un peu trop bu.

J'avais essayé en vain de joindre Amy pendant le trajet de retour, et à la réflexion, heureusement qu'elle n'avait pas répondu : je n'aurais jamais dû prendre le volant, sans parler de téléphoner en conduisant. J'avais baissé les vitres et j'étais rentré par Lorain Avenue, un itinéraire simple et à vitesse modérée, de feu rouge en feu rouge jusque chez moi.

Mais Amy me manquait. C'était nouveau pour moi, un sentiment inhabituel. Elle me manquait dès que je passais la nuit sans elle. On pourrait croire que c'est pénible ; pas du tout. Il est préférable d'avoir dans sa vie quelqu'un à qui l'on tient. Amy me manquait dès que nous étions séparés, Joe me manquait depuis plusieurs mois, et c'était la preuve que je n'étais pas seul au monde. Il y avait des personnes que je tenais à avoir près de moi et leur absence me pesait toujours. C'était presque une existence saine. Qui ne semblait pas du tout me convenir.

La nuit était douce, nuageuse mais sans pluie. Sans prendre la peine d'allumer la lumière dans l'appartement, je m'étais servi un verre d'eau dans la cuisine obscure et je l'avais emporté sur le toit. Installé sur un transat, j'admirais le ciel qui paraissait décidé à assurer le spectacle.

Au début, des bribes de ma conversation avec Ken Merriman me défilèrent dans la tête, le passage le plus fréquemment répété étant son aveu que Dominic Sanabria l'avait prévenu. Il m'avait balancé ça en passant. *Votre pote Sanabria...* D'un ton un peu trop désinvolte ? Fallait-il s'interroger là-dessus ou bien n'était-ce que l'alcool qui injectait une dose de paranoïa dans mon cerveau ? Je comptais y réfléchir mais le vent prit de la vigueur et les nuages s'accélérèrent, et je finis par relâcher mon verre et m'endormir.

Je rêvai que je me réveillai. Ça peut paraître dingue mais c'est un rêve que je fais de temps à autre, toujours quand je m'endors ailleurs que dans mon lit, et souvent quand l'alcool ou la fatigue incitent mon esprit à se comporter bizarrement.

Cette fois, je rêvai qu'à mon réveil j'étais toujours sur mon transat, face à la trappe d'accès au toit. Quelqu'un se tenait à côté de l'ouverture, ce dont mon esprit s'étonna sans s'en inquiéter. Je ne bougeai pas, je ne dis rien, je me contentai d'observer la silhouette, et quand mes yeux se furent adaptés à l'obscurité je reconnus Parker Harrison.

Il me regarda un long moment, et je sentais qu'il fallait que je me lève, que je dise quelque chose, que je lui ordonne de partir, au lieu de quoi je continuais de le fixer silencieusement. À la longue, ma surprise se mua en crainte, lentement mais sûrement. Je retins mon souffle en le voyant plonger la main droite dans les plis obscurs de ses vêtements. Quand les nuages dépassèrent la lune, un rai de lumière blanche l'atteignit et je découvris un visage normal mais un bras entièrement décharné – seuls de maigres os pointaient hors de la manche. Quand sa main ressortit, elle aussi n'était plus qu'un squelette, rien que des os, et il tenait entre ses doigts une pièce en argent.

Il me fixa et projeta la pièce vers le ciel d'une pichenette du pouce. Celle-ci brilla durement au clair de lune. Il la rattrapa et la renvoya en l'air, encore et encore, et la pièce semblait à présent dangereuse, chaque scintillement néfaste comme le tranchant d'une lame affûtée. Ma peur croissait à chaque lancer et bascula dans la pure terreur quand, d'un geste brusque et théâtral, il l'attrapa au vol et l'amena dans sa paume, hors de la lumière. Au moment où il referma la main, les os se pulvérisèrent en un nuage de poudre blanche qui noircit en retombant vers ses pieds. La pièce atterrit sur le toit et tournoya tandis que la poussière noire se posait autour, et je me redressai soudain, réveillé pour de bon, agrippé aux bras du fauteuil.

Je demeurai plusieurs secondes dans cette posture, tandis que le toit était balayé par le vent. Il faisait nettement plus froid que quand je m'étais endormi, et en bas l'avenue était silencieuse. Je posai les pieds par terre et me levai, oubliant le verre qui reposait contre mon flanc. Il roula, tomba et se fracassa sur le sol en pierre. Le vacarme faillit me faire sauter du toit.

Les bouts de verre qui étincelaient autour de mes pieds me rappelèrent la pièce du rêve et, tel l'enfant qui n'arrive pas à croire que le monde rêvé était imaginaire, je me retournai vers la trappe comme si je m'attendais à voir Harrison. L'ouverture n'était qu'un carré sombre à la surface du toit et elle était située derrière moi et non devant moi, contrairement à ce qu'il en était dans mon rêve. J'inspirai longuement et me dirigeai vers la trappe, enjambant les morceaux de verre ; pour le ménage, on verrait demain. Une voiture passa enfin dans l'avenue, l'autoradio déversant du rap à pleins tubes, tapage des plus réconfortants. Je descendis précautionneusement les marches, puis je repliai l'escalier et la trappe se referma bruyamment. Il faisait sombre dans l'immeuble et mon crâne m'élançait douloureusement, comme si quelqu'un me l'avait gonflé pour s'assurer qu'il n'y avait aucune fuite d'air.

– Plus jamais de bourbon, marmonnai-je. Plus jamais.

Je cherchai l'interrupteur à tâtons et l'actionnai. Le couloir et l'escalier furent baignés de lumière. J'avais presque atteint la porte de mon appartement quand je m'arrêtai et fis demi-tour. Les yeux plissés à cause de la luminosité, je jetai un coup d'œil vers la porte d'entrée en bas. Elle était bien fermée et le verrou enclenché. Bien sûr qu'elle était fermée et verrouillée, bien sûr…

Je regagnai l'appartement où je repris un verre d'eau, cette fois accompagné de quelques cachets d'ibuprofène, puis je filai dans ma chambre et dormis. Un sommeil sans rêves.

Dans la matinée, je me rendis à l'agence avec un triple café et un mal de tête lancinant, et je fis des recherches sur Ken Merriman. J'y consacrai près d'une heure. Tout ce qu'il m'avait dit la veille s'avéra exact : il était de Pittsburgh, détective privé depuis quatorze ans, divorcé et père d'une adolescente, mais il avait choisi d'omettre certains détails. À savoir la mauvaise presse que lui avait value l'affaire Cantrell. James et Maria Cantrell avaient accordé une interview après la disparition de leur fils, afin d'implorer le public de les aider dans leurs recherches. À l'occasion de cet entretien, ils s'étaient lâchés sur Ken, prétendant qu'il leur avait soutiré des milliers de dollars sans pour autant rien faire. James avait même laissé entendre qu'ils lui auraient intenté un procès s'ils avaient eu les moyens de se payer un avocat. Le journaliste avait contacté Ken mais celui-ci s'était contenté d'un « Pas de commentaire ». L'attaque n'était pas nécessairement justifiée – tout privé a été confronté au casse-tête du client qui s'imagine payer pour un certain résultat et non pour un travail qui pourrait ne rien donner, voire un résultat contraire à ses attentes –, mais ce genre de publicité pouvait nuire à une carrière. J'étais impressionné que Ken y ait survécu et je comprenais un peu mieux pourquoi il était à présent cantonné dans l'adultère et l'assurance. Malgré tout, le coup de fil de Sanabria continuait de m'intriguer, ainsi que l'étrange confidence en fin de soirée. Ken en avait-il fait un peu trop ? Avait-il cherché à toucher la corde sensible ?

Par le biais de la NALI, une association nationale d'enquêteurs judiciaires dont les membres sont en général de grande qualité, je connaissais un privé basé à Pittsburgh. De la même génération que Joe, Casey Hopper était un vieux de la vieille qui connaissait tout le monde dans le métier, les bons comme les nuls. Je décidai de lui passer un coup de fil pour le sonder sur Ken.

– Un type bien, dit-il à peine eus-je prononcé le nom. J'ai bossé avec lui plusieurs fois.

– Vous lui faites confiance ?

– Oui, autant que je peux faire confiance à quelqu'un que je ne connais pas vraiment. Il m'a toujours semblé sincère mais vous savez, il y a des histoires qui circulent le concernant. Enfin, une seule histoire, à vrai dire.

Il commença à me raconter l'affaire Cantrell et je le laissai parler. Sa vision des choses collait avec les autres versions que j'avais eues, y compris celle de Ken.

– Vous envisagez de lui confier du boulot ? me demanda-t-il.

– L'inverse. Il me propose une collaboration. J'hésite.

– Eh bien je peux vous dire une chose : c'est un expert de la surveillance. Je n'ai jamais travaillé avec personne de meilleur sur ce plan. Ce mec est pour ainsi dire invisible et d'une patience incroyable. Un truc dingue. (Il marqua une pause.) Et, comme vous le savez, j'étais tireur isolé au Vietnam.

– Oui.

– Alors quand je dis que quelqu'un est patient…

– Oui.

– Seulement, Merriman ne décroche que ce genre de boulots. Il a une clientèle régulière pour ce qui est de la surveillance, adultères et fraudes à l'assurance, mais pour les enquêtes de terrain, je ne sache pas qu'il ait beaucoup d'expérience. Une fois je lui ai confié une déposition parce que j'étais en déplacement et il a complètement merdé. Il ne savait tout simplement pas comment recueillir une déclaration qui vaille quoi que ce soit devant un tribunal. J'évite donc de passer par lui pour ce genre de mission et ça m'a l'air d'être l'avis général par ici. Aucun problème pour lui sous-traiter du boulot de surveillance en trop ; pour le reste, s'adresser à quelqu'un d'autre. Il n'a jamais été flic, il n'a pas été formé par un bon privé, et il n'a aucune enquête de grande envergure à son actif. Par contre, il sait se cacher des putain de rétroviseurs !

Voilà qui n'était guère encourageant, étant donné que l'enquête envisagée requérait des talents à l'opposé des siens.

– Il souhaite reprendre le dossier Cantrell, dis-je. Je suis tombé dessus par inadvertance, il m'a contacté et m'a demandé de l'aider.

– Il remet ça ? Merde alors ! Qui le paie ?

– Personne. Il prétend qu'il veut terminer ce qu'il n'a pas pu achever à l'époque. Vous y croyez ?

Casey marqua un temps de silence.

– Ouais, j'y crois sans doute. Sa carrière en a beaucoup pâti, étant donné qu'il n'avait aucune expérience à avancer comme preuve de son savoir-faire. M. Tout-le-Monde a fini par oublier cette histoire mais pas les cabinets d'avocats et les grosses agences qui sous-traitent du boulot, les gens dont on dépend pour les missions de qualité.

Je le remerciai pour ces renseignements et raccrochai. Je poursuivis mes recherches, sans trouver grand-chose d'autre. Mis à part cette histoire rien ne ressortait, notamment aucune indication que Ken m'ait dit autre chose que la vérité. Sa loyauté envers les Cantrell paraissait étonnante, compte tenu des accusations qu'ils avaient formulées à son encontre, mais sa véritable motivation était peut-être de leur donner tort après tant d'années.

Quand il se présenta enfin, à 10 h 30, il ne payait pas de mine. Portant les mêmes habits que la veille, il avait le blanc des yeux strié de rouge et sa barbe naissante avait foncé. Il referma la porte derrière lui avec un soin extrême, comme si la claquer risquait de lui faire éclater la cervelle, puis il m'adressa un sourire douloureux.

– J'aurais peut-être mieux fait de te l'avouer hier soir, dit-il, mais je ne suis pas un buveur de bourbon.

– Moi, j'apprécie un bon scotch mais ça n'a rien à voir avec cette cochonnerie. Vers 3 heures du matin, je me suis fait la réflexion que le bourbon générique du Hideaway s'approchait plus du mazout.

Il gémit et se laissa tomber sur un des sièges de stade.

– Holà, doucement. Ces fauteuils ont vu les Browns mettre bien des déculottées aux Steelers.

– Avec la gueule de bois que je tiens, je ne vais même pas relever cette provocation.

– C'est à ce point ?

– Oui. Toi, tu m'as l'air bien remis. Quelques heures de sommeil paisible ont fait l'affaire ?

Je repensai à la main-squelette d'Harrison fendant l'air, aux os pulvérisés en poudre, à la poussière noire qui s'était posée autour de la pièce de monnaie tournoyante.

– Un sommeil paisible, confirmai-je avec un hochement de tête.

– J'aimerais pouvoir en dire autant. (Il brandit la mallette éraflée qu'il avait apportée.) Hier soir tu as accepté qu'on passe en revue le dossier. Cela dit, je juge plus équitable de te laisser la possibilité de t'en dédire à tête sobre. Tu ne me dois rien et rien ne t'oblige à perdre ton temps.

– Je peux t'accorder quelques heures.

Il posa la mallette sur ses genoux et l'enserra de ses bras.

– Écoute, Lincoln, hier soir, je me suis peut-être montré… euh, disons un peu trop familier. Enfin, merde, on ne se connaît pas et je te balance des trucs privés qui ont dû te mettre mal à l'aise. Les conneries à propos du nouveau mari de mon ex…

– Ne t'en fais pas, Ken.

– Si. Tu n'avais pas besoin d'entendre ça et pour être franc j'ai été vachement embarrassé en y repensant une fois de retour à l'hôtel. Donc, si tu pouvais mettre ça sur le compte de l'alcool et tout oublier…

– Je te dis, ne t'en fais pas. Ce n'est rien.

Un silence gêné s'ensuivit pendant quelques secondes, auquel il coupa court en tapant sur la mallette.

– C'est le bon moment, ou bien tu préfères que je repasse, ou…

– Va pour tout de suite. Montre-moi ce que tu as.

Il posa la sacoche sur le bureau et l'ouvrit. J'écarquillai les yeux en voyant la quantité de documents qu'elle contenait, plusieurs centaines de pages.

– J'ai un sacré dossier, dit-il.

– Sans blague.

– Je ne tiens pas à t'inonder de trucs dont tu n'as rien à faire, aussi si tu as une idée par où commencer…

– Je serais très curieux de savoir ce que t'ont appris les gens qui les connaissaient le mieux. Tout particulièrement leur entourage à l'époque où ils ont disparu : amis, collègues.

– Ils ne travaillaient pas.

J'arquai un sourcil.

– Ni l'un ni l'autre ?

Non. Ils vivaient grâce à l'argent d'Alexandra.

– Bigre. Et d'où lui venait sa fortune ?

– De feu Christopher Sanabria.

– Tout de même, il n'était pas si riche que ça.

– Si. Il avait pas mal de pognon, et quand il s'est fait abattre la famille a découvert qu'il avait laissé tout le magot à Alexandra. Ça représentait plusieurs millions à l'époque, mais elle a dû attendre huit ans pour en profiter, à partir de ses vingt et un ans. Entre-temps, le pactole avait fait des petits. Apparemment Christopher l'avait bien placé.

– Elle a raflé jusqu'au dernier *dime* ?

– Oui, pour les avoirs financiers. Les fils se sont partagé la maison et le mobilier.

– Rien pour sa femme ?

– Morte. Elle s'est suicidée un an avant le meurtre de son

mari. C'est pour cette raison qu'Alexandra était en pension. Son père estimait qu'il lui fallait une influence féminine.

– Christopher a eu combien de fils ?

– Deux. Dominic et Thomas. Thomas s'est fait descendre par un flic à Youngstown, environ cinq ans après la mort du père. Une histoire de stupéfiants, une descente de police effectuée par un mec en solo. Bizarre, hein ? Le policier a raconté qu'il vérifiait un tuyau auquel il ne croyait pas trop. Des rumeurs de coup monté ont circulé, comme quoi le flic avait agi sur contrat, mais l'enquête n'a rien donné.

– Alexandra était en pension à l'époque ?

Il opina du chef.

– Elle a quitté l'Ohio à douze ans et n'est revenue qu'à la fin de ses études.

– Pour travailler avec l'administration pénitentiaire.

– C'est ça.

Je me tus l'espace d'une minute. Je repensais à la manière dont Dominic Sanabria avait évoqué sa sœur. *Chaque famille a sa petite chérie. Pour nous c'est Alexandra.*

– Saurais-tu ce qu'il en a été des relations familiales après son retour ? m'enquis-je. Aucune amertume à propos de l'argent ? Peu importe l'aspect mafieux. Le père qui, à sa mort, laisse tout le pognon à un gamin et rien à l'autre... il en résulterait des tensions dans n'importe quelle famille.

– Je n'en ai relevé aucun signe mais ça m'a toujours étonné. Quand elle a été en âge de profiter de son héritage, Dominic était devenu quelqu'un d'important à Youngstown, il avait d'autres sujets de préoccupation et il s'était constitué un joli petit magot. Il a dix ans de plus qu'elle.

Je me tus à nouveau, pas entièrement convaincu. Voir la fortune familiale vous filer sous le nez au profit de votre sœur n'était pas un affront facile à ignorer pour un homme, surtout un gaillard comme Dominic Sanabria. Mais je l'imaginais mal s'en prendre à sa propre sœur ; l'honneur de la pègre s'appliquait avant tout à la famille. Mais je n'allais pas démêler cette histoire en restant assis à mon bureau et je n'avais pas non plus envie de terminer là-dessus. J'indiquai donc la mallette.

– Bon. Si les seules personnes qu'ils voyaient régulièrement étaient leurs ex-détenus, qu'as-tu sur eux ?

– Des portraits assez détaillés. Ils ont été quatre à travailler sur place et trois sont toujours en vie.

– Tu leur as parlé ?

– Seulement à deux d'entre eux, dit-il. (Il se pencha pour fouiller dans sa sacoche et en sortit une chemise cartonnée.) Je n'ai pas réussi à retrouver la trace du troisième, puis j'ai cessé d'enquêter faute de budget. (Il ouvrit le dossier et sortit des feuilles agrafées.) Celui que je n'ai jamais pu contacter, qui a travaillé pour eux jusqu'à leur disparition, s'appelle Parker Harrison. Alors tu préfères peut-être qu'on commence par…

– Non, l'interrompis-je. Commençons par le premier, d'accord ? Puis dans l'ordre chronologique.

Sa seule réaction fut un hochement de tête et il remit le document sur Harrison dans la chemise.

10

Les quatre délinquants qui avaient travaillé auprès des Cantrell dans leur étrange propriété en forêt aux abords de Hinckley avaient tous été condamnés pour des faits violents : trois pour meurtre, un pour vol à main armée et coups et blessures.

La première recrue du couple s'appelait Mark Ruzity. D'origine serbe, il avait grandi au Slavic Village dans la partie est de Cleveland. Un quartier très, très dur. À une époque, Ruzity avait eu un avenir prometteur. Guitariste blues de talent, il avait eu droit à quelques articles dans des journaux et magazines après s'être produit avec des groupes de réputation nationale. Ken en avait des copies, aperçus de ce qui aurait pu être. Le succès de Ruzity avait été de courte durée ; ses problèmes de drogue avaient miné sa carrière. Il avait touché le fond à La Nouvelle-Orléans où il était en tournée avec un groupe baptisé Three Sheiks to the Wind[1]. Un soir, dans un club, il avait agressé un client qui se tenait près de la scène et parlait fort pendant qu'ils jouaient. Ruzity n'était pas en veine : non seulement il avait bousillé une bonne guitare sur le dos du gaillard mais en plus celui-ci se trouvait être flic. Cet incident lui avait valu six mois de prison. À sa sortie, il était fauché et sans groupe.

1. Littéralement : « trois cheiks dans le vent ». Calembour sur l'expression *three sheets to the wind* (« trois voiles dans le vent »), empruntée à la marine et qui désigne un état de grande ivresse.

De retour à Cleveland, Ruzity avait trouvé du boulot dans le bâtiment et il s'était à nouveau produit, principalement dans les bars de la ville pour des clopinettes. Il avait tenu le coup plus d'un an, jusqu'à ce qu'il rencontre une rousse aux longues jambes prénommée Valerie, un soir après un concert. Elle était belle, il était shooté, et en l'espace d'une nuit il était tombé amoureux. Il n'y avait qu'un seul problème : Valerie était prostituée. Il ne se rappelait pas l'avoir payée le premier soir, alors qu'apparemment il l'avait fait, et quand elle l'avait informé que leur relation était strictement professionnelle, il ne l'avait pas pris comme une fin de non-recevoir mais comme un défi. Les Capulet contre les Montaigu. Après une journée de rumination, sans compter plusieurs verres de gin et quelques *black beauty*[1] pour s'éclaircir les idées, Ruzity n'avait vu qu'une seule solution pour régler le problème : tuer le souteneur.

Ses belles illusions romantiques avaient connu une fin soudaine et douloureuse quand Valerie elle-même l'avait dénoncé. Mauvaise nouvelle, il était poursuivi pour meurtre ; bonne nouvelle, la victime était un proxénète avec un casier. Le juge avait fait preuve d'indulgence : Ruzity avait passé quinze ans en prison, à composer des chansons et à étudier le blues. Comme il n'avait ni famille ni amis proches, le service de réinsertion l'avait placé chez Joshua et Alexandra Cantrell dont les idées sur l'après-prison semblaient mériter d'être essayées.

Après avoir vécu et travaillé six mois chez eux, Ruzity était retourné à Cleveland où il avait gagné sa vie en réparant des instruments pour un prêteur sur gages et en donnant des cours de guitare.

Le deuxième condamné en libération conditionnelle à rejoindre la Crête aux Murmures s'appelait Nimir Farah. Avec une machette, il avait tenté de tuer son propre cousin qu'il soupçonnait d'avoir couché avec sa petite amie. Farah était

1. Littéralement : « beauté noire ». Mélange de barbituriques et d'amphétamines.

arrivé aux États-Unis seulement deux ans auparavant, fuyant le Soudan où la situation était désespérée. Il s'était installé à Columbus chez le cousin en question qui avait émigré grâce à un visa d'étudiant et qui était le dernier membre de sa famille encore en vie, du moins le seul avec qui il avait pu garder un lien depuis son pays natal en proie à la guerre et à la famine.

La victime n'avait eu la vie sauve que grâce à un chirurgien urgentiste d'exception, comme l'avait souligné avec emphase le procureur. Poursuivi pour tentative de meurtre, Farah avait écopé de vingt ans. Il en avait purgé dix et avait échappé à une procédure d'expulsion grâce à l'intervention des Cantrell. Ken avait retrouvé une lettre du couple, argumentation éloquente contre la déportation de Farah vers un pays dangereux où il n'avait plus aucune attache. Il avait bénéficié d'une libération conditionnelle et d'une place à la Crête aux Murmures. Après six mois chez les Cantrell, il s'était installé à Cleveland où il avait terminé des études en sciences de l'environnement entamées en prison. La dernière fois que Ken s'était renseigné, Farah travaillait pour une association spécialisée dans l'assainissement des eaux, en particulier les défis posés par les zones arides très semblables à sa terre natale.

Un nouveau succès éclatant pour les Cantrell, apparemment.

Je retournai la dernière page consacrée à Farah et j'eus sous les yeux le portrait de Parker Harrison. Le troisième ex-détenu à avoir été embauché. Je n'avais nullement besoin de me rafraîchir la mémoire sur son passé mais je lus malgré tout les notes de Ken. Je n'étais pas encore disposé à révéler que je le connaissais, or ce serait dévoiler mon jeu que de le sauter. Je parcourus donc les renseignements déjà connus, n'y repérai rien de nouveau, et passai ensuite au quatrième et dernier personnage, un certain Salvatore Bertoli qui avait grandi en orphelinat suite au décès de sa mère peu après leur émigration d'Italie.

– On a là une succession d'origines ethniques très variées, relevai-je. Y a-t-il une raison ?

– Oui, c'était l'idée. Joshua s'intéressait au lien entre culture et criminalité. Il avait écrit beaucoup d'articles sur ce sujet, et c'est comme ça qu'Alexandra et lui se sont rencontrés.

J'y réfléchis et devinai comment Harrison y avait trouvé sa place. Sa mère était une Shawnee et il m'avait confié qu'Alexandra Cantrell était fascinée par les récits de son enfance et ses connaissances sur la culture indienne.

– Je te ferai remarquer une chose à propos de Bertoli, dit Ken. Il est italien, tout comme, et ce n'est sans doute pas moi qui te l'apprends, la Cosa Nostra à laquelle est lié le frangin Dominic. À ce qu'il paraît.

– Quel profileur de choc tu es, Merriman !

Il brandit les mains.

– Je me contente de faire des rapprochements.

– D'après toi, Salvatore a donc été amené par Dominic Sanabria, qui s'est débrouillé pour le rendre orphelin, le faire emprisonner à tort, lui accorder une libération conditionnelle et l'envoyer chez sa sœur, tout ça pour récupérer le pognon du père ? (Je fis mine d'y réfléchir.) Ouais, ça se tient. C'est bon, on peut remballer !

– Tu fais le malin, mais je peux te dire une chose : Bertoli comptait déjà deux arrestations avant l'histoire pour laquelle il a été condamné. Un vol de voiture et une agression. Les deux fois, les types arrêtés en même temps que lui étaient des acolytes de Dominic Sanabria.

Mon petit sourire s'effaça.

– Tu es sûr ?

– Sûr et certain. Cela m'a été confirmé par les policiers qui ont procédé aux arrestations. Ils ont parlé de pions insignifiants… Je crois bien que l'un des flics a employé l'expression « sous-fifres ». Quoi qu'il en soit, Bertoli frayait avec la bande à Sanabria, ça ne fait aucun doute. (Il indiqua le dossier dans ma main.) Alors, intéressé ? Lis la suite.

Je repris ma lecture. L'histoire de Bertoli était de loin la moins intéressante des quatre. Il avait tabassé et dépouillé le gérant d'un routier sur la I-71, dealer à ses heures. La victime avait prétendu que Bertoli lui avait volé du liquide, mais la police n'avait retrouvé sur lui que de l'héroïne. Le choix d'une aire d'autoroute est l'un des moins inspirés pour commettre un délit. Dans un lieu isolé et ouvert toute la nuit, on a tendance à se montrer parano côté sécurité. Une caméra de vidéosurveillance avait filmé Bertoli qui avait eu l'intelligence de mettre un masque et de camoufler ses plaques minéralogiques, mais pas celle d'utiliser un véhicule volé. Il s'était contenté de fixer de fausses plaques sur le sien, une Impala personnalisée aux jantes chromées avec losanges argentés en incrustation – le genre de voiture qui passe tout à fait inaperçue ! Il avait fallu moins de deux heures à la police pour l'identifier et l'arrêter. Au moment du braquage, Bertoli était accompagné d'un complice, mais celui-ci n'avait rien d'un mafieux de haut rang. Le nom du jeune passager ne figurait pas au dossier étant donné qu'il était mineur. Le policier qui l'avait arrêté pensait que Bertoli avait dû promettre au gamin de lui revendre l'héroïne. Âgé de seize ans, celui-ci avait refusé de témoigner, affirmant qu'il se trouvait là uniquement pour faire un tour et ignorait tout du larcin, ce qui avait desservi l'accusation. Bertoli, lui-même âgé seulement de vingt-trois ans, comptait certes trois arrestations à son passif mais pas une seule condamnation. On lui avait proposé de plaider coupable moyennant une peine de cinq ans, il avait accepté et était sorti au bout de deux ans et demi.

– La peine est un peu sévère pour un type qui s'est contenté de passer un mec à tabac et de lui chiper sa drogue, notai-je. Curieux qu'il n'ait pas opté pour un procès. C'est à se demander…

– Si les flics n'ont pas cherché à ce qu'il balance quelqu'un ? suggéra Ken.

– Redoutant qu'on lui mette la pression, il accepte la proposition et fait son temps en la bouclant pour se protéger ? Oui, j'ai eu la même idée… Et ce pourrait être là que figure Sanabria.

– Cela dit, je vois mal la main de la pègre dans le coup de maître pour lequel il a été condamné. Défoncer la tronche d'un type pour lui faucher un peu d'héroïne afin de la revendre à un mineur ? Ça ne ressemble pas à Dominic Sanabria.

– Je suis d'accord mais, Bertoli ayant des liens avec ces types, il paraît logique que les flics et le procureur aient fait pression sur lui, non ?

En effet, mais il avait choisi la peine d'emprisonnement plutôt que de passer à table. Ensuite, après quelques années de prison pour un crime relativement bénin, il avait été retenu comme candidat pour le programme de réinsertion des Cantrell. Une tentative qui avait promptement avorté. Bertoli avait quitté la propriété après seulement trois semaines. Quand je lus la date de départ notée par Ken, je relevai la tête.

– Hé ! m'étonnai-je en tendant le premier feuillet sur Bertoli. (Ken détacha son regard de la fenêtre.) Tu es sûr de la date ? Celle où il les quitte ?

– Oui.

Je fronçai les sourcils et reposai la feuille.

– Harrison était toujours là. S'agit-il d'une erreur ?

– Non, il a été le seul à rester plus de six mois. J'ignore pourquoi. Peut-être estimaient-ils qu'il n'était pas encore prêt à aller de l'avant. Peut-être était-il leur repris préféré. Je n'en sais vraiment rien. En tout cas, il a fait ses six mois et à la fin il est resté. Ensuite Bertoli est arrivé et tous deux se sont trouvés brièvement ensemble. Puis Bertoli est mort et les Cantrell ont décampé.

– Il a été assassiné ?

– Non, pas officiellement. La police a conclu à un décès accidentel. Il s'est débrouillé pour tomber d'un immeuble de cinq étages. Ballot.

Il eut un sourire sombre. Je ramenai les yeux vers le dossier et lus les détails.

Bertoli avait quitté les Cantrell précipitamment en expliquant à son agent de probation qu'il avait trouvé une place dans un restaurant à Murray Hill, le Little Italy de Cleveland. Mais il n'avait pas eu le temps de commencer son travail. Quelques jours après son départ de la Crête aux Murmures, Salvatore Bertoli était tombé du toit d'un entrepôt abandonné où il n'avait aucune raison de se trouver, en même temps que Joshua et Alexandra Cantrell tombaient eux dans un trou noir.

– Parmi tous les éléments se rapportant aux Cantrell, dit Ken, l'épisode Bertoli est le plus louche.

Il avait raison. Bertoli ne collait pas.

– Alors laisse-moi te poser une question, enchaîna-t-il. Si tu menais l'enquête, lequel de ces individus t'intriguerait le plus ?

– Sur la base de ses liens avec le frère d'Alexandra et de son étrange fin, Bertoli.

Il y avait belle lurette que je n'avais pas sorti un si gros mensonge – Harrison m'intéressait plus que les autres, bien entendu, mais le document de Ken pointait dans une autre direction.

Il hocha la tête.

– C'est l'impression qu'on en retire mais l'inspecteur à qui j'ai parlé, un certain Graham, était focalisé sur un seul nom : Parker Harrison.

J'espérais vraiment qu'il allait citer Ruzity.

Je repensai aux lettres d'Harrison, qui avaient commencé à m'arriver juste après la découverte du squelette de Joshua Cantrell.

– Il t'a expliqué pourquoi ? demandai-je.

– Non. Il cherchait des renseignements, il n'était pas là pour en communiquer. Mais il ne m'a posé aucune question spécifique sur ce que j'avais découvert à propos des autres. Seulement sur Harrison.

– L'inspecteur actuel ? Celui qui enquête en Pennsylvanie, où le cadavre a été retrouvé ?

– C'est ça. Il était polarisé sur Harrison.

Je ne dis rien. Je m'étais gardé de lui dévoiler l'identité de mon client parce que cela me paraissait plus avisé, mais était-ce bien honnête ? Si je ne lui faisais pas assez confiance pour lui révéler cela, à quoi bon lui proposer mon aide ? Il faudrait tôt ou tard choisir son camp.

Je demeurai silencieux un long moment. Ken m'observait avec un rien de confusion, comme s'il ne comprenait pas ce que je ruminais.

– Hier soir tu m'as demandé le nom de mon client.

Il acquiesça.

– C'est Parker Harrison.

Il se pencha en avant, les yeux écarquillés.

– Tu te fous de ma gueule ?

Je secouai la tête.

– Il m'a adressé des lettres pendant plusieurs mois pour me demander d'y jeter un coup d'œil, en m'expliquant son passé. Toutes ont fini à la corbeille. Il a fini par se présenter en personne, il m'a paru plutôt sensé et je me suis laissé convaincre. Il a omis de mentionner qu'on avait retrouvé le cadavre de Cantrell. Dès que je l'ai appris, j'ai cessé d'enquêter.

– Était-il au courant, lui ?

– Oui. C'est ce qui m'a troublé. On aurait dit qu'il faisait ça par jeu.

– Tu crois qu'il pourrait être l'assassin de Cantrell ?

– Je n'en ai aucune idée, mais maintenant tu comprends mieux pourquoi je ne voulais rien avoir à voir avec cette histoire.

– Tu as parlé d'Harrison à la police ?

– Non.

– Tu ferais peut-être bien d'en toucher un mot à l'inspecteur Graham.

Je restai muet.

– Tu dis qu'il t'a écrit pendant quelques mois ?

– Oui.

– Ça me semble plutôt bizarre, Lincoln.

– J'ai reçu la première lettre la semaine où le cadavre de Joshua Cantrell a été retrouvé.

Ken se cala contre son dossier et écarta les mains, paumes en avant, l'air de dire « Qu'est-ce qu'il te faut de plus ? »

Je regardai le dossier, fixai la photo d'Harrison quelques instants, puis refermai la chemise.

– Tu as le numéro de Graham ?

Je l'appelai aussitôt, Ken écoutant ma partie de la conversation. Autant dire qu'il n'entendit pas grand-chose. Je venais à peine d'entamer mon explication que Graham m'interrompit.

– Il vous a écrit des lettres ? À partir de décembre ?

– Oui.

– Vous les avez conservées ?

– Non.

– Merde. Mais bon, tant pis. Vous dites que vous êtes basé à Cleveland ?

– Tout à fait. Maintenant je ne…

– À environ deux heures, dit-il comme si je n'avais pas parlé. J'ai quelques trucs à régler, je devrais en avoir pour une heure, et ensuite je prends la route. Donnez-moi votre adresse, je serai là-bas à 14 heures, 14 h 30 au plus tard.

– Je peux tout vous raconter par téléphone.

– Non, non, je vais venir.

Je lui indiquai donc l'adresse. Quand j'eus raccroché, Ken me demanda :

– Il a paru intéressé ?

– Suffisamment pour se taper deux heures de voiture avant même d'avoir le récit complet.

Cela fit sourire Ken. Curieux. Moi, je n'avais pas du tout envie de sourire.

11

Quinn Graham arriva peu avant 14 heures et j'eus vite fait de me sentir bête en sa présence. La mi-trentaine, noir, il avait le crâne rasé et portait un petit bouc. Pas grand mais baraqué, bras costauds et torse puissant.

– Harrison vous a donc expliqué dans sa première lettre qu'il avait été condamné pour meurtre mais vous avez choisi de ne conserver ni cette lettre ni les suivantes ? me demanda-t-il une trentaine de secondes après les salutations.

– Tout à fait.

Il n'écarquilla pas les yeux, il n'eut pas de petit grognement dégoûté, il ne persifla pas. Il se contenta de me dévisager d'un air pensif.

– OK. Vous souhaitiez probablement ne plus entendre parler de lui. C'est ça ? Ouais, je ne peux pas vous en vouloir, mais je regrette que vous ne les ayez pas gardées. Cela dit, je réagis en flic. Les gens du métier ont tendance à être attentifs aux indices potentiels.

– Je sais, dis-je. Avant, j'étais inspecteur de police.

– Ah bon ?

J'eus droit à un nouveau regard, comme s'il n'était pas vraiment surpris que je ne sois plus dans la police.

– Mais je me souviens très bien des lettres. Et même si je m'en veux de ne pas les avoir conservées, je ne suis pas certain qu'elles présenteraient grande valeur en termes de preuve.

– Nous aurions pu analyser le langage, les confier à un

profileur. S'il est vraiment dingue, Harrison y a peut-être inclus quelque message codé.

D'accord, je n'étais qu'un idiot. Que dire de plus ? J'attendis qu'il poursuive.

– Enfin, elles ne sont plus là et nous n'y pouvons plus rien.

– Exactement.

– Vous dites que vous vous en souvenez très bien ? Voyons ça.

Je lui détaillai la série du mieux que je pus, avec la date approximative de chaque lettre et son contenu. Puis je lui parlai de la visite d'Harrison, de sa requête assez simple, et des quelques heures que j'avais consacrées à son affaire.

– Quand vous lui avez dit le fond de votre pensée et que c'était terminé, vous l'avez fait *de visu* ou par téléphone ? s'enquit Graham qui prenait des notes dans un carnet relié en cuir.

– *De visu.*

Je lui décrivis la dernière rencontre.

– Aucun contact depuis ?

– Il m'a adressé un chèque.

Graham me dévisagea.

– Je suppose que vous l'avez encaissé ?

Je secouai la tête.

– Vous l'avez conservé, au moins ?

Même dénégation. Il plissa le front et griffonna quelques mots supplémentaires.

– Si je comprends bien, vous n'avez aucune trace de votre relation avec Harrison ? Rien du tout ?

– Non... Comme je vous l'ai expliqué, je ne m'attendais pas à ce que ça débouche sur une rencontre comme celle-ci. Je voulais juste en finir.

– Et comment en est-on arrivé à cette rencontre ? demanda-t-il en regardant Merriman pour la première fois. Kenny et moi nous sommes déjà parlé, mais comment êtes-vous tombés l'un sur l'autre ?

Ken se chargea de l'explication. J'observai Graham. Quand Merriman confia qu'il avait été contacté par Sanabria, le crayon se figea sur la page et le policier releva la tête très lentement.

– Dominic Sanabria vous a appelé il y a trois jours ?

– C'est ça. Pour me demander si Lincoln...

– J'ai entendu le motif du coup de fil, Kenny. Je regrette que vous n'ayez pas jugé bon de m'en faire part. Il me semble vous avoir demandé de me communiquer ce genre de renseignement.

– C'était il y a plusieurs mois, objecta Ken.

– Je n'ai pas le souvenir que cette recommandation avait une date de péremption.

Graham fixa Merriman quelques secondes, soupira et consulta son carnet. Il prit son temps, relut l'ensemble de ses notes, puis le referma et le posa sur le bord de mon bureau.

– Je n'étais pas censé travailler aujourd'hui, maugréa-t-il. Je suis quand même passé au bureau ce matin, histoire de régler quelques trucs. Je me disais qu'à 11 heures je serais parti, midi au plus tard. Me voici dans l'Ohio. Les jours de congé finissent toujours comme ça, bordel. On s'imagine n'en avoir que pour quelques heures et on atterrit dans l'Ohio.

– Ç'aurait pu attendre, dit Ken.

– Oh ! que non, fit Graham d'un ton catégorique. Non, ça ne pouvait pas attendre. L'affaire est importante, les gars.

– Ken m'a expliqué que votre enquête se concentrait apparemment sur Harrison, dis-je pour tenter d'obtenir quelques informations.

Le front plissé, il contemplait son carnet posé devant lui et répondit sans me regarder.

– Mon cher Linc, si vous avez été policier, vous comprenez que cette affaire est un vrai cauchemar.

Visiblement, Graham aimait donner des surnoms. Dommage qu'il soit le premier au monde à m'appeler « Linc », et il n'y avait qu'à voir la tête de Merriman pour subodorer que « Kenny » n'était pas un sobriquet de son choix.

– La piste est vraiment très froide, soulignai-je.

– Ce n'est pas le seul problème, Linc. Oui, la piste est froide, mais elle démarre aussi en Pennsylvanie, dans le magnifique comté de Crawford où j'exerce mes prérogatives. (Il pencha légèrement la tête et me fixa.) Savez-vous ce que l'on trouve dans le comté de Crawford ? Des bois. Et savez-vous d'où je suis originaire ? De Philadelphie. C'est agréable, les bois, mais les trottoirs me manquent. Ça peut paraître dingue, mais je suis en manque de trottoirs.

Son regard fit la navette entre Ken et moi, comme s'il était déçu que ni l'un ni l'autre n'avoue une passion commune pour les trottoirs.

– Je travaille actuellement dans le comté de Crawford, et la découverte d'un cadavre dans les bois de notre charmant comté a comme bon côté de m'occuper. Le mauvais côté, c'est que la présente enquête se déroule avant tout dans l'Ohio. Ça me limite. Je suis déjà venu, je n'ai pas arrêté de faire l'aller et retour au cours des semaines qui ont suivi l'identification du cadavre, mais c'est chiant une affaire qui exige de passer du temps dans l'Ohio alors que mes supérieurs préfèrent me voir en Pennsylvanie, État qui d'ailleurs règle mon salaire. (Il soupira à nouveau.) Et puis, vous avez raison : la piste est froide. Douze ans qu'elle refroidit. Qui plus est, le couple dont nous cherchons la trace… eh bien, ils sont différents de vous et moi. Une poignée de gens à les avoir connus suggère que vers la fin Joshua était suicidaire, déprimé et secret. Et voulez-vous savoir ce qu'ils ajoutent ? Que s'il s'est suicidé, sa femme a très bien pu l'enterrer, allumer quelques bougies et poursuivre sa route. Oui, des gens différents. Et que dire de l'entourage familial ! Les gars, l'entourage familial, voilà du lourd ! J'ai une guérisseuse new age, adepte de la médecine holistique, et surtout sœur d'un mafieux. Énorme, non ? Vous avez déjà entendu mieux ? (Il braqua ses yeux écarquillés sur Ken.) Dominic Sanabria vous a appelé ?

– Oui.

La tête de Graham pivota vers moi.

– Et vous avez reçu sa visite ?

– Oui.

– Il surveille tout ça de très près, non ? (Il fixait à nouveau le carnet en plissant le front, comme s'il arrivait à lire à travers le cuir et n'était pas content de ce qu'il voyait.) Harrison vous adresse un chèque alors que vous l'avez envoyé paître. C'est dingue. Pourquoi filer de l'argent à quelqu'un qui n'en veut pas ?

– Il a beaucoup insisté pour me verser une avance.

– Ou bien sa motivation était autre. Par exemple, maintenir entrouverte la porte à laquelle il frappait depuis plusieurs mois. (Il se cala dans son fauteuil.) Qu'en pensez-vous, Linc ? Serait-il possible de rouvrir cette porte ?

– J'étais assez soulagé de m'extirper de cette situation, reconnus-je. Et serais nettement moins ravi d'y plonger à nouveau. Quelle est votre idée ? Que je me livre à un double jeu avec Harrison ?

– J'adore le double jeu, Linc. C'est une sacrée idée. Je ne sais pas encore. Il va falloir que j'y réfléchisse quelques jours. Mais il se pourrait que je vous demande d'engager la partie.

Je fronçai les sourcils.

– Écoutez, Graham, je comprends l'importance de votre enquête, mais si vous attendez une contribution de ma part, j'aimerais en savoir un peu plus sur la situation. Vous n'avez toujours pas expliqué pourquoi vous vous intéressez tant à Harrison.

– Il habitait chez la victime au moment où celle-ci a disparu.

– C'est tout ?

Il ne répondit pas.

– Parce que selon moi ça ne suffit pas. D'ailleurs, d'après ce que j'ai vu, il y a un tas d'autres personnes qui mériteraient votre temps et votre attention. Comme l'ex-détenu lié à Sanabria, qui est venu s'installer chez les Cantrell et qui est mort peu de temps après les avoir quittés.

Il opina avec enthousiasme.

– Oh, Bertoli figure là-dedans, bien sûr.

– Ou encore le frère d'Alexandra. Merde, ce type a…

Nouvel assentiment.

– Oui, lui aussi.

– Il me semble que ce sont là deux pistes plus prometteuses que Parker Harrison.

Sa tête se figea et il afficha une expression consternée.

– Non, malheureusement je ne peux pas vous rejoindre sur ce point. Pourtant, j'étais sur la même longueur d'onde que vous presque jusqu'au bout.

– Pourquoi ? Que voyez-vous chez Harrison qui le fait sortir du lot ?

– J'ai mes raisons.

– Il va falloir me les donner, Graham, si vous souhaitez ma coopération.

Il me dévisagea et finit par s'exprimer, les yeux rivés sur les miens.

– Un seul des ex-détenus mentionnés a été en relation directe avec Dominic Sanabria. Parker Harrison. Il a appelé Sanabria une demi-douzaine de fois la semaine où les Cantrell ont quitté leur propriété.

– Peut-être pour obtenir des renseignements. Pour les retrouver, comme il tente de le faire à présent.

– À voir. Après douze années sans coup de fil, Harrison a de nouveau contacté Sanabria récemment. Deux appels au mois de décembre, Linc. À la même époque que vos lettres.

– Il a repris contact, pour vérifier si Sanabria était au courant.

– Vous savez ce qui est le plus intéressant dans la chronologie ? Harrison a passé les deux appels le lendemain de la découverte du cadavre.

– Et alors ?

Graham sourit, ses dents d'un blanc éclatant tranchant avec sa peau noire.

– Un certain temps s'est écoulé avant l'identification du corps, Linc. Harrison n'a pas décroché son téléphone une fois le nom connu. Il a appelé juste après la découverte du cadavre. Un cadavre qui n'était alors que des ossements non identifiés, déterrés dans un autre État.

Je restai sans voix.

– Permettez que je vous pose une question, poursuivit Graham. Quand vous avez rencontré Harrison, vous a-t-il confié qu'il avait des origines shawnees ? Vous a-t-il parlé de sa… euh… de sa culture ?

– Oui.

– Ça ne me surprend pas. À la prison où il a purgé sa peine, on m'a raconté qu'il avait beaucoup lu sur le sujet. Beaucoup étudié.

– Vous y accordez une signification ?

Il acquiesça sans rien dire.

– Oui ? insistai-je.

Silence.

– Graham, je vais me répéter : si vous souhaitez ma coopération au petit jeu que vous allez concocter vis-à-vis d'Harrison, il faut que je sache tout ce que vous savez.

– S'il y a des fuites, objecta-t-il, cela compromettra une enquête déjà mal en point. La piste est froide, comme nous ne cessons de le souligner. Voilà qui ne simplifie rien.

– Il n'y aura pas de fuites, dis-je. Rien ne sortira d'ici.

Il regarda Ken qui lui signifia son assentiment d'un hochement de tête.

– Nous avons gardé sous le coude un détail à propos de la découverte du cadavre de Cantrell, dit Graham. Un élément qui pourrait avoir son importance.

– Quoi donc ? demandai-je.

– Joshua Cantrell reposait dans une tombe d'une profondeur d'un mètre vingt, tapissée d'écorce, orientée est-ouest. Le corps était recouvert de bâtons et d'une couche d'écorce, avec de la terre par-dessus le tout. (Il fixa Ken, puis moi.) Ce sont là les rites funéraires des Shawnees.

12

En tant qu'inspecteur, on apprend vite à quel point toute enquête repose sur les indices matériels et les gens qui savent quelque chose. Si l'on a l'un ou l'autre, on peut progresser ; sinon, il est compliqué d'aller très loin. Au bout de six mois, Quinn Graham avait établi qu'il n'avait aucun indice et seulement de vagues soupçons concernant d'éventuels témoins. À supposer que des traces matérielles aient été présentes à l'emplacement de la tombe quand celle-ci avait été creusée, rien ne subsistait douze ans plus tard. Les techniciens avaient passé l'endroit au peigne fin sans recueillir quoi que ce soit. Les piquets, l'écorce et la disposition de la tombe constituaient certes des indices mais ils ne pouvaient être rattachés à aucun assassin.

– Sauf de manière indirecte, précisa Graham, et vous savez tous les deux que ça ne vaut pas tripette devant un tribunal. Mais pour moi cela a une valeur. La tombe et les coups de fil à Sanabria, ce n'est pas rien.

Apparemment, il en avait surtout retiré beaucoup de frustration. Il avait voulu interroger Dominic Sanabria, mais s'était heurté à son équipe d'avocats. Puis il avait tourné son attention vers Harrison, mais avait eu droit à la même réaction.

– Harrison s'est réfugié derrière son avocat ? dis-je avec une surprise manifeste.

Graham fit pivoter sa tête massive et acquiesça.

– Il n'a même pas voulu confirmer son nom sans la présence d'un avocat, Linc. Vous ne devriez pas être étonné.

Je l'étais pourtant. J'étais étonné parce que cela ne correspondait pas au Parker Harrison qui avait laissé tomber sa campagne épistolaire pour venir me voir en personne, au Parker Harrison qui avait fixé sur moi un regard intense autant que malheureux en m'implorant de retrouver Alexandra Cantrell. Certes, il avait également omis de me préciser qu'il savait que Joshua Cantrell était mort.

– Ce type a été condamné pour meurtre, dit Graham. S'il y a une chose dont il n'a pas envie, c'est bien d'être interrogé dans le cadre d'une enquête pour homicide. Cela implique-t-il qu'il soit coupable ? Pas nécessairement. Mais ce n'est pas propre à blanchir son nom.

– Vous avez beaucoup insisté ?

– Je l'ai interrogé à plusieurs reprises, mais c'était vraiment infernal, avec son avocat qui lui soufflait les réponses.

– Cependant vous avez pu évoquer les coups de fil ? Et la tombe ?

– Oui pour les appels. Non pour la tombe. Comme je vous l'ai indiqué, nous avons décidé de garder ça sous le coude. Nous espérons établir un lien matériel entre lui et la sépulture. Nous n'avons rien obtenu, mais ce n'est pas terminé. J'ai envoyé des échantillons il y a plusieurs mois pour des analyses ADN dont j'attends toujours les résultats. Vous avez été flic, vous savez comment c'est.

– Des faits anciens, survenus dans un autre État, et une file d'attente de quelques kilomètres au labo.

– Les trois cases sont cochées.

– Et pour les coups de fil ? dit Ken. Qu'a-t-il répondu ?

– Il dit qu'il a contacté Sanabria après la disparition du couple dans l'espoir de pouvoir les joindre. Ensuite, après la découverte du cadavre, il prétend que c'était aussi pour prendre des nouvelles. J'ai souligné que c'était un sacré hasard, ne pas se manifester pendant douze ans et le faire pile la semaine où le cadavre avait été retrouvé, mais bien entendu lui et son avocat ont refusé de me suivre sur ce terrain-là.

– Sanabria a confirmé ses dires ? m'enquis-je.

Graham se rembrunit.

– Oui, via ses avocats. Merde, c'est trop parfait, trop bien huilé. Ils se souviennent des appels comme s'ils avaient la transcription sous les yeux.

– Tout de même, dis-je, il me semble que vous avez du grain à moudre.

– Sans blague, Linc ! Vraiment ? Mon pote, je suis ravi de me l'entendre dire. Maintenant, permettez-moi de vous rappeler ce qu'en disent mes supérieurs...

– Je peux comprendre ça. En tout cas du côté Pennsylvanie. Mais je suis stupéfait que le nom de Sanabria n'ait suscité aucune réaction de la part du FBI.

– Voilà une autre partie du problème. Je m'y suis employé, mais ils n'ont pas réagi comme vous l'entendez et comme je l'espérais. Ils ne sont pas intervenus dans le but de nous aider. Au contraire, ils m'ont averti que ça tournerait au cauchemar si nous nous en prenions à Sanabria. Ils ont mis le paquet pour le coincer dans les années quatre-vingt-dix et n'ont pas obtenu grand-chose. Deux ans pour un motif à la con, alors qu'ils l'avaient dans le collimateur pour combien ? cinq, six meurtres ? Et Dieu sait quoi d'autre. Les types qui avaient enquêté sur lui à l'époque m'ont fait comprendre que ça ne les intéressait pas. Putain, Linc, ils l'ont gardé en ligne de mire, peut-être même avec un dispositif de surveillance, et il n'a pas commis la moindre incartade en quinze ans. Quant à l'éventualité qu'il ait tué ou fait tuer son beau-frère, ils ont l'air de s'en foutre. Un seul type ne partageait pas cet avis, seulement il est à la retraite et ce qu'il dit n'a aucun poids.

Ken et moi étions silencieux. Graham se leva, s'approcha de la fenêtre et observa la rue en contrebas.

– Si je retrouve Alexandra, reprit-il, on pourra enfin y mettre un point final. C'est aussi simple que ça, j'en suis convaincu.

– Vous l'avez cherchée ? demandai-je. À fond ?

– Oui, je l'ai cherchée à fond ! s'emporta Graham. Ainsi

que votre copain ici présent, et un tas de gens avant nous. Personne ne l'a retrouvée. Ni moi ni personne d'autre, n'est-ce pas ?

Il fixa Ken qui ne dit rien mais soutint son regard, comme s'il attendait la suite. Graham se détourna et observa à nouveau la rue.

– À vrai dire, mon attention était accaparée ailleurs jusqu'à aujourd'hui. Nous avons eu deux jeunes filles assassinées, ces derniers mois. Violées, tabassées et étranglées, puis abandonnées au bord de l'autoroute. Deux en l'espace de quinze jours. Une auto-stoppeuse et une fugueuse. Deux en quinze jours, sur mes routes… Oui, ça fait un certain temps que personne n'avait mentionné le nom de Joshua Cantrell. (Il tourna le dos à la fenêtre.) Voilà que vous appelez, et je ne sais pas quoi faire de ce que vous me confiez. Pas encore. Je sais seulement que je vais y réfléchir, puis je reprendrai contact et à ce moment-là je compterai sur votre coopération.

C'était moi qu'il dévisageait et non Ken. Il avait un sacré regard. Je le soutins quelques secondes avant d'acquiescer malgré moi.

Un jour après avoir balancé le chèque de Parker Harrison à la corbeille et m'être juré que c'était terminé, je me retrouvais sur le parking en bas de l'agence en compagnie d'un inspecteur de police de Pennsylvanie, à qui je promettais de collaborer à son enquête s'il me le demandait. J'espérais qu'il n'en ferait rien. Sinon, je savais que mon rôle consisterait en gros à appâter un psychopathe. Dans la partie qui s'engagerait, Graham serait aux commandes d'un côté de l'échiquier, Harrison en face. Et moi ? Le pion baladé au centre du plateau. Oui, je saurais me faire une raison si Graham choisissait d'écarter cette tactique.

– Je dois rentrer ce soir, dit Ken alors que nous observions le Ford Explorer de Graham s'éloigner dans Rocky River. Si on mangeait un morceau avant ?

Il était presque 16 heures et nous n'avions pas déjeuné.

– D'accord et comme maintenant je suis impliqué dans l'enquête policière par ta faute, j'estime que c'est à toi de m'inviter.

Je l'emmenai au Sokolowski's University Inn à Tremont. C'était l'un de mes restaurants préférés, tenu par la même famille depuis trois générations, avec une vue splendide sur le centre-ville. Quand j'étais flic, Joe et moi y passions de temps en temps ; nous nous installions au comptoir pour profiter du panorama. Ken et moi nous dirigeâmes directement vers l'arrière-salle, où nous choisîmes un coin sombre et tranquille.

– Quatre variétés de saucisses à la carte ? dit-il en posant son plateau sur la table. Voilà ce qui tient lieu de gastronomie à Cleveland ?

– Tais-toi et goûte.

Il prit une bouchée de sa *bratwurst* et arqua les sourcils.

– OK, rien à dire.

J'avais choisi le filet de perche, mais je n'avais pas grand appétit à cause de ma gueule de bois persistante. Pour sa part, Ken avait paru entièrement remis dès qu'il avait humé les premiers parfums de nourriture.

– Super intéressante la conversation avec Graham, dit-il. Je ne m'attendais pas à ce qu'on en tire autant.

– Oui, vraiment génial. Je suis impatient qu'il m'appelle pour me demander d'engager la partie avec Harrison.

– Je ne suis pas certain qu'il le fasse... (Il coupa son *pancake* à la pomme de terre et en enfourna une bonne moitié.) Il nous a fourni une base de départ, c'est sûr. Je pense qu'on ne risque pas grand-chose à se concentrer sur Harrison.

Je bus un peu d'eau glacée et l'observai qui se bâfrait. S'arrêterait-il quand il ne resterait plus que l'assiette ou bien allait-il tout engloutir, y compris le plateau ? J'ai connu des gens qui se remettent d'une gueule de bois en mangeant, mais pas un ne lui arrivait à la cheville. J'avais mal au cœur rien qu'à le regarder.

– *Lui* ne risque rien à se concentrer sur Harrison, objectai-je.

Il termina son *pancake*, s'essuya la bouche avec sa serviette et me dévisagea.

– Comme je te l'ai déjà dit, je veux cette enquête.

– Alors parles-en à Graham.

– Je compte le faire. Tu l'as entendu ? Il se plaint que c'est compliqué avec d'autres dossiers en cours en Pennsylvanie, et qu'il n'obtient pas le soutien espéré. Je pense qu'il apprécierait un coup de main.

– Comme il aurait apprécié que tu le préviennes après l'appel de Sanabria. Si tu es si motivé que ça, pourquoi as-tu temporisé ?

– Je te le répète, je veux ce dossier.

– Que tu dis. Pourtant tu n'as rien fait.

Son visage s'assombrit. Il fixa la table et laissa son pouce courir sur le bord de son couteau.

– J'avais d'autres soucis dans ma vie à l'époque. Des tracas.

– Lesquels ?

– Perdre ma fille, par exemple, dit-il en relevant la tête. Mon divorce a été prononcé en janvier. Dès mars, mon ex était remariée… et ma fille avait un beau-père. Fais le calcul.

Je hochai la tête, repris une gorgée d'eau et attendis.

– Me voici donc, poursuivit-il. Je fais ce que je peux, avec quelques mois de retard. Et je dois te remercier de t'être embarqué dans cette histoire par erreur et d'avoir irrité Sanabria, parce que cela a conduit au coup de fil qui m'a obligé à me bouger le cul. J'ai l'intention de pousser l'enquête aussi loin que je pourrai, Lincoln. Avec ou sans ton aide, avec ou sans l'accord de Graham, je suis déterminé. Je t'ai parlé de mes soucis au printemps, eh bien voici l'été qui s'annonce et j'ai besoin de me changer les idées. Cette histoire fera parfaitement l'affaire.

Son attitude décontractée et amusée s'était envolée, remplacée par un semblant d'amertume. Je compatissais, ma fiancée étant partie avec un autre type ; mais je n'avais connu aucune expérience comparable à ce qu'il vivait en tant que père et m'en passais volontiers.

– Tu sais pourquoi j'ai besoin de me changer les idées ? dit-il en caressant à nouveau le couteau. Parce que quand je repense à ce qui m'est arrivé depuis un an, neuf fois sur dix je parviens à la conclusion que ma femme a eu raison et que ma fille s'en porte mieux. (Il appuya son pouce contre la lame.) C'est la vérité mais, comme tu peux t'en douter, c'est une vérité sur laquelle je préfère ne pas trop m'appesantir.

– Qu'est-ce qui te fait dire que c'est la vérité ?

– Il arrive parfois qu'on prenne une décision qui paraît entièrement justifiée, Lincoln. Quand on a l'impression qu'il n'y a pas d'autre choix possible, tu sais ? Vraiment aucun. Puis les années s'écoulent, on se rend compte que cette décision a pesé sur ses proches, et on se dit que c'était peut-être un choix égoïste.

Il n'entra pas dans les détails et je me gardai de le questionner.

Un pianiste était installé au piano dans l'angle, comme c'était la tradition chez Sokolowski. Nous l'écoutâmes interpréter *Night Train*, en silence. À la fin du morceau, Ken poussa le couteau à l'écart. Il avait une marque blanche profonde au centre du pouce.

– Bon, fit-il. Tu m'as écouté jusqu'au bout, ce qui est déjà plus que je n'avais le droit d'exiger, mais je vais encore insister un peu plus. J'ai joué franc jeu avec toi, au risque de blesser mon ego, en te confiant que je n'ai jamais traité une affaire d'homicide. Je sais mener une enquête, je suis même doué, mais je n'ai ni l'expérience ni le savoir-faire pour un meurtre, contrairement à toi. Tu jouis aussi d'une crédibilité locale, ce qui aura son importance. C'est pour ça que j'ai sauté dans ma voiture. Je peux aller de l'avant sans toi, et je le ferai s'il le faut, mais je préférerais avoir ton soutien. Je vais donc te le demander une seule fois, sans te mettre la pression : accepterais-tu d'être mon renfort ?

Le pianiste avait entamé un air jazzy et rythmé, de chauds rayons de soleil s'infiltraient par les fenêtres derrière lui, de nombreux jours avaient passé depuis que Dominic Sanabria s'était tenu dans mon salon. Il était facile de voir les choses du bon côté. Cela dit, c'était le genre de dossier dont on flaire qu'il peut vous attirer des ennuis, de ceux que l'on accepte seulement si c'est très bien payé ou pour une raison personnelle. Pour une fois, je n'avais ni l'une ni l'autre de ces excuses.

– L'avis de Graham ne me porte pas vraiment à souhaiter être impliqué, dis-je. Même pas en qualité de simple renfort.

– Tu crois qu'il te fichera la paix ?

– Je peux l'y contraindre, Ken. La police peut solliciter l'aide d'informateurs mais pas les forcer.

Il haussa les épaules.

Après un silence, il eut un sourire complice et enjôleur.

– Allons, Lincoln. Cette affaire, c'est tellement toi.

– Oui, convins-je sans pouvoir égaler son sourire. En effet.

– Alors ?

– J'interviens en renfort. Tu as employé cette expression et je m'y tiendrai. C'est ton bébé, Ken, mais je ferai tout mon possible pour t'aider, sauf à être certain d'y laisser la peau.

Il jubilait.

– Que peut-on demander de plus à un homme ?

13

Joe ne fut pas ravi. Cela ne me surprit guère. Il grommela et grogna, me prédit quelques conséquences funestes et me balança que j'étais crétin de ne pas m'être renseigné sur Ken avant d'accepter de collaborer avec lui. Quand j'objectai que je l'avais fait, il se contenta de maugréer et bougonner un peu plus.

– LP, au bout d'une seule journée de boulot sur le dossier, l'une des dernières figures de la pègre en Ohio se tenait dans ton salon. Cela ne t'a pas suffi comme panneau « danger » ?

– Panneau « danger » si tu veux, mais ce n'est pas un « stop ».

– Je savais bien qu'il y avait une raison pour laquelle je ne te laisse jamais le volant !

– Tu n'as qu'à démarrer ta putain de Taurus, mettre le cap au nord et reprendre les commandes ici.

– En temps voulu, dit-il. En temps voulu.

Amy se montra un peu plus compréhensive. Ce qui n'était pas non plus surprenant : chez elle, la curiosité l'emporte en général sur le bon sens. Un trait qu'a perdu Joe. Ou qu'il n'a jamais vraiment eu ; quand il était petit, il enquêtait probablement sur ses voisins avant de sonner chez eux le soir d'Halloween. Malgré tout, si Amy accueillit l'idée un peu plus favorablement, son enthousiasme habituel était tout de même tempéré, ce que je pouvais comprendre. Il n'y avait pas si longtemps, une de mes enquêtes avait empiété sur sa vie de manière horrifiante. Nous ne l'évoquions que très rarement et elle conservait son tempérament bravache, mais j'avais remarqué la bombe lacrymogène qu'elle avait ajoutée à son sac à main, tout comme j'entendais la nouvelle barre de sécurité en acier se positionner chaque fois que je quittais son appartement. C'étaient là de sages précautions, sans doute, et je m'en serais félicité si je n'avais pas su que j'en étais la cause.

– C'est une curieuse histoire et je conçois que tu sois intrigué, me confia-t-elle, mais je comprends tout autant Joe quand il souligne les risques.

Nous étions installés sur mon toit, ce soir-là, après le départ de Ken Merriman. La radio diffusait le match des Indians[1] et nous avions une bouteille de pinot noir à portée de main. J'avais balayé les bouts de verre de la veille. Il y avait aussi beaucoup de poussière mais pas la fine poudre noire des os pulvérisés de la main d'Harrison, ni la moindre pièce en argent. Rassurant.

– Je le comprends aussi, Amy, mais j'ai juste accepté d'aider le type. De lui filer quelques conseils.

– Lincoln Perry, conseiller technique ? ironisa-t-elle en levant les yeux au ciel. Ça promet !

– Qu'est-ce que tu veux dire ?

– Non, au temps pour moi. Plus j'y pense et plus j'y crois. Au lieu de te faire arrêter comme d'hab', tu l'aideras à se faire arrêter lui.

– Si tu veux rentrer chez toi à pied, ce n'est pas si loin. Je peux même te pousser dans le vide, pour te faire gagner du temps.

– Ha ! Ha ! (Elle s'allongea sur la chaise longue et étendit les jambes.) Je ne dis pas que tu devrais refuser, Lincoln, mais tu peux imaginer ce qui me traverse l'esprit. Sanabria est déjà venu chez toi une fois.

Une remarque lourde de sous-entendus. Une allusion qui se passait de mots. Un jour, un type qui m'en voulait s'était pointé chez elle au lieu de chez moi. Un souvenir qui ne me lâchait

1. Équipe de base-ball de la ville de Cleveland.

pas, qui surgissait parfois de nulle part, me prenait à la gorge et me faisait grimacer de douleur, me serrait le cœur comme une crampe soudaine. L'angoisse de ce qui aurait pu se passer me hantait encore plus que la douleur de ce qui était survenu. J'étais dans le métier depuis trop longtemps pour refouler de telles images. Je savais ce dont le monde est capable, je ne connaissais que trop bien sa sauvagerie insensée. Voilà ce qui m'avait assailli l'esprit quand Dominic Sanabria s'était présenté à ma porte. Amy se rappelait le même incident et elle était inquiète pour moi. Je repensai à Sanabria, au cadavre enterré dans une tombe shawnee en Pennsylvanie. Je ruminai ces pensées, regardai Amy et me sentis gagné par la peur.

– Quoi ? fit-elle.

Son front s'était plissé à mesure qu'elle observait mes traits.

– Je peux ne pas m'en mêler, dis-je. Je ferais mieux. C'est préférable pour toi.

– Pour moi ?

J'opinai du chef.

– Là n'est pas la question, Lincoln. Ce qui compte, c'est ce qui est souhaitable pour toi.

– Non, plus maintenant. On est ensemble, non ? Donc on prend les décisions qui sont bonnes pour nous deux. Sinon à quoi bon ?

Elle fit la moue.

– Je ne veux pas me laisser dominer par la peur, Lincoln. J'ai eu une passe difficile, après ce qui est arrivé. Il y a encore des moments pénibles mais j'essaie que ma vie ne soit pas gouvernée par ça. Si tu adoptes l'attitude contraire, tu ne feras que m'effrayer davantage. Peux-tu le comprendre ? J'ai besoin de soutien, pas de protection. Il y a une différence.

Après un moment de silence, je dis :

– Désolé.

– Pourquoi ?

– De mener le genre de vie qui te met de pareilles idées dans la tête.

– Hé, je n'ai qu'à m'en prendre à moi-même ! Personne ne m'oblige à sortir avec un détective privé, n'est-ce pas ?

– Y a-t-il un autre métier que tu préférerais ? Quelque chose de plus tranquille ? De plus sexy ?

Elle pencha légèrement la tête.

– Voilà une bonne question… Quelle serait la profession idéale pour un amoureux ? Hmm… Et toi, t'as une idée ?

– Journaliste, forcément.

– Quel pleutre ! Allez, une autre réponse.

– Chanteuse. Jazz ou blues, ou peut-être de rock tendance country. Avec la voix qui va avec, tu vois ? Rauque et sensuelle. Un rien provocante sur scène, et avec de longues jambes…

– Sale mufle.

– Quoi ?

– Je t'interroge sur la profession idéale et tu te mets à me décrire les attraits physiques d'une autre femme.

– J'essayais juste de jouer le jeu !

– La prochaine fois, essaie un peu mieux, ou montre-toi un peu plus futé. (Elle croisa les mains derrière la tête.) Tu sais ce que je choisirais, moi ? Un menuisier. Un mec musclé et doué de ses mains, quoi. Pratique.

– Hé, c'est moi qui ai réparé l'étagère dans ton appartement !

Elle releva la tête et me fixa.

– L'étagère que tu avais cassée ?

– Enfin, quoi qu'il en soit, j'ai aussi installé la nouvelle…

– Et combien de fois a-t-il fallu que tu retournes au magasin de bricolage ?

– Uniquement parce que je n'avais pas tout le matériel du premier coup…

– Tu as voulu la monter sans niveau, Lincoln. Ce n'était pas une étagère, mais une rampe !

– J'y ai remédié.

– En cinq heures top chrono. Oui, t'as tout intérêt à rester détective, mon grand, même si ça t'attire des ennuis.

Je me penchai pour baisser le son de la radio – une sacrée

concession, avec deux joueurs retirés mais deux en position de marquer.

– Imagine qu'un collègue te demande des conseils pour un article, Amy, et dis-moi quelle serait ta réaction. Quand un confrère a besoin d'un coup de main, tu fais ton possible pour l'aider. En tout cas, moi j'ai toujours agi ainsi. Ken a mis de côté son ego et il est venu me trouver.

– As-tu confiance en lui ?

Je marquai une hésitation, ce qui n'est jamais bon signe en matière de confiance, puis acquiesçai.

– Tout semble réglo.

– Je ne te demande pas si c'est un type réglo. Je te demande si tu lui fais confiance.

– Oui, répondis-je avec un nouveau hochement de tête. Jusqu'ici, je n'ai repéré aucune raison de me méfier. Sauf peut-être qu'il se soit présenté suite à un coup de fil de Sanabria. Mais depuis, au vu de nos conversations… il m'a l'air sincère.

– Tu disais la même chose au début de Parker Harrison.

Voilà qui me prit de court. À contrecœur, j'en convins.

– Peut-être bien, mais Ken n'a pas le passé d'Harrison. Et puis, j'ai déjà été dans sa position, à deux titres. Primo, quand Karen m'a quitté… (Amy afficha l'expression à laquelle doit s'attendre celui qui évoque son ex.) Deuzio, j'ai déjà eu ce genre de dossier, un client qui était venu me trouver dans l'espoir que j'éclaircisse ce qui était arrivé à sa famille. Je me souviens de ce que j'avais éprouvé, du poids que John Weston m'avait mis sur les épaules.

– Si ma mémoire est bonne, tu ne t'es pas senti soulagé quand tu lui as transmis les réponses.

Je restai pensif et elle posa la main sur mon bras.

– Je comprends ce que tu es en train de me dire, Lincoln. Vraiment. Si tu penses pouvoir l'aider et si tu as envie d'essayer, alors le choix est simple.

– Je ne sais pas si j'ai vraiment le choix. Ken m'a demandé de m'impliquer. Graham m'y obligera sans doute.

Je cherchais à faire endosser la responsabilité aux autres mais en fin de compte la décision m'appartenait et j'étais incapable de dévoiler mes motivations à Amy. Comment lui expliquer que quand Ken m'avait souri et dit « Cette affaire, c'est tellement toi », je n'avais pas eu l'impression qu'il me forçait la main mais plutôt qu'il me définissait. Sa définition avait beau être juste, je n'étais pas certain qu'elle me plaise.

C'est tellement toi.

– Tout ceci n'est que secondaire, murmurai-je.

– C'est-à-dire ?

– L'idée que j'avais le choix de m'aventurer dans cette histoire. J'étais déjà embarqué, Amy. Dès l'instant où Harrison m'a envoyé la première lettre. Il m'a choisi et depuis je suis impliqué.

– Pourquoi ? Pourquoi Harrison t'a-t-il choisi ?

Le silence se prolongea et s'intensifia autour de nous. Je finis par remonter le son de la radio. Nous écoutâmes le match jusqu'à la fin, mais je doute fort qu'Amy ou moi aurions pu vous dire quoi que ce soit de la partie.

DEUXIÈME PARTIE

Le blues de la piste froide

14

Ce que j'avais prédit à Amy se confirma avant le lendemain midi : j'étais à présent impliqué, à l'insistance de Ken Merriman et avec l'approbation de Quinn Graham.

Ce fut l'inspecteur qui m'appela ; il fut prompt à blâmer Ken.

– Votre pote ne sait pas vraiment y faire avec la police, me confia-t-il. Il m'appelle ce matin et m'annonce qu'il *souhaite m'informer* qu'il va mener sa propre enquête. Il souhaite m'informer. Sans déconner, il m'a sorti ça. Pas « Hé, inspecteur Graham, je me demandais si je pourrais vous assister en quoi que ce soit », ni « Au fait, inspecteur Graham… comme il s'agit d'une vieille affaire, et dans un autre État, vous seriez peut-être favorable, pour une fois dans votre carrière, à l'intervention d'un privé ». Pas du tout, Linc. Monsieur souhaite m'informer qu'il se lance. Que j'approuve ou non.

– Hmm, fis-je.

– Hmm ? Hmm ? Ouais, « hmm » est la réaction indiquée, Linc. Je lui ai sorti à peu près ça. J'y ai peut-être ajouté quelques termes fleuris, je ne me souviens pas. Votre pote, par contre…

– On ne peut pas vraiment dire qu'il soit mon pote, Graham. Je n'ai fait sa connaissance qu'avant-hier. En revanche, entre vous deux ça remonte à beaucoup plus longtemps. Avec une si longue histoire commune, je me dis que *vous* devez être potes.

– Ah bon, vous ne travaillez pas avec lui sur ce dossier ? Il m'a affirmé le contraire. Il m'a dit, et je pense le citer exactement :

« Perry et moi, on va secouer le cocotier ensemble et voir ce qui tombe. » Ensemble, Linc. Vous ne comptez pas secouer ? Merriman va secouer tout seul ?

– J'ai accepté d'agir en renfort, c'est tout. Vous savez, lui filer des conseils...

– Ah ! des conseils. Bien, bien, je préfère entendre ça. Vous conseillez un type qui ne connaît rien aux enquêtes pour meurtre, sauf ce qu'il en voit dans les séries télé.

– Si vous ne voulez pas que je l'aide, je peux très bien le lui expliquer et me tenir à l'écart.

– Euh, non. Plus à ce stade. C'est trop tard. Votre pote, il est engagé dans la partie. Il m'en a déjà informé, comme je vous l'ai dit. Et si lui est de la partie, Linc, il vaut mieux que vous en soyez aussi. Vous, au moins, vous avez de l'expérience. Au moins vous savez ce que vous faites. Je me suis renseigné. J'ai découvert que mon Linc était une vedette.

– Je ne dirais pas ça.

– Bien, nous ne le dirons pas. Mais une chose doit être dite : je compte sur vous pour empêcher Kenny de nuire à l'enquête. S'il la fait avancer, génial, je serai le premier à lui serrer la main. Mais je ne permettrai pas qu'il l'entrave et je compte sur votre aide.

Je me malaxai les tempes.

– Kenny a tout de même quelque chose à nous apporter, ajouta Graham. Je dois le reconnaître.

– Ah oui ?

– Il nous fournit une excuse pour que vous repreniez contact avec Harrison. J'y ai réfléchi hier pendant le trajet de retour. Si vous l'avez effectivement envoyé promener, il serait bizarre que vous reveniez vers lui pour l'interroger, non ?

– Évidemment.

– Il nous faut donc une excuse pour rouvrir cette porte. Une excuse qui sonne juste. Rien ne m'est venu hier et puis ce matin votre pote m'appelle, et pendant que je l'écoute déblatérer, je me dis : *Bon sang, voici notre sésame !* Kenny sera notre sésame.

Vu que c'est la vérité, ça passera comme une lettre à la poste. Kenny a pris contact avec vous, il vous a demandé le nom de votre client et vous avez accepté de le lui communiquer. Même si vous n'avez pas envie de travailler pour Harrison, Kenny en a le droit. Il y a de l'argent à gagner, non ?

– Oui.

Je distinguais du brouhaha autour de Graham. Quelqu'un jura comme un charretier, d'autres s'esclaffèrent. Des flics. Cela toucha en moi une corde sensible, une nostalgie que je n'avais pas ressentie depuis des mois.

– Tous les deux, poursuivit Graham, vous allez donc rencontrer Harrison. Vous allez lui parler et vous allez enregistrer la conversation.

– Un micro ?

– Oui, je vous procurerai le matériel.

– J'en ai un. Même deux.

– De bonne qualité ou de la camelote ?

– Ils marchent bien.

– Bon. Je vous considère comme un informateur, pas comme un flic. Compris ? Ce n'est pas votre enquête. Tout ce que vous entendez, je l'entends aussi.

– Dites ça à Ken. Je ne suis que le conseiller, vous vous souvenez ?

À voir. Même moi, je ne me faisais plus d'illusions là-dessus.

– Mon cul. Allez-y doucement la première fois. Tâtez le terrain, voyez l'attitude d'Harrison, faites-vous une idée.

– Vous souhaitez que j'enregistre tout ?

– La moindre parole, Linc. La totale. Maintenant, si la conversation est bien engagée, j'aimerais que vous mentionniez un nom. Bertoli. Salvatore Bertoli.

– Vous vous intéressez à lui ?

– Cet individu est mort à l'époque où les Cantrell ont décidé de s'éclipser. Il fréquentait à Youngstown et à Cleveland des types proches de Dominic Sanabria. Voilà qui mérite mon attention, c'est tout.

– Appartenait-il au dixième cercle ou au premier ?

– Sans doute pas au premier mais il faisait assurément partie de l'entourage de Sanabria. Assurément.

– Eh bien, voilà un élément important, vous ne trouvez pas ? Comment s'est-il retrouvé chez la sœur s'il…

– Interrogez Harrison à son sujet. Voyez si cela vous mène ailleurs que là où j'ai abouti.

– À savoir ?

– Nulle part. Surtout, Linc, je ne veux pas que les esprits s'échauffent. Soyez mesuré dans vos questions. Nous cheminons à tâtons dans le noir. Donc, vous présentez Kenny à Harrison et, si la situation s'y prête, vous lui demandez ce qu'il pensait de l'Italien, Bertoli. En tout cas, au début on avance d'un pas léger.

Quand on marche sur une mine d'un pas léger, cela fait-il une différence ?

Ken Merriman revint le lendemain après-midi et prit ses quartiers dans un hôtel à proximité de la I-71 où il avait loué une chambre à la semaine. Il avait opté pour la « suite professionnelle », laquelle comprenait une cuisine, une chambre et un salon, le tout tenant dans la superficie d'une chambre d'hôtel normale. Quand je lui sortis ce trait d'humour, il me rétorqua que je serais plus impressionné si je voyais l'appartement qu'il occupait depuis son divorce. Je m'abstins de sortir d'autres plaisanteries.

Je m'étais procuré l'adresse d'Harrison et j'avais décidé que la meilleure approche serait en personne et par surprise. Tout à fait dans son style à lui. Et puis, j'étais curieux de voir où il habitait. Pour se faire une idée rapide sur les gens, rien ne vaut de les voir chez eux, dans leur environnement. Il refuserait peut-être de nous faire entrer, mais cela méritait d'être tenté.

Je m'étais harnaché avant de passer prendre Ken. Un simple micro pastille accroché sous le col de ma chemise et relié à un enregistreur fixé à la ceinture. La chemise pendait suffisamment bas sur mon jean pour dissimuler l'appareil, même quand je tendais les bras en l'air.

Je portais également mon Glock dans son holster contre ma colonne vertébrale. Ces sensations, l'arme dure et compacte, le fil léger et froid qui courait dans mon dos, me rappelaient ce que j'adorais dans mon métier.

Au cours des préparatifs, comme j'installais l'équipement et que je le testais, je me pris au jeu. Après m'en être défendu pendant plusieurs semaines, j'étais partant. Un homme avait été assassiné et enterré en forêt, crime impuni depuis douze ans. Qu'il soit ou non coupable, Parker Harrison avait voulu se livrer à un petit jeu avec moi, à coups de lettres et de demi-vérités. Parfait. Le lascar voulait jouer ? J'étais prêt à engager la partie.

Toujours ivre d'adrénaline, je passai prendre Ken à son hôtel et lui expliquai le topo dans son réduit. Un sourire lui vint aux lèvres.

– Quoi ? dis-je.

– Dis donc, tu pètes le feu !

– Je suis prêt, c'est tout.

– Je m'attendais à davantage de récriminations. Tu sais, du pessimisme et des idées noires, toutes les raisons pour lesquelles on ferait mieux de jouer aux échecs ou de tricoter plutôt que de mener cette enquête.

Je réfléchis à sa remarque et secouai la tête. Bigre, voilà que je me mettais à ressembler à mon associé. À Joe.

– Tu veux que je sorte mon flingue, que je tire quelques balles dans le plafond ? proposai-je. J'aurais peut-être dû prendre mon fusil à pompe.

– Inutile de s'emballer.

– D'accord. Au boulot, alors.

L'appartement d'Harrison était situé à Old Brooklyn, non loin de l'endroit où se dressait dans mon enfance l'hôpital Deaconess. Urgentiste, mon père y avait été basé quelque temps. Le quartier avait traversé pas mal de cycles, frappé par la drogue et la pauvreté avant d'effectuer son grand retour au bout de quelques décennies, avec la flambée de l'immobilier qui allait de pair. L'immeuble d'Harrison n'avait rien de séduisant – un rectangle en brique à un étage avec l'attrait esthétique d'une boîte à chaussures –, mais il était propre et flanqué de belles maisons de chaque côté. Il n'y avait que dix appartements ; celui d'Harrison était au rez-de-chaussée côté rue. J'ignorais comment il gagnait sa vie et quelle voiture il conduisait, aussi n'étions-nous pas du tout sûrs de le trouver chez lui. Pour en avoir le cœur net, il suffisait de frapper à sa porte. Personne ne vint ouvrir. Il était presque 17 heures, heure à laquelle la plupart des gens sont encore au boulot. Nous remontâmes dans mon pick-up et nous rendîmes dans un restaurant de Pearl Road qui faisait également bar. Une heure fut vite passée, avec l'aide de quelques Corona. Nous retournâmes à l'immeuble. Un plus grand nombre de véhicules étaient garés sur le parking, notamment un vieux pick-up Toyota pile devant l'appartement d'Harrison. Je pris la place voisine, coupai le moteur et résistai à la tentation de vérifier mon équipement une dernière fois, au cas où Harrison serait en train de nous épier. C'est l'une des difficultés quand on porte un micro : on en a conscience en permanence, mais il ne faut pas que ça se remarque. Pour moi, la meilleure attitude est de garder ça gentiment à l'arrière de son cerveau, de ne pas oublier qu'on le porte, ce qui est la plus sûre façon de courir au désastre, sans non plus s'angoisser.

Quand nous atteignîmes sa porte, je pus distinguer de la musique, un blues discret qui s'interrompit dès que j'eus frappé. Après un bref instant, sans doute le temps qu'Harrison regarde par le judas, la porte s'ouvrit vers l'intérieur et il déclara de but en blanc :

– Ne me dites pas que le chèque a été refusé ?

On aurait pu croire à une plaisanterie mais son visage affichait tout l'humour d'un mur en brique.

– Je ne l'ai même pas encaissé, dis-je. On peut entrer ?

Il était en jean et torse nu. Son corps était plus musclé que je ne l'imaginais. Non pas taillé à force d'entraînement mais puissant et dépourvu de gras, comme quand on surveille son alimentation. Quelque chose me disait qu'Harrison soignait la sienne. Il dévisagea Ken, d'un air curieux mais sans inimitié, puis s'écarta. Nous le suivîmes dans l'appartement.

Les pièces étaient peu spacieuses, étroites et basses de plafond, mais c'était propre et arrangé avec soin, les meubles disposés de sorte qu'on ne se sente pas à l'étroit. Une œuvre d'art de belle taille occupait un mur, un panneau de bois richement sculpté dont le symbolisme m'échappait entièrement.

Voyant que j'observais les lieux, Harrison dit :

– Ce n'était pas mon premier choix. Je n'aime pas vivre en appartement. Je préférerais avoir plus de place mais je n'ai pas encore les moyens, et puis c'est un quartier tranquille. En plus, je passe mes journées en extérieur.

– Ah oui ? dis-je en détachant mon regard du bois sculpté. Vous faites quoi comme métier, Harrison ?

– Je suis jardinier. Dans un cimetière.

– Vraiment ?

Il hocha la tête.

– Ça me convient.

– Fort étrange, nota Ken d'un ton neutre.

Ailleurs et en d'autres circonstances, cette réplique digne de Bogart m'eût arraché un sourire. Harrison lui décocha un regard froid et bref, puis ramena son attention sur moi.

– Puis-je savoir…

Je lui coupai la parole en pointant Merriman.

– C'est lui qui souhaite vous parler. Je n'ai pas eu le choix.

Ses yeux se posèrent à nouveau sur Ken, le détaillant, mais il continua de s'adresser à moi.

– S'il veut me parler, pourquoi jouez-vous les intermédiaires ?

– Je lui laisse le soin de vous expliquer ça.

Je passai devant Harrison et pris place sur le canapé. Il

m'observa sans rien dire et au bout d'un moment Ken s'assit à son tour. Harrison resta debout.

– Alors ? fit-il en s'adressant cette fois directement à Ken.

Merriman se lança dans son récit, l'enquête qui lui avait été confiée douze ans auparavant, l'énigme qui n'avait cessé de le travailler, la promesse faite aux parents de Joshua Cantrell de leur apporter une réponse. Je l'écoutai en feignant l'ennui, en m'efforçant d'avoir l'air renfrogné comme je prétendais l'être. Le micro pastille reposait contre ma clavicule, dur et froid, mais jusque-là il n'avait rien enregistré d'utile, seulement les explications de Ken et le silence d'Harrison.

– Quand j'ai appris que Lincoln s'était renseigné sur la maison, je l'ai donc interrogé. Je lui ai demandé qui était son client, qui s'intéressait à la famille.

Harrison me regarda, aucune émotion ne filtrant sur son visage.

– Vous lui avez dévoilé ce renseignement.

J'acquiesçai.

– Ce n'est pas confidentiel ?

– Si, en général.

Il attendit que je développe, mais je m'en tins là.

– Pourquoi cela ne l'est-il pas dans mon cas ?

– Vous avez trahi ma confiance, Harrison. Je vous en ai parlé. Vous m'avez envoyé là-bas poser des questions comme un idiot, sans que je me doute que le bonhomme était mort et que sa femme était la sœur de Dominic Sanabria. Vous voulez savoir qui s'est pointé chez moi l'autre jour ? Sanabria. À cause de vous, Harrison. Vous croyez qu'après ces coups tordus je vous dois la moindre confidentialité ?

Je m'étais un peu échauffé, mais il garda la même expression et ne me quitta pas des yeux. Il se contenta de m'écouter, laissa passer quelques secondes pour s'assurer que j'avais terminé, puis se tourna vers Ken.

– Qu'attendez-vous de moi ?

– Un boulot, répondit Ken.

– Un boulot ?

– Pourquoi pas ? Vous vouliez engager Lincoln, il s'est défilé. Pas moi. Je tiens à aller au fond de cette histoire et j'ai besoin que quelqu'un me finance, monsieur Harrison. Je ne peux plus accepter l'argent de la famille et de toute façon ils n'ont plus les moyens. Mais ils ont toujours le souhait de comprendre ce qui est arrivé à leur fils, et vous aussi, paraît-il.

– Comment comptez-vous faire ? s'enquit Harrison. Ne le prenez pas mal, mais si vous êtes dessus depuis déjà douze ans…

Je fus surpris de voir les joues de Ken s'empourprer. Soit il était très bon acteur, soit ce genre de remarque l'atteignait même venant de la part du principal suspect.

– Ce n'est pas comme si je m'en occupais à plein temps depuis douze ans, dit-il d'une voix mesurée et crispée. Quand j'ai démarré, il n'y avait pas de cadavre, aucune indication qu'un crime avait été commis. Ils sont partis, voilà tout. Partis sans laisser de traces. Maintenant on a une trace.

– Le cadavre enterré, dit Harrison. C'est ça votre trace ?

Il avait pris un autre ton en prononçant « le cadavre enterré », plus froid et grave. Ken marqua une hésitation, comme si lui aussi l'avait noté.

– Oui, dit-il. C'est tout de même une sacrée trace, vous ne pensez pas ?

– Le corps a été retrouvé il y a plusieurs mois. Cela a-t-il débouché sur quoi que ce soit ?

L'ambiance s'était nettement refroidie et il y avait quelque chose dans le regard d'Harrison et dans sa mâchoire contractée qui ne me plaisait pas. Ken était penché en avant, les coudes plantés sur les genoux, tandis que j'étais calé contre le dossier du canapé, hors de son champ visuel. Il pivota légèrement la tête, peut-être afin de me regarder, mais se figea aussitôt comme s'il venait de comprendre qu'Harrison décélerait le moindre signe entre nous.

– Alors ? insista Harrison. La trace vous a-t-elle servi ?

– Bien sûr, répondit Ken.

– En quoi ?

Un nouveau silence, Ken n'étant pas très sûr de lui, puis Harrison réitéra la question.

– En quoi ?

– Cela m'a fourni des suspects.

– Vraiment ? Qui ça ?

– Salvatore Bertoli, dit Ken.

L'entretien ne se déroulait plus selon le scénario prévu – Graham nous avait demandé d'évoquer le nom de Bertoli, pas de le désigner comme suspect –, mais la réaction d'Harrison justifia à elle seule le coup de poker.

Alors qu'il avait fait montre d'une immobilité déconcertante, étant de ces rares personnes capables de se tenir devant quelqu'un d'autre sans gigoter ni se tripoter les mains, il se rapprocha de Ken et agrippa fort le dossier d'une chaise.

– Qu'est-ce qui vous fait dire ça ? lui demanda-t-il.

Cette fois Ken me regarda, un coup d'œil furtif, puis il répondit :

– Vous n'êtes pas encore mon client, monsieur Harrison. Je ne vais pas vous dévoiler le résultat de mes recherches. Si vous m'embauchez, c'est différent.

– Je vous signe un chèque dès ce soir si vous me dites pourquoi vous avez mentionné le nom de Salvatore.

– J'ai mes raisons. Je…

– Je souhaite les entendre.

Ken était acculé : il n'avait à sa disposition aucun motif de soupçonner Bertoli, et aucune façon d'esquiver la question qui ne sonnerait faux. Il demeura silencieux un long moment, à soupeser ses options, aussi décidai-je de m'exprimer pour la première fois depuis qu'il s'était lancé, dans l'espoir de détourner si possible la conversation.

– Vous qui avez travaillé avec Bertoli, Harrison, dites-nous ce que vous pensez de lui.

Le front plissé, il pointa Ken.

– J'aimerais savoir pourquoi vous le soupçonnez.

– Il est tombé du toit d'un entrepôt à l'époque même où ils ont disparu, dit Ken. J'ai le sentiment qu'il ne s'agit pas là d'une coïncidence.

Une esquive dont Harrison ne se satisfit pas.

– C'est tout ? Vous n'avez aucune autre raison d'en faire un suspect ?

– C'est la seule que je sois prêt à vous divulguer ce soir. Par contre, si vous me signez un chèque…

– Est-il le seul suspect ?

– Tout le monde est…

– Un lieu commun ridicule. Est-il votre seul suspect ?

Harrison était penché vers Ken, pesant de tout son poids sur le dossier de la chaise, ses muscles bandés dessinés sur ses bras foncés.

– C'est lui qui tient la corde, dit Ken.

Il continuait à sautiller et à esquiver, sans grand succès. J'avais une certitude croissante à propos d'Harrison, son talent pour déchiffrer les gens. Si Ken poursuivait son petit manège, nous avions toutes les chances de nous dévoiler sans apprendre grand-chose.

Chaque fois que le regard d'Harrison se posait sur moi, j'avais l'impression que ses yeux s'accrochaient au fil du micro, qu'ils en suivaient le parcours comme si ma chemise était transparente.

– Il tient la corde, répéta Harrison. Qui sont les autres, alors ?

– Monsieur Harrison, souhaitez-vous m'embaucher, oui ou non ?

J'étais soulagé que Ken ne réponde pas à la question et semble décidé à clore le débat, ayant probablement perçu le danger autant que moi.

– Certaines personnes vous soutiendraient que je suis un suspect.

Ken resta muet.

– Vous dites que vous êtes de Pennsylvanie ?

– Tout à fait.

– Vous n'auriez pas parlé à l'inspecteur Graham ?

Encore une fois, Ken ne répondit pas.

– Bien sûr que vous lui avez parlé, fit Harrison. C'était une formalité préalable. Quel est son suspect favori ?

– Je ne travaille pas avec lui, ni pour lui.

– Ah non ?

Harrison se tourna vers moi, comme si la question me concernait autant que Ken.

– Vous m'avez affirmé que vous n'aviez pas tué Cantrell, dis-je.

– En effet.

– Alors que craignez-vous, Harrison ?

Ses yeux paraissaient plus sombres qu'à notre arrivée.

– On peut faire dire ce qu'on veut aux indices. N'est-ce pas, Lincoln ?

– Vous avez un exemple précis en tête ?

Harrison me fixa longuement, puis il relâcha la chaise, recula et se tourna vers Ken.

– Je vais y réfléchir.

– Faites vite, dit Ken. Je vais vous laisser ma carte et si vous pouviez vous décider avant…

– Quand j'aurai pris ma décision, j'en informerai Lincoln. Gardez votre carte.

Je fis non de la tête.

– Je ne suis plus concerné, Harrison. Si vous…

– Non. Je vous appellerai, Lincoln. C'est vous qui me l'avez amené.

Son regard dur était rivé sur moi, toujours méfiant et scrutateur. Ça me picotait dans le cou, à l'endroit où reposait le micro ; j'avais très envie de me gratter.

Ken se leva et, après une hésitation, Harrison serra la main qu'il lui tendait. Je me dressai à mon tour et nous nous dirigeâmes vers la porte. Ken l'ouvrit et je sortis derrière lui, puis je me retournai.

– Une dernière question…

Harrison attendit.

– Tous les autres n'ont passé que six mois chez les Cantrell et y travaillaient seuls. Pourquoi y êtes-vous resté un an, et même après l'arrivée de Bertoli ?

Il se tenait dans l'embrasure, encadré par la lumière derrière lui.

– Parce qu'elle me l'a demandé, finit-il par répondre.

– Alexandra ?

Acquiescement.

– Pourquoi ?

Il franchit le seuil et attrapa le battant par le côté, sa main passant tout près de mon visage.

– Parce qu'elle avait confiance en moi, et parce qu'elle avait peur.

– De qui ? De Bertoli ? De son frère ?

Il recula et ma main se détacha de la poignée comme la porte se refermait. L'instant d'après le verrou coulissa.

15

Je démarrai et nous repartîmes en silence. Il régnait dans le pick-up une humeur déconfite, à cause non seulement du dernier propos d'Harrison mais aussi de la manière dont Ken avait conduit l'entretien. Il avait quelques années de plus que moi mais cela ne se voyait vraiment pas, tant il était novice. Quand Joe et moi interrogions quelqu'un, je pouvais me concentrer sur ma partie, certain que Joe, fort de ses trente ans de métier et de son intellect hors pair, ne commettrait aucune bourde qui nous placerait dans une position délicate. Ken avait beau être un type intelligent, il n'avait pas trente ans d'expérience. Même pas une seule année, pour celles qui comptent vraiment. Les divorces, les fraudes à l'assurance et les reconstitutions d'accident, rien de cela ne vous prépare à une enquête pour homicide, à une joute verbale avec un lascar comme Parker Harrison.

Mais la prestation de Ken n'était pas mon seul sujet de préoccupation. Harrison avait adopté un ton différent par rapport à nos deux premières rencontres, à la fois plus prudent et plus agressif. Il m'avait paru… retors. Comme s'il avait su, à peine avions-nous franchi le seuil, qu'il ne pouvait pas nous faire confiance. Sans pour autant nous mettre à la porte, préférant nous garder chez lui pour tenter d'apprendre quelque chose. Je repensai à la manière dont il m'avait dévisagé en demandant si nous travaillions pour Graham et, bien qu'étant dans mon pick-up et à des kilomètres de lui, je me sentis encore une fois mis à nu.

– Penses-tu qu'on puisse en tirer quelque chose ? finit par me demander Ken.

– Nous avons fait ce que Graham attendait de nous.

– Je ne pense pas que c'était ce qu'il avait en tête, murmura-t-il d'une petite voix, le visage tourné vers sa vitre. J'ai foiré, n'est-ce pas ?

– Difficile à dire.

Il avait la mine abattue.

– Bien sûr que non. Tu étais là, tu as vu comment ça s'est passé. Il n'a pas cru un mot de ce que je lui ai dit.

– Il n'a pas paru très convaincu, reconnus-je. Mais on se fait peut-être des idées. C'est fréquemment le cas quand on joue un double jeu, neuf fois sur dix on est plus réceptif que la cible.

– Peut-être, mais je n'avais vraiment pas envisagé que ça se déroulerait ainsi. Graham non plus, à mon avis.

– Oui.

Il se tut un moment, puis suggéra :

– On pourrait peut-être lancer une surveillance sur Harrison, quelques jours. Utile, selon toi ?

– Il n'est pas question de se lancer là-dedans sans le feu vert de Graham et je doute qu'on l'obtienne.

– J'ai bien envie de lui en parler quand même.

Il en revenait à ses points forts, à ce qu'il maîtrisait : la surveillance. La conversation avec Harrison l'avait déstabilisé encore plus que moi, et c'était là mauvais signe. S'il comptait mener à bien une enquête de cette envergure, il lui faudrait prendre confiance rapidement.

– Lincoln ?

Je me rendis compte que je m'étais abstrait, perdu dans mes pensées.

– Désolé, fis-je. Tu disais ?

– Je demandais s'il fallait qu'on se tourne les pouces en attendant un coup de fil d'Harrison ou bien si l'on pouvait avancer d'une manière ou d'une autre. Je me dis qu'en poursuivant la piste Bertoli, on aurait l'air crédible vis-à-vis d'Harrison.

– Faut voir.
– Tu proposes quoi d'autre ? Telle est ma question. Et ensuite ?
– Il faut que je parle à Graham.

Il se tut alors que je prenais la sortie pour son hôtel. Nous patientions à un feu rouge, en face du parking, quand il se tourna vers moi et dit :

– Merci, Lincoln.
– De quoi ?
– De m'avoir fait venir ici, mec. D'avoir accepté. J'avais besoin de ça. J'en avais vraiment besoin.

Il s'exprimait d'un ton intense, mais ses yeux étaient tristes. Il repensait sans doute à sa fille, à sa fille et à son ex-femme et au nouveau beau-père. Quelle remarque m'avait-il sortie, déjà, chez Sokolowski ? *Neuf fois sur dix je parviens à la conclusion que ma femme a eu raison et que ma fille s'en porte mieux.* Je sentais qu'il ne traversait pas actuellement un de ses rares moments d'optimisme.

– Même si je n'ai pas été très impressionnant dans l'audition de ce soir, dit-il, je ne veux pas me laisser abattre. Je suis ici pour mener l'enquête à son terme et je compte bien y arriver.

Quand le feu passa au vert, je m'engageai sur le parking et m'arrêtai devant l'entrée la plus proche de sa chambre.

– Je vais appeler Graham et je te tiens au courant demain matin, dis-je.
– D'accord. (Il ouvrit sa portière et se figea, un pied posé dehors et l'autre dans la voiture.) Nous allons en venir à bout, Lincoln. Douze ans que j'attends ça.
– Peut-être bien, à moins qu'on ne soit toujours en train d'en parler dans dix ans, aigris et dépités. Ça arrive parfois, Ken.

Il secoua la tête.

– Pas cette fois. Non, je le sens bien.

Retrouvant mon appartement désert et plongé dans le noir, j'éprouvai une bouffée de déception qu'Amy ne soit pas là. Son absence n'était pas surprenante, vu que nous n'avions rien prévu et qu'il n'est pas dans ses habitudes de passer à l'improviste, mais certains soirs, on aimerait bien que quelqu'un soit là à vous attendre, la lumière allumée. Bien entendu, il suffirait que cela m'arrive une fois pour que je me crispe en apercevant la vitre éclairée, regrettant avec nostalgie mon chez-moi désert, silencieux et obscur. Que dire ? Nous autres détectives privés sommes des créatures ambivalentes, et c'est là l'un de nos traits les plus humains.

J'étais pressé d'appeler Amy, mais Graham méritait de passer en premier. Installé sur le canapé, je déboutonnai ma chemise, retirai le fil et vérifiai l'enregistreur. Pour s'assurer que tout avait bien fonctionné, il faudrait le brancher à l'ordinateur, transférer le fichier et l'écouter. Ça pouvait attendre le lendemain matin. Je composai le numéro de Graham.

– J'étais sur le point de me mettre au lit avec ma femme, Linc. Autrement dit, j'espère que vous avez quelque chose d'intéressant à m'apprendre.

Je jetai un coup d'œil à l'horloge.

– Il n'est même pas 9 heures, Graham.

– J'ai parlé de me mettre au lit avec elle, pas de dormir.

– Ah.

– Comme vous dites. Bon. Qu'avez-vous à me raconter ?

Je lui fis le récit le plus fidèle possible, en enjolivant la contribution de Ken. J'aurais mieux fait d'en remettre une couche.

– Il a sorti à Harrison que Bertoli est un suspect ?

– Vous vouliez qu'on mentionne son nom.

– Le mentionner, oui, pas le traiter de suspect. Vous pensez que c'est du pareil au même ?

– Le sous-entendu aurait été là de toute manière.

Il grommela et laissa tomber.

– Comme ça, le nom de Salvatore a produit son petit effet sur Harrison ?

– Il m'a semblé.

– Intéressant. Et que pensez-vous de ce qu'il vous a sorti sur le seuil ?

– Qu'Alexandra lui a demandé de rester parce qu'elle avait peur ? Je ne sais pas trop quoi en penser.

– Si je vous pose la question autrement : imaginez que vous soyez une femme et que vous ayez peur. Vous vous tourneriez vers un assassin ?

– Elle lui faisait peut-être confiance.

– Mouais… Même si je veux bien y croire, j'en reviens au fait qu'il a été condamné pour meurtre. Si elle était prête à côtoyer un type avec un tel pedigree, de quoi voulez-vous qu'elle ait eu peur ?

– Son mari ?

– Un universitaire, Linc. Soixante kilos à tout casser. Toujours le nez fourré dans un bouquin.

– Vous avez suffisamment d'expérience pour savoir que cela ne veut rien dire.

– D'accord, mais si elle le craignait, pourquoi ne pas s'adresser à son frère ?

– Dans ce cas, c'était peut-être son frère qu'elle redoutait.

– C'est un sacré pas, mon gars, de suggérer que Dominic s'en serait pris à sa propre sœur.

– Qui parle de s'en prendre à sa propre sœur ? Une seule personne est morte à coup sûr et ce n'est pas la sœur.

– Vous pensez qu'elle avait peur pour son mari ? Oui, ça peut se défendre, vu qu'on l'a retrouvé mort… Écoutez, se pressa-t-il d'ajouter, inutile de se fourvoyer. Nous en discutons simplement à cause de ce qu'Harrison vous a dit, et je ne suis pas certain que la sincérité soit son fort. Qu'en pensez-vous ?

– D'Harrison ?

– Oui, vous lui avez parlé ce soir. Que vous dit votre instinct ? Vous pensez qu'il est réglo ? Vous ne croyez pas qu'il en sait beaucoup plus qu'il ne veut bien l'admettre ?

J'y réfléchis. Je repensai à ses paroles, à sa gestuelle, à ses yeux.

– Il ne m'inspire pas confiance.

– Exactement. À votre avis, aurez-vous de ses nouvelles ? Va-t-il mordre à l'hameçon ?

– Voici ce que je pense : s'il mord, ce sera en parfaite connaissance de cause. Il est futé, Graham. Très futé.

– Je n'en suis pas si sûr, Linc.

Étant quant à moi persuadé du contraire, je n'éprouvai aucun sentiment de victoire quand j'arrivai à l'agence le lendemain matin à 8 h 30 pour y trouver un message laissé par Harrison.

Il avait appelé à 5 h 20 et commençait par s'excuser de me joindre si tôt, expliquant qu'il devait être au travail à 6 heures. « Mais je sais que ceci est le numéro de l'agence, aussi j'imagine que ça ne pose pas de problème. J'ai réfléchi à votre proposition, Lincoln, et j'ai décidé de l'accepter. Je vous poste une nouvelle avance au courrier d'aujourd'hui. Mille dollars. Prévenez-moi si ce n'est pas suffisant. Le chèque sera à votre ordre. Si vous souhaitez remettre la totalité de la somme à Ken Merriman, la décision vous appartient, mais je ne m'engage qu'à la condition que vous serviez d'intermédiaire. Cela me semble juste, puisque vous me l'avez présenté. Il ne serait pas normal que vous soyez complètement écarté. Cela ne me conviendrait pas… » Il marquait une pause. On entendait sa respiration, courte et rapide, qui contrastait grandement avec son élocution posée et précise. « J'imagine que vous serez tôt ou tard en contact avec l'inspecteur Graham. N'hésitez pas à lui transmettre mon meilleur souvenir… » Nouveau silence. « Bien, je vais donc poster le chèque. Ce n'est pas à moi de vous dire comment faire votre métier, mais puisque vous travaillez pour moi, j'ai bien le droit de vous demander une chose : ne vous occupez pas de Mark Ruzity. Il ne vous apportera rien d'intéressant, autant ne pas le déranger. J'aimerais que vous laissiez Mark tranquille. »

Le message s'arrêtait là. Je le réécoutai plusieurs fois. Dès que Ken arriva et fut installé, je le repassai à son intention et vis son visage s'assombrir à mesure qu'Harrison parlait.

– Tu n'as pas l'impression qu'il sait exactement ce que nous manigançons ? me demanda-t-il à la fin.

– J'ai suggéré cette hypothèse à Graham hier soir.
– Et ?
– Graham n'est pas de cet avis, ou bien il s'en moque. Je ne sais pas.
– Quand Harrison mentionne Graham… cela a tout l'air d'un message, non ? Histoire de nous faire savoir…
– Qu'il sait que nous agissons sous sa direction ? Ouaip.
– Tu as eu Graham ce matin ?
– J'ai essayé, sans succès. J'ai laissé un message.
– Harrison m'a l'air de t'avoir encore à la bonne, Lincoln. C'est moi qu'il vient d'embaucher, non ? Mais c'est toi qu'il appelle et à qui il adresse le chèque. Qu'en penses-tu ?
Je haussai les épaules.
– Aucune idée. Pourquoi s'est-il adressé à moi en premier lieu ? Pourquoi a-t-il continué de m'écrire alors qu'il était clair que je ne répondrais pas ? Pourquoi s'est-il présenté en personne à l'agence après avoir été ignoré pendant des mois ?
– Ça ne te plaît pas ?
– Et toi, tu aimerais ?
Il retrouva son petit sourire.
– Merde, il n'arrête pas de t'envoyer des chèques ! Ce n'est pas si désagréable, non ?
– Ouais, c'est ça.
– Alors, on fait quoi ? On attend d'avoir Graham ?
– Oui, en gros.
– La fin du message est sacrément bizarre. Quand il demande qu'on se tienne à l'écart de Ruzity.
– J'attendais ton commentaire là-dessus.
– D'après mes informations, ils ne se connaissaient pas. Ils se sont trouvés chez les Cantrell à des époques différentes et je n'avais pas idée que leurs chemins s'étaient croisés.
– Il semble que ce soit le cas.
– Oui. Harrison étant notre client, j'imagine que nous devons respecter son souhait et ne pas nous mêler de Ruzity.

– Ce serait l'attitude déontologique, assurément. Il nous emploie.

– Donc, dès lors que tu as reçu ce message, nous sommes tenus de ne pas nous intéresser à Ruzity.

– Exactement.

– Imagine un peu si tu n'étais pas passé à l'agence dès la première heure.

J'opinai du chef.

– Tout à fait. Nous aurions pu nous pencher sur le cas de M. Ruzity par mégarde, ignorants des desiderata de notre client. D'ailleurs, avant ce message, il n'était pas notre client. Il en était toujours au stade de la réflexion.

– Remarque fort judicieuse. (Il jeta un coup d'œil au téléphone et prit l'air narquois.) Je te pose la question, Lincoln : à quelle heure as-tu écouté ce message ?

– Je ne me rappelle pas bien, Ken. Ma mémoire n'est plus ce qu'elle était. Mais j'imagine que c'était après avoir pris contact avec Ruzity.

– Mais oui, bien entendu.

16

Traquer Mark Ruzity s'apparentait à chercher un chiot perdu dans un quartier grouillant de chiens errants : personne n'avait envie de nous aider et les gens ne comprenaient pas qu'on puisse souhaiter le retrouver.

Nous commençâmes par le prêteur sur gages de Storer Avenue où, d'après le dossier de Ken, Ruzity réparait des guitares. Mais ses notes remontaient à plus de dix ans : l'immeuble était à l'abandon, ses fenêtres condamnées. Nous nous rendîmes ensuite au domicile de Ruzity dans Denison ; comme il n'y avait personne, nous fîmes du porte-à-porte en quête d'un voisin qui saurait nous dire où le trouver. La plupart des habitants de la rue le connaissaient, mais aucun n'était enclin à nous fournir la moindre indication.

– C'est un gars, nous confia une Portoricaine qui nous répondit sans défaire sa chaîne de sécurité, vaut mieux garder ses distances avec lui. Vous comprenez ? Il habite ici depuis longtemps, comme nous, il cause pas d'ennuis, mais on sent qu'il pourrait, vous voyez ? Il embête personne et c'est pas moi qu'irais lui chercher des noises ! Je vous conseille pas de l'embêter.

Harrison avait exprimé le même sentiment. Pour un type qui n'avait pas récidivé en quinze ans, Ruzity avait une sacrée réputation.

Ken eut enfin l'inspiration qui nous mit sur la bonne piste.

– Il est musicien, n'est-ce pas ? Existe-t-il un endroit dans le quartier qu'un musicien serait susceptible de fréquenter ?

Nous en repérâmes un : une boutique d'instruments d'occasion à dix blocs de chez lui. Ruzity y était effectivement connu.

– Ce mec déchire grave à la guitare, nous confia le vendeur derrière le comptoir, un gamin qui portait une armure de piercings. Fait fondre l'ampli, quoi. Mais il veut plus jouer en groupe. Juste en solo. Il se fait appeler El Caballo Loco. (Il marqua une pause, attendant une réaction.) Ça veut dire « le cheval fou ». Ce type est trop ouf !

Nous en convînmes.

– Où peut-on le trouver ?

– Il est tailleur de pierres, mec. Il bosse avec un type dans la 48e Rue, un certain Ben. Il fait des super trucs, vous devriez voir certaines des pierres tombales.

– Des pierres tombales ?

– Ouais, c'est trop, hein ? J'vous dis, ce mec est vraiment ouf !

Il ne connaissait pas l'adresse précise de l'atelier mais sa description fit l'affaire. Ken et moi regagnâmes mon pick-up en silence.

– Lui taille donc les pierres, dit Ken, et Harrison les entretient ? Tout un programme ! Deux assassins qui gagnent leur vie dans les cimetières ?

– C'est un travail régulier. Ils ne seront jamais à court de clients. Il leur arrive même d'en fournir.

L'atelier occupait le rez-de-chaussée d'un immeuble en brique de deux étages vers l'ancien quartier des parcs à bestiaux. Personne ne répondit quand nous frappâmes, mais il y avait de la lumière vers l'arrière et ce n'était pas fermé à clé. Nous entrâmes.

L'avant du magasin était encombré de modèles disposés sur de vieilles tables en bois : un dessus de cheminée, une gargouille et plusieurs pierres tombales. Un étroit corridor reliait les deux pièces. Un néon était allumé dans celle du fond d'où parvenait un martèlement continu. Métal contre pierre.

J'enfilai le couloir, suivi de Ken, et nous nous retrouvâmes dans un atelier qui sentait la sueur et la poussière. Des morceaux de pierre s'entassaient par terre et sur de solides étagères métalliques, et toutes sortes d'outils occupaient le reste de l'espace : marteaux, meules et burins alignés sur des étagères, un compresseur et son tuyau enroulé autour. Un homme nous tournait le dos et travaillait un bloc de marbre au ciseau. Je venais d'ouvrir la bouche pour m'exprimer quand il se retourna et nous apostropha.

– Non mais, qu'est-ce que vous fichez ici ?

De taille moyenne, il était sec et nerveux, avec les cheveux gris et un bouc. Il portait un anneau à l'oreille et de fines traînées de sueur lui striaient le front.

– Désolé, dis-je. Il n'y avait personne à l'accueil.

– Strong s'est absenté. Soi-disant pour déjeuner mais il doit être en train de s'acheter des *comics*. Comme tous les midis. (Du dos de la main, il essuya son visage en nage.) De toute manière, c'est lui le patron. Faut s'adresser à lui, pas à moi. Et personne n'a le droit de venir dans l'atelier.

– Nous ne cherchons pas Strong mais Mark Ruzity, précisai-je.

Il ne répondit pas.

– Êtes-vous… ?

Il me coupa la parole.

– Peut-être que je n'ai pas été assez clair. Personne n'entre dans l'atelier. (Il nous regarda de la tête aux pieds, d'abord moi puis Ken.) On a un tas d'outils. Si les gens traînaient par ici, ils pourraient se blesser.

Cela ne ressemblait guère à une consigne de sécurité.

– Mark, ne serait-il pas plus simple de prendre cinq minutes pour répondre à nos questions ? dis-je.

– Encore plus simple de vous foutre à la porte, Ducon. Personne ne…

– Personne ne met les pieds à l'atelier. Compris. Mais si vous nous fichez dehors, nous serons obligés d'aller vous attendre chez vous dans Denison Avenue. À quoi bon ?

Il cilla et se rembrunit en m'entendant dire cela. Pas content qu'on sache où il habitait.

– OK, fit-il. Je peux vous dire la même chose qu'à tous les autres flics. Je n'ai rien fait. Je n'ai tué personne depuis un bon moment. Si vous m'interrogez à propos de quelque chose qui s'est passé dans le quartier, vous faites fausse route. Je ne suis pas impliqué. Et je ne joue pas les mouchards.

– Ça ne concerne pas le quartier, dit Ken. Nous sommes ici au sujet d'Alexandra et Joshua Cantrell.

Ruzity parut absorber l'air ambiant sans inspirer. Il s'en imprégna, le pompa jusqu'à ce que les murs empoussiérés pèsent sur nous. Sans rien dire, il porta sur Ken un regard qui me fit regretter de ne pas être armé. Un marteau pneumatique était posé sur l'établi à côté de lui. Il tenait un marteau dans la main droite, et dans la gauche un ciseau en carbure qu'il fit tourner entre ses doigts. L'outil semblait à l'aise dans sa paume, familier.

– J'ai l'impression que le moment est venu de se présenter, dit-il. Vous savez déjà mon nom. Et le vôtre ?

Nous déclinâmes identités et professions. Il ne cessait de faire tourner le ciseau. Son extrémité était évasée et hérissée de dents pointues. La sueur avait coulé sous ses lunettes jusque dans ses yeux. Il la refoula d'un battement de paupières, sans baisser le regard.

– Des détectives privés. Ce n'est donc pas la police qui vous envoie. Qui ça, alors ? Dunbar ?

Je sentis la question prête à fuser des lèvres de Ken, « Qui est Dunbar ? », et perçus le tort qu'elle nous ferait si elle lui échappait, aussi me pressai-je de le devancer.

– Vous avez un problème avec Dunbar ?

L'attention de Mark Ruzity se reporta sur moi.

– Un problème ? Ce fils de pute me harcèle depuis douze ans, il n'arrête pas de m'envoyer des flics dans les pattes, et vous me demandez si j'ai un problème ? (J'eus un haussement d'épaules et il plissa les yeux.) Mais Dunbar se charge tout seul d'emmerder les autres. Les mecs du FBI n'embauchent personne pour le faire à leur place. Vous bossez pour qui ?

– Si ça ne vous dérange pas, intervint Ken, vous pourriez d'abord répondre à une ou deux questions. Ensuite ce sera à notre tour. Vous savez, un échange de bons procédés.

– Un échange de bons procédés ?

Il avança d'un pas et se dressa au maximum de sa hauteur, les muscles des avant-bras bandés. Puis il se figea, comme si quelque chose avait retenu les paroles qu'il était sur le point de prononcer, et il dévisagea Ken en fronçant les sourcils.

– Merriman ? fit-il. C'est votre nom ?

– Oui.

– Vous êtes passé, il y a très longtemps. Au début.

– Vous aviez refusé de me parler.

– Et je refuse toujours. Vous bossiez pour ses parents. (Son front se creusa davantage.) Qu'est-ce qui vous prend de revenir douze ans plus tard ?

– L'énigme n'est toujours pas résolue, Mark.

– Sans blague ! Vous enquêtez depuis tout ce temps ?

– Non. Je suis de retour parce qu'on a retrouvé son cadavre… Voilà qui a piqué mon intérêt.

Ruzity recula la tête et fixa Ken, bouche bée et la mine pensive, comme si Merriman venait de lui poser une devinette et qu'il tenait à trouver la réponse.

– J'en ai rien à foutre de son cadavre, finit-il par dire. OK ? À moins que vous ne me demandiez de tailler sa pierre tombale, je m'en tape. Vous feriez mieux de vous en taper aussi.

– Ah bon ? Comme je vous le disais, le crime n'a pas été…

– Élucidé. C'est bon, j'ai pigé. Ça vaut peut-être mieux ainsi.

– Vous pourriez expliciter cette remarque ? demandai-je.

Il m'ignora, toujours polarisé sur Ken.

– Ses parents vous ont rembauché au moment de la découverte du cadavre, c'est ça que vous êtes en train de me dire ?

– Non, je ne travaille plus pour eux.

– Foutaises. Disons plutôt que j'en ai rien à foutre. Peu importe qui vous envoie ici. Ce qui compte, c'est que vous vous cassiez, que vous retourniez voir vos clients et que vous leur disiez de foutre la paix à Mark Ruzity.

– Curieuse réaction de la part de quelqu'un que les Cantrell ont aidé, relevai-je. J'aurais cru que vous souhaiteriez voir élucider la mort de Joshua et la disparition d'Alexandra.

Sa tête pivota vers moi et je sentis mon dos se glacer.

– Vous croyez savoir ce que les Cantrell ont fait pour moi ? Vous vous imaginez quoi ? Je vais vous dire, moi, ce qu'ils ont fait pour moi : ils m'ont appris que je suis le genre de mec qui a besoin de préserver son espace. Pourquoi ? Pour ne pas piquer des colères, vu que j'ai plutôt du mal à me contrôler. Ça fait un certain temps que je tiens bon, plusieurs années même. Mais c'est un travail de tous les jours, cela ne marche que si je protège mon espace, et si les autres n'empiètent pas dessus.

Il appuya la pointe du ciseau contre mon front et y donna un léger coup de marteau. Les petites dents s'enfoncèrent dans ma peau, assez pour que je le sente mais trop peu pour que ça saigne. Ken se rapprocha mais Ruzity ne lui prêtait aucunement attention.

– Là, t'es dans mon espace, frère.

Il avait abaissé le marteau mais tenait toujours le ciseau contre mon front. Il se pencha vers moi, si près que son bouc m'effleura la joue, et me murmura à l'oreille :

– Tu veux savoir ce qu'Alexandra Cantrell m'a apporté ? Elle m'a appris à me retenir de te planter ce ciseau dans la cervelle.

Il retira l'outil mais je sentais la marque des dents imprimée dans ma peau.

– La porte est où vous l'avez laissée. Cassez-vous et allez vous faire foutre !

17

– Réinséré ? murmura Ken comme nous retournions à mon pick-up. Sérieusement ?

– Sur le droit chemin depuis sa sortie de prison, m'avais-tu dit.

– C'est la vérité. Mais monsieur a l'air plutôt teigneux, non ?

– Teigneux. Oui, c'est le terme.

– Il est le seul qu'Harrison a nommé, le seul qu'il nous a défendu de voir. Je me demande ce qu'il…

– Je vais te dire le seul nom sur lequel on doit s'interroger pour l'instant : Dunbar. Tu ne me l'as jamais cité. Ce nom te dit quelque chose ?

– Non.

– Ruzity a dit qu'il était du FBI.

– Pour autant que je sache, le FBI n'a pas participé à l'enquête.

– Pourtant, le FBI a visiblement été impliqué.

– Tu penses qu'on devrait joindre ce Dunbar ?

– Oui, tant que Graham ne l'a pas déconseillé. Et tu sais quoi ? Il n'a toujours pas rappelé.

John Dunbar avait pris sa retraite du FBI, mais par chance il était toujours installé dans les environs de Cleveland. Il habitait à Sheffield Lake, une petite ville située à l'ouest sur les rives du lac Érié. Sans la connaître vraiment, j'y étais passé à plusieurs reprises quand j'étais gamin, toujours pour me rendre au Risko's Tavern. Ami du patron, mon père y allait parfois le week-end pour siroter quelques bières et bavarder en admirant la vue sur le lac. De temps en temps on y organisait un barbecue ou une dégustation de fruits de mer et j'étais alors de la partie. Les seuls souvenirs que je gardais de ces sorties étaient l'aquarium à piranhas à l'intérieur et la bonne humeur de mon père quand nous étions là-bas. L'établissement avait changé de propriétaire mais je m'y arrêtais à l'occasion pour m'offrir quelques verres nostalgiques.

L'immobilier en bord de lac avait connu une évolution spectaculaire au cours des dernières années : les riches rachetaient les vieux bungalows qui s'alignaient autrefois le long des berges et les faisaient raser pour ériger en leur place des palais d'une ostentatoire opulence. Quand nous arrivâmes à destination, je m'aperçus que la résidence de Dunbar était située côté nord dans Lake Road, autrement dit côté lac, et j'en conçus immédiatement des soupçons : comment un agent en retraite du FBI avait-il les moyens de s'offrir une propriété à plusieurs millions de dollars ? Un agent ripou ? Mais dès que nous arrivâmes au bon numéro, mes soupçons s'envolèrent : bien que nichée entre deux monstres en brique, l'habitation n'était pas du même acabit. Maison simple au revêtement blanc et aux huisseries bleues, elle était tout juste assez large pour une porte d'entrée flanquée de part et d'autre de deux fenêtres carrées. Ce n'était pas peu dire qu'elle était minuscule : à côté des autres demeures gigantesques, on aurait dit un élément de décor pour train électrique. Mais son emplacement compensait largement sa superficie modeste. La pelouse parfaitement entretenue se prolongeait jusqu'à un mur de soutènement en pierre au bord du lac, au-delà duquel s'étendaient à perte de vue les eaux grises agitées. Il y avait de beaux arbres côté rue, agrémentés de massifs de fleurs, mais on avait eu l'intelligence de ne rien planter à l'arrière qui puisse obstruer la vue, afin que le lac ressorte dans toute sa splendeur. La maison était aussi soignée que le gazon. Je me garai devant l'abri pour voiture sous lequel se trouvait une Honda Civic. Les huisseries venaient d'être repeintes et la toiture avait été récemment refaite.

– Ce n'est pas très grand mais je me contenterais de la vue, dis-je.

– Sans blague ! (Ken ouvrit sa portière et pointa la Honda du menton.) On arrive au bon moment. Apparemment, il y a quelqu'un.

Nous descendîmes et empruntâmes l'allée bétonnée vers la porte d'entrée. Les deux marches du perron étaient munies de balustrades en fer forgé elles aussi reluisantes sous une couche récente de peinture noire. J'ouvris la contre-porte, prêt à frapper, mais le « quelqu'un » se tenait déjà là et ouvrit.

– Puis-je vous aider ?

– Monsieur Dunbar ?

– Tout à fait.

La soixantaine bien entamée, il ressemblait davantage à un ingénieur ou à un professeur de mathématiques qu'à un flic retraité. Cheveux gris, raie soigneuse, trois porte-mines et un feutre rouge accrochés à la poche d'une chemise blanche amidonnée qu'il portait avec un pantalon de costume noir mais sans veste ni cravate, comme une tenue de garçon de café.

– Je m'appelle Lincoln Perry. Je suis détective privé à Cleveland, où j'ai été inspecteur.

– Suis-je la cible de votre enquête ou bien une source potentielle ? demanda-t-il sèchement, avec une pointe d'humour dans le regard.

– Une source, si la chance nous sourit.

– Entrez.

Je traversai le salon exigu pour observer le lac par la fenêtre tandis que Ken se présentait à Dunbar. L'intérieur était parfaitement entretenu, mais certains détails trahissaient l'âge de la demeure : poignées et charnières d'un autre temps, comptoir en Formica dans la kitchenette.

– Sacré emplacement ! m'émerveillai-je quand Dunbar eut terminé de s'adresser à Ken et qu'ils me rejoignirent.

Le retraité eut un sourire amer.

– Vous n'avez pas idée du nombre de fois qu'on m'a fait la remarque ces derniers temps.

– Désolé.

– Non, pas du tout. L'endroit est magnifique mais vous avez vu ce qui se construit autour. Cet automne, on m'a proposé sept cent cinquante mille dollars. Vous savez combien mes parents ont acheté cette maison ?

– Cinquante mille ?

– Trente-huit, dit-il en souriant. Nous habitions à Cleveland et mon père voulait une résidence secondaire. À l'époque, c'était désert par ici.

– Vous n'avez jamais songé à vendre ? s'étonna Ken. L'argent fait la loi, dit-on.

– Il tente de la faire. Non, il n'en est pas question. Je suis à la retraite, je vis simplement et je ne vois pas comment je pourrais être plus heureux ailleurs.

Retraité, portant une chemise impeccable et un pantalon de costume même chez lui. Oui, plus je l'observais et plus il me faisait penser à Joe.

– Et puis, je suis une légende dans le coin et ce n'est pas pour me déplaire ! Vous vous rendez compte que le garage de mon voisin fait cent mètres carrés de plus que ma maison tout entière ? Le garage !

Il rigola, s'écarta de la fenêtre, s'assit sur un gros fauteuil bleu et nous indiqua le canapé assorti en face de lui.

– Bien. Si vous n'êtes pas ici pour acheter ma maison, qu'est-ce qui vous amène ? Si l'un de vous est de Cleveland et l'autre de Pittsburgh, ce doit être intéressant.

– Je ne suis là qu'en soutien, précisai-je. C'est l'enquête de Ken, mais je l'aide pour la partie qui se déroule dans l'Ohio. Nous cherchons à découvrir ce qui est arrivé à un certain Joshua Cantrell. Je ne sais pas si ce nom vous dit quelque chose.

Avant même que je n'aie terminé, il parut évident que oui.

John Dunbar perdit son air décontracté et se tendit, avec peut-être même une légère tristesse.

– Ça alors, fit-il. Cette affaire-là.

– Oui. Celle-là.

Il se tut un instant, le regard rivé sur la table basse.

– Quand vous parlez de vouloir découvrir ce qui lui est arrivé, vous voulez dire pourquoi il a été tué. Les événements qui ont conduit à ce que son cadavre soit enterré en forêt.

– Ouaip, fit Ken. En gros c'est ça.

– Eh bien, vous avez frappé à la bonne porte.

Il releva la tête et cette fois le doute n'était pas possible : son visage était empreint de chagrin.

– Je peux vous dire qui l'a tué d'après moi mais je ne peux pas le prouver. Par contre, je peux prouver à cause de qui il a été tué. Il y a une différence. Souhaitez-vous savoir qui est responsable de sa mort ?

Ken me décocha un rapide coup d'œil, sourcils arqués, et hocha la tête.

– On ne demande pas mieux.

John Dunbar leva la main et l'agita comme un enfant, d'un mouvement de poignet.

– C'est moi. Il est mort par ma faute, messieurs. Si vous n'y voyez pas d'inconvénient, je vais me servir un verre avant de tout vous raconter.

18

Il passa dans la cuisine, ouvrit un placard et y prit une bouteille de scotch à peine entamée. Nous patientâmes pendant qu'il ouvrait un autre placard et le balayait longuement du regard avant d'opter pour un verre à orangeade. Quand il déboucha la bouteille, le bouchon se retira avec un craquement, preuve qu'il avait eu le temps de bien coller.

– Ken Merriman, déclara Dunbar d'un ton neutre. C'est vous que les Cantrell avaient engagé.

Ken arqua les sourcils.

– Comment êtes-vous au courant ?

– J'ai contribué comme j'ai pu à l'enquête policière. Je savais qui était impliqué, à tous les niveaux. Je ne vous ai jamais parlé parce que, franchement, je ne tenais pas à ce qu'un privé s'en mêle. Vous travaillez toujours pour eux ?

– Non.

Dunbar attendit mais, comme Ken ne lui livrait pas le nom de son client, il haussa les épaules et vint se rasseoir. Il trempa ses lèvres dans le whisky.

– Nous vous avons trouvé après avoir parlé à Mark Ruzity, expliquai-je. Il nous a raconté que vous lui mettiez la police sur le dos depuis des années.

– C'est exact.

– Pourquoi ?

– Parce qu'il sait quelque chose qui pourrait s'avérer utile.

Dunbar posa son verre et disparut dans une autre pièce,

refermant la porte derrière lui. Après s'être absenté cinq minutes, il revint et laissa tomber une photo sur mes genoux. Ken se rapprocha pour la regarder par-dessus mon épaule.

On y voyait Dominic Sanabria et Mark Ruzity côte à côte, sur un trottoir bordé d'une grille en fer forgé. Beaucoup plus jeunes. Ruzity était en train de dire quelque chose à l'oreille de Sanabria, peut-être bien en chuchotant. Il avait une main posée sur la nuque du mafieux, lequel était penché en avant et l'écoutait avec un regard intense.

– Ils se connaissaient ? dit Ken. Comment ?

– Je ne sais pas trop, dit Dunbar, mais la date à laquelle cette photo a été prise va vous paraître significative. Quelques jours après la disparition des Cantrell.

– Comment vous l'êtes-vous procurée ? m'enquis-je. En quoi êtes-vous concerné par l'affaire Cantrell ?

– Vous n'êtes pas au courant de mon combat contre Dominic ? dit-il, sincèrement étonné.

– Nous ne savons pas grand-chose, John, dis-je. Contrairement à ce que vous pouvez supposer, nous sommes très loin d'avoir fait le tour du dossier. Nous sommes sans doute plus chanceux que doués.

– J'en doute fort. Malgré tout, afin que nous soyons tous au diapason, laissez-moi vous expliquer. Je présumais que vous aviez lu des articles sur Dominic, sur les poursuites auxquelles il s'est toujours débrouillé pour échapper. Une fois, je tenais le salopard. Je le tenais.

– Comment ça ? demanda Ken.

Une petite gorgée de scotch. Il ne nous avait pas proposé à boire, ce qui n'était pas un problème mais prouvait qu'il n'était pas très porté sur l'alcool. Ce verre avait pour seul but de l'aider à livrer son récit ; il ne lui serait pas venu à l'esprit qu'on puisse boire un coup en milieu de journée.

– Il y avait un grand motel dans l'East Side, avec des chambres en pavillons séparés, que fréquentaient Dominic et sa bande. Le propriétaire était véreux ; il savait à qui il avait affaire, mais comme ces messieurs payaient rubis sur l'ongle, sans compter de généreux pourboires, il fermait les yeux sur leurs agissements. J'ai déployé beaucoup d'énergie pour le retourner, j'ai fait pression sur lui et il a finalement accepté de coopérer. L'idée était qu'il joue les indics de façon générale. Je ne lui demandais pas de se livrer à quoi que ce soit, seulement de nous informer de leurs allées et venues. J'aurais voulu y installer des micros, les Italiens venaient là justement pour s'en prémunir, mais ils veillaient à changer de chambre chaque fois et le juge refusait de nous signer un mandat pour tout le motel. Quand bien même, nous n'aurions jamais obtenu le matériel suffisant. Trop compliqué. Donc, je me servais du type uniquement pour être informé de leurs déplacements, rien de plus. Environ un mois après l'avoir retourné, je reçois un coup de fil. Un bip, en fait. À l'époque, on utilisait encore les bips. Je rappelle mon gars qui est dans tous ses états. Il me sort que Sanabria et un acolyte viennent de débarquer, que Dominic avait la chemise tachée de sang, et qu'il était tout dépenaillé et essoufflé, comme s'il venait de se battre ou quelque chose du genre. Ils ont demandé une chambre à l'arrière, ils ont garé leur voiture devant et quand Sanabria y est entré, il avait un revolver à la main. Excellente nouvelle : ayant déjà été condamné, il lui était interdit de détenir une arme à feu.

Cette fois, Dunbar s'enfila une bonne rasade.

– J'y file aussitôt. Quand j'arrive, le proprio m'explique que quelqu'un d'autre est passé en voiture, puis est reparti après être resté quelques minutes dans la chambre, mais le véhicule avec lequel Sanabria est arrivé est toujours garé devant. Je m'y rends avec le propriétaire, je tambourine sur la porte et un type vient m'ouvrir, un certain Johnny DiPietro. Retenez bien son nom. C'est lui qui était arrivé avec Sanabria. Je présente mon badge et j'explique que je suis avec le propriétaire. Vers qui je me tourne pour lui demander : « Vous êtes bien le propriétaire des lieux et vous consentez à ce que j'y pratique une fouille ? » Le gars répond que oui, devant DiPietro. Je me tourne à nouveau vers ce dernier et j'insiste : « OK, vous avez entendu. Comptez-vous résister ? » Il fait signe que non et s'écarte. Alors je lui redemande clairement : « J'ai votre permission pour fouiller la chambre ? » Il me répond que oui, en présence du proprio qui lui aussi m'a donné son accord, et de toute façon on est chez lui.

Il marqua une nouvelle pause. Ses joues avaient pris de la couleur.

– Je fouille la chambre, j'y retrouve l'arme et, dans la douche, la chemise dégoulinante et tachée de sang. DiPietro panique mais Sanabria n'est plus là, il est reparti avec l'autre type. Nous l'arrêtons un peu plus tard, dans un premier temps pour détention d'une arme à feu. Ses empreintes figurent sur le revolver et les analyses balistiques établissent que l'arme a servi ce jour-là pour le meurtre d'un jeune homme, un certain Lamarca. Le sang sur la chemise de Sanabria est bien celui de la victime. Le labo le confirme. Nous avons donc des indices sanguins et balistiques impliquant Sanabria dans un homicide. Au pire, on le tient pour détention d'arme.

Il se tut et le silence se prolongea un moment.

– Comment est-il passé entre les mailles ? finit par demander Ken.

Je répondis pour Dunbar.

– Ce n'était pas DiPietro qui avait loué la chambre.

Dunbar dressa les sourcils, eut un petit hochement de tête et me porta un toast.

– Bien vu, détective.

– Vous aviez tout de même des indices sanguins et balistiques obtenus au cours d'une fouille de bonne foi, objecta Ken, incrédule.

– Il n'a jamais été flic, expliquai-je à Dunbar. Il ignore ce merveilleux point juridique qu'est la règle d'exclusion.

– Les fruits de l'arbre empoisonné, acquiesça Dunbar. Sanabria, tout ordure qu'il soit, a légalement le droit au respect de sa vie privée dans la chambre de motel qu'il loue. S'il souhaite y laisser l'arme d'un crime et une chemise maculée de sang, c'est son droit. Un droit garanti par le quatrième amendement.

Ken était sidéré.

– Vous aviez le consentement d'un occupant de la chambre et du propriétaire des lieux ?

– Je sais, dit Dunbar. Je pensais que ça suffirait. Vraiment. Je n'étais pas certain que le propriétaire soit en mesure de donner son consentement pour une chambre louée, en l'absence d'un mandat de perquisition… Honnêtement j'avais un doute, ce que je ne devrais pas avouer… mais je ne suis pas avocat. Voilà pourquoi je me suis servi du propriétaire pour inciter DiPietro à ouvrir, parce que je me disais que lui le croirait dans son bon droit. Je n'avais pas envisagé que DiPietro soit là en tant qu'invité et non comme locataire de la chambre. Légalement, la chambre était au nom de Sanabria. Lui seul était habilité à consentir à la fouille.

– Il a donc échappé aux poursuites ?

– Oui, dit Dunbar en posant son verre sur la table basse. Mais j'imagine que peu vous importe. Cet épisode n'a rien à voir avec votre enquête. Ce qui vous intéresse, je suppose, c'est comment j'ai provoqué la mort de Joshua Cantrell.

Il avait dit cela en desserrant à peine les dents, les yeux rivés sur son verre. Ken et moi demeurâmes silencieux.

– Donc, je tenais Sanabria mais je n'ai pas pu concrétiser. Voilà pour vous brosser le tableau. Il n'y a rien à ajouter. Peu vous importe les détails, il n'appartient qu'à moi d'y méditer. Un seul point vous concerne : nous sommes revenus à la charge. J'ai lancé une nouvelle offensive. Et je me suis adressé à Joshua Cantrell.

– En tant qu'informateur ? dis-je.

– C'était l'idée. Cela ne s'est pas bien passé. Non seulement il a refusé de nous parler de Sanabria, mais en plus il disait tout ignorer de lui. Il prétendait ne savoir que ce que sa femme lui avait raconté, rien que de vieilles histoires. Il avait le sentiment que nous connaissions sa belle-famille mieux que lui.

– Vous l'avez cru ?

– Oui, en fait. De toute façon, vu qu'il n'était manifestement pas disposé à coopérer, nous n'avons pas perdu notre temps. Mais j'ai gardé le contact. Je lui passais un coup de fil de temps à autre. Nous le faisions dans l'idée de maintenir la pression, tant sur Cantrell que sur Sanabria. Le but était que Sanabria sache que nous étions toujours là, à parler aux gens de son entourage, à traquer la moindre faiblesse.

– Alexandra était-elle impliquée ? demanda Ken.

Dunbar fit non de la tête.

– Elle ne voulait pas en entendre parler. Joshua, par contre, nous craignait presque autant qu'il craignait Sanabria. S'il ne se prêtait pas au jeu, il ne refusait pas pour autant de communiquer. Il avait trop peur de nous. Comme je vous l'ai dit, nous nous manifestions de temps en temps. Un jour, je suis passé chez eux pour lui montrer des photos et je l'ai trouvé seul. Je n'avais aucun espoir que lui ou Alexandra puissent identifier les individus sur les clichés mais nous le faisions pour taquiner le fauve. Sanabria ne supportait pas qu'on interroge sa famille, mais on pouvait alléguer que c'était pour les besoins de l'enquête et non du harcèlement. Pour être franc, on voulait juste qu'il sue un peu. Cette fois-là, donc, Joshua avait l'air différent. Il a regardé les photos et il m'a dit qu'il ne reconnaissait personne, ce qui était la vérité, mais il s'est aussi montré coopératif et, au moment où je partais, il m'a sorti qu'il aurait bien aimé pouvoir nous aider. Il me semblait sincère et presque en colère. Nous avons discuté un moment et il m'a parlé de leur nouvelle recrue, un meurtrier qui venait d'être libéré après une longue peine, Mark Ruzity.

– Êtes-vous en train de nous dire qu'il n'était pas favorable à une implication personnelle, contrairement à la façon dont sa femme envisageait leur mission ?

– Je dis qu'il y était carrément opposé. « Elle les introduit chez nous », voilà la phrase qu'il m'a sortie. Apparemment, elle avait passé outre ses objections les plus fermes.

– Vous avez donc émis une suggestion, dis-je. Une proposition. Puisqu'il souhaitait vous aider pour Sanabria, pourquoi ne pas profiter de la situation ?

Il eut un hochement de tête embarrassé.

– C'était quasi sur le ton de la plaisanterie. Ce jour-là, au cours de la conversation, je vous assure que j'ai proposé ça plus ou moins à la rigolade. Tout de même, c'était franchement risible : placer une taupe chez la sœur de Sanabria et charger le beau-frère de l'utiliser ? Insensé, non ?

– Mais il a accepté, dit Ken.

– Non. Il a repoussé l'idée, catégoriquement. À la longue, j'ai cessé de passer chez eux, pour me concentrer sur d'autres pistes. Mais il a repris contact. Un jour, il m'a appelé et a demandé à me voir en personne. Il semblait très nerveux, agité. Nous nous sommes retrouvés dans un restaurant à Shaker Heights. Il m'a expliqué qu'il avait changé d'avis.

– Pourquoi ce revirement ? s'enquit Ken.

Dunbar plissa le front.

– Ses motivations étaient tout sauf nobles, malheureusement. Je pense que c'est l'échec patent de son couple qui l'a conduit à décrocher son téléphone. Il n'avait pas abordé le sujet avec sa femme, mais c'était bien cela. (Il nous dévisagea, la tête légèrement penchée.) Que savez-vous de Joshua ?

– Un type calme, dit Ken. Universitaire. Intéressé par le système pénitentiaire.

– Intéressé, convint Dunbar. Comme sujet d'étude, pas en tant qu'intervenant à part entière. Je peux vous dire une chose sur lui : Joshua était quelqu'un de nerveux, de peureux. Peu sûr de lui. Je pense que cela a joué un rôle quand il a rencontré Alexandra. Il a senti sa fascination pour les questions de réinsertion et il a tout misé là-dessus. Une femme belle et riche, le genre qui ne lui aurait jamais adressé la parole autrement. Quelle motivation supplémentaire lui fallait-il ? Joshua pensait que sa lubie lui passerait après le mariage, qu'elle se contenterait de quelques articles et donations, mais il avait tort. La goutte d'eau qui a fait déborder le vase, c'est quand elle a embauché d'anciens meurtriers pour qu'ils viennent travailler chez eux. Cela ne me surprend pas : comme je vous l'ai dit, Joshua n'avait pas confiance en lui. Je pense que son manque d'assurance a entraîné son imagination vers des contrées sombres et violentes. (Il fixa soudain sur moi un regard perçant.) Comprenez bien ceci : je vous parle de la paranoïa de cet homme, confortablement assis dans mon fauteuil, mais à l'époque je n'ai rien fait d'autre que l'alimenter. Je n'en suis pas fier, mais je ne veux pas non plus vous mentir. Il se sentait trahi par sa femme, délaissé au profit d'assassins et de voleurs, et il voulait la blesser. Voilà tout : il voulait lui faire du mal mais ne savait pas comment s'y prendre. Que pouvait-il faire ? La quitter ? Il aurait tout perdu. La tromper ? Mal à l'aise et introverti, il était incapable de jouer les Casanova. Lui couper les vivres ? Il n'avait pas un sou. Alexandra était tellement mieux armée que lui, elle était en position de force à peu près sur tout. Il ne voyait pas comment riposter, comment se venger de ce qu'il considérait comme du mépris et une trahison. Jusqu'à ce qu'il tombe sur ma carte de visite.

Il s'était mis à pleuvoir et le vent avait forci. Dunbar tourna la tête et contempla le lac agité.

– Il devait vous renseigner sur son beau-frère ? demanda Ken.

– Je suis certain qu'il l'aurait fait volontiers, confirma Dunbar en ramenant son regard sur nous, à condition de savoir quelque chose. Mais il ne savait rien. Non, il avait repensé à la suggestion que je lui avais faite juste comme ça, de se débrouiller pour accueillir chez eux un repris de justice qu'on puisse manipuler comme balance.

– Entrée en scène de Salvatore Bertoli, dis-je.

– Qu'avait-il à vous apprendre ? s'étonna Ken. Du moins, qu'était-il censé savoir ?

– Je vous ai dit de retenir le nom de Johnny DiPietro, le type qui était dans la chambre au motel. Eh bien, lui et Sanabria étaient à la fois associés et rivaux. Même avant l'épisode du motel, nous avions eu vent de rumeurs selon lesquelles Sanabria voulait sa peau. Comme DiPietro s'est montré réglo et n'a rien balancé, Dominic s'est momentanément calmé, mais ils n'ont pas tardé à s'affronter à nouveau.

– À quel sujet ?

– Principalement à propos de la drogue et des partenaires. Sanabria préférait ne pas toucher aux stupéfiants, à quelque niveau que ce soit. Il avait entendu tellement d'histoires de collègues mafieux dont la drogue avait causé la perte aux quatre coins du pays. Alors que DiPietro y était très favorable. Qui plus est, il était ouvert et même enthousiaste à l'idée de prendre des associés autres qu'italiens. Sanabria, formé à la vieille école, était méfiant et plutôt contre. L'une des choses qu'il reprochait à DiPietro était sa propension à faire confiance à des gars comme Bertoli, capables de commettre des crimes irréfléchis et mal conçus. Il s'opposait aussi à son projet de s'implanter sur le marché de la drogue dans l'East Side, un territoire traditionnellement aux mains des Noirs. Le conflit s'est envenimé et Sanabria a fini par le faire buter. Bertoli en a été le témoin.

– Comment étiez-vous au courant ?

– Grâce aux écoutes téléphoniques. Un coup de chance. Enfin, presque. Nous avons intercepté une conversation entre Bertoli et un autre lascar, un type qui était en prison à l'époque. Bertoli s'est mis à parler de DiPietro, se vantant de savoir ce qui lui était arrivé, mais son copain a eu l'intelligence de lui dire de la boucler et de raccrocher. Malgré tout, il était évident qu'il avait assisté à la scène.

– Vous ne l'avez pas interrogé ?

– Bien sûr que si, mais il est resté muet. Il risquait la prison pour une autre histoire, nous pensions pouvoir faire pression sur lui mais... (Il haussa les épaules.) On y réfléchit à deux fois avant de balancer Sanabria. Il y avait aussi une dimension secondaire. Quand DiPietro a été assassiné, une quantité appréciable de cocaïne et d'héroïne a également disparu. D'après une source fiable, il s'était positionné du côté de l'approvisionnement, avec des vues sur l'East Side. Afin d'étendre son influence, il avait défié Sanabria. Et quand le contrat a été exécuté, la drogue s'est comme volatilisée.

– L'autre histoire dans laquelle Bertoli était impliqué, dis-je, c'était le passage à tabac du gérant du routier et le vol de sa came. Vous le soupçonnez aussi d'avoir fait main basse sur la marchandise de DiPietro ?

– Une seule chose est sûre, la drogue a disparu des circuits italiens. À mon avis, Sanabria se l'est adjugée et il s'en est débarrassé. Il l'a probablement revendue en dehors de son cercle. Ou bien il l'a détruite. Il se méfiait de la drogue.

– Pourriez-vous préciser la chronologie ? dit Ken. DiPietro est assassiné après l'arrestation et l'incarcération de Bertoli, mais vous en faites un témoin ? Ça ne tient pas.

– Il n'était pas encore en prison. Il avait été inculpé et libéré sous caution dans l'attente de son procès. Puis DiPietro a été assassiné, Bertoli en a été le témoin et nous avons mis la pression sur lui, très fort, pour le faire parler. Pris de panique, il a plaidé coupable et a purgé sa peine. Vous voulez savoir pourquoi ? Parce qu'il craignait Sanabria. En allant en prison, il pensait prouver qu'il était digne de confiance, qu'il avait tenu sa langue. Il s'estimait plus en sécurité dans sa cellule, messieurs. Au risque de me répéter, on y réfléchit à deux fois avant de trahir Sanabria.

– Vous en étiez conscient et pourtant vous avez remis ça avec Cantrell ? dis-je. Si Bertoli s'était refusé à livrer Sanabria pour échapper à la prison, pourquoi aurait-il accepté après avoir été libéré ?

– Vous vouliez que je l'envoie promener ? s'emporta Dunbar. Une source potentielle du calibre de Cantrell vient me proposer ses services et je suis censé le rembarrer ? Vous pensez ça ?

Je laissai passer quelques secondes, histoire que la tension retombe, puis m'exprimai du ton le plus doux que je pus.

– Je ne cherche pas à vous mettre sur la sellette. J'essaie seulement de me représenter la situation. Tous sous le même toit, œuvrant les uns contre les autres. Vous avez transformé cette demeure en manoir gothique, Dunbar ! Vous avez vraiment été surpris que ça implose ?

– Sanabria était la cible de nos enquêtes depuis des années. Des années. Nous l'avions tenu une fois mais il nous avait échappé, et nous étions déterminés à le coincer une bonne fois pour toutes.

« Bien vous en a pris ! » étais-je tenté de lui envoyer, mais Ken et moi restâmes silencieux. On n'entendait plus que le bruit du vent.

– Je n'ai pas l'impression que votre récit s'arrête là, finit par dire Ken. Vous affirmez être responsable de sa mort. Qui l'a tué, et pourquoi ?

– Sanabria, bien entendu. Pour la raison qui va de soi. Suis-je en mesure de le prouver ? Non. Sinon ce salopard serait en prison, comme il le mérite. Alors oui, vous avez raison de penser que j'ai foiré une fois de plus et qu'il a encore pu se payer ma tronche.

– Je ne pense pas ça, le détrompa Ken.

– Eh bien, vous avez tort. Moi je vous le dis !

– Comment est-ce arrivé ? demandai-je. Vous ne vous doutiez pas que ça se passait mal avant la disparition des Cantrell, ou bien… ?

– Je le pressentais mais la situation a vite dérapé. Joshua Cantrell s'est montré maladroit avec Bertoli, il lui a dévoilé trop tôt ses véritables intentions et l'autre a détalé. Il a déménagé. Cantrell m'a appelé pour m'en informer et je me suis dit que c'était une nouvelle occasion de loupée. Je n'ai pas cherché plus loin : nous avions raté la cible une fois de plus, voilà tout. Une semaine plus tard, Bertoli était mort. Dès que j'ai appris la nouvelle, j'ai voulu voir Joshua. Lui et sa femme avaient disparu.

– Comment pouvez-vous être certain que le coupable est Sanabria, dans ce cas ? l'interrogea Ken.

Dunbar fronça les sourcils.

– Vous n'avez pas entendu le résumé de votre partenaire? Pour reprendre son expression, cela a implosé. C'est le moins qu'on puisse dire. Réfléchissez-y: nous cherchons à obtenir des renseignements sur Sanabria, Bertoli panique par notre faute, puis il est assassiné et les Cantrell disparaissent. À qui la faute, selon vous?

Ken ne répondit pas. Dunbar le fixa, puis ajouta du bout des lèvres:

– Ma question est mal formulée. Comme je vous l'ai déjà dit, j'en assume la responsabilité. À moi la faute. Mais ce n'est pas moi qui ai versé le sang, monsieur Merriman. C'est Dominic Sanabria.

– Vous avez dû l'interroger, dis-je. Pour l'impliquer dans la mort de Bertoli.

– Bien entendu. Fidèle à lui-même, il avait un alibi septuple couche. En fait, le terme d'alibi est inadéquat: il n'a pas tué Bertoli de ses propres mains, j'en suis à peu près certain, mais il a commandité l'assassinat. Là, je n'ai aucun doute.

– Qui en a été chargé? demandai-je, les noms d'Harrison et de Ruzity me venant à l'esprit. Qui a exécuté l'ordre?

– Je ne peux pas répondre à cette question. Une seule personne vivante saurait vous le dire: Dominic Sanabria. Bonne chance pour obtenir qu'il le dévoile!

– Deux personnes, dis-je.

– Pardon?

– Sanabria pourrait nous le dire, mais aussi celui qu'il a employé. L'individu que nous recherchons.

– Je ne vous serai pas d'une grande aide de ce côté-là. Vous devriez parler à l'inspecteur qui a hérité du dossier Cantrell en Pennsylvanie. Graham.

J'affichai une mine étonnée.

– Vous connaissez Graham?

– Pas très bien. J'ai eu la même conversation avec lui. Voilà tout. (Il nota la colère qui s'affichait sur mes traits.) Vous n'imaginiez tout de même pas être les seuls à avoir fait ces recoupements ?

– Plus maintenant.

Une petite part de moi-même fulminait d'avoir été suffisamment naïf pour croire cela, mais la majeure partie était furieuse contre Graham. Je lui avais dit que je voulais bien apporter mon aide pourvu qu'on me fournisse la partition complète, que je dispose du même dossier que lui. Cette ordure de menteur m'avait promis que c'était le cas.

– Vous êtes persuadé que Sanabria a tué ou fait tuer Joshua Cantrell, dit Ken.

– Tout à fait.

– *Quid* d'Alexandra ? demandai-je. Vous pensez vraiment qu'il aurait assassiné sa propre sœur, ou bien est-elle encore en vie quelque part ?

– Voilà la question qui me taraude depuis douze ans, soupira John Dunbar.

19

Je n'ai presque aucun souvenir de ma mère, mais je connais pas mal de ses expressions favorites. Elle est morte quand j'avais trois ans, un dimanche midi, par la faute d'un type bourré qui lui est rentré dedans. Elle sortait de l'église ; lui sortait du bar où il avait laissé un pourboire à la serveuse qui venait de lui apporter son cinquième bloody mary. En temps normal, nous aurions tous été dans la voiture mais ma sœur et moi étions malades, partageant un virus quelconque, et notre père était resté à la maison pour nous garder. Maman avait choisi d'aller à l'église toute seule. De temps à autre, quand je suis plongé dans mes pensées, j'ai soudain la vive impression de me rappeler sa voix, d'entendre ses intonations. Puis la partie consciente de mon cerveau entre en action pour capter la sensation, mais celle-ci s'envole aussitôt. En un éclair. Je distingue parfaitement sa cadence dans un repli secret de ma mémoire, j'essaie de me focaliser dessus et je l'effarouche. Mais je sais qu'elle se trouve quelque part là-dedans, j'en suis convaincu.

Contrairement à sa voix qui se dérobe, ses expressions me sont restées. Mon père les citait souvent quand j'étais petit, et d'une certaine manière c'est ainsi qu'elle a existé pour moi. *Comme disait ta mère…*

La « journée tourbillon » était assurément l'une de ses favorites. *Comment s'est passée ta journée ? – J'ai eu une journée tourbillon !* Elle décrivait ainsi ces jours pleins d'imprévus et de complications, où les choses vont trop vite.

Côté journée tourbillon, je venais d'en connaître une bien remplie.

Nous nous étions mis en route ce matin-là avec l'idée que Mark Ruzity allait peut-être nous éclairer sur les Cantrell. Au lieu de quoi, il nous avait conduits à John Dunbar, ce qui nous avait paru sur le moment une avancée considérable. *A fortiori* quand Dunbar s'était servi une belle rasade de scotch et s'était installé pour nous raconter comment il avait provoqué la mort de Joshua Cantrell. Puis il avait apporté la touche finale : *Parlez-en à l'inspecteur Graham. Bien sûr qu'il est au courant.*

Une journée tourbillon.

Avions-nous progressé ? Installé sur le toit où j'attendais Amy en observant le soleil décliner et les lampadaires s'allumer, je me posai la question sans parvenir à la trancher. Nous avions glané un tas de renseignements, ce qui paraissait une avancée. En revanche, découvrir que Graham disposait déjà de ces informations… Oui, voilà qui annihilait tout sentiment de progrès.

Une journée tourbillon. Sans blague !

J'avais déposé Ken à son hôtel, le laissant seul pour la soirée. Pas très hospitalier, sans doute, mais j'avais fortement besoin d'un moment de coupure, loin de Merriman, de Graham, de Dunbar et de quiconque avait jamais entendu parler des Cantrell. Nous nous verrions le lendemain matin pour faire le point. Graham était le seul à pouvoir décider de la suite. Ne l'ayant pas eu en direct, je lui avais laissé un message l'informant que nous avions fait une découverte majeure et lui demandant de venir dès le lendemain matin pour en discuter. Il m'avait rappelé à cinq reprises, mais je n'avais pas décroché et ne comptais pas le rappeler. Il voulait probablement s'épargner le déplacement, mais moi j'y tenais. Ce fils de pute pourrait s'expliquer sur ses mensonges de vive voix. Pourtant, je n'avais pas à lui en vouloir de m'avoir menti. Voilà ce que Joe m'aurait sorti. J'étais un civil, Graham un flic. Quelle raison aurait-il de tout me dévoiler ? Ne me conduisais-je pas ainsi avec les particuliers ? Tout ça n'était qu'un jeu, Graham en jouait une variante avec moi, et moi une autre avec Harrison. Malgré tout, j'aurais bien aimé savoir qui supervisait le grand échiquier.

Il faisait complètement nuit quand Amy arriva enfin. Nous restâmes dehors malgré la température qui fraîchissait. Pas de radio ce soir-là, pas de match de base-ball. Rien qu'une discussion à bâtons rompus, des questions qui fusaient sans réponses.

– Veux-tu savoir qui je plains ? dit Amy après un long silence.

Pelotonnée sur sa chaise longue, elle avait tiré ses manches par-dessus ses mains et avait visiblement très froid. Mais elle ne voulait surtout pas suggérer qu'on rentre à l'intérieur, préférant que l'idée vienne de moi.

– Lincoln Perry ? Parce qu'il a été embarqué malgré lui dans ce cauchemar ?

– Non, pour ce qui est de prendre en pitié ce pauvre Lincoln Perry, tu te surpasses ce soir.

– Voilà pourquoi j'ai abandonné le célibat. Ce genre de soutien.

– Arrête. Tu sais que c'est la vérité. Quand on te ment, tu verses dans le mélodrame comme personne d'autre.

Je souris.

– C'est une façon subtile de m'assurer que tu me dises toujours la vérité.

– Très subtil. C'est bon, je peux te dire qui je plains, maintenant ? Alexandra. Prends un peu de recul une seconde et réfléchis-y. Cette femme est issue d'une famille digne des Soprano[1], elle parvient à s'en sortir indemne et motivée pour aider les autres, et quand elle se lance son mari se retourne contre elle, il tente de trahir son frère et y laisse la vie. Tout ça pour lui faire du mal.

– Son frère parle d'elle comme si elle était toujours vivante. Si tel est le cas, comment est-il au courant ? Et que sait-elle au juste ?

1. Série télévisée dépeignant les aventures d'une famille de mafieux.

Le hochement de tête d'Amy se mua en grelottement sous l'effet d'une bourrasque. Je me levai, l'attirai vers moi et la serrai dans mes bras. Je lui frottai le dos ; elle tremblait de plus belle.

– On dirait que tu as envie de rentrer, suggérai-je.

– Seulement si tu rentres aussi.

Je pouffai.

– OK. En voilà du soutien !

Je voulus me tourner en direction de l'escalier mais elle me retint.

– T'imagines ce que ça doit faire ? dit-elle, sa voix étouffée contre ma poitrine.

– Quoi donc ?

– Si elle est vivante et qu'elle sait. Si elle sait que son frère a tué son mari, et pour quel mobile.

Je ne dis rien. Je me contentai de la prendre par la main et de l'entraîner vers les marches. Le vent soufflait vraiment fort et je commençais à avoir froid.

Graham mordit à l'hameçon. Je finis par écouter ses messages le lendemain matin ; il râlait de ne pas avoir été rappelé et me prévenait de son arrivée dans l'après-midi. Sa curiosité était manifestement piquée, ce dont je me félicitais. Nous n'avions rien de neuf à lui apprendre, mais puisque monsieur avait décidé de se payer ma tronche, je n'allais pas me priver de lui rendre la pareille.

Ken arriva à l'agence dix minutes après moi, un gobelet de café dans chaque main et une liasse de documents contre le torse, vaguement retenue par le menton. Il referma la porte d'un coup de talon, posa un café devant moi et releva le menton, les feuilles s'éparpillant sur mon bureau.

– Merci.

– De rien.

Je bus une gorgée et indiquai le fatras.

– Qu'est-ce ?

– D'après toi, quand a eu lieu le premier loupé de Dunbar avec Sanabria ? Le tuyau qui a planté, la chambre de motel.

– Il y a un bon bout de temps. Dunbar a mentionné le recours à son bip.

– Dis carrément vingt ans.

– Vingt ans ?

– Moi aussi, j'ai été surpris. À entendre Dunbar, ça remontait à quelques années, n'est-ce pas ? Pas vingt, en tout cas.

– J'imagine que ça n'y change rien, dis-je en empilant soigneusement les papiers. Comment l'as-tu appris ?

– La bibliothèque. Ils ont de sacrées archives de presse.

– Tu y es allé hier soir ?

Je m'en voulais de l'avoir laissé tomber, d'avoir passé une soirée tranquille en amoureux pendant que lui bossait.

– Tu voulais que je fasse quoi d'autre ? Regarder ESPN, ça va un moment.

Apparemment il avait imprimé tous les articles mentionnant Sanabria, Dunbar ou Bertoli, et il y en avait un sacré nombre. Je les feuilletai, survolai la plupart et en lus quelques-uns en entier. La version des faits fournie par Dunbar semblait assez fidèle. Je notai la date des articles où il était cité ; les plus anciens remontaient à la fin des années soixante-dix.

– Ça fait un bail que Dunbar est dans le circuit, relevai-je.

– Tout à fait. Et je vais te dire autre chose qui m'est apparu à la lecture de ces articles. Quand Bertoli est mort, on a conclu à un accident. Nous le savions déjà, mais en le relisant j'ai repensé à Dunbar et comment il soutenait mordicus que le type avait été assassiné. Pour lui, ça ne fait pas un pli. Alors moi je me pose des questions : si un agent du FBI, au fait du dossier et proche de l'enquête, était persuadé que Bertoli avait été assassiné, pourquoi l'a-t-on classé comme un décès accidentel, ce qui écartait toute enquête ? Comment se fait-il que les flics n'aient pas recherché les Cantrell à l'époque pour les interroger comme témoins ? Les parents de Joshua Cantrell m'ont confié qu'après la mort de Bertoli, la police avait balayé l'hypothèse criminelle d'un revers de la main. Comment est-ce possible si Dunbar nous a dit la vérité ?

– Rien que des questions pertinentes, convins-je. Bertoli est bien mort à Cleveland ?

– Oui, dans le district de Warehouse, près de la rivière.

– L'affaire était donc du ressort de la police de Cleveland. Qui a mené l'enquête ?

– Le nom est cité quelque part.

Je trouvai l'article en question et le lus. Je découvris avec satisfaction le nom de l'inspecteur chargé de l'enquête. Mike London. Lui accepterait de me prendre au téléphone.

– Si on cherchait les réponses à certaines de ces questions en attendant Graham, mon petit Kenny ?

– Parfait, Linc. Parfait.

Mike London m'avait toujours fait penser à un ours de foire : énorme et menaçant, mais toujours là pour amuser la foule. Il avait la réputation d'être un sacré déconneur, trait partagé par nombre de policiers, sans que cela nuise pour autant à ses qualités d'inspecteur. Il n'avait pas le cerveau d'un Joe, cette aptitude intellectuelle à résoudre les énigmes, mais il le compensait par son coup d'œil et son acharnement à la tâche. Fournissez-lui trente pistes en début de journée et il ne rentrait pas chez lui avant de les avoir toutes explorées, plus quelques autres glanées en chemin. Ce goût pour l'effort lui valait le soutien de la hiérarchie, malgré un sens de l'humour que ses supérieurs appréciaient nettement moins que ses collègues.

Je le joignis sur le terrain, dans l'East Side où il interviewait des témoins à propos d'un incident survenu la semaine précédente dans Euclid Avenue ; des tirs provenant d'une voiture qui avaient raté leur cible mais blessé un gamin de seize ans. Il accepta de nous accorder du temps, à condition que nous l'invitions à déjeuner. L'appétit de Mike était légendaire ; autant dire qu'il ne s'agissait pas là d'une mince condition.

– Bertoli, dit-il quand j'eus accepté. Une vieille affaire, Lincoln. Vieille et bien refroidie.

– Je sais. Je veux juste savoir quels souvenirs tu en as gardés.

– Je me souviens d'avoir causé à pas mal de monde du côté de Murray Hill, où était sa famille. Tiens, tu sais à quoi ça me fait penser, Murray Hill ?

– La bouffe ?

– T'as toujours eu du flair, petit ! Bon, si tu veux me poser des questions, offre-moi un gueuleton à Murray Hill. Le petit restau italien.

– Il n'y a que ça par là-bas, Mike.

– Celui avec la déco rouge, blanc et vert.

Voilà qui réduisait l'éventail. Je finis par comprendre qu'il parlait du Mama Santa et le rendez-vous fut pris pour midi.

Ken et moi partîmes de bonne heure, surtout parce que nous n'avions rien d'autre à faire. Graham n'avait pas rappelé ; j'en déduisis qu'il comptait toujours passer dans l'après-midi. S'il se pointait pendant que nous étions avec London, il n'aurait qu'à patienter. Je n'avais guère envie de me montrer charitable avec Quinn Graham.

Nous arrivâmes à Murray Hill à 11 h 30, ce qui nous promettait une longue attente car London n'était jamais en avance et rarement à l'heure.

Dans Mayfield Road, nous passâmes devant l'église du Saint-Rosaire avec sa façade en brique et ses vitraux, un édifice plus que centenaire mais bien entretenu.

– Nous y voici, dis-je. Little Italy, le quartier le plus redoutable de Cleveland. On se fait d'abord une galerie d'art ou on commence par une boulangerie ?

– Ouais, ouais, pigé, le coin est moins dangereux qu'il ne l'a été. N'oublie quand même pas que nous sommes ici pour discuter d'un meurtre. À propos de meurtre…

– Belle transition !

– Je savais que ça te plairait. J'ai oublié de te dire : j'ai vérifié mes messages hier soir. Il y en avait un de l'avocat des parents de Cantrell.

– Quelqu'un les a appelés pour leur demander ce que tu fichais par ici ?

– Non. Il voulait me prévenir qu'on risque de prendre ma déposition. Les parents revendiquent la propriété.

– La baraque ?

Il acquiesça.

– Tu t'es rendu sur place, tu imagines quelle peut en être la valeur. Le titre est aux noms d'Alexandra et Joshua Cantrell, libre de toute hypothèque, mais ils ont disparu. Les parents réclament donc leur part.

– Je ne vois pas comment ils pourraient obtenir gain de cause sans la preuve qu'Alexandra est morte. Les impôts sont réglés et à jour, il n'y a aucune dette, aucun prétexte pour opérer la saisie.

– Je pensais comme toi, mais leur avocat compte intenter une action pour établir son décès. L'avocat d'Alexandra sera mis en demeure de dévoiler s'il a eu le moindre contact avec elle depuis sept ans. Apparemment c'est le délai légal. On est certain que personne d'autre n'a eu de ses nouvelles.

Cela me semblait dingue, demander à un tribunal de statuer sur l'existence de quelqu'un, mais après tout ils avaient bien le droit d'essayer. Pas plus tard que la veille, Amy et moi nous posions la question de savoir si Alexandra était toujours vivante.

– Mettons que Child déclare n'avoir eu aucun contact avec elle depuis sept ans. Ensuite… ?

– Ils devront publier l'annonce de sa mort présumée. Pendant un délai de soixante jours, me semble-t-il. Si elle ne se manifeste pas durant cette période, et si personne d'autre n'apporte la preuve qu'elle est en vie, ils pourront faire prononcer son décès par un juge. Une fois cette étape accomplie, ils n'auront plus qu'à réclamer leur part de la propriété.

Mes clés de voiture à la main, toujours assis au volant, je

repensai à cette demeure, à la porte voûtée découpée dans le sol, au silence alentour.

– Ils vont demander la vente, n'est-ce pas ?

– Je suis sûr que c'est leur idée. Ils ont peu de moyens.

J'avais peine à imaginer d'autres gens s'y installant. Le camion de déménagement garé sous les arbres, les parents occupés à défaire les cartons à l'intérieur, les enfants courant à travers le parc, prêts à remplir de vie la maison déserte. J'avais du mal à me faire à cette idée.

– C'est intéressant, finis-je par dire en m'apercevant que Ken me fixait toujours malgré mon silence prolongé. Je suis curieux de savoir ce que ça donnera.

– Elle y reviendra.

– Comment ça ?

– Si Alexandra est encore en vie, je pense qu'elle y reviendra.

– Je ne vois pas pourquoi elle ferait ça.

– Parce que cet endroit est pour elle comme une tombe. Un mémorial. Il faut que tu le comprennes. Pendant douze ans, elle a laissé à l'abandon une maison valant plusieurs millions de dollars. Elle a fait graver une épitaphe à côté de la porte d'entrée. Ce lieu compte énormément pour elle. Laisse-moi te le dire : si elle est vivante, je suis prêt à parier qu'elle viendra le revoir.

20

Ce ne sont pas les bons restaurants qui manquent à Murray Hill, mais la pizzeria Mama Santa est l'un des plus anciens et des plus réputés. Devançant la foule du déjeuner, Ken et moi prîmes une table au fond de la salle aux boiseries foncées.

– J'espère que Mike choisira la place à côté de toi, dis-je comme nous nous installions.

– Il est si gros que ça ?

– Au moins cent trente kilos.

– Ce n'est pas rien.

– J'ai connu un type qui s'était retrouvé un jour en planque avec lui. Il m'a raconté que Mike avait apporté un sachet de bœuf séché, le grand format, deux ou trois kilos. Il se l'est enfilé au cours de la première heure et il a passé le reste de la nuit à se plaindre qu'il avait faim. L'autre se sentait de moins en moins tranquille au fil de la surveillance : chaque fois que Mike le regardait, il avait l'impression d'appartenir à l'expédition Donner[1] !

Souriant, Ken s'étira en arrière, déploya ses longues jambes sous la table et croisa les chevilles.

– Quelle est ta meilleure anecdote de surveillance ? me

1. Nom d'un groupe de colons qui se rendaient en Californie en 1846. Alors qu'ils étaient bloqués par une tempête de neige, certains survivants eurent recours au cannibalisme.

demanda-t-il. Ou plutôt ton pire souvenir, car cela fait les meilleures histoires.

– Facile. Un épisode dans un véhicule banalisé peu de temps après mon transfert aux stups, où j'ai connu Joe. Je suis le petit nouveau et Joe est une figure légendaire, aussi je tiens à faire bonne impression. Normal, hein ? On est en février, on sort d'une tempête de neige, il fait un froid de canard, et ma charmante et ravissante fiancée… oui, nous devions nous marier et non, ça n'a pas tenu… elle s'inquiète beaucoup pour moi et décide de m'offrir un cadeau. Un chauffe-siège, le genre qui se branche sur l'allume-cigare. Moi, j'ai un peu la honte vu que ça ne colle pas tout à fait à l'image de mec endurci que je m'efforce de cultiver. Je le balance tout de même à l'arrière, pour ne pas la vexer. Donc, le soir en question, on reste en surveillance devant une baraque et il ne se passe rien pendant des heures. On a commencé en fin d'après-midi, il est maintenant 2 heures du mat' et notre lascar n'a toujours pas bougé. Nous non plus, forcément. Il fait de plus en plus froid, ça me pénètre dans les os. Alors je me dis, après tout, autant me servir du cadeau, juste le temps de se réchauffer. Je le branche… quoi ? vingt minutes, une demi-heure à tout casser. (Ken afficha un large sourire, flairant la chute.) Ça, j'étais bien réchauffé et je comprends pourquoi : le machin devait consommer autant de kilowatts-heure que les projecteurs d'un stade ! Une demi-heure après que je l'ai débranché, notre bonhomme sort. Il monte dans sa voiture, je me dis *Enfin !* et je tourne la clé dans le contact.

– Et *clic* ! fit Ken en éclatant de rire.

– Exactement. *Clic*. Plus de jus, batterie à plat. Je suis obligé de contacter Joe par radio et je lui sors : « Euh, le type vient de partir, mais je ne peux pas le prendre en filature avant qu'on m'envoie quelqu'un avec des pinces croco… »

– Tu lui as avoué comment la batterie s'était vidée ?

– Jamais de la vie ! Tu plaisantes ou quoi ? Pendant trois semaines, j'ai râlé à propos des bagnoles de merde qu'on nous refilait. Joe ne sait toujours pas la vérité.

– Joli.

– Bon, à ton tour.

– Tu vas rire : ma pire surveillance, c'était une surveillance bidon !

– Comment ça, bidon ?

– J'ai… ou plutôt *j'avais*… un beau-frère qui m'insupportait. Plus âgé que ma femme, il se la joue grand frère protecteur, tu vois ? Et puis c'est un con. Il est concessionnaire d'automobiles, il gagne un tas de pognon et il raconte des blagues nulles en riant trop fort. Mais rien qu'aux siennes : les plaisanteries des autres ne lui arrachent même pas un sourire, par contre dès qu'il en sort une, monsieur s'esclaffe et se tord de rire, tant son humour est étincelant. Au début de mon mariage, ma patience se limitait à une heure. Je n'arrivais pas à tenir plus longtemps dans la même pièce que lui. Le temps d'incubation n'a fait que décroître au fil des ans.

– J'imagine.

– Un vendredi soir ma femme m'informe qu'il doit passer dîner et je me dis : *Merde, pas le week-end !* Parce que le week-end, il avait tendance à lever le coude, et dès qu'il avait un coup dans le nez, il restait encore plus longtemps et rigolait encore plus fort. Alors je me suis dit : *Tu n'as qu'à leur sortir un petit mensonge et t'offrir une soirée tranquille. Tu leur racontes que tu dois bosser, une surveillance de dernière minute, puis tu vas t'installer dans un bar pour regarder un match de basket.*

– Bon plan.

– Que je croyais. Je rentre donc chez moi ce soir-là, prévoyant de sortir cette fable à ma femme en m'emparant de mon téléobjectif, l'air en pétard de ce contretemps. Mais l'autre connard est déjà là. Il s'est pointé en avance. Il se met à me poser un tas de questions sur la surveillance, sur mon boulot, et patati et patata. Moi, je me dirige peu à peu vers la porte d'entrée, il me suit, une cannette à la main, et au moment où je suis sur le point de m'échapper lui se retourne vers ma femme et lui lance : « Dis, ça t'embête pas si je saute le dîner pour accompagner Ken ? »

Je ne pus m'empêcher de rire.

– Eh oui. Bien entendu, elle a accepté ! Au lieu de me farcir cet emmerdeur chez moi, avec ma femme pour l'occuper, je me retrouve seul avec lui dans ma bagnole.

– Sans la moindre planque à effectuer.

– Exactement. Je me suis dit : *À ce stade, que faire d'autre si ce n'est jouer la comédie ?* Je me suis rendu dans une cité, j'ai choisi un bâtiment au hasard et j'ai inventé une histoire pour expliquer la surveillance. On y est restés… cinq heures ! Avec le beau-frère qui s'enfilait des bières, n'arrêtait pas de la ramener et pointait chaque voiture qui passait : « C'est lui ? Dis, ce serait pas lui ? »

– Génial ! fis-je. Une belle leçon.

Nous échangeâmes d'autres souvenirs en patientant. Ken me demanda si j'avais une chanson attitrée pour mes surveillances.

– Une chanson ? Tu es sérieux ? Ne me dis pas que tu mets le thème de *Mission impossible* dès que tu bosses !

– Tout le monde devrait avoir son air fétiche, insista-t-il sans se démonter. Non, moi, ce n'est pas la musique de *Mission impossible*. C'est *Cold Trail Blues*[1] de Peter Case. Tu connais ?

Je secouai la tête.

– Le titre me parle, dit-il avec un petit sourire. Ça m'évoque aussi les Cantrell. C'est l'histoire d'une quête à travers ténèbres et mélancolie, d'un type qui se demande s'il trouvera jamais ce qu'il cherche. Il craint de ne jamais rattraper le temps perdu, qu'il ne soit trop tard.

– Si c'est ça ta chanson emblématique, je ne suis pas franchement étonné que tu n'aies toujours pas retrouvé Alexandra. Vachement encourageant.

Il eut un sourire creux.

– Je t'en ferai une copie.

1. Littéralement : « le blues de la piste froide ».

Mike finit par arriver à midi vingt. Il parvint à franchir la porte, traversa pesamment la salle, me tendit la main et entreprit de me broyer les phalanges. Mike London avait toujours eu la poignée de main menaçante autant que chaleureuse.

– Comment vas-tu, Mike ?

– Bien si ce n'est que j'ai faim. Je suis affamé, mon petit Lincoln ! (Il se tourna et gratifia Ken d'un regard interrogateur.) C'est vous, la Pennsylvanie ?

– Ken Merriman.

– De Pennsylvanie, dit Mike.

Comme si cela dispensait Ken d'avoir un nom. Son origine géographique suffisait. Mike se laissa tomber sur la chaise à côté de lui et rapprocha sa corpulence de la table. Je vis Ken se serrer contre le mur pour lui faire de la place et dus réprimer un sourire.

– Nous en sommes venus à Bertoli… commençai-je.

Mike brandit la main pour me faire taire.

– Il me faut un menu et une serveuse. Ensuite tu me raconteras ces conneries.

Nous lui procurâmes l'un et l'autre, commande fut passée, après quoi il vida son verre d'eau cul sec et dit :

– C'est bon. Vas-y.

– Ken a été engagé par les parents de Joshua Cantrell il y a un certain temps, dis-je. Te souviens-tu de cette affaire ?

– Le type qui avait disparu avec sa femme et qu'on a retrouvé cet hiver.

– Oui, c'est ça. Nous cherchons à comprendre pourquoi il est mort, comment il a atterri en Pennsylvanie et ce qu'est devenue sa femme.

– Nous ? Comment se fait-il que tu sois impliqué ?

J'en restai sans voix une seconde, ce qui me valut un regard interloqué de Ken, vu que la question n'était pas si compliquée.

– Je fais le métier, Mike, finis-je par dire avec un sourire forcé. Je fais le métier.

Ses sourcils se rapprochèrent, comme s'il pensait que je me

foutais de sa gueule, ou jugeait ma réponse pour le moins bizarre, et il dit :

– Peu importe. Ce ne sont pas mes affaires. Posez-moi vos questions.

– Apparemment les Cantrell s'occupaient d'un programme de réinsertion, dis-je. Un certain nombre de détenus en libération conditionnelle ont bossé chez eux, dont Bertoli.

Ce n'était là qu'un résumé sommaire, certes, mais je ne tenais pas à lui en dévoiler davantage pour l'instant. Il n'avait pas besoin d'entendre parler d'Harrison, de Graham et de Dunbar. Pas tout de suite.

– En effet, acquiesça Mike.

Il s'était laissé pousser la barbe depuis notre dernière rencontre, ce qui lui donnait l'air encore plus impressionnant.

– Vous savez sans doute que leur disparition est survenue à l'époque où Bertoli s'est fait buter, ajouta-t-il.

– Vous dites qu'il s'est fait buter, releva Ken. Nous avons eu le même écho chez d'autres personnes et pourtant on a conclu à un décès accidentel.

– C'est exact.

– Pourquoi n'y a-t-il pas eu d'enquête, si les indices semblaient indiquer un homicide ?

– Mais il y a eu une enquête, l'ami. C'est moi qui l'ai menée. Quant à la cause du décès, il faut s'en remettre aux indices matériels. C'est la clé. Et les indices matériels n'indiquaient pas un homicide, pas nécessairement. Le mec est tombé du toit d'un entrepôt, il s'est heurté la tête sur une benne, puis il a rebondi sur le trottoir. Il s'est bousillé le visage. Une fin douloureuse mais c'est la chute qui est la cause du décès. Vous ne me ferez pas dire le contraire. Maintenant, savoir s'il est tombé de son plein gré… J'ai un avis tranché sur la question mais ce n'était pas une raison pour modifier la cause du décès. Il est mort à cause de la chute. À quoi elle était due, nous n'avons pas réussi à le déterminer avec certitude. Il n'y avait aucun indice pour indiquer qu'on l'ait balancé du toit.

C'est possible, et quelqu'un l'a sans doute fait, mais nous ne pouvions pas le prouver.

– Il y a un agent du FBI, dis-je, un certain John Dunbar, qui savait pas mal de trucs concernant Bertoli. Il ne t'a pas contacté ?

Mike sourit.

– Comme ça, vous connaissez Dunbar ?

– Oui. T'as des reproches à lui faire ?

– Pas vraiment. Il s'est montré très coopératif après la mort de Bertoli, mais il gênait plus qu'il n'aidait. Lui ne s'en apercevait peut-être pas, mais les autres si.

– C'est-à-dire ?

– Que vous a raconté Dunbar, exactement ? À propos de Bertoli.

– Qu'il était peut-être en mesure de témoigner contre Sanabria. Nous avons aussi appris que Dunbar se servait de Joshua Cantrell pour tenter de lui soutirer des renseignements.

– Dunbar vous a-t-il précisé qu'il était retraité à l'époque ?

– Pardon ?

– Eh oui, Lincoln ! Dunbar était retraité du FBI au moment du merdier avec Bertoli. Ce qu'il vous a raconté de son plan avec Bertoli et Cantrell est exact, mais c'était une démarche à titre individuel. Le Bureau n'était pas au courant, étant donné qu'il n'y travaillait plus. Aucune police n'était impliquée, point. Dunbar avait dans l'idée d'aller les trouver dès qu'il aurait du concret. Les choses ont tourné autrement.

Mon incrédulité se mua rapidement en compréhension. La veille, j'avais eu peine à croire que le FBI ait pu concocter un plan aussi ridicule, placer Bertoli chez la sœur de Sanabria et utiliser Cantrell comme informateur. Je comprenais désormais : le FBI n'y était pour rien. Dunbar agissait de son propre chef.

– C'est logique, dis-je. Autrement, ça ne tenait pas debout. Cette idée était insensée. Si le FBI ne l'a jamais approuvée, cela signifie que…

– Dunbar gérait son truc en solo avec Cantrell, dit Mike. On peut en déduire deux choses. Primo, il n'y a pas d'autre version que celle de Dunbar, étant donné que toutes les autres personnes impliquées sont mortes ou ont disparu. Deuzio, Dunbar avait vraiment Sanabria dans le collimateur. Tout de même, consacrer sa retraite à ce type, monter une instruction à titre bénévole, ce mec est dingue !

– Avec Cantrell, Dunbar agissait donc sans… ? dit Ken.

– Sans aucun contrôle hiérarchique, l'interrompit Mike. C'est ça. Quand Bertoli a plongé du toit, avec ou sans aide, et que Dunbar s'est présenté avec son histoire, vous pouvez imaginer combien ses collègues du FBI ont été ravis. Puis les Cantrell se sont tirés et, pour le coup, ça commençait vraiment à sentir le roussi.

– Ils ont enterré l'enquête ? dis-je. Pour couvrir Dunbar ?

– Je ne dirais pas qu'ils l'ont enterrée. J'ai tout de même enquêté un bon moment, à fond. Nous n'avions aucun élément solide sur lequel nous appuyer. Tout le monde se doutait que Sanabria l'avait probablement fait tuer, cependant nous n'avons trouvé aucune piste à exploiter. De toute façon, Bertoli était une ordure, personne ne pleurait sa disparition, et le FBI ne voulait surtout pas que soit rendu public le rôle de Dunbar. Il n'avait rien commis d'illégal, mais c'était embarrassant pour eux. Un retraité la joue perso, il place un informateur sans que personne soit au courant et le bonhomme se fait buter ? L'image du FBI en aurait pris un coup.

– Personne n'a jugé bon de chercher les Cantrell ?

– On les a cherchés.

– Pas de manière très poussée, dit Ken. La police a expliqué à la famille qu'il n'y aurait pas d'enquête, que…

– Les Cantrell sont partis de leur plein gré. En tout cas, c'est ce qu'il semblait à l'époque. Ils ont foutu un tas d'affaires en garde-meubles et ils ont pris des dispositions pour la maison. Rien ne laissait penser que l'un d'eux avait été tué. Jusqu'à la découverte du cadavre.

– Tu as donc enquêté à fond sur la mort de Bertoli ? dis-je.

– Oui. Même si le décès avait été classé comme accidentel, nous l'avons traité comme un homicide dès que Dunbar s'est manifesté. On peut au moins lui reconnaître ça : quand Bertoli est mort, il s'est manifesté et il a avoué la vérité. Peu de gens auraient eu un tel cran. Il devait se douter que ses collègues du Bureau l'auraient mauvaise. Il a dû ravaler sa fierté pour assumer, j'en suis sûr.

– Mais vous n'avez jamais rien trouvé pour impliquer Sanabria dans la mort de Bertoli ?

– Si, mais c'était ténu. Trop léger pour monter un dossier.

Il se tut en voyant passer la serveuse, reluqua son plateau avec espoir et soupira de dépit quand elle distribua les assiettes à la table voisine.

– C'était quoi ? m'enquis-je.

– Des lasagnes et…

– Pas les plats, Mike. Je parle de l'enquête. Quel lien aviez-vous établi ?

– Ah, ouais. Eh bien, en face de l'entrepôt où Bertoli est mort, il y avait un parking sous vidéosurveillance. La scène n'a pas été filmée, mais la circulation était visible à l'image. Seul problème, c'était une rue assez passante : rien que dans l'heure au cours de laquelle Bertoli est mort, soixante-deux véhicules figuraient sur la bande. J'ai relevé tous les numéros que j'ai pu, j'ai vérifié à quel nom ils étaient immatriculés.

C'était là un exemple de la rigueur professionnelle pour laquelle Mike était réputé, une détermination à explorer le moindre angle, même si les chances étaient infimes.

– J'ai repéré une seule voiture un peu intéressante, reprit-il. Une Oldsmobile Cutlass complètement relookée, avec un tas de gadgets, jantes spirale et autres conneries du genre. Le véhicule appartenait à un certain Darius Neloms. Plus connu sous le nom de Big D.

– Ça ne me dit rien.

– Il y a un tas de Neloms à East Cleveland. Une famille de

dealers et de canailles. Darius gère un atelier de carrosserie à l'angle d'Eddie et de St. Clair.

– Quartier difficile.

– Sans blague ! Ces jours-ci, Darius se débrouille bien, il gagne un max de fric en installant des freins hydrauliques, des jantes et des autoradios, tous les joujoux dont raffolent les jeunes racailles, pour faire comme dans une vidéo rap. Néanmoins il a été condamné par le passé, pour avoir dirigé un atelier clandestin. On lui apportait des voitures volées, il refaisait la peinture, il ajoutait des vitres teintées, parfois il changeait les phares ou la calandre, puis il les remettait dans le circuit. Il n'a pas trop morflé parce qu'on a eu du mal à prouver qu'il connaissait l'origine volée des véhicules. Foutaises, à mon humble avis. Les gars qui lui procuraient les bagnoles bossaient pour Sanabria et un certain Johnny DiPietro.

– Qui a été assassiné par la suite, dis-je. Dunbar est persuadé que Sanabria en est le responsable et que Bertoli en a été le témoin.

– Vous y êtes.

– Vous pensez que Sanabria a engagé ce Darius pour buter Bertoli ? demanda Ken.

– Pas du tout. Il aurait réglé ça en interne.

– Pourtant, la voiture de Darius se trouvait sur place.

– Une voiture immatriculée à son nom. Il en avait neuf, au nom de l'atelier ou au sien. Au moment de la mort de Bertoli, Darius assistait à une fête dans une boîte de nuit. J'ai pu le vérifier sur les bandes de la vidéosurveillance.

Ce lien n'a peut-être aucune signification, dit Ken.

– Peut-être, mais Darius Neloms connaissait Sanabria et DiPietro, il avait fait de la prison pour une histoire de véhicules volés à laquelle eux aussi étaient mêlés. Si quelqu'un de leur bande avait voulu emprunter une voiture, Darius était tout désigné comme pourvoyeur.

– Mais pourquoi s'emmerderaient-ils à emprunter une bagnole plutôt que d'en voler une ? fis-je remarquer.

Mike sourit.

– Regarde le résultat : je perds mon temps à vérifier des pistes concernant Darius. Et ne va pas imaginer que les Italiens le considéraient comme une sorte de compatriote. Une bande de racistes. Ça, ils sont partants pour bosser avec un Black si ça peut leur rapporter quelques dollars, mais ils ne se gêneront pas non plus pour rabattre les flics vers lui.

– Tu as interrogé Darius ?

– Ouaip, et je n'en ai rien tiré. « Je possède un tas de voitures, pas mal de gens y ont accès, comment voulez-vous que je sache qui conduisait telle caisse tel soir ? »

– Et ton impression ?

– Qu'il mentait, bien sûr, mais était-ce dans un but précis ? Un mec comme Darius Neloms n'a guère besoin d'une motivation précise pour me mentir. Quand tu vois un badge, tu lui mens.

– L'enquête a calé là ?

– En effet. J'ai fait remonter l'info, le lien ténu entre une des voitures et Sanabria, mais tu te doutes que ce n'était pas suffisant. Aucun indice d'homicide, personne pour nous filer le moindre tuyau, le FBI embarrassé par l'affaire à cause de Dunbar : je suis même surpris d'avoir pu mener l'enquête si loin !

J'aperçus la serveuse qui revenait avec un plateau, très certainement le nôtre, et compris que Mike n'allait plus répondre à aucune question pendant un bon moment. Autant en glisser une petite dernière tant que j'avais encore son attention.

– Il y a quelques instants, tu as soulevé un point intéressant en soulignant que la seule version officielle est celle de Dunbar, vu qu'il agissait en solo.

Mike acquiesça et attendit que je poursuive.

– Je te pose donc la question : crois-tu à cette version ? Cette version que personne ne corrobore et que rien ne confirme ?

– Écoute, Dunbar compte parmi les agents du FBI qui ont fait un boulot salutaire contre le milieu dans la région.

– Mais ?

– Mais Dunbar a aussi porté le costard tous les jours et s'il y a bien une règle que j'ai apprise en vingt ans de métier, Lincoln, c'est de ne jamais me fier aux mecs en costard.

21

Il est étonnant comme un seul détail suffit parfois à renverser la perception que l'on a d'une situation.

John Dunbar était à la retraite quand il avait échafaudé son plan avec Cantrell et Bertoli ? Personne ne l'avait approuvé ni même n'était au courant ? Oui, voilà qui changeait la donne.

En plus, c'était un plan minable, la variante pervertie d'un vieux stratagème de flic qui, dans mon expérience, ne fonctionnait jamais vraiment : le mouchard introduit dans une cellule de prison. Les balances ne manquent pas dans l'univers carcéral et l'on a recours à cette tactique depuis des siècles, en général de manière inavouée et pour de piètres résultats. Le problème vient de ce que les indics sont des menteurs, privés de toute crédibilité devant un tribunal, et que les cibles sont rarement assez bêtes pour s'y laisser prendre. Cantrell avait joué ce rôle chez lui, accueillant Bertoli pour le faire parler sur un règlement de comptes mafieux. Difficile d'agir en douce quand votre épouse se trouve être la sœur du suspect. On l'avait probablement dissimulé à Bertoli dans un premier temps, sans quoi je le voyais mal accepter cette affectation pour sa réinsertion, mais il l'avait forcément appris tôt ou tard, non ?

Oui, l'idée était crétine et Dunbar l'avait su d'emblée, sans quoi il n'aurait pas agi à l'insu du FBI. De quoi m'interroger sur ses motivations et son récit. Je ne l'avais pas mis en doute au début, lors de notre entretien, mais sur le moment j'avais pris ses révélations comme une avancée qui m'avait estomaqué.

J'y repensai à présent et me repassai la conversation dans la tête, en y cherchant des failles, des traces de mensonge.

Il y en avait des dizaines. Peut-être. À moins que son histoire ne soit entièrement vraie. Impossible de le savoir étant donné que les personnes susceptibles de la confirmer étaient mortes ou avaient disparu depuis des années.

À l'exception de Parker Harrison.

Il figura dans mes pensées tandis que nous rentrions de Murray Hill, aussi ne fus-je qu'à moitié surpris de trouver un message vocal de sa part à l'agence.

Cette fois la requête était simple, pas de tuyau, pas de nom, pas de suggestion. Harrison souhaitait me voir ce soir-là si possible, et seul. Il ne fournissait aucun autre détail, m'informait qu'il serait chez lui à partir de 17 heures, et insistait pour que je vienne seul.

Ken avait tout entendu par le haut-parleur.

– Le type n'a pas l'air de trop m'apprécier, hein ? dit-il.

– La relation avec le client m'a effectivement l'air compromise.

– Parce qu'il sait pertinemment qu'il n'est pas un client. Notre tactique ne l'a pas trompé. Ou trop peu, du moins.

– À mon avis, ça n'a pas du tout pris.

Il n'y avait aucun message de Graham alors que nous étions rentrés tard, à presque 14 h 30, et qu'il s'était annoncé pour 13 heures. Il nous aurait sans doute appelés s'il était passé ; même s'il avait trouvé porte close à l'agence, le trajet était trop long pour repartir aussitôt.

Je gardais les yeux rivés sur le téléphone alors même que le voyant du répondeur ne clignotait plus, seul Harrison jugeant bon de me laisser des messages. J'aurais bien aimé que Joe m'appelle, pour pouvoir lui exposer l'affaire, qu'il me livre son point de vue. Notre dernière conversation téléphonique remontait à plusieurs jours.

– Je vais te dire, déclara Ken. Plus j'y pense et plus je m'interroge sur ce qu'Harrison a pu trafiquer là-bas. Ou voir. Le reste s'éclaircit peu à peu, lentement mais sûrement. Nous savons désormais quel était le rôle de Bertoli, qu'ils ont tenté de l'utiliser comme témoin mais que ça a mal tourné. Harrison, par contre… Je n'arrive pas à le cerner. Loin s'en faut.

Moi non plus. Sans compter Graham, Dunbar et Mike London. Beaucoup de monde s'était penché sur le cas d'Harrison mais personne n'avait réussi à le percer à jour.

Tandis que je fixais le téléphone en réfléchissant au cas d'Harrison, des pas résonnèrent dans l'escalier puis la porte s'ouvrit sans qu'on ait frappé et Quinn Graham entra. Tenue des plus élégantes : chemise jaune, pantalon noir, cravate rayée assortie. En le voyant, je repensai à la recommandation de Mike London de ne jamais me fier à un type en costard et ne pus que sourire. La plupart des inspecteurs portent le costume tous les jours : il fallait être Mike London pour se méfier de la tenue courante de ses collègues.

– Content de me voir ? dit Graham en notant ma mine amusée.

– Naturellement, Graham. On est fous de joie.

Il serra la main de Ken, s'installa dans un fauteuil et me regarda en écartant les mains, paumes tendues.

– Frère, ça a intérêt à être bon ! Je vais vous faire une confidence : le trajet entre chez moi et ici, c'est pas joli. On ne va pas l'ajouter de sitôt à la liste des plus belles routes panoramiques ! Mais je ne cesse de refaire le parcours, pour vous les gars, pour Linc et Kenny. J'espère que vous en êtes conscients.

– Vous repartirez d'ici en nous remerciant, Graham, dis-je. Nous avons accompli une percée sensationnelle pour vous, mon gars. Vraiment un truc énorme.

– Ah bon ?

Il était sincèrement intéressé.

– Hier nous avons découvert… (je marquai une pause et me délectai de l'impatience dans son regard)… que Salvatore Bertoli avait en fait été placé chez les Cantrell par un agent du FBI, un certain John Dunbar.

Mon ton était des plus dramatiques et mes traits parfaitement sérieux, comme si je m'attendais à vraiment l'impressionner.

– Cet agent avait des raisons de penser que Bertoli avait été le témoin d'un meurtre commis par Dominic Sanabria, poursuivis-je après un nouveau silence. Joshua Cantrell coopérait avec Dunbar pour soutirer des informations à Bertoli. Visiblement ça a mal tourné.

Graham ne pipait mot.

– C'est du lourd, hein ? fis-je.

– En effet, dit-il.

Son ton était franchement dégoûté.

– Qu'est-ce qu'il y a, Graham ? Vous songez aux heures perdues sur la route ?

– Vous saviez que tout cela m'était connu et pourtant vous m'avez fait venir jusqu'ici.

– Oui, je sais que vous le saviez. Mais pas nous, et nous avons perdu une journée à le découvrir alors que vous auriez pu nous en faire part en un quart d'heure. Donc si ça vous embête d'avoir perdu votre temps à venir ici, bien fait pour votre gueule. Vous nous avez lâchés sur le terrain comme deux…

– J'ai envie de tout sauf que vous soyez sur le terrain, Perry. Vous ne l'aviez pas compris ? Je ne sais pas comment vous avez retrouvé Dunbar, mais j'aurais préféré que vous ne le rencontriez pas. Si vous m'aviez appelé…

– Je vous ai appelé. Hier matin du centre-ville. On avait la grosse tête parce qu'on venait d'obtenir le nom de Dunbar. J'ai honte de l'avouer maintenant, mais c'est la vérité. Ça vous pose un problème qu'on parle à Dunbar ? Vous auriez pu facilement l'éviter.

Il soupira et se pencha en avant, puis se passa une main sur la tête et se malaxa la nuque, comme pour se calmer.

– Je sais que vous étiez dans la police, Linc, mais il faut que vous compreniez une chose : vous ne l'êtes plus. Avant de vous emporter parce que je ne vous ai pas dit tel truc, posez-vous une seconde et envisagez la situation de mon point de vue, à savoir que je ne dévoile jamais rien si je n'y suis pas obligé. Jamais. J'essaie de garder le contrôle de mon enquête.

Je m'attendais qu'il me sorte exactement cela, mais n'étais pas ravi pour autant.

– Vous nous avez demandé notre aide, Graham. Vous étiez assis là et vous nous…

– Non, non, non. (Il releva les yeux et secoua la tête.) Je n'ai demandé l'aide de personne, Linc. J'ai demandé votre *coopération*, et c'est cela que j'attendais de votre part. Il y a une grande différence, mon gars. Vous aviez accès à Harrison, ce pourquoi je voulais votre coopération. À aucun moment je n'ai souhaité que vous vous trimballiez en ville à frapper aux portes et interroger des gens, avec le risque de nuire à mon enquête. Je vous l'ai même dit, à peu de chose près.

– Quand ça ?

– Je vous ai dit que je comptais sur vous pour l'empêcher de faire des bêtises. (Il pointa Ken du menton et je vis une lueur de colère, ou d'embarras, passer sur le visage de Merriman.) Maintenant je m'aperçois que j'aurais dû me méfier de vous autant que de lui ! (Il eut un nouveau soupir, se cala contre son dossier et desserra sa cravate.) Voici ce que j'attends de vous : que vous communiquiez avec Harrison. Pigé ? C'est tout. Rien de plus. Et je ne veux pas non plus que vous lui forciez la main. Je demande juste à être tenu informé. Enregistrez les conversations dès qu'il prend l'initiative de vous rencontrer. Ce sera parfait. Pour ce qui est de l'enquête sur le terrain, je ne veux pas que vous vous en mêliez.

– Ce n'est pas vraiment à vous d'en décider, objecta Ken.

Graham le dévisagea, les yeux écarquillés et menaçants, l'index toujours inséré dans son nœud de cravate.

– Ah bon ? Vous interférez dans une enquête de police et vous vous imaginez que je ne peux pas vous mettre des bâtons dans les roues ? Vous n'avez même pas de client, mon gars.

– Si, maintenant j'en ai un.

– Qui donc ?

– Parker Harrison. Il m'a engagé par l'entremise de Lincoln. D'ailleurs, il me semble que l'idée est venue de vous.

Graham se rembrunit et relâcha sa cravate après un dernier petit coup rageur au nœud.

– Une seconde, l'interrompis-je avant qu'il ne s'en prenne à nouveau à Ken. Nous réglerons nos comptes plus tard. Le fait est que Ken a un client, Graham, et ce grâce à vous. Cela dit, je ne pense pas que Ken souhaite compromettre votre enquête présente ou future. Mais si vous nous cachez absolument tout, vous allez forcément vous arracher les cheveux.

– Je vous ai expliqué mon raisonnement.

– Oui et je le comprends, mais j'aimerais entendre ce que vous pensez réellement de John Dunbar. Vous saviez aussi, j'imagine, qu'il était retraité au moment des faits ?

Peu enclin à laisser passer l'escarmouche, Graham décocha un ultime coup d'œil à Ken mais reporta ensuite son attention sur moi.

– Dunbar est réglo, dit-il. Je sais que tout ça peut paraître louche, mais il est réglo.

– Qu'est-ce qui vous permet de l'affirmer alors qu'il n'y a personne pour confirmer ses dires ?

– Il n'y a personne non plus pour le contredire. Surtout, il n'aurait pas pu se montrer plus coopératif. Le lendemain du jour où nous avons identifié le cadavre de Joshua Cantrell, j'ai reçu un coup de fil de Dunbar qui voulait me mettre au courant. C'est lui qui a pris l'initiative de me contacter. Je n'avais aucune idée de qui il était, ni de son lien avec l'affaire, et il m'aurait fallu des heures et des heures pour l'établir. Au lieu de quoi il a pris sa voiture et il est venu me voir, avec un tas de cartons, ses notes et ses photos. Il m'a laissé tout le dossier pour que je le passe en revue. Si ce type a quoi que ce soit à cacher, il s'y prend d'une curieuse manière. Au début il m'appelait une ou deux fois par semaine, pour me soumettre ses idées et ses théories, mais j'ai fini par ne plus le prendre pour qu'il me lâche un peu. Tout de même, c'est lui qui m'a suggéré d'éplucher les appels de Sanabria, preuve du contact avec Harrison.

– Avez-vous tenté de vérifier sa version des faits ?

– Bien entendu, Linc, et je n'ai rien déterré sur lui. Si vous voulez tout reprendre, faites. Dunbar a passé trente ans au FBI, trente années irréprochables. Si vous trouvez quelqu'un pour dire du mal de lui, ce sera forcément à propos du fiasco Bertoli.

– J'imagine volontiers. Un informateur du FBI se fait descendre, un type dont le FBI ne connaissait même pas l'existence, je veux bien croire que ça pose problème !

– Bien sûr. Toutes les personnes impliquées en sont convenues, tant à l'époque que quand je les ai contactées cette année. Cela ne signifie pas pour autant que Dunbar soit corrompu.

– Et Mark Ruzity ? dis-je. En voilà un qui a manifestement quelques difficultés à maîtriser sa colère. Il s'est amusé à m'appuyer un ciseau sur le front en nous expliquant qu'il valait mieux que l'affaire ne soit jamais élucidée. Puis Dunbar nous a montré une photo sur laquelle il figure avec Sanabria, quelques jours après la disparition des Cantrell. Vous avez une explication ?

– Aucune. Savez-vous qui a pris cette photo ? Dunbar. Il s'est mis à filer Sanabria quand il a compris que Joshua s'était volatilisé. Oui, il était à la retraite. Oui, il agissait de son propre chef. Je comprends que cela vous chiffonne, Linc, sincèrement, mais j'essaie de vous expliquer que ce type cherche vraiment à se rendre utile. Sans lui, nous ne saurions rien du lien entre Ruzity et Sanabria.

– Maintenant vous êtes au courant, mais vous en ignorez la raison.

– Pour l'instant.

– Bertoli faisait partie du cercle de Sanabria avant d'aller en prison, dis-je. Nous savons désormais que lui et Harrison ont été en contact avec Sanabria après leur libération. Que se passait-il dans cette baraque, Graham ?

– Je ne sais pas vraiment.

– Pourtant vous comptez sur notre coopération et vous espérez en bénéficier sans rien nous dévoiler.

Il tendit les mains et tapota dans le vide. Un geste d'apaisement. *Tout doux, du calme, inutile de se fâcher.*

– Écoutez, je comprends votre irritation, mais une chose doit être claire : je ne peux pas me permettre que vous interfériez. Ce que vous venez de faire, ce n'est qu'une broutille. Interroger Dunbar n'était pas bien grave, mais je ne veux pas que vous continuiez. Tôt ou tard vous risquez de parler à qui il ne faut pas, peut-être bien avant moi, et là nous aurons un sérieux problème.

– Vous nous demandez donc d'arrêter l'enquête ? dit Ken.

– Non, je vous demande de ne pas nuire à l'enquête officielle. Celle qui permettra que quelqu'un soit arrêté et condamné, si elle est bien menée. Alors que si elle est bâclée, l'assassin restera dans la nature. Mon rôle est de veiller à ce qu'elle soit bien conduite.

– Donc ?

– Donc vous feriez mieux de rentrer chez vous. (Son ton était prévenant mais il regardait Ken droit dans les yeux.) Je ne dis pas ça par manque de respect, OK ? En vérité, mon gars, il n'y a rien que vous puissiez faire que la police ne sache faire encore mieux.

Merriman me regarda d'un air furieux, comme s'il s'attendait que je prenne position en arguant du contraire. Devant mon silence, il se tourna à nouveau vers Graham.

– Que fiche la police ? Il y a quelques jours, vous étiez ici à nous expliquer que vous ne saviez plus où donner de la tête. Il m'a semblé que vous aviez plutôt besoin d'aide.

– D'accord, fit Graham, la voix toujours mesurée. Dites-moi comment vous comptez vous y prendre, alors.

Encore une fois, Ken chercha mon soutien du regard.

– Du boulot de détective, répondit-il. Voilà notre programme, Graham.

– Mais encore ?

– Du porte-à-porte, parler aux gens, suivre toutes les pistes.

Ken était gagné par la colère. Il avait l'impression que Graham le prenait de haut, se montrait condescendant, mais je voyais la scène d'un autre œil. Sans vouloir blesser l'orgueil de quiconque, l'inspecteur souhaitait nous écarter avant tout pour ne pas compromettre l'enquête.

– Comme moi, dit Graham, et je vais continuer. Vous aboutirez au même point, Kenny : à essayer de faire craquer Harrison et Sanabria.

– Vous êtes en train de me dire que c'est insoluble ? s'emporta Ken. Il n'y a plus rien à tenter, le dossier est bon à classer ?

Graham fit non de la tête.

– Je compte élucider l'énigme. Je pense que nous y arriverons. Les résultats des analyses concernant le cadavre et la tombe devraient nous parvenir d'ici quelques mois, voire quelques semaines avec un peu de chance, et j'espère que cela nous ouvrira des perspectives. J'y crois.

– Vous nous demandez donc d'arrêter, dit Ken, mais en même temps vous voulez qu'on poursuive avec Harrison. S'il communique avec nous, c'est pour savoir comment progresse notre enquête. Je vois mal ce qu'on va lui raconter si on ne fiche plus rien.

Graham observait Ken en s'exerçant les mandibules.

– Très judicieux, renchéris-je. Vous ne pouvez pas avoir le beurre et l'argent du beurre, Graham. Soit nous sommes de la partie, soit nous ne le sommes pas. À vous de décider.

– OK. Vous ne l'êtes plus.

Ken se hérissa, mais je me contentai d'un hochement de tête.

– D'accord. Dans ce cas, je vais appeler Harrison. Pour annuler le rendez-vous de ce soir.

– Il a accepté de vous revoir ?

– Non, c'est lui qui a téléphoné en demandant qu'on se

voie. Apparemment certaines choses le tracassent, il a envie d'en parler.

Graham me contemplait, probablement tenté de m'arracher la tête pour vérifier s'il en tirerait un quelconque soulagement, mais il finit par acquiescer en soupirant.

– Allez donc lui parler. Voyez ce qu'il a à dire, enregistrez le tout et appelez-moi. Mais n'interrogez personne d'autre, sous aucun prétexte, sauf à avoir obtenu mon aval. Compris ?

– Compris.

– Tant que j'y suis, je veux bien l'enregistrement de la première conversation.

– Je vous l'ai gravé.

– Parfait. Je ne me serai pas déplacé pour rien. (Il se leva et prit le CD.) Vous avez une idée de ce que veut Harrison ?

– Aucune.

Il glissa le boîtier dans sa poche et nous dévisagea à tour de rôle, en silence.

– Ne vous en faites pas, Graham, lançai-je. Vous finirez par vous attacher à nous.

– Ma femme m'a sorti la même chose quand elle a pris un chien. Vous savez quoi ?

– Non…

– De temps en temps, ce sale clébard chie encore sur ma moquette.

22

Ken voulait m'accompagner chez Harrison, mais l'idée ne me plaisait pas. Harrison avait demandé à me rencontrer seul à seul, pour Dieu sait quelle raison, et je craignais de l'agacer si Ken m'attendait dans le pick-up. Il patienterait donc dans un bar, avec Amy qui lui ferait la conversation.

Je passai prendre Amy pour l'emmener à la Rocky River Brewing Company, une microbrasserie qu'elle affectionne tout particulièrement.

– Tu n'as pas vraiment l'art et la manière pour les relations amoureuses, me fit-elle remarquer. Il n'est pas très courant qu'un type dépose sa copine au bar avec pour consigne de divertir un autre mec.

– Je ne te demande pas de coucher avec lui. Seulement de lui offrir quelques verres. Tu pourrais aussi lui masser les épaules.

– Oui, c'est carrément sidérant que ton ex-fiancée soit partie avec un autre type. Une vraie énigme.

Quand nous arrivâmes, Ken était déjà installé au bar, devant un verre bien entamé ; il avait choisi une bière baptisée Lakeshore Electric. Il se leva en nous apercevant et je fis les présentations. Je serais volontiers resté avec eux au lieu d'aller rejoindre Parker Harrison pour un nouveau tête-à-tête insolite.

– Je vous retrouve ici dès que j'en ai terminé avec notre lascar, dis-je à Ken. Ne fais pas le malin avec Amy : elle a une sacrée descente !

Comme j'atteignais la porte, j'entendis ma chérie qui s'excusait pour moi. Situation assez courante.

Je pris la direction d'Old Brooklyn au crépuscule d'une soirée tiède et paisible, avec cette pointe d'humidité dans l'air qui annonce le véritable été. Je baissai les vitres et montai le son pour mieux m'imprégner de James McMurtry. C'était la soirée idéale pour aller au stade assister à un de ces matchs de printemps forcément distrayants car, si tôt dans la saison, on peut encore suivre son équipe sans espoirs déçus ni angoisse. Si Harrison ne me retenait pas trop longtemps, nous aurions peut-être le temps de nous y rendre. Amy serait sûrement partante et Ken n'avait rien d'autre à faire.

Quand je me garai devant l'immeuble d'Harrison, le soleil n'était plus qu'une fine ligne orangée à l'horizon, les lampadaires étaient allumés et McMurtry terminait d'expliquer pourquoi il en avait assez de se trimballer à pinces et voulait foncer. Je jetai un dernier coup d'œil dans le rétroviseur pour m'assurer que le micro n'était pas visible. Parfait. Je descendis et me dirigeai vers l'appartement d'Harrison. Aucune lumière à la fenêtre. Mais à peine eus-je frappé que la porte s'ouvrit et Harrison parut devant moi, les avant-bras mouillés, un torchon à la main.

Derrière lui, je vis que c'était allumé dans la cuisine alors que le salon était plongé dans la pénombre.

– Entrez, Lincoln.

Je franchis le seuil et il referma la porte. Ça manquait d'éclairage.

– Vous pourriez allu… ?

– Il faut que vous arrêtiez, tous les deux.

– C'est-à-dire ?

– Vous et Ken Merriman. Dites-lui qu'il garde l'argent. Ou bien encaissez le chèque vous-même. À vous de voir. Mais je préfère que vous arrêtiez. Renvoyez-le chez lui.

– Pourquoi ?

Il ne répondit pas mais ne détourna pas le regard.

– Harrison ? Qu'est-ce que c'est que ce bordel ?

Il s'humecta les lèvres.

– Lincoln, vous vous rappelez ce que je vous ai dit au début ? La raison pour laquelle je voulais retrouver Alexandra ?

– Vous vouliez de ses nouvelles.

– Non… enfin si, c'était en partie pour ça… Mais je vous ai dit que je tenais surtout à…

– Savoir ce qui était arrivé. Connaître la fin de l'histoire.

Il fit oui de la tête.

– Mais ça ne justifie pas le risque, murmura-t-il.

– Quel risque ?

Il se balança d'un pied sur l'autre et baissa les yeux pour la première fois. Remarquant qu'il tenait toujours son torchon, il s'essuya les bras avec.

– Bon sang, Harrison ! Dites-moi ce qui se passe.

– Le risque que quelqu'un en pâtisse.

– Qui donc ?

– Vous, Ken Merriman, n'importe qui d'autre. Tout le monde. En fin de compte, Lincoln, je crois que j'ai commis une erreur. Elle est partie parce qu'elle le voulait, et si elle n'est pas revenue… eh bien, je suppose qu'elle préfère rester où elle est, d'accord ? Se faire oublier, ne pas être dérangée. Si tel est le cas, je ne veux pas me démener pour aller à l'encontre des souhaits d'Alexandra.

– J'ai peine à comprendre ces craintes subites.

– Peu importe. La dernière fois qu'on s'est parlé, vous ne vouliez pas travailler pour moi. J'ai une bonne nouvelle : moi non plus, je ne veux plus que vous bossiez pour moi. Ni vous, ni Merriman, ni qui que ce soit.

Pourquoi avait-il changé d'avis ? Avait-il découvert nos manigances ? Nous avait-il surpris en compagnie de Graham ou de Mike London, en avait-il déduit que nous agissions pour la police ? Ou bien y avait-il une tout autre raison, sans aucun rapport avec nous ?

– Harrison…

– Inutile de discuter. Je vous remercie d'être revenu sur votre décision, de m'avoir amené un détective, mais pour moi c'est terminé.

J'étais plus que jamais conscient du micro et de l'occasion qui s'envolerait une fois qu'il m'aurait mis à la porte. Nous n'avions rien obtenu. Pas la moindre parole pour faire progresser l'enquête.

– Que savez-vous sur les Cantrell ? insistai-je en avançant d'un pas alors que nous étions déjà très près l'un de l'autre. Sur ce qui leur est arrivé ?

– J'en sais si peu que ça n'a aucun intérêt.

– Foutaises. J'ai vu la réaction dans vos yeux quand nous avons mentionné Bertoli. Pourquoi avez-vous réagi ?

– Je n'ai rien à dire, Lincoln.

– D'après la police, vous avez toujours fait cette réponse : rien à dire. Mais c'est un mensonge, Harrison, et vous le savez.

– Vous avez parlé de moi à la police ? À Graham ?

Mon hésitation fut brève.

– Bien sûr. Vous avez été condamné pour meurtre, que ça vous plaise ou non, et vous me demandiez d'enquêter sur une mort suspecte. Vous ne croyez pas que je me suis posé quelques questions ?

Sans bouger, il plongea son regard dans le mien comme s'il dressait un inventaire, puis d'un geste rapide et sûr il attrapa le col de ma chemise et tira dessus, le premier bouton se défaisant. En même temps il passa l'autre main le long de ma colonne vertébrale, à la recherche d'un fil. Je tentai de réagir, repoussai sa main et m'écartai, mais trop tard. Ses yeux avaient repéré le fil noir et fin qui ressortait sur ma peau blanche.

– Qui a eu l'idée ? Vous ou Graham ?

– Moi.

Je reculai de plusieurs pas, me sentant démasqué et vulnérable. Il ne bougea pas. Malgré tout, seul face à lui dans le salon mal éclairé, je regrettai de ne pas avoir apporté mon arme. Je ne l'avais pas prise car Harrison ne m'avait pas du tout paru menaçant lors de nos rencontres précédentes. À voir sa mine et sa posture, mon Glock pesait par son absence.

– Partez, Lincoln. Partez et laissez tomber cette histoire. N'écoutez pas ceux qui vous poussent à rester impliqué. Ni Graham, ni Merriman, ni qui que ce soit d'autre.

J'attendis un moment, scrutant son visage qui semblait balancer entre peur et colère, puis me dirigeai vers la porte. Harrison n'esquissa aucun geste quand je l'ouvris et sortis.

Je m'arrêtai sur le paillasson, relâchai une respiration longtemps retenue et contemplai ma chemise, le micro suspendu à son fil, bien en évidence. Je le décrochai, sortis les pans de ma chemise de mon pantalon, retirai tout l'équipement et le gardai à la main en regagnant mon pick-up. Les phares s'allumèrent automatiquement en même temps que le moteur et illuminèrent la fenêtre d'Harrison. Au-delà du reflet de mon véhicule, je pouvais distinguer les formes sombres de l'appartement et la silhouette d'Harrison qui se trouvait au centre de la pièce et m'observait. Il tenait le combiné du téléphone contre son oreille.

23

J'appelai Graham dès que je fus reparti. Je sortis mon portable et composai le numéro sans tergiverser. Si je prenais le temps d'y réfléchir, j'étais certain de remettre ça à plus tard. Il n'allait pas être content. Graham me donna raison sur ce point au bout d'une vingtaine de secondes de conversation quand il lâcha une bordée d'injures qui m'eût peut-être épaté si je n'en avais été la cible. Non, le monsieur n'était vraiment pas content.

– Graham, je ne vois pas en quoi j'aurais pu agir différemment, dis-je quand il s'interrompit enfin pour reprendre son souffle.

– Vous ne voyez pas…

– Non. Rien de ce que je lui ai dit n'a pu lui dévoiler que je portais un micro. Il en était déjà persuadé. La façon dont il m'a attrapé la chemise, Graham… il savait qu'il était là, il était sûr de l'y trouver.

– Magnifique, Perry.

– Je ne sais pas quoi vous dire, Graham. Désolé que ça se termine ainsi, mais c'était votre idée.

– Ma mauvaise idée, je l'admets volontiers. J'ai accepté que vous vous en mêliez, vous et votre pote, et j'aurais mieux fait de vous dire non.

Le portable collé à l'oreille, je m'engageai sur la voie express et montai jusqu'à cent quarante avant de ralentir. Graham se tut un moment ; je n'entendais plus que sa respiration lourde d'exaspération.

– OK, finit-il par dire. OK, c'est fait. L'idée était mauvaise, ça n'a pas marché, et on va peut-être s'en mordre les doigts. Il est trop tôt pour le dire.

– Moi, j'aimerais surtout savoir pourquoi il a changé d'avis.

– Il a changé d'avis parce qu'il savait que vous cherchiez à le piéger. Parce qu'il savait que vous enregistriez toutes vos conversations.

Ses paroles étaient chargées de reproches cinglants, comme s'il croyait que je m'étais pointé chez Harrison et que je m'étais mis à le questionner sur la mort de Cantrell, un micro étiqueté « propriété de la police » à la main. Je laissai s'écouler quelques secondes, n'ayant pas du tout envie que cela vire au conflit d'ego.

– Après la première rencontre, je vous ai prévenu que d'après moi il nous avait percés à jour. Vous n'avez pas voulu me croire. Très bien. Par contre, ce soir je vous dis que c'est plus compliqué que ça. Selon moi, autre chose l'a ébranlé.

– Génial, Linc. Je découvrirai de quoi il s'agit. En attendant, vous…

– Il a appelé quelqu'un dès que je suis parti. Vous pourriez vous renseigner.

– Comment êtes-vous au courant ?

– Je l'ai aperçu avec le combiné à l'oreille au moment où je démarrais. Je serais curieux de savoir qui il a jugé bon de prévenir si vite.

– Peut-être l'a-t-on appelé.

– Je n'ai pas entendu la sonnerie.

– D'accord. Bon, je vais vérifier ça, mais comme je disais, en attendant vous allez me trouver Kenny et le renvoyer chez lui. Je veux que vous arrêtiez tous les deux de vous mêler de cette histoire, immédiatement. Encore une fois, j'accepte ma part de responsabilité. L'idée était peut-être mauvaise dès le départ, mais maintenant c'est fait. Je vous demande de vous tenir à l'écart tous les deux.

– Je ne suis pas sûr que Ken se laissera convaincre facilement.

– Je peux aussi le faire arrêter pour entrave à enquête policière, bordel de merde ! Dites-lui ça. Et si ça lui pose problème, qu'il m'appelle. Il n'a plus de client et il n'a pas de licence pour exercer dans l'Ohio. En d'autres termes, il est à ma merci, Linc. Si j'ai envie de le neutraliser, je le peux.

Il n'y avait pas grand-chose à ajouter. Je raccrochai et balançai le portable par terre.

Les clients étaient plus nombreux que lorsque j'avais quitté le bar. Je dus jouer des coudes pour franchir l'attroupement à l'entrée. Amy et Ken étaient là où je les avais laissés, deux nouvelles pintes posées sur le comptoir. Ils se faisaient face et Ken souriait aux envolées d'Amy.

– Hé ! me lança-t-elle en se retournant quand Ken porta le regard sur moi. J'étais en train de lui exposer mon phénomène psychologique préféré.

– Lequel ?

– Le fait que les pires égocentriques du monde entier semblent avoir une prédilection pour les postes de direction dans la presse !

Ken se mit à rire mais se ressaisit, les yeux toujours fixés sur moi, et son sourire se mua en mine contrariée.

– Ça s'est mal passé avec Harrison ?

J'acquiesçai, m'accoudai au comptoir entre eux et fis signe au barman qu'il me serve une bière.

– Très mal.

– Qu'est-ce qui est arrivé ?

Je leur racontai mes déboires en sirotant mon verre. Quand j'en vins au moment où Harrison avait découvert le micro, Amy soupira et détourna le regard, sa peur déguisée en colère.

– Ce n'est pas ta faute, soutint Ken. Il n'a pas eu à trouver le micro. Il savait déjà.

– J'ai sorti exactement la même chose à Graham.

– Ah bon, tu l'as déjà appelé ? Il en dit quoi ?

J'avalai une longue gorgée et jetai un coup d'œil à la télé.

Alors que les Indians menaient d'un point à mon retour, ils avaient désormais deux points de retard.

– Alors ? insista Ken.

– Il n'était pas content. Il a commencé par m'insulter et me traiter d'incompétent, avant de se montrer plus courageux, d'accepter sa part de responsabilité et de reconnaître que ce n'était peut-être pas très malin comme ruse.

– A-t-il indiqué comment il envisage la suite ?

– J'imagine qu'il va attendre les résultats des analyses. À ses yeux, c'est la seule possibilité pour que l'enquête avance.

– Et nous ?

Je vidai ma bière et posai le verre sur le comptoir.

– Pour nous c'est terminé.

– Comment ça ?

– Il m'a signifié on ne peut plus clairement que nous devons nous tenir à l'écart.

– Ce n'est pas à lui d'en décider.

Je restai muet.

– Tu penses le contraire, Lincoln ? Tu vas laisser ce type nous écarter ?

– Ce n'est pas si simple, Ken. Il le peut s'il en a envie. Nous n'avons plus de client. S'il veut se mettre dans tous ses états, crier que son enquête a été perturbée et parasitée, rien ne l'en empêche. Je ne pense pas qu'on en arrive là mais je doute qu'on puisse continuer à creuser sans qu'il se rebiffe.

Amy nous observait en silence et, rien qu'à voir son air préoccupé, je devinais quelle devait être l'expression de Ken. Cette enquête était importante pour lui. Je le savais déjà ; il me l'avait clairement fait comprendre. Mais je ne voyais pas quoi lui dire d'autre.

– Tu veux donc arrêter ? s'indigna-t-il. C'est la fin ? Chacun rentre chez soi et on tire un trait ?

– Je n'ai pas dit ça.

– Non, vu que tu ne dis rien du tout ! Quel est le fond de ta pensée, Lincoln ?

Pendant près d'une minute, je tapotai les doigts sur le comptoir, sans regarder ni Ken ni Amy. Le barman indiqua mon verre vide, l'air interrogateur, et j'acquiesçai. J'attendis d'avoir ma bière en main pour m'exprimer.

– À mon avis, cette affaire te tient trop à cœur pour que tu rentres chez toi et n'y penses plus. Mais je dois aussi souligner que douze ans ont passé depuis leur disparition et six mois depuis la découverte du cadavre. Tout ça n'est pas récent, hein ? Donc, je ne vois pas quel mal il y a à laisser les choses reposer encore quelques semaines. Le temps que Graham obtienne les résultats des analyses. Dans les dossiers aussi anciens, la solution sort généralement du labo.

– Et si les analyses ne donnent rien ?

– Dans ce cas, on réfléchira à la meilleure façon d'aller de l'avant. Cela dit, après ma conversation de ce soir avec Graham, je pense sincèrement que c'est une bonne idée de s'accorder quelques semaines de recul. Notre but est de faciliter l'enquête policière, pas de la ralentir avec nos chamailleries.

Ken demeura silencieux, visiblement insatisfait. Il regarda Amy, en quête d'un soutien, mais n'obtint rien et baissa à nouveau les yeux.

– Donc je rentre à la maison ?

– Ce n'est pas moi qui te le demande mais Graham. Cela dit, j'y vois plus de fumée que de feu. D'autant qu'il disait ça sous le coup de la colère.

– Mais tu viens de m'expliquer que tu souhaitais prendre du recul ?

J'eus un haussement d'épaules.

– En gros, Graham veut m'écarter moi ?

– Son injonction n'est pas nominative.

– Peut-être bien, concéda-t-il d'un ton dubitatif, mais il se méfie surtout de moi. Que nous a-t-il sorti aujourd'hui, déjà ? Que tu étais en quelque sorte mon baby-sitter, là pour veiller à ce que je ne fasse pas de bêtises. Une précaution logique, d'ailleurs. Je ne peux pas lui en vouloir. Tu as l'expérience de ce qu'est une vraie enquête, pas moi. Merde, je m'y suis déjà essayé une fois et je n'ai pas été fichu de dénicher quoi que ce soit !

– Personne n'a fait mieux que toi.

– Je peux toujours me consoler en me disant que c'est un échec collectif. (Il soupira et se passa la main sur les yeux.) Alors, quel est ton avis ? Je dois l'écouter et partir ?

– Voyons ça demain. Passe à l'agence dans la matinée et on en discutera.

Il acquiesça, mais la soirée s'était vidée de son énergie. Nous étions tous les trois éteints et silencieux.

– Hé ! dis-je en frappant un coup sur le bar qui leur fit relever les yeux. On devrait se lâcher un peu ce soir. On file en ville, on se fait quelques bars. Il reste encore six manches : on pourrait même assister au match avec des billets à tarif réduit. On boira à la santé des jardiniers de cimetière frappadingues et des connards de flics.

– Et à celle des rédac chef prétentieux et dépourvus de talent ! renchérit Amy en levant son verre pour se rallier à mon enthousiasme forcé.

Affichant un sourire de façade, Ken secoua la tête et se leva en sortant son portefeuille.

– Je vais me défiler. Désolé. Pas ce soir.

– Allons, insistai-je. Qu'as-tu d'autre à faire ?

– Déjà, je dois appeler ma fille.

– Et alors ? Appelle-la et ensuite on y va. Virée nocturne au cœur de Cleveland !

– Pas ce soir, Lincoln. Je crois que je vais rentrer à l'hôtel, relire le dossier et prendre des notes.

– Combien de fois l'as-tu déjà épluché ? Qu'espères-tu obtenir à le feuilleter une énième fois ?

– On ne sait jamais. À force de secouer, il finira bien par en sortir quelque chose. Je pourrais alors convaincre Graham qu'il a tort. (Il posa de l'argent sur le comptoir et me tendit la main.) On en discute demain, d'accord ?

– Absolument, dis-je en observant Amy qui se levait pour le saluer à son tour. Passe à l'agence et on réfléchira à tout ça.

Des paroles qui me laissèrent un goût d'inachevé.

Comme toujours les dernières paroles.

24

Beaucoup de temps s'écoula avant que je ne m'inquiète.

Après le départ de Ken, Amy et moi nous attardâmes encore un long moment au bar. Quand nous levâmes enfin le camp, nous nous rendîmes chez elle où la soirée commença sous la douche et s'acheva au lit. Le lendemain matin, j'eus vaguement conscience qu'elle se levait mais parvins à ne pas y prêter attention et à me rendormir jusqu'à 9 heures. Le temps que je rentre chez moi, douché, rasé et habillé, il était près de 10 heures. Je filai à l'agence en pensant que Ken m'y attendait peut-être. Pas du tout, mais il m'avait laissé un message sur le répondeur. D'une voix précipitée, quasi essoufflée. « Lincoln, je crois qu'on tient quelque chose. Nous y étions presque, grâce à toi, il suffisait de le voir. Hier soir, je crois que j'ai mis le doigt dessus ! J'te l'dis, mon pote, c'est grâce à toi. Mais je veux d'abord vérifier un truc. Je ne veux pas te le soumettre pour m'entendre dire que c'est ridicule et que je me suis gouré. À suivre ! À suivre ! »

Je le rappelai aussitôt et fus transféré sur sa boîte vocale au bout de cinq sonneries.

– De quoi tu parles, bordel ? Dépêche-toi de te ramener ici pour me dire ce que tu manigances !

Je raccrochai, m'assis et fixai le téléphone, impatient autant qu'agacé. Je ressentais de l'excitation, naturellement, ou du moins de la curiosité, mais j'étais aussi mécontent d'être écarté si soudainement. Il était venu jusqu'ici pour solliciter mon aide, il m'avait plus ou moins supplié, et j'avais coopéré en faisant fi de tout bon sens. Voilà qu'il croyait détenir une piste et partait l'exploiter en solo ? C'était une attitude égoïste et j'avais connu d'autres privés qui n'hésitaient pas à en faire autant dès qu'ils flairaient la gloire. Cette affaire était son bébé – il s'y collait depuis douze ans, pas moi –, mais j'étais déçu.

Une demi-heure passa. J'appuyai sur la touche « bis », tombai encore sur sa boîte vocale, raccrochai sans rien dire. Je patientai une heure supplémentaire, fis une nouvelle tentative et cette fois laissai un second message, conscient de mon intonation contrariée, mais peu m'importait. C'était une conduite non seulement égoïste, m'étais-je fait la réflexion, mais aussi d'une folle imprudence. Avec son manque total d'expérience en matière d'homicide, il risquait de foirer. Quoi qu'il ait entrepris. Il fut bientôt midi passé mais je décidai de ne pas sortir déjeuner, pour rester près du téléphone. Je fulminais qu'il ait pris soin de m'appeler à l'agence et non sur mon portable. Histoire d'être bien sûr d'avoir un temps d'avance. Quelle connerie ! Je me moquais éperdument de savoir à qui reviendrait le mérite – en supposant qu'il ait vraiment fait une découverte, ce qui me paraissait fort peu probable –, mais je jouais gros personnellement vis-à-vis de Graham.

Celui-ci appela à 14 heures. Je reconnus le numéro et hésitai à décrocher. Une partie de moi redoutait qu'il soit déjà au courant des agissements de Ken et donc en colère, tandis que l'autre partie estimait que c'était mon devoir de le prévenir. Dans un cas comme dans l'autre, j'aurais volontiers éludé cette conversation. Je répondis néanmoins.

– Je ne sais pas si je dois vous féliciter ou vous le reprocher, déclara-t-il, mais vous avez fait quelque chose qui pousse Harrison à agir. Ce qui pourrait être bien ou mal.

– Qu'entendez-vous par « agir » ?

– Je me suis renseigné pour le coup de fil d'hier soir. Celui dont vous m'avez parlé.

– Oui ?

– Il appelait Sanabria.

Nous demeurâmes silencieux un moment, à des centaines de kilomètres l'un de l'autre, chacun agrippant son combiné et considérant les hypothèses.

– Bon, dis-je. Ça fait un appel. Juste après mon départ. Juste après m'avoir demandé de laisser tomber. Y en a-t-il eu d'autres ?

– Ouais. Un autre. Avant-hier soir.

Avant le message d'Harrison demandant à me voir.

– Sanabria l'a prié de me congédier, dis-je.

– C'est possible.

– Comment savait-il que je bossais pour Harrison ? Vous m'avez dit qu'ils ne s'étaient pas téléphoné récemment, pas depuis la découverte du cadavre.

– Ils ne sont pas obligés de se parler par téléphone, Linc. D'ailleurs, je suis surpris qu'ils y aient tant recours.

– Effectivement.

– Une autre piste, c'est votre pote.

– Ken ? Vous êtes fou ?

– Vous vous rappelez comment il est arrivé jusqu'à vous, Linc ?

Je restai sans voix.

– Sanabria ? C'est bien ça, non ? Dominic Sanabria l'a appelé. Lui-même vous l'a dit, et il l'a répété devant moi. Ils ont donc été en contact. Qu'est-ce qui nous prouve que cela s'est limité à un seul coup de fil ?

– Avez-vous la moindre preuve du contraire ?

– Non.

– Alors je ne…

– N'oubliez pas qu'ils ont pu communiquer d'un tas de façons. Rencontres en personne, par l'entremise d'un complice, courrier électronique, autres lignes téléphoniques. Je dis simplement qu'il ne faut pas complètement écarter l'hypothèse Kenny. Il est dans les parages ?

– Non.

– Rentré chez lui ?
– Non, il est sur le terrain.
– Sur le terrain, vous dites ? Qu'est-ce qu'il fabrique ?
– Je n'en ai pas la moindre idée.
– Je vous demande pardon ?

Je lui parlai du message de Ken et lui avouai que je n'avais pas de nouvelles. Comme prévu, sa réaction fut de m'incendier parce que j'avais permis à Ken de se lancer sur des pistes inconnues. Ce jour-là, je n'avais pas la patience d'encaisser.

– Je ne suis pas son ange gardien, Graham. Je ne le connais pas plus que vous et si vous voulez le suivre à la trace, vous n'avez qu'à mettre un agent sur le coup. Hier soir, je lui ai dit que pour moi c'était terminé, que le moment était venu de se retirer. S'il n'en fait rien, c'est votre problème, pas le mien.

J'étais conscient de m'exprimer comme un gamin susceptible, ce qui ne fit qu'alimenter ma colère croissante. Au début dirigée contre Ken qui m'avait tenu à l'écart, elle visait désormais Graham qui m'en faisait le reproche, et elle continua d'enfler après que j'eus raccroché. Au bout d'une heure, je dus reconnaître qu'une autre émotion bouillonnait sous la surface : la peur. Les premiers roulements de tambour de l'angoisse se faisaient entendre. Où était passé Ken ?

Je tentai de le joindre à six reprises au cours de l'heure suivante, mais tombai à chaque fois sur sa messagerie. Je laissai deux nouveaux messages puis appelai son hôtel et demandai qu'on me passe sa chambre. Une fois encore, une succession de sonneries puis l'option d'enregistrer un message. À 16 h 40 je sautai dans mon pick-up, filai jusqu'à l'hôtel, montai à la chambre 712 et martelai la porte. Pas de réponse. Je repris l'ascenseur pour descendre et me tins un instant à l'écart dans le hall, afin d'observer la réception. Deux employés, un homme et une femme. Au téléphone, j'étais tombé sur le type ; il risquait de réagir au nom de Ken. Merriman était là depuis quelques jours, il était possible que son visage leur soit familier, mais c'était un grand hôtel avec beaucoup de passage, aussi décidai-je de tenter ma chance. J'attendis que le type prenne un appel pour me diriger d'un pas pressé vers la jeune femme et lui expliquer d'un air énervé que j'avais laissé ma carte magnétique dans ma chambre.

– Bien, monsieur. Si vous pouviez me dire…

– Chambre 712. Au nom de Merriman.

– La 712, d'accord… J'y suis. Si vous pouviez me montrer une pièce d'identité ?

Elle eut droit à une expression de patience excessivement condescendante, comme si je m'adressais à un enfant, et je dis :

– Hmmm… Je me suis enfermé à l'extérieur de ma chambre, vous vous souvenez ?

Elle me dévisagea, interdite.

– Mon portefeuille est dans la chambre, précisai-je. Je suis juste sorti pour aller chercher des glaçons au bout du couloir.

Je n'avais pas de seau à la main mais j'aurais été étonné qu'elle le remarque ou qu'elle s'en soucie.

– Comment vouliez-vous que je le sache ?

Ton vexé. La demoiselle prenait la mouche. Elle jeta un coup d'œil à son écran, puis à son collègue qui était toujours au téléphone.

– Je vais vous en programmer une autre. Une seconde…

Elle prit une carte vierge, la passa sur le lecteur optique, tapa sur quelques touches de son clavier et me la tendit. Je la remerciai, retournai à l'ascenseur, montai jusqu'au sixième et m'arrêtai à nouveau devant la porte close du 712. Je frappai encore une fois, au cas où. Rien. Puis j'insérai la carte magnétique, attendis que le voyant vert s'allume et ouvris la porte.

J'avais devant moi ce que l'on avait pompeusement baptisé le « salon ». La chambre était au fond et la kitchenette coincée entre les deux. Tout avait l'air normal : pas de cadavre sur le lit, pas de traînées de sang sur les murs. La valise de Ken était là, un pantalon et une veste de costume posés par-dessus. Jetés négligemment, comme quand on pense revenir tout de suite. La climatisation était allumée alors qu'il faisait à peine 20 degrés à l'extérieur, ce qui donnait l'impression d'être dans un frigo. Je relâchai la porte qui se referma et fis un tour rapide dans le froid. Je ne repérai rien d'anormal. La femme de ménage était déjà passée : le lit était fait, la salle de bains immaculée, pourvue de serviettes propres et de savonnettes neuves. Si un quelconque drame était survenu dans cette chambre, l'alerte aurait été donnée bien avant que je me procure le passe par ruse.

Apercevant un chargeur branché sur une prise et dont l'embout reposait sur la table de nuit, je songeai qu'il avait peut-être laissé son portable, ce qui expliquerait qu'il ne m'ait pas rappelé. Je sortis le mien, composai son numéro et me pris à espérer en attendant la sonnerie, que j'allais peut-être entendre ici même. Mais il n'en fut rien.

Entouré des affaires de Ken, je commençais à me sentir indiscret. Je n'avais aucunement le droit d'être ici, vis-à-vis de l'hôtel mais aussi de lui. Il s'était absenté quelques heures, voilà tout. Il n'avait pas encore pris le temps de me rappeler. Cela ne justifiait en rien que je m'introduise dans sa chambre pour y fouiner. Maintenant que je me trouvais là, loin des soupçons de Graham et des questions d'Harrison qui ébranlaient ma confiance en Ken, l'urgence se faisait moins pressante. Il ne tarderait pas à réapparaître et il me faudrait lui avouer à quoi je m'étais livré, en espérant qu'il ne se fâcherait pas mais le prendrait à la rigolade. Un moment embarrassant pour moi. Mais là, à cet instant précis, il me tardait d'être embarrassé. Vivement qu'il soit de retour et que j'aie honte de moi.

Alors que j'allais quitter la chambre et me dirigeais vers la porte, je m'arrêtai dans le salon et jetai un coup d'œil à la table basse. Son ordinateur portable s'y trouvait, refermé. Mais le voyant vert clignotant signifiait qu'il n'était pas éteint. Un CD vierge dans son boîtier transparent était posé dessus. Je le pris et lus « Peter Case, CTB », inscrit sur le disque au marqueur noir. *Cold Trail Blues*. Le morceau qu'il avait promis de me graver. Son air fétiche pour les surveillances.

Je glissai le CD dans ma poche. Sans hésiter une seconde, alors que je me sentais coupable de m'être introduit dans sa chambre. Je ne sais pas pourquoi. Peut-être parce qu'il m'était destiné. Ou bien poussé par quelque instinct plus sombre. Quoi qu'il en soit, je l'emportai.

Bien m'en prit.

Le jour déclina et je rentrai chez moi en début de soirée. J'appelai Amy pour lui proposer de me rejoindre. Pendant que nous mangions les plats qu'elle était passée prendre chez le traiteur chinois, je lui racontai le coup de fil de Graham et la disparition de Ken. Elle posa sa fourchette et jeta un coup d'œil à l'horloge. Des lignes inquiètes se creusèrent sur son front.

– Il n'est pas tenu d'appeler, Amy. Il n'est pas notre gosse qui aurait dépassé l'heure limite pour rentrer.

Mais c'était là une nonchalance forcée et elle le sentit.

– Tu pourrais appeler quelqu'un d'autre, suggéra-t-elle. Voir s'il a donné signe de vie.

– Qui ça ? Son ex-femme ?

Voilà qui coupa court à la conversation alors qu'il n'y avait pas lieu, vu qu'il s'agissait là d'une bonne idée. Son ex-femme fut prévenue avant moi, en tant que proche, quand on l'appela pour l'informer que le cadavre de Ken Merriman avait été retrouvé dans un jardin public. Deux balles de petit calibre l'avaient atteint, l'une en plein front et l'autre dans le cœur.

Son ex-femme indiqua mon nom à la police. Apparemment, Ken avait parlé de moi à sa fille. Le téléphone sonna à 23 h 30. J'étais installé dans le canapé, mon bras passé autour des épaules d'Amy, devant un programme télévisé auquel j'avais du mal à m'intéresser.

Pendant les deux ou trois secondes qu'il me fallut pour décrocher, j'étais persuadé que c'était Ken. Des secondes bien agréables. J'aimerais qu'elles reviennent.

25

La police ignorait où il avait perdu la vie. On savait seulement où le corps avait été abandonné, en un lieu où je me retrouvai seul à 4 heures du matin, longtemps après avoir livré ma liste de suspects à des enquêteurs ébahis.

Le cadavre de Ken Merriman avait été découvert dans le parc de Mill Stream Run sur une butte pentue à proximité d'une rangée d'arbres, en partie dissimulé par des broussailles d'un vert printanier. Il y avait du chèvrefeuille dans les environs, son parfum capiteux était porté jusqu'à moi par la brise qui allait et venait comme les rouleaux sur une plage déserte. Un souffle humide et plus tiède que l'air ambiant, messager avant-coureur de la pluie. Au sommet de la butte et au-delà des arbres, une pelouse longeait un parking. Une piste cyclable serpentait au loin, ruban argenté dans l'obscurité. Ma voiture était la seule sur le parking et il ne subsistait aucun signe d'activité policière. Le corps avait été retrouvé vers 20 heures. D'après la police des parcs, qui m'avait interrogé, il avait certainement été abandonné peu de temps auparavant ; à une vingtaine de minutes près, on aurait peut-être tenu un témoin oculaire.

Ken avait été découvert par deux frères de Berea qui étaient descendus de vélo un peu au-delà du YMCA. Ils avaient apporté un ballon de football américain fluorescent que la police leur avait confisqué à cause de la tache rouge sur son extrémité verte. Les gamins l'avaient lancé vers le bois où il avait rebondi parmi les fourrés avant d'atterrir pile sur le cadavre.

– Ma passe était trop forte, avait expliqué l'aîné, quatorze ans, sans pouvoir retenir ses larmes.

J'étais peut-être venu ici pour pleurer à mon tour. Ou pour jurer et crier ma rage. Ou dans l'espoir que Ken Merriman trouverait le moyen de me parler, et qu'en me rendant seul de nuit à l'endroit où son sang s'était infiltré dans la terre et avait séché au vent, je pourrais sentir, comprendre et faire en sorte que ce crime ne reste pas impuni.

Rien de cela ne se produisit. Je ne hurlai pas, je ne sanglotai pas, je n'entendis aucun mort me parler. Caressé par le parfum du chèvrefeuille et par la brise tiède intermittente, je m'en voulus juste de ne pas avoir éconduit Ken le soir où il était arrivé de Pennsylvanie.

Où s'était-il rendu ? Qu'avait-il fait ? Qui avait-il défié ? Pourquoi son cadavre avait-il terminé dans les ronces et non le mien ? Nous avions enquêté ensemble depuis son arrivée à Cleveland, jusqu'aux dernières vingt-quatre heures où je l'attendais à l'agence pendant qu'il traînait Dieu sait où et se faisait assassiner.

Qu'as-tu fait, Ken ? Sur quel bouton as-tu appuyé ? Où as-tu mis le doigt ?

Je ne trouverais aucune réponse ici, rien que du chagrin et le bruissement du vent, mais je m'attardai malgré tout. Quand j'eus mal aux jambes, je m'assis au sommet de la butte et fixai l'obscurité, sans me retourner quand une voiture passait, rompant le silence et projetant une lumière blanche parmi les arbres.

Nous allons en venir à bout, Lincoln. Douze ans que j'attends ça.

Voilà ce qu'il m'avait sorti au début, assis dans mon pick-up avec la main sur la poignée, juste avant de monter dans la chambre d'hôtel où il passerait sa dernière nuit sur terre, avec pour seule compagnie un climatiseur trop bruyant. Et je lui avais répondu… quoi, déjà ? que nous n'étions pas certains d'y arriver, quelque chose de cet ordre, l'avertissement que nos efforts ne donneraient peut-être aucun résultat. Il avait secoué la tête.

Pas cette fois. Non, je le sens bien.

Ma colère enfla à l'aube. Tandis que les ombres autour de moi viraient, les taches sombres se transformant en motifs grisâtres puis en lumière dorée, je remarquai que j'avais mal aux mâchoires à force de serrer les dents et de les racler. Ken avait occupé mes pensées au cours de la nuit mais il n'y figurait plus, remplacé par Dominic Sanabria et Parker Harrison. C'étaient eux les responsables. J'ignorais qui lui avait mis une balle dans le crâne et une autre dans le cœur, j'ignorais quelles mains l'avaient sorti d'un coffre de voiture et balancé du sommet de la butte, mais je savais qui avait mis les choses en branle. Je les avais rencontrés en personne, j'avais pu les écouter et scruter leurs visages, et cette intimité m'emplissait à présent d'une colère qui se répandait comme de la vapeur. Ils m'avaient laissé la vie sauve. Ils avaient tué Ken Merriman, mais j'avais été épargné, un geste qui en disait long sur la considération qu'ils m'accordaient : pour eux j'étais impuissant. J'allais bien entendu les accuser, m'attaquer à eux avec toutes les ressources que je pourrais réunir. Ils le savaient, mais s'en fichaient.

Harrison m'avait demandé de laisser tomber avant que quelqu'un n'en pâtisse. Manifestement, ce n'était pas là une idée en l'air. Il m'avait mis en garde, puis il avait décroché son téléphone pour appeler Sanabria, et le lendemain Ken était mort, lui qui n'était pas rentré chez lui et n'avait pas tenu compte de l'avertissement.

Harrison détenait des réponses.

Le moment était venu qu'il les livre.

Je n'étais pas loin d'Old Brooklyn, ce qui avait son importance vu qu'Harrison partait au boulot de très bonne heure. J'ignorais quel cimetière l'employait et je n'avais pas le temps de me renseigner. Les enquêteurs allaient forcément interroger Harrison dans la matinée et je ne voulais pas passer derrière eux, car il serait alors trop tard. Un élément jouait en ma faveur : ils avaient été alarmés par les renseignements que je leur avais livrés. Mes explications concernant Sanabria, Harrison et Bertoli les avaient ébranlés. Quand on m'avait enfin libéré, j'étais certain qu'on consacrerait quelques heures à interroger Graham et d'autres collègues pour confirmer mes allégations avant de s'intéresser aux mafieux et autres assassins. J'avais une fenêtre de tir ce matin-là. Petite et de courte durée, mais bon.

Il était presque 6 heures quand je ralentis devant l'immeuble d'Harrison. La clarté d'avant l'aube cédait la place à un lever de soleil rouge vif, de ceux dont les vieux loups de mer disent qu'il faut se méfier. J'arrivais de justesse ; une minute de plus et je le loupais. Je venais de m'engager sur le parking quand la porte de son appartement s'ouvrit et Harrison sortit. Il portait un jean et un blouson beige comme les affectionnent les agriculteurs, et était coiffé d'un fin bonnet. Il était trop couvert, avec la journée chaude et humide qui s'annonçait, mais il était sans doute habitué aux matinées fraîches et ne s'attendait pas au changement de temps. Lui n'avait pas passé la nuit en haut d'une butte où avait été abandonné un cadavre.

Sans se soucier de mon pick-up, il se retourna pour fermer à clé. Je me garai un peu plus loin et n'importe comment, en travers de trois places, me mis au point mort et descendis sans prendre la peine de couper le moteur. Comme il se retournait et mettait sa clé dans sa poche, il porta enfin le regard vers mes phares. Il m'aperçut, l'air surpris puis inquiet, et il me demanda :

– Qu'est-ce qui se passe ?

Je me précipitai sur lui, l'attrapai par sa veste et le repoussai en arrière. Au moment où je m'étais rué dehors, je pensais dire quelque chose tout de suite, lui crier dessus, mais quand je l'eus plaqué contre sa porte, je restai muet et me contentai de scruter ses yeux pour voir ce que j'y percevais. Le silence dura à peine quelques secondes, pendant que je le retenais, mais ce que je vis agit comme un soufflet sur les braises de ma colère. Ses traits recelaient des secrets. Je ne pouvais plus tolérer ça.

– Il est mort, fumier !

– Ken ?

Entendre ce nom sortir de sa bouche, le voir qui attendait la confirmation, c'en était trop pour moi. Je le tirai vers moi et le repoussai brutalement contre la porte, trois fois de suite, peut-être bien quatre, et quand il chercha enfin à résister, je fis un pas de côté et le projetai sur le capot de la voiture la plus proche. Il le heurta violemment, ses côtes encaissant le gros de l'impact. Quand il se redressa et se retourna vers moi, je découvris un nouveau Parker Harrison. Il se tenait les pieds écartés, bien sur ses appuis et prêt à bondir dans n'importe quelle direction. Il fit deux pas en avant, les mains tendues devant lui, aucune peur ni hésitation ne transparaissant dans ses yeux. Il était décidé à faire mal, débordant de violence et de confiance. Au moment où je descendis du trottoir pour venir à sa rencontre, je n'étais pas du tout certain de sortir gagnant de cet affrontement et j'eus soudain conscience qu'il avait vu et connu des situations inédites pour moi, le genre d'expérience qui pourrait effacer mon avantage en taille.

Toutefois, le nouvel Harrison ne dura que le temps des deux pas. Il se releva en me voyant approcher et, après un moment d'hésitation, recula. Un spectateur aurait peut-être eu l'impression qu'il s'avouait vaincu, mais je savais qu'il n'en était rien. Il ne me craignait pas du tout. Pas physiquement. L'espace d'un instant, il avait été persuadé de l'emporter sur moi et disposé à en découdre. L'envie lui avait passé, pas la certitude.

– Qu'est-il arrivé ? me demanda-t-il en s'écartant à reculons.

Je continuai d'avancer vers lui, sur le trottoir.

– Quelqu'un l'a tué et vous savez qui, sale fils de pute !

– Mais non.

– Harrison…

– Je ne voulais pas qu'on en arrive là, Lincoln. Surtout pas. Quand je vous ai demandé de ne plus vous en mêler, voilà ce que je voulais éviter.

– Que savez-vous ? m'emportai-je.

J'eus vaguement conscience d'une lumière qui s'allumait chez un voisin.

Il ne répondit pas, reculant à petits pas.

– Vous vouliez l'éviter? Comment étiez-vous au courant? Arrêtez de mentir et dites-moi ce que vous savez!

Je ponctuai cette dernière vocifération d'un coup de poing sur la porte de son appartement que nous avions atteinte.

– Vous avez prévenu Sanabria, poursuivis-je. Vous m'avez dit de laisser tomber, puis vous l'avez appelé sans même attendre que j'aie quitté le parking. Pourquoi?

– Comment êtes-vous au courant?

– Répondez à ma question.

– C'est à lui qu'il faut le demander.

Je fus à deux doigts de me jeter sur lui à nouveau, de laisser tomber les questions pour lui balancer un coup de poing. Il s'en fallut de peu mais je me retins. Mes mains tremblaient le long de mes cuisses.

– Sanabria vous a chargé de le supprimer ou bien s'est-il adressé à quelqu'un d'autre cette fois?

– Je n'ai tué personne.

– Vous avez pris quinze ans pour vol à l'étalage?

– Ça n'a rien à voir…

– Ah non? Vous n'êtes qu'un assassin.

Les muscles de sa mâchoire se contractèrent, son regard se figca.

– Vous avez tué Joshua Cantrell. N'est-ce pas?

– Non.

– Foutaises! Qui d'autre l'aurait enterré selon les rites shawnees?

– Je n'ai pas tué…

– Foutaises.

J'avançais vers lui quand la porte de l'appartement voisin s'ouvrit. Une jeune femme en peignoir rose sortit et braqua un pistolet sur moi.

– Arrêtez! m'intima-t-elle.

Le ton était peu assuré mais l'arme puissante, un petit Khar 9 millimètres. La main tremblait nettement moins que la voix, l'arme toujours pointée vers ma poitrine.

– J'ai alerté la police, m'informa-t-elle. Vous pouvez les attendre ou bien partir.

– Rentre, Kelly, lui dit Harrison. Désolé.

Elle ne bougea pas. Derrière elle, la porte était ouverte et un enfant pleurait quelque part dans l'appartement. Cette femme restait sur le trottoir, pieds nus et en peignoir, à me tenir en joue pendant que son enfant hoquetait.

– Madame, lui dis-je, vous allez avoir beaucoup de policiers dans le quartier au cours des prochains jours. Ils seront là pour lui, pas pour moi.

Ni elle ni Harrison ne réagirent.

– Savez-vous qu'il est un assassin ? insistai-je. Il a poignardé un homme.

– Je vous demande de partir, répéta-t-elle.

L'arme tremblait désormais.

J'acquiesçai.

– C'est bon, j'y vais. Désolé… Désolé, mais il…

Les mots me firent défaut et mon énergie sembla disparaître avec eux. Me tenir debout m'était soudain pénible.

– Je réduirai vos mensonges en cendres, Harrison ! lui lançai-je. Tous. Tous vos mensonges et tous vos secrets. Comprenez-le bien. Et dites-le à Sanabria.

J'entendis les sirènes au moment où je quittais le parking.

26

De retour à l'agence, je montai à l'étage et allumai l'ordinateur. Je contemplai le téléphone un instant, hésitant à appeler Amy. Je l'avais eue brièvement après mon interrogatoire par la police, juste avant de me rendre à Mill Stream Run pour voir l'endroit où avait été retrouvé le cadavre de Ken. J'avais comme l'impression qu'elle n'avait pas dû fermer l'œil de la nuit. Je savais ce qu'elle me conseillerait. Rentrer chez moi et attendre la police, tout sauf sauter dans mon pick-up pour filer chez Dominic Sanabria.

Au lieu de décrocher mon téléphone, je cherchai l'adresse du mafieux dans une base de données. Quelques minutes plus tard, j'étais de retour au volant, le plan du quartier de Sanabria à Shaker Heights imprimé et posé à côté de moi. J'ouvris la boîte à gants et sortis mon pistolet. Il tenait bien dans ma main, trop bien. Le temps se figea un instant, mon pouce caressant la crosse. Une sensation de plaisir m'envahit, inonda mon cerveau et encercla mon cœur. Je remis le Glock dans la boîte à gants et pris soin de la fermer à clé. Pas question qu'il tombe entre de mauvaises mains. Une personne qui s'en servirait sans nécessité, capable d'appuyer sur la détente par colère ou vengeance et non par autodéfense. Non, il ne fallait surtout pas que ce genre d'individu s'en empare.

Je me rendis à Shaker Heights au ralenti, la circulation matinale étant de plus en plus dense. La maison se trouvait dans une résidence protégée, ce qui suscita chez moi quelques secondes d'hésitation tandis que j'envisageais les façons de m'y introduire, à l'arrêt non loin de l'entrée. Jugeant l'approche directe toujours préférable, j'avançai jusqu'au poste de garde, baissai ma vitre et indiquai au jeune vigile que j'étais là pour voir Dominic Sanabria. Le mafieux devait recevoir peu de visiteurs à 8 heures du matin, mais après tout…

Le gamin hocha la tête, nota mon nom et me fit signe de passer. Il me dévisagea tout de même d'un air curieux. Dans mon rétroviseur, je le vis décrocher son téléphone avant même que la barrière ne soit redescendue. La procédure standard, ou bien était-il convenu avec Sanabria qu'on le prévienne dès que quiconque se présentait ? Dans la plupart des résidences surveillées où j'avais mis les pieds, on ne vous laisserait jamais passer sans avoir obtenu au préalable l'accord du résident. J'avais supposé qu'on appellerait avant et non après.

Plus intrigué que jamais, j'empruntai la route sinueuse à droite et passai devant des dizaines de demeures fastueuses qui se ressemblaient toutes plus ou moins. Les rares passants sur les trottoirs promenaient des chiens minuscules qui jappaient hystériquement en apercevant mon pick-up. Quelques arroseurs automatiques fonctionnaient ici et là sur les pelouses immaculées et je ne voyais que des véhicules haut de gamme : Lexus, 4 × 4 Mercedes, même une Jaguar. Dans ce genre d'enclave, la plupart des résidents se rendaient chaque matin au travail dans un cabinet d'avocats ou une société de courtage, voire une agence spécialisée en immobilier professionnel. Sanabria devait être leur chouchou. Comme sujet de conversation dans les cocktails, rien de tel que d'avoir un voisin mafieux.

D'après mon plan, il me fallait tourner quatre fois à droite ; il s'agissait plus exactement de quatre virages. Au sortir du dernier, je compris enfin pourquoi le vigile n'avait décroché son téléphone qu'après m'avoir laissé passer : la police m'attendait.

Un véhicule de patrouille était garé en face de chez Sanabria. Je n'avais pas eu le temps de ralentir qu'ils allumèrent leur gyrophare, mais pas la sirène. Ils disposaient visiblement du signalement de mon pick-up. Je m'arrêtai devant eux, les portières s'ouvrirent et deux agents en tenue descendirent. Une femme côté conducteur, qui devait mesurer pas loin d'un mètre quatre-vingts, et un jeune type au visage rougeaud parsemé de taches de rousseur. Lui demeura en arrière tandis qu'elle s'approchait. Je voulus baisser ma vitre mais elle secoua la tête et me fit signe.

– Descendez, je vous prie.

Je me mis au point mort, sortis et jetai un coup d'œil à leur véhicule. Police de Shaker Heights. Bon. Ils ne venaient donc pas de l'appartement d'Harrison. On les avait dépêchés pour m'attendre.

– Il n'y a pas de problème, dis-je. Je suis juste venu lui parler.

Elle me sourit. Jeune, même pas trente ans, mais le regard plein d'assurance, avec l'air de dire : « Te fous pas de ma gueule. »

– Je n'en doute pas une seconde, mais la police de Cleveland nous a appelés et ils ne veulent pas que vous lui parliez, monsieur Perry. Ils souhaitent vous voir, puis ils interrogeront M. Sanabria.

– J'ai parfaitement le droit de frapper à sa porte.

Elle fit non de la tête.

– Je vais devoir vous conduire à la police de Cleveland, monsieur Perry. Ils ont reçu une plainte. Une femme soutient que vous avez agressé son voisin.

– Je n'ai agressé personne.

– Je ne demande qu'à vous croire. Malgré tout, comme je vous l'explique, quelqu'un a porté plainte.

– Ce sont eux qui vous ont envoyés ici ?

– Tout à fait. Il paraît que vous avez menacé M. Sanabria.

Je commençai à protester encore une fois, à me défendre d'avoir menacé quiconque, mais mon énergie s'envola soudain et je soupirai en acquiesçant.

– Appelez-les, fis-je. Dites-leur que je vais passer. Inutile que vous m'y conduisiez.

Elle plissa le front.

– On m'a demandé de…

– De m'arrêter ou bien de veiller à ce que je n'embête pas Sanabria ? Je n'ai pas l'impression que vous êtes ici pour me passer les menottes.

– C'est vrai.

– Prévenez-les que j'arrive, alors. Dites-leur que je suis prêt à coopérer.

Elle m'observa un moment, puis jeta un coup d'œil à son partenaire et acquiesça.

– OK. Vous serez gentil d'attendre dans votre pick-up. Je vais voir ce qu'ils disent.

Comme je me retournais, mon regard glissa de ma camionnette vers la maison et je découvris Sanabria devant sa porte. Il n'était pas là à mon arrivée, était sans doute sorti parce qu'il avait remarqué la lumière du gyrophare, et se tenait désormais sur son perron, vêtu d'un blouson sport et d'un pantalon de survêtement, un café à la main. Je me figeai et quand il remarqua que je lui prêtais attention, il m'adressa un salut de la tête et de la main portant la tasse. Geste amical entre voisins. J'étais trop loin pour en être certain mais il souriait à coup sûr.

– Monsieur Perry ? m'interpella la femme policier d'un ton menaçant.

Je me retournai et constatai qu'elle aussi observait Sanabria.

– Montez dans votre pick-up, s'il vous plaît.

Comme je ne bougeais pas, elle ajouta d'un ton plus aimable :

– Je sais qui il est, monsieur Perry. J'ignore les détails de votre situation, mais je sais qui il est. Malgré tout, je vous demande de reprendre place à l'intérieur de votre véhicule.

Je m'exécutai en silence. Pendant que j'attendais dans mon pick-up que la policière revienne, je pris soin de ne pas regarder Sanabria, ni la boîte à gants.

27

Les choses ne se gâtèrent sérieusement qu'après l'arrivée de Graham. Je passai les premières heures de la matinée avec les flics qui s'étaient rendus chez Harrison et les enquêteurs de la police des parcs, pour mettre tout le monde au parfum. Je ne fus pas arrêté. Apparemment Harrison s'était montré bienveillant dans sa version des faits. Quand Graham se présenta vers midi, on lui résuma la situation, puis je demandai à le voir seul. Je préférais lui avouer mon erreur en tête à tête, la bourde qui m'avait effleuré l'esprit seulement en quittant la résidence de Sanabria.

– Vous avez mangé quelque chose ? me demanda-t-il quand les autres flics eurent quitté la pièce. Petit déjeuner ? Casse-croûte ? Café ?

Je secouai la tête.

– Dans ce cas, je propose qu'on aille à l'extérieur, qu'on se prenne un sandwich quelque part.

Il était calme et retenu, mais c'était la première fois qu'il rechignait à me regarder dans les yeux. À cause de la colère et aussi sans doute d'une part de culpabilité. Ken était plus ou moins sous sa responsabilité.

Je retournai à l'agence, Graham me suivant dans sa voiture, et nous allâmes au Gene's Place. Ça avait le mérite d'être juste à côté et confortable. Au moment où nous franchissions la porte, je me souvins d'y avoir déjeuné le jour où Harrison était venu me voir, quand j'avais accepté son enquête. Une étrange et belle journée où je n'avais eu qu'une seule envie, traîner dehors à humer l'air, à jouir du vent et du soleil et du bonheur d'être enfin débarrassé de l'hiver.

Graham prit un *cheeseburger*, moi une soupe et un club sandwich, et café sur café car la fatigue s'abattait enfin sur moi. Je lui racontai tout ce que j'avais à lui dire. Il m'écouta en mangeant, les yeux le plus souvent rivés sur son assiette.

Quand j'eus terminé de parler, il se cala contre son dossier, s'essuya la bouche avec une serviette et dit :

– Je suis désolé.

– Oui, nous sommes désolés tous les deux. Et lui il est mort.

Il gonfla les poumons et se rembrunit.

– Peut-être n'avons-nous pas été parfaits, mais… Non, permettez que je me corrige, Linc : je *sais* que nous ne l'avons pas été, que je ne l'ai pas été, mais je sais aussi que nous ne l'avons pas tué. Nous ne sommes pas responsables de sa mort.

J'interpellai la serveuse qui me resservit un énième café.

– Vous allez être remonté comme une pile électrique ! s'esclaffa-t-elle.

Voilà qui promettait.

– Non, dis-je quand elle se fut éloignée, nous ne sommes pas responsables. Mais je pense que Sanabria l'est, et Harrison est aussi impliqué.

– Les coups de fil le laissent penser, du moins.

– D'ailleurs, qu'est-ce que vous attendez pour les mettre sur écoute ?

– Je n'ai pas de motif plausible et vous le savez bien. J'en aurai peut-être un maintenant, mais avant non.

– Super, fis-je. Ken vient de faire avancer l'enquête. Le pauvre bougre ne demandait que ça. Mais je ne pense pas qu'il comptait le payer de sa vie.

Graham soupira.

– Comment va votre tête, Linc ?

– Vous parlez du café ?

Non, pas le café. Votre petite virée de ce matin… Frère, vous ne pouvez pas agir comme ça. Estimez-vous heureux qu'Harrison ne porte pas plainte. Il pourrait même se raviser. Quoi qu'il en soit, je ne peux pas me permettre que vous…

– J'ai foiré le coup avec lui.

– Sans blague ! Et je vous dis seulement…

– Non, l'interrompis-je. Vous ne comprenez pas, Graham. Je ne parle pas en général. Je parle d'un détail précis. Dans mon emportement, quand j'étais avec lui sur le parking, j'ai dit quelque chose que je n'aurais pas dû dire.

Il me dévisagea avec la mine du type qui attend un diagnostic et n'est pas franchement optimiste.

– Je lui ai sorti que vous étiez au courant pour la tombe, dis-je. Le rituel shawnee.

L'annonce du diagnostic eut l'effet attendu : un éclair de stupéfaction, auquel succéda rapidement la colère. Une profonde colère. Il me fixa, puis se tourna, contempla la table et expira sans desserrer les dents.

– Vous lui avez dévoilé ce que nous savons sur la tombe. Notre seul espoir, en attendant ces putain de résultats d'analyse…

– Si le labo vous fournit quelque chose, peu importe qu'Harrison soit au courant. Ça n'a peut-être aucune importance, quoi qu'il en soit. Que voulez-vous qu'il fasse, Graham ? En quoi voulez-vous que ça l'avantage d'être averti ?

J'argumentais parce qu'il est naturel de se défendre mais j'étais conscient d'avoir commis une bourde, une erreur potentiellement coûteuse. L'aspect de la tombe était l'unique carte dont disposait Graham, le seul élément qu'il avait caché aux médias et qui établissait un lien direct avec Harrison. Enfin, pas si direct que ça, c'était même là une preuve circonstancielle par excellence, mais Graham n'avait que ça.

– Génial, fit-il en secouant la tête. Vraiment génial, Linc.

– Je suis désolé, Graham. Comme je vous l'ai dit, je me suis laissé emporter.

– Oui, vous n'auriez même pas dû vous trouver là. En tant qu'ancien flic, vous le saviez pertinemment… Non, c'est ma faute. Merde, je sais que c'est ma faute ! Je vois bien que je suis responsable de sa mort et de vous qui tabassez des témoins et divulguez des informations et vous rendez chez Sanabria avec des intentions que je ne veux même pas connaître… J'ai mal joué quand vous m'avez appelé tous les deux, Linc. J'ai foiré, mon gars. Rien à dire.

Je ne réagis pas. Je ne voulais plus discuter, je tenais à conserver un minimum de dignité. En fait, Graham et moi partagions le même sentiment. Lui et moi avions commis des erreurs qui ne nous lâcheraient pas de sitôt.

– Il est donc au courant, finit-il par dire. Les dés ne sont plus pipés. Nous voilà sur un pied d'égalité, non ?

– Pas du tout. Harrison en sait beaucoup plus que vous.

Il me regarda, ses yeux demeurèrent vrillés sur les miens un moment, puis il hocha la tête. La serveuse nous apporta l'addition. Il la prit et la plia en deux.

– Linc, j'ai quelque chose à vous demander.

– Vous voulez que je me mette sur la touche ?

– Ça, je le souhaitais déjà hier, vous le savez. Mais après l'épisode de ce matin, votre petit tour en pick-up pour foutre la merde… Ça ne peut pas continuer.

– Permettez que je vous devance : je me retire.

Il se pencha en arrière et me dévisagea d'un air dubitatif.

– Je vous en fais la promesse, Graham. Dès que cette conversation est terminée, pour moi c'est fini. Je dis ça sérieusement.

– Pourquoi ?

– Pourquoi je me retire ? Parce que cette histoire ne me concerne en rien.

– C'était déjà le cas avant.

– Je sais, et j'aurais dû mieux en tenir compte. Ken s'est pointé, il m'a demandé mon aide et je l'ai suivi parce que c'est mon métier, Graham. Mon savoir-faire. Il m'a apporté une enquête, il m'a dit : « Voilà ce qu'on sait et voilà ce qu'on souhaite découvrir » et je n'ai pas pu m'empêcher de me joindre à lui. Je le fais depuis si longtemps que c'est plus fort que moi, à l'évidence. Mais plus à partir d'aujourd'hui. Parce que je vais vous dire une chose : je me suis rendu à l'endroit où a été retrouvé son cadavre. J'étais là-bas à méditer, à imaginer qu'au lieu du sien on avait retrouvé celui de ma copine ou de mon associé. Tous deux ont eu droit à de sérieux avertissements ces dernières années. Là-bas, j'ai compris ce que vous venez de dire : cette histoire ne m'a jamais concerné et je ne peux pas prendre la décision de mettre en danger mes proches pour une affaire qui ne me touche pas personnellement. Appelez ça comme vous voulez. Une révélation, une illumination. Voici ce que je peux vous promettre : plus jamais je n'exposerai quiconque à un danger pour les besoins d'une enquête. C'est terminé. Si j'avais renvoyé le pauvre bougre en Pennsylvanie le jour où il a débarqué, il serait encore en vie.

– Vous ne pouvez pas tout endosser, Linc.

– Je sais. Vous avez votre part de responsabilité et Ken a aussi la sienne, très lourde. Puis il y a ceux qui… enfin, les assassins. Je crois qu'on peut les estimer un peu responsables eux aussi. Mais je suis en train de vous dire que je ne participerai à aucun règlement de comptes. Le désir que j'en éprouvais s'est entièrement consumé ce matin, en même temps que je bousillais vos plans. Il ne me reste plus qu'à vous présenter mes excuses et me retirer. Vous pouvez donc remballer votre petit sermon.

Il m'observait, le front creusé. Il planta les coudes sur la table, approcha son visage et plongea son regard dans le mien.

– Je vais élucider cette affaire, Linc. Parole d'honneur. Je vais l'élucider.

– Je vous le souhaite, Graham. Vous vous devez au moins d'essayer, c'est votre boulot. Mais vous savez quoi ? Il n'y a aucune raison que ce soit le mien. Je commence enfin à le comprendre. (Je me levai et lançai quelques billets sur la table.) Je vous souhaite bonne chance et, si vous avez des questions, vous savez où me joindre. Sinon, n'ayez aucune crainte à mon sujet : je me retire.

John Dunbar se présenta à l'appartement dans l'après-midi. J'attendais Amy, aussi grimaçai-je en craignant le pire quand j'entendis frapper au lieu d'un bruit de clé dans la serrure. Je le fis entrer, il prit place sur le canapé, desserra son nœud de cravate et décréta qu'il fallait se mettre au boulot.

– Écoutez, Perry, je sais ce que vous ressentez. La colère, le sentiment de futilité. Vous éprouvez cela parce que vous connaissez le coupable et pourtant il demeure en liberté. Sanabria sévit depuis trop longtemps. Nous ne pouvons pas permettre que ça continue. Vraiment pas.

– Il ne vous est pas venu à l'esprit que vous étiez peut-être responsable ?

– De quoi ?

– Tout ce qui est arrivé autour des Cantrell. Réfléchissez un peu : auraient-ils quitté leur maison si vous n'aviez pas eu la brillante idée d'y introduire Bertoli ? Les meurtres seraient-ils survenus quand même ? Ou bien Joshua et Alexandra seraient-ils encore là-bas à aider les autres ? Alors, Dunbar ?

Il secoua la tête.

– Je ne vous permets pas de me faire porter le chapeau. Je n'ai pas inventé leurs problèmes de couple, l'idée n'est même pas venue de moi mais de Joshua. Je ne regrette pas ce que nous avons entrepris.

Sans un mot, je consultai ostensiblement ma montre. *Surtout, que je ne vous retienne pas…*

– À votre avis donc, poursuivit-il, il y aurait moins de victimes si l'on cessait de chercher à faire prévaloir la justice ? Il faudrait laisser Sanabria sévir, sans le harceler ni le mettre en examen ? Tant que ça va pour nous ? C'est assez égoïste comme point de vue, Perry. Il a tué d'autres gens avant votre copain et il recommencera.

– Depuis combien de temps le traquez-vous ?

Il baissa les yeux.

– Longtemps.

– Combien d'années ?

– Vingt… une vingtaine d'années.

– Et vous n'avez fait qu'ajouter à la liste des victimes.

– Rien ne m'oblige à écouter vos…

– Si vous tenez tant que ça à vous le faire, Dunbar, pourquoi n'avez-vous pas carrément buté ce fils de pute ? Vous aviez de bien meilleures chances d'y parvenir et de vous en sortir impunément que d'obtenir un quelconque renseignement avec Bertoli et votre plan à la con !

Il se leva lentement, la mâchoire crispée.

– On ne procède pas ainsi. J'agis dans les règles.

– Faut le dire vite.

– Mais si ! s'emporta-t-il. Bien sûr que si ! Je suis à la retraite, Perry, et pourtant me voici, pour vous demander votre aide. Reconnaissez-moi au moins cela. Ça ne vous dit rien sur mon compte ?

– Si, mais pas ce que vous voudriez.

Il demeura là un moment, ses yeux vrillés dans les miens, et j'y vis du mépris.

– Vous pourriez faire quelque chose, me lança-t-il. Un vrai détective agirait.

Sur ce, il s'en alla. Je repensai à ses dernières paroles et me fis la réflexion qu'un an auparavant elles seraient sorties de ma propre bouche. À l'époque, je ne me serais pas trouvé à l'appartement et n'y serais pas rentré avant bien des heures. J'aurais traqué les moindres indices, persuadé de pouvoir faire quelque chose pour réparer cette injustice. Qu'est-ce qui avait changé ?

Ça finissait par peser, à la longue. La violence. À condition de garder ses distances, on pouvait peut-être s'en prémunir. Si les cadavres et les clichés de scène de crime étaient toujours ceux du frère, de la fille ou de l'ami de quelqu'un d'autre, peut-être parvenait-on à se préserver. Mais pour moi, c'était de plus en plus compliqué. Assis dans mon salon après le départ de Dunbar, je vis défiler les fantômes : Ken Merriman, Ed Gradduk, et Joe le jour où les balles l'avaient frappé vers le pont sur la Rocky River. Il y avait Keith Appleton, un gosse adorable et l'un des premiers membres de mon club de gym, assassiné juste avant de terminer le lycée. Et Alex Jefferson, rival d'un temps, ou encore Julie et Betsy Weston, mère et fille disparues de longue date mais présentes à mon esprit chaque jour.

Oui, ça finissait par peser.

Un peu plus tard, je sortis le CD que Ken m'avait gravé et l'écoutai pour la première fois : « J'en ai besoin mais je cherche en vain. Est-il encore temps ? Ai-je pris trop de retard ? »

En écoutant ces paroles je songeai à Ken Merriman qui traquait Alexandra douze ans après sa disparition, et à Graham qui poursuivait toujours Sanabria deux décennies après avoir loupé l'occasion de l'envoyer en taule, et je me demandai pourquoi je ne me sentais plus leur collègue ni leur camarade.

« Voilà un tas de nouveaux visages et ils ont l'air de s'en foutre, pourtant je continue à chercher dans les ténèbres… »

Moi, je n'avais pas l'intention de continuer à chercher dans les ténèbres. Parce qu'il n'était pas possible de tous les coincer. Il n'y avait qu'à voir Dunbar. Une longue carrière derrière lui et, après vingt ans de retraite, il était encore consumé par Sanabria, dévoré quotidiennement par l'envie de se le faire, et quand bien même il y parviendrait, cela ne changerait rien : un autre malfrat prendrait sa place. Chaque inspecteur avait sa baleine blanche. Combien d'entre eux relevaient la tête assez longtemps pour s'apercevoir que les mers grouillaient de baleines blanches ?

Je sortis le disque, le remis dans son boîtier et le rangeai. Quand Amy passa dans la soirée, je lui demandai si elle pouvait prendre quelques jours de congé. Je lui expliquai que je voulais aller en Floride, pour voir Joe.

– Et les obsèques ?

– Je ne connais personne de son entourage, Amy. Je vais me retrouver dans une salle remplie d'inconnus. Des gens qui ne seront peut-être pas ravis de me voir. Ken travaillait avec moi quand il a été assassiné.

Malgré tout, pour le geste.

– Penses-tu qu'il le verra ?

Comme elle ne répondait pas, j'insistai.

– Amy, j'ai besoin de parler à Joe. Et j'ai besoin de t'avoir avec moi.

Elle acquiesça.

– Je vais appeler mon patron.

Ce soir-là, je me rendis seul au Hideaway. Je pris une bière accompagnée d'un bourbon et bus à la santé du défunt. Scott Draper, habitué aux émotions d'ivrognes et aux ivresses d'émotions, me laissa tranquille jusqu'à ce que je lui fasse signe d'approcher. J'entamai une discussion sur les chances des Browns. Il en perçut le côté un peu forcé mais ne posa pas de questions, ce qui me convint parfaitement. Je m'offris un dernier bourbon pour la route, marmonnai un toast à Sam Spade et fis glisser le verre vide sur le comptoir. J'en avais terminé, bel et bien terminé.

28

Nous partîmes le surlendemain, un vol direct de Cleveland à Tampa où nous louâmes une voiture. Dès le parking souterrain de l'aéroport, à l'ombre du ciment frais, l'intense chaleur de Floride s'engouffrait par vos pores et vous grillait les os. Je mis les bagages dans le coffre de la décapotable qu'Amy avait tenu à prendre – quitte à transpirer, autant bronzer… – et lui lançai les clés. Je n'avais pas envie de conduire. Je préférais être baladé.

Nous quittâmes Tampa par la I-275 en direction du sud et empruntâmes le pont Howard Frankland vers St. Petersburg. Quelques kilomètres plus loin, je repérai le panneau « Plages du golfe » et nous sortîmes de l'autoroute. Joe logeait à Indian Rocks, l'une des cités balnéaires en enfilade sur le littoral entre Clearwater et St. Petersburg. Mon dernier séjour en Floride côté golfe remontait à mes dix-neuf ans, un voyage scolaire beaucoup plus au sud. Autant dire que rien de ce paysage ne m'était familier. Je pouvais comprendre que Joe s'y soit plu en hiver mais à présent, avec le soleil implacable et l'humidité qui s'insinuait au plus profond de la poitrine et vous enveloppait les poumons, ses motivations pour rester me semblaient un peu moins évidentes. Cette Gena devait être un sacré morceau.

Arrêtés à un feu rouge aux abords d'Indian Rocks, nous vîmes traverser un type obèse qui se trimballait torse nu, la peau rouge et cloquée, une boisson bleue à la main, le tout en braillant des obscénités dans son téléphone portable. Amy se tourna vers moi, sa réaction amusée perceptible malgré les lunettes de soleil qui dissimulaient ses yeux.

– Penses-tu que Joe soit devenu l'un d'eux ? me demanda-t-elle.

– Je n'en doute pas une seconde.

Conformément aux instructions de Joe qui nous avait dit d'appeler quand nous atteindrions la petite ville, je sortis mon mobile et il nous indiqua comment nous rendre à l'hôtel où il vivait depuis six mois. Nous roulâmes lentement à la recherche de l'établissement en question, granit et verre occupant le bord de mer sous toutes les formes possibles et partout où le regard se posait. Quand j'aperçus enfin l'enseigne, je m'esclaffai. Il n'y avait que lui pour dénicher une telle curiosité !

Coincé entre deux des hôtels les plus extravagants du front de mer, l'édifice à un étage en forme de L semblait dater de la fin des années cinquante et n'avoir connu qu'une seule rénovation depuis, peut-être à la suite d'un ouragan. Le panneau vieillot promettait « Jeu de palet et buffet de l'amitié toutes les semaines ».

– Oh non ! s'exclama Amy. C'est encore pire que je ne craignais !

Nous nous détendions les jambes sur le parking quand Joe arriva à notre rencontre d'une démarche souple comme je ne lui en avais pas vu depuis fort longtemps, sa grâce d'ancien sportif en partie retrouvée.

– Tu peux faire confiance à LP pour attendre la canicule avant de t'amener ici ! dit-il à Amy vers qui il se dirigea en premier.

Elle le serra fort dans ses bras. Sa bonne mine faisait plaisir à voir. Il avait repris un peu de poids et n'avait plus le teint blafard comme à son départ de Cleveland en décembre, son bronzage faisant paraître ses cheveux gris presque blancs.

Il s'écarta d'elle et me tendit la main. Je fus ravi de sa poigne ferme et de l'assurance dans son regard. Rien à voir avec le Joe d'avant son séjour ici. Ces quelques mois lui avaient été bénéfiques.

Il relâcha ma main mais continua de scruter mes yeux. Nous nous étions parlé plusieurs fois depuis la mort de Ken, mais jamais très longuement ; je ne suis pas très porté sur les conversations téléphoniques.

– Dis-moi que tu ne t'es pas mis au palet ! lui lança Amy.

– Non. Cet hôtel est moins miteux qu'il n'en a l'air, vraiment.

– Quelle est la moyenne d'âge des résidents ?

– Il y a des gamins. On a un jeune retraité de chez Visa, il doit avoir soixante ans à tout casser !

Nous quittâmes le parking, tournâmes à l'angle du bâtiment, passâmes devant une piscine miroitante, pour l'heure déserte, et montâmes à une chambre avec vue sur la mer. Dès que nous avions quitté la voiture, nous avions senti la chaleur écrasante. Même en bord de mer, l'humidité vous tombait dessus comme une chape de plomb. Il y avait une quinzaine de marches pour atteindre l'étage et chacune m'épuisa autant qu'une volée entière. Quel bonheur d'entendre le bourdonnement d'un climatiseur lorsque Joe ouvrit sa porte et nous fit entrer !

C'était plus grand que je ne m'y attendais, et lumineux, avec le soleil reflété par la mer, au-delà des palmiers qui bruissaient doucement. Bel endroit pour passer l'hiver. Et pas si mal que ça en été, à condition de rester blotti contre le climatiseur. Et de ne surtout pas ouvrir la porte.

Nous passâmes l'après-midi dans le périmètre de l'hôtel, à bavarder et plaisanter et faire comme si cette visite n'était qu'une escapade insouciante. Joe n'était pas dupe, mais il attendit et moi aussi. L'occasion de parler se présenterait bien assez tôt et nous avions besoin d'être seuls.

À un moment je les abandonnai dans la chambre. Je descendis sur la plage, en pleine fournaise, et appelai l'agence pour relever mes messages. Rien de nouveau de la part d'Harrison, de Graham ou de quiconque. J'avais tout de même un ancien message conservé et ne pus me retenir de l'écouter : « Lincoln, je crois qu'on tient quelque chose. Nous y étions presque, grâce à toi, il suffisait de le voir. Hier soir, je crois que j'ai mis le doigt dessus ! J'te l'dis, mon pote, c'est grâce à toi. Mais je veux d'abord vérifier un truc. Je ne veux pas te le soumettre pour m'entendre dire que c'est ridicule et que je me suis gouré. À suivre ! À suivre ! »

Je le réécoutai trois fois de suite, comme si le fait de le passer en boucle pouvait dévoiler quelque chose qui m'aurait échappé.

Grâce à toi… il suffisait de le voir…

Non, rien ne s'était accompli grâce à moi. Au cours de notre enquête, nous avions interrogé trois personnes en tout et pour tout, hormis Harrison. John Dunbar, Mark Ruzity et Mike London.

Qu'avait décelé Ken ?

Peu importait. Je me répétai cela avec une fermeté silencieuse. Peu importait. Je m'étais retiré et il fallait que je m'y tienne.

29

Ce soir-là eut lieu la rencontre tant annoncée avec Gena. En fait rien n'avait été annoncé, car ce n'était pas le style de Joe, et l'expectative n'en était que plus forte. Moi qui m'attendais au même genre de femme que Ruth, ma surprise fut énorme. Pour commencer, Gena était plus grande d'une trentaine de centimètres, brune alors que Ruth était blonde, yeux bleus et non verts, de l'Idaho et non de Cleveland. Elle était aussi plus jeune que Joe, d'une dizaine d'années, alors que Ruth était beaucoup plus âgée que lui. Elle était en tout point l'opposé de sa défunte épouse, ce qui ne la rendait pas pour autant moins sympathique. Elle était belle, vive et intelligente, et je devais me retenir de sourire en voyant Joe qui ne la quittait pas des yeux.

Nous nous rendîmes en voiture à St. Petersburg où nous dînâmes au Pacific Wave, un restaurant qu'appréciait Joe. Le repas fut fabuleux et les deux femmes monopolisèrent la conversation. Joe ne s'était pas dégoté une journaliste, mais tout comme : avocate de formation, Gena militait pour le droit d'accès aux archives publiques et administratives. Avec un tel pedigree, il lui fallut peu de temps pour charmer Amy. Je compris également pourquoi mon associé s'attardait en Floride à la saison chaude sans pour autant envisager une installation permanente. Gena était là pour une durée limitée en tant que professeur invité à l'Institut Pointer, célèbre école de journalisme de St. Petersburg. Son poste était financé par une bourse qui prenait fin en septembre.

Ensuite retour dans l'Idaho ? lui demanda Amy.

Gena acquiesça et, pour la première fois de la soirée, je vis Joe détourner le regard pendant qu'elle s'exprimait.

– Comment vous vous êtes rencontrés, d'ailleurs ? s'enquit Amy.

Une question typiquement féminine, que les mecs ne posent jamais. Ils se sont rencontrés, voilà tout. Qu'y a-t-il à ajouter ? Pas surprenant qu'il y ait tant de femmes parmi les détectives de qualité.

– Une de mes collègues à Pointer a un appartement en multipropriété à Indian Rocks. J'y étais pour une soirée et, comme je m'ennuyais, j'ai fait un tour sur la plage. Joe était installé sur sa chaise longue. Rien de très remarquable à cela, me direz-vous ? Sauf qu'à 10 heures du soir, il était bien le seul !

Amy dévisagea Joe, qui haussa les épaules.

– Trop de monde en journée. C'est agaçant à la longue.

– On s'est mis à bavarder, poursuivit Gena, et il m'a expliqué pourquoi les palmiers résistent très bien au vent, même pendant un ouragan.

Ce fut à mon tour de me tourner vers Joe.

– Tes connaissances sur les palmiers te viennent d'avoir passé ton enfance à Cleveland ?

– J'ai lu des livres.

– Visiblement.

Gena sourit.

– Au bout d'un moment il a bien fallu que je retourne à la fête, je ne voulais pas m'absenter trop longtemps, mais j'avais aussi envie de le revoir. Lui, il ne percutait pas vraiment.

– Tu peux imaginer quel génial détective il fait ! lançai-je.

– J'ai fini par me servir justement de cela. Il m'avait parlé de son parcours, et moi de la raison pour laquelle j'étais en Floride, aussi je lui ai raconté que je cherchais quelqu'un avec une expérience dans la police pour parler à un de mes séminaires. Le droit à l'information, les rapports avec les médias, ce genre de thèmes. L'idée s'est d'ailleurs avérée excellente, mais je dois avouer que tel n'était pas mon dessein initial !

– Tu t'es adressé à des étudiants ? dis-je à Joe. Des étudiants en journalisme ?

Il hocha la tête.

– Tu leur as parlé du bon vieux temps, quand il n'y avait pas de magnéto dans les salles d'interrogatoire et que les flics avaient deux méthodes fétiches, le tuyau en caoutchouc et les aveux prérédigés ?

– Il y a sans doute quelques points sur lesquels je ne me suis pas appesanti.

Nous retournâmes ensuite à l'hôtel de Joe. Il nous servit à boire, lui-même se contentant d'une bouteille d'eau minérale, et nous sortîmes sur la terrasse où la chaleur était retombée à un niveau tolérable. Admirant le lever de lune sur le golfe, je repensai à l'histoire de leur rencontre et imaginai Joe sur sa chaise longue, seul sur la plage dans l'obscurité. Tout compte fait, il avait vraiment bien fait de venir ici, loin de son cadre de vie et son entourage habituel, au moins pour quelque temps. Il nous arrive à tous d'être au bout du rouleau. Mais certaines personnes ne trouvent jamais la plage obscure et la chaise longue isolée. J'étais content pour lui.

À un moment, jugeant que mon absence passerait inaperçue compte tenu des échanges de plus en plus animés entre Gena et Amy, je me levai et marchai sur le sable pour finir mon verre au bord de l'eau. Un peu plus tard, quelques gouttes se mirent à tomber et je m'aperçus que le bruit de la conversation s'était tu sur la terrasse. Amy et Gena n'étaient plus là. Resté seul, Joe m'observait.

– Elles sont rentrées à l'intérieur ? dis-je.

Il acquiesça. Je me rassis à côté de lui. Il pleuvait à peine, comme une vague idée de pluie.

– Amy nous a parlé de ton ami. Ken.

– Mon ami ? Je le connaissais depuis environ une semaine, Joseph.

– Te dire ça t'aide à mieux encaisser le coup ?

Je ne répondis rien.

– Je suis surpris que tu sois ici, enchaîna-t-il. Maintenant, je veux dire. Le type avec qui tu bosses se fait descendre… Enfin, j'aurais imaginé que tu ne lâcherais pas l'affaire.

– Quand son partenaire se fait buter, on est censé réagir ? C'est ça que tu veux dire ? Voilà bien une réplique de privé. Eh bien, je n'ai plus ça en moi. Aussi veille à ne pas te faire descendre.

– Tout à fait compréhensible. Parfois quelques jours de repos et…

– Non, Joe. Ce n'est pas une pause de quelques jours qu'il me faut, et quand je dis que je n'ai plus ça en moi, je ne parle pas de comprendre ce qui est arrivé à Ken. Je devrais m'y mettre, je sais. Je devrais être à Cleveland en train d'enquêter.

– Je n'ai pas dit ça. Je suis seulement étonné que tu n'en fasses rien, vu que ça me semble être ton tempérament.

– Il arrive qu'on change de tempérament. Parfois malgré soi.

Il resta muet. La pluie clairsemée avait cessé, mais le vent s'était levé et la lune avait disparu derrière les nuages.

– Comptes-tu revenir ? m'enquis-je. C'est pour ça que je suis ici, comme tu t'en doutes. J'ai besoin de savoir.

– Revenir à Cleveland ?

– Non… enfin, si, j'y tiens aussi, mais je parle de revenir à l'agence. Vas-tu reprendre le boulot avec moi ?

– Tony Mitchell m'a appelé, il y a quinze jours. Tu te souviens de Tony ?

– Bien sûr. Bon flic, bon gars, super marrant. Mais je ne vois pas ce que…

– Tony a pris sa retraite lui aussi. J'imaginais qu'il assurerait sa reconversion comme vigile pour les tournées de

Jimmy Buffet[1] mais apparemment ça ne s'est pas fait, vu qu'il a pris un poste de consultant en sécurité chez un gros industriel. Ils embauchent sans cesse de nouveaux employés, ils reçoivent plusieurs centaines de candidatures par mois. Ils ont eu des problèmes par le passé suite à de mauvais recrutements et souhaitent donc mettre en place une procédure de filtrage avant embauche. Tony appelait pour savoir si ça nous intéresserait de nous en charger. Un boulot très régulier.

– Des enquêtes avant embauche, dis-je.

– Moi, je serais partant pour ce genre de travail. Histoire d'arrondir les fins de mois et de s'occuper. Pour ce qui est du terrain… j'ai assez donné, Lincoln.

– Tu comptes donc revenir mais tu ne veux plus aller sur le terrain ?

– C'est cela, en gros.

– Et Gena dans tout ça ?

– Je ne sais pas encore.

Je hochai lentement la tête.

– Qu'en penses-tu ? me demanda-t-il.

– Je pense qu'il est peut-être temps de fermer la boutique.

Mon intonation ne me plut pas du tout : elle se voulait détachée, mais j'avais la gorge nouée.

Il ne réagit pas.

– Je ne veux pas rester dans le métier tout seul, Joe. Déjà que je ne suis pas certain de vouloir poursuivre tout court, alors en solo… En plus, c'est toi qui m'as attiré là-dedans. J'avais ma salle de sport et…

– Et tu perdais la tête. Tu étais tellement malheureux…

– C'était une autre époque. Je venais d'être viré de la police, Karen m'avait quitté… Ma vie était différente.

– Ce boulot t'a apporté des choses. Non ?

1. Chanteur pop américain connu pour ses tournées et le dévouement de ses fans.

– Bien sûr. Ça apporte, mais peut-être que ça taxe aussi un peu. Tu en es la preuve.

– Comment ça ?

– Regarde-toi : tu es heureux ici, hein ?

– Oui, en général. Le séjour m'a fait du bien. Mais je ne…

– Il a fallu que tu ailles à deux mille cinq cents kilomètres pour t'en détacher. Du travail. Toi et le travail, vous ne faisiez qu'un. Je le constatais tous les jours, putain.

– Je pourrais mal prendre cette remarque, si je voulais.

– Rien d'autre que ton boulot, Joe. Rien d'autre.

– Oui, je suis tenté de me vexer.

– Tu n'étais que ça, insistai-je. Ton boulot de détective ne te définissait pas, il te dévorait entièrement, et tu le sais parfaitement. Sinon pourquoi es-tu parti, si loin et si longtemps ? Tu es parti parce que tu savais que si tu ne t'éloignais pas assez cela recommencerait, et tu le redoutais. Ou bien tu étais à bout.

– Tu vois un psy ou tu te contentes de lire leurs bouquins ?

– Dis-moi que j'ai tort.

Il changea de position sur sa chaise et leva les yeux au ciel.

– Je ne vais pas en débattre avec toi. Je pourrais, mais je n'y tiens pas. Surtout pas ce soir.

Devant mon silence prolongé, il finit par ajouter à voix basse :

– Je pensais que mon plus gros casse-tête serait de te convaincre de me laisser partir. J'étais loin de m'imaginer que tu me prendrais de vitesse vers la sortie.

– J'en ai assez des dommages collatéraux.

– C'est-à-dire ?

Cela sortit d'un coup. Je m'exprimai longuement et il m'écouta. Sans dire un mot, sans me regarder, se contentant d'écouter. Je lui parlai des moments passés à son chevet à l'hôpital après qu'il s'était fait tirer dessus, de John Dunbar et son effrayante fixation sur une enquête qui avait échoué, de ce que je ressentais chaque fois que j'entendais la barre de sécurité s'enclencher chez Amy, et de l'attirance malsaine que j'avais éprouvée pour mon pistolet avant de me rendre chez Dominic Sanabria.

– J'ai vu morfler beaucoup de gens autour de moi. Toi, Amy et maintenant Ken Merriman. Je m'en sors toujours indemne mais…

– Toi, indemne ?

J'acquiesçai.

– Vraiment ? fit-il. Tu n'as pas l'air indemne, Lincoln. Il n'y a qu'à t'écouter.

Nous goûtâmes un moment au silence. La pluie n'avait pas repris. J'entendis une porte s'ouvrir et se refermer après un court instant. Sans me retourner, j'étais certain qu'Amy était sortie sur la terrasse, qu'elle m'avait aperçu en bas avec Joe et était rentrée.

– Alors, que vas-tu faire ? s'enquit-il.

– Je ne sais pas. J'ai encore la salle de sport. Je pourrais y investir une partie de l'argent de Karen, acheter de nouveaux équipements, rénover, agrandir. Je pourrais te filer un coup de main pour les enquêtes avant embauche, si t'as besoin.

– Mais plus de terrain.

– C'est ça. Plus de terrain.

Après une légère pause, il dit :

– Je suis désolé que tu n'y aies pas trouvé ton compte, Lincoln. Comme tu l'as dit, c'est moi qui t'ai entraîné là-dedans. À l'époque, je pensais bien faire. Tu étais enquêteur dans l'âme, tu avais ça en toi, comme personne d'autre que j'aie jamais croisé. Je croyais que ça serait bénéfique, mais surtout que tu en avais besoin.

Plus tard dans notre chambre d'hôtel, je rapportai notre conversation à Amy. J'étais installé dans un fauteuil près de la porte-fenêtre, elle allongée sur le lit. Dehors, des rideaux de pluie s'abattaient. Je m'attendais à ce qu'elle m'objecte des arguments et soulève les mêmes points que Joe, par exemple que je n'étais pas franchement un type heureux quand elle m'avait connu, à l'époque où je tentais de m'en sortir avec mon seul club de gym. Mais elle n'aborda rien de tout cela. Quand j'eus terminé de parler, elle vint jusqu'à moi, s'assit à califourchon sur mes genoux et me prit le visage à deux mains.

– Si tu ne t'en sens plus capable, dit-elle, la décision s'impose d'elle-même. Prends du recul. Fais-le, sans remords.

J'opinai du chef.

– À une seule condition, ajouta-t-elle.

– Laquelle ?

– Tu peux plaquer l'agence. Tu peux changer de ville. Tu peux envoyer promener quasi tout. Mais tu n'as pas le droit de me quitter.

– Aucun risque.

– J'ai trop investi dans ce projet mal avisé qu'est la réhabilitation de Lincoln Perry pour laisser tomber maintenant.

– Si quelqu'un doit quitter l'autre, ce sera toi.

– N'oublie pas ce que je t'ai dit.

Elle m'embrassa et laissa reposer sa tête sur ma poitrine. Nous demeurâmes ainsi un long moment, puis elle se leva, me prit par la main et m'entraîna vers le lit.

Quand elle se fut endormie et que la pluie eut cessé, vers 4 heures du matin, je m'installai sur le balcon avec un bloc de papier à lettres de l'hôtel, pour écrire à la fille de Ken, la passionnée de séries policières. Je voulais m'excuser de ne pas avoir assisté aux obsèques, lui expliquer que je pensais souvent à son père, qu'il était très bon détective et que son travail était important, que ce qu'il faisait le jour de sa mort avait un impact sur le monde dans lequel elle vivait. Je m'y attelai pendant plus d'une heure, mais après avoir griffonné quelques piètres phrases, je chiffonnai les feuilles et rentrai dans la chambre.

30

Amy et moi restâmes une semaine. À partager des moments avec Joe et parfois Gena, à déguster poissons et fruits de mer, à siroter des cocktails au rhum et à râler à propos de la chaleur. Tout ce que l'on se doit de faire en Floride. Je vérifiais quotidiennement le répondeur de l'agence. Rien de neuf à propos de Ken ; il m'arrivait souvent de réécouter son dernier message. Je le connaissais par cœur et je tentais de deviner ce qui l'avait déclenché. Sans succès. Cette approche porte rarement ses fruits. Quand on est détective, tout se joue sur le terrain. Et non sur la plage.

La veille de notre départ, je me retrouvai à paresser seul à l'hôtel de Joe pendant qu'il faisait un saut au supermarché avec Amy. Gena, qui devait nous retrouver pour l'apéritif, arriva avant leur retour et me rejoignit dehors. Nous bavardâmes tranquillement. Elle avait vécu, me confia-t-elle, dans d'autres États et même un an en Europe, mais elle finissait toujours par revenir dans l'Idaho. Ses parents étaient encore en vie et elle avait deux sœurs ; ils habitaient tous à un quart d'heure de voiture les uns des autres.

– Et tu comptes t'installer à Cleveland ou bien convaincre Joe de venir dans l'Idaho ?

Ma remarque se voulait une boutade, mais sa mine pensive m'indiqua que le sujet avait été abordé entre eux.

– Peut-être les deux, dit-elle. Peut-être ni l'un ni l'autre. Pourquoi pas ailleurs ?

– L'Égypte ?

Pris de court à l'idée qu'ils étaient à ce point sérieux, je m'efforçais de garder un ton léger.

Elle s'installa sur la chaise longue d'à côté et laissa tomber ses sandales.

– La première solution qui vient à l'esprit, dit-elle, c'est que l'un de nous deux déménage pour s'installer chez l'autre. Mais ça semblerait un peu égoïste, que ce soit lui ou moi. Nous avons chacun notre vie, il serait injuste que l'un des deux soit obligé de faire le sacrifice. Nous avons donc envisagé un compromis. S'installer quelque part qui soit un nouvel endroit pour les deux.

– N'hésite pas à profiter de mes lumières.

Elle me regarda, ses yeux dissimulés derrière ses lunettes de soleil. Le vent déployait ses cheveux châtains.

– Est-ce que je me plairais à Cleveland ?

– Sans doute pas.

– Vraiment ?

– Tu habites une petite ville universitaire dans la montagne, n'est-ce pas ? Eh bien, une grande ville serait un sacré changement. La plupart des gens font l'inverse : ils fuient la ville pour s'installer à la montagne. Ou bien à la mer, dis-je en indiquant la plage.

– J'ai vécu sept ans à New York. Je m'y suis plu. Cela dit, j'avais vingt-cinq ans à l'époque.

Je demeurai songeur.

– De toute façon, poursuivit-elle, cela ne se fera pas du jour au lendemain. Joe n'est pas du genre à agir sur un coup de tête.

– Pas vraiment ! convins-je en riant.

Elle sourit mais détourna le regard.

– Il se fait du souci pour toi.

– Il n'a aucune raison.

– Je ne peux pas dire. Je ne te connais pas assez pour avoir un avis sur la question. Mais je sais qu'il s'inquiète. Il se dit que son départ a été injuste pour toi. Il pense que tu culpabilises à ce sujet alors que tu ne devrais pas.

– Il s'est fait tirer dessus à cause de moi, Gena. Ça me paraît justifier une petite dose de culpabilité. Mais ce n'est pas le sujet, plus maintenant. Il m'a l'air heureux à nouveau et tu m'en vois ravi.

– Tu ne l'es pas, toi ? Heureux, j'entends ?

– Être heureux, il me semble que c'est vachement subjectif. J'y travaille. Comme Joe. Comme tout le monde. Mais je peux te dire une chose : tu lui fais du bien. C'est manifeste et tu n'as pas idée à quel point ça m'enchante. Il était seul depuis si longtemps.

– Il y avait toi.

– Oui, mais ma coupe de cheveux ne lui a jamais plu autant que la tienne !

– Je tiens à ce que tu saches une chose, dit-elle en souriant.

– Quoi ?

– Quand on parle de déménager et de ce qui nous manquerait le plus, de ce qui représenterait un vrai déchirement, moi je cite ma famille. Joe, il parle de toi.

Quinn Graham laissa un message dans la soirée, non pour me faire part d'un quelconque rebondissement mais pour m'informer que la famille de Joshua Cantrell venait d'obtenir une injonction préliminaire en vue de faire saisir la Crête aux Murmures.

31

Il m'a toujours semblé que la vie, ou l'absence de vie, doit s'établir au plan médical et non légal, par les battements de cœur et l'activité cérébrale plutôt que par des actes notariés. Mais il n'en va pas toujours ainsi. Le juge avait accordé aux Cantrell le droit d'annoncer légalement le décès présumé d'Alexandra, par la voie d'un avis à paraître dans diverses publications. Le délai de contestation courrait pendant quatre-vingt-dix jours. Soit Alexandra se manifestait en personne, prouvant que c'était faux mais obligée de répondre aux sollicitations de la police, soit quelqu'un d'autre apportait la preuve qu'elle était en vie. Si ni l'un ni l'autre ne se produisait avant l'expiration du délai, les Cantrell pourraient entamer les procédures pour toucher leur part d'héritage. D'après ce que Graham avait compris, la valeur de la propriété serait répartie à égalité entre eux et Dominic Sanabria.

– Il a probablement tué leur fils et voilà qu'ils doivent partager l'héritage avec lui ! m'indignai-je quand je le rappelai le lendemain.

– C'est la loi.

De retour à Cleveland, j'achetai le journal et feuilletai les annonces légales pendant que nous patientions à l'aéroport devant le tapis roulant à bagages. Le premier avis concernant Alexandra Cantrell y figurait, perdu parmi des pages et des pages de jargon juridique en petits caractères. Cela me paraissait une manière bien trop discrète de proclamer la fin d'une vie.

– Tu devrais écrire un papier, suggérai-je à Amy. Ce n'est pas cette annonce qui va faire surgir Alexandra ni apporter la preuve qu'elle est vivante. Il faudrait un peu plus de publicité.

Elle en convint et dès le lendemain obtint l'accord de son rédacteur en chef. L'article parut le dimanche, à la une. Le soir même, on en parlait au journal télévisé et au cours des jours suivants plusieurs quotidiens d'autres villes évoquèrent la disparition et le décès présumé de manière plus succincte, à partir des dépêches de l'Associated Press. Le fait divers ne reçut jamais l'écho national que j'escomptais – CNN, talk-shows et autres –, mais durant plusieurs semaines la police, la presse et les avocats des Cantrell furent inondés de tuyaux. Je contactai Graham pour voir ce que cela donnait. Rien du tout, m'informa-t-il. Surtout des détraqués, rien de crédible.

Si Alexandra était vivante, il n'y en avait aucun signe.

Je bouclai les dossiers en cours, puis envoyai une circulaire à nos clients réguliers pour les informer que Joe et moi nous retirions des enquêtes de terrain. Je les adressai à des collègues, écartai leurs questions et attendis les cris de déception et d'indignation. Il n'en fut rien. À l'évidence, l'agence Perry & Pritchard n'était pas l'institution que j'imaginais.

J'écoutais le dernier message de Ken tous les jours. Un mois après sa mort, ma boîte vocale m'informa qu'il allait être supprimé. Apparemment il était là depuis trop longtemps et l'on ne pouvait le conserver *ad vitam æternam*. Un ordinateur avait décidé que le moment était venu qu'il disparaisse, quoi que j'en pense. Le lendemain matin, le message n'était plus là.

J'achetai trente mille dollars en nouveaux équipements pour la salle de sport. Je m'offris aussi une meilleure visibilité dans l'annuaire et recrutai une copine d'Amy pour monter un site Internet. Je me chargeai moi-même de l'essentiel des travaux au club, histoire de m'occuper. J'y passai le plus clair de mon temps, à bricoler ou à m'entraîner. Cet été-là, je gagnai trente secondes sur mon chrono au *mile* et m'améliorai de quinze kilos au développé-couché, égalant mon record personnel de cent trente-cinq kilos qui remontait à l'année où j'avais débuté dans la police. Plus attentif à mon alimentation, je changeai d'attitude et me mis à ingurgiter des aminoacides, de l'huile de poisson et un tas d'autres trucs prétendument bons pour la santé. Quand août arriva, j'étais dans une forme olympique, affûté comme jamais auparavant ou presque. Mes séances d'entraînement étaient acharnées, quasi obsessionnelles. *Encore une série de pompes, Lincoln. Encore un* mile. *Encore quelques pilules. Tu seras plus fort, plus svelte, plus rapide. Tu n'auras plus la moindre vulnérabilité. Vraiment plus.*

Je dormais de plus en plus souvent chez Amy. Un soir, sentant qu'elle m'observait, je la regardai à mon tour et remarquai sa mine contrariée.

– Qu'est-ce que j'ai fait ?

– Tu as plaqué ton boulot.

– Un sermon parce que je ne travaille plus ?

– La salle de sport ne te suffira pas.

– Tu n'en sais rien. Ça pourrait rapporter gros…

– Je ne parle pas d'argent, Lincoln. Ça ne te suffira pas. Comment peux-tu ne pas le voir ?

– Toi, tu me suffis.

– Côté cœur ? Y a intérêt. Sinon, t'es qu'un fieffé salopard. Si tu veux dire tout court, qu'il ne te faut rien de plus, c'est faux.

– Je t'assure que si.

– Eh bien, ce n'est pas normal. Toi, tu ne me suffis pas.

J'écarquillai les yeux.

– Merci, ma chérie ! T'es vraiment un ange, ce soir !

– Je suis sérieuse. Je t'aime, mais tu n'es quand même pas ce qui définit toute ma vie. Si c'était le cas, tu ne te plairais pas avec moi. Alors quand je t'entends me sortir que je te suffis, c'est beaucoup de pression… et le jour où tu t'apercevras du contraire, je ne veux pas en pâtir.

– Je ne suis pas certain de bien suivre ta logique, Amy, mais je n'ai pas l'intention de te faire souffrir.

Elle vint vers moi et m'embrassa, puis s'écarta, les mains posées sur mes épaules, et me regarda droit dans les yeux.

– Tu viens de t'amputer d'une partie importante de toi-même et tu fais comme si elle n'avait jamais existé. C'est fascinant à observer, crois-moi. Très impressionnant, par moments. Tu es un maître illusionniste, Lincoln. Un maître absolu. Mais j'ai peur de l'endroit où ça pourrait te mener.

Elle m'embrassa encore une fois avant de quitter la pièce. Je restai assis et la regardai s'éloigner, en me disant que je ferais mieux de la suivre et d'ajouter quelque chose. Mais je ne savais pas quoi dire, pas du tout.

Graham m'appela fin août pour me prévenir qu'il avait enfin reçu les résultats des analyses concernant la tombe de Joshua Cantrell. Les dossiers en attente avaient été en partie éclusés et il avait profité du meurtre de Ken Merriman pour passer en priorité.

– Ça n'a rien donné, m'informa-t-il. Aucun ADN, rien qui établisse un lien avec Harrison ou qui que ce soit d'autre. Le seul ADN était celui de Cantrell.

Un sentiment de défaite s'engouffra en moi et je me rendis compte que j'avais nourri beaucoup d'espoirs.

– Et maintenant ?

Graham garda le silence.

– Vous tirez un trait ? insistai-je.

– Pas du tout, Linc. Mais c'est de l'histoire ancienne, et faute de nouveaux…

– Ken Merriman a été assassiné en mai, Graham. C'est encore récent.

– Mais ce n'est pas mon enquête. Parlez-en aux flics de Cleveland. Moi, je suis en Pennsylvanie avec bien assez d'affaires comme ça et des supérieurs qui ne tiennent pas à ce que je perde mon temps à Cleveland. Écoutez, je suis le premier déçu. J'aborde chaque dossier avec un seul objectif: le boucler. Je n'y suis pas arrivé cette fois. Je ne vais pas le nier, mais je ne veux pas non plus vous raconter des salades. Je dois me concentrer sur les crimes d'ici parce que je suis payé pour ça. J'adorerais me farcir Sanabria et Harrison, mais je ne peux pas.

– Quelqu'un s'en chargera. En temps voulu.

– Ouais.

Chacun se sentant mal à l'aise face au silence de l'autre, nous eûmes vite fait de raccrocher.

32

Le jour où Graham m'informa que les analyses n'avaient rien donné, il en fit également part à John Dunbar qui continuait de l'appeler de temps à autre pour venir aux nouvelles et lui proposer son aide. Je n'avais eu aucun contact avec Dunbar depuis que je l'avais mis à la porte, mais il se présenta le lendemain du coup de fil de Graham.

J'étais sur une échelle à la salle de gym, occupé à repeindre le linteau autour de la pièce. J'avais décidé qu'il serait d'une autre couleur que le mur. Un effet purement esthétique, dont j'aurais pu me passer. Mais je m'y étais tout de même attelé pour meubler le temps. J'étais très doué pour m'inventer un tas d'occupations.

Grace lui ayant indiqué où me trouver, il s'approcha, s'arrêta au pied de l'échelle et me regarda peindre. Quand je sentis enfin sa présence, je me retournai et baissai les yeux vers lui.

– Qu'est-ce que vous fichez là ? lui lançai-je.

– Je peux vous offrir une bière ?

– Je ne bois pas dans la journée.

– Un café, alors ?

– J'ai arrêté la caféine.

– De l'eau minérale ?

Les mains dans les poches, il ne cillait pas et me fixait d'un regard imperturbable. Après un temps de réflexion, je soupirai et descendis de l'échelle.

– Il faut que je nettoie mon pinceau.

Sans échanger aucune parole, nous nous rendîmes dans un pub irlandais qui avait ouvert à l'angle. Je choisis une table face au comptoir et commandai une bière.

– Je pensais que vous ne buviez pas d'alcool en journée, s'étonna Dunbar.

Je ne répondis pas.

– Vous n'êtes donc pas ravi de me voir, poursuivit-il. Ça se conçoit.

– Je ne comprends pas pourquoi vous vous êtes déplacé. Pourquoi vous n'avez pas décroché votre téléphone au lieu de vous pointer en personne ?

– Plus difficile de me rembarrer *de visu*.

Une réplique tout droit sortie de la bouche de Joe, l'un de ses grands principes pour le boulot de détective : user ses semelles avant de faire chauffer les lignes téléphoniques.

– Je vous l'accorde, dis-je.

On m'apporta ma bière et il demanda un Jameson coupé d'eau. Nous attendîmes qu'il soit servi.

– J'ai parlé à Graham, dit-il après y avoir trempé ses lèvres.

– Moi aussi.

– La nouvelle est décevante.

– En effet.

– L'enquête en est revenue au même stade qu'il y a douze ans, plus personne ne cherche, plus personne ne s'en soucie. Un dossier oublié, jamais résolu.

Je bus une gorgée de bière.

– L'enquête sur Ken Merriman est toujours en cours, dit-il. Vous avez parlé aux flics ?

– Pas récemment.

– Moi si. J'appelais deux fois par semaine. Mais mon interlocuteur s'est lassé et m'a demandé de ne plus le déranger. Il a promis de me tenir au courant s'il y avait du nouveau. Mon avis de professionnel est donc que l'enquête progresse aussi bien que celle sur les Cantrell. Autrement dit, elle est au point mort.

– Votre appréciation est peut-être injuste.
– Vous croyez ?
– La police des parcs sait ce qu'elle fait. Laissez-leur le temps, Dunbar.

Il soupira et fit tourner son verre du bout des doigts.

– Douze ans que les Cantrell ont disparu. Je n'ai pas envie d'attendre aussi longtemps pour Ken Merriman.

– Je sais.

– Mais vous ne faites rien pour que les choses avancent, ce qui me dépasse. Qu'un autre se sente abattu et impuissant, je veux bien. Mais je me suis renseigné sur vous. J'ai parlé à des gens. Vous jouissez d'une réputation exceptionnelle. Un bon instinct, m'a-t-on dit. Beaucoup d'expérience. Un détective-né. Mais on m'a surtout vanté votre entêtement. Votre détermination, votre acharnement.

J'expirai et détournai le regard.

– Je vois que vous avez fermé l'agence, dit-il. Et je vous trouve en milieu de semaine en train de repeindre votre salle de sport. C'est le nouveau Lincoln Perry ?

– Et alors ?

– Si la réponse est oui, je dirais que c'est un beau gâchis, un gâchis comme je n'en ai pas vu depuis longtemps. Parce que le mal est partout, mais il y a très peu de gens capables de s'y attaquer. (Il reprit son souffle.) Dominic Sanabria est un assassin. Jamais il n'a été puni. Installé dans sa belle baraque, il s'en amuse en sirotant des cocktails. Je ne peux pas accepter que ça continue.

Devant mon absence de réaction, il se rembrunit, inspira longuement et détourna le regard, comme si ma vue lui répugnait.

– Vous vous souvenez de Lamarca, le gamin que Sanabria a tué ? finit-il par me demander. Je vous en ai parlé. C'est l'histoire pour laquelle on le tenait au motel, si seulement ce fumier n'avait pas loué cette putain de chambre.

– Je me rappelle.

– La raison pour laquelle on l'a liquidé ? Sanabria soupçonnait le gamin de parler à un informateur. Simple supposition. En fait il n'en était rien, mais ce n'était pas le problème de Sanabria. Quand on a retrouvé le corps de Joseph Lamarca, il avait sept doigts cassés. Défoncés, l'os apparent. (Un long silence.) Voilà ce qu'il a fait subir à quelqu'un qu'il *soupçonnait* de l'avoir trahi, Perry. Puis Joshua Cantrell. Et Ken Merriman. On en revient toujours au même endroit, chacun de ces cadavres me renvoie à la putain de chambre d'hôtel qu'il avait louée ! L'expiation, voilà ce qui est en jeu. Croyez-moi, mon gars, je ne cherche que ça.

Je terminai mon demi. Nous regardâmes la télé sans vraiment y prêter attention, puis je commandai une autre bière et lui demandai s'il reprendrait un whiskey. Il fit signe que non ; il avait à peine touché au premier verre.

– Je l'ai eu mauvaise la dernière fois qu'on s'est parlé, me dit-il d'une voix feutrée. Pour être franc, je vous ai trouvé salaud. Vous m'avez balancé des trucs blessants.

– J'avais eu une journée compliquée.

– Peu importe. C'était blessant parce que c'était vrai. J'ai foiré cette opération, Perry. Je l'ai complètement foirée et un type en est mort. Il a été assassiné et j'ai son sang sur les mains. Vous comprenez ? J'ai le sang de Joshua Cantrell sur les mains. (Il avait les yeux rouges et la voix fébrile.) Il faut que je vive avec et je ne sais m'y prendre que d'une seule manière pour assumer : œuvrer pour qu'il y ait expiation. Car même si j'ai son sang sur les mains, ce n'est pas moi qui l'ai tué. Faire punir son assassin me tiendra lieu de rédemption, Perry.

Ma bière ne me faisait plus envie.

– Je sais que Joshua Cantrell ne représente rien pour vous, dit-il, mais il y a Ken Merriman. Pensez à lui et aidez-moi. Que l'on aille au bout.

– Quand je pense à Ken Merriman, une seule idée me vient à l'esprit : le moment est venu de raccrocher. Ce que vous me demandez, j'en suis incapable. Je suis las. J'en ai assez de passer mes journées plongé dans un crime moche et idiot, à tenter de découvrir quel salopard a tué un mec bien et a balancé son cadavre dans un parc où viennent jouer des enfants. Ce n'est plus pour moi. Désolé.

– Je comprends que vous soyez fatigué, mais j'essaie de vous expliquer que vous ne pouvez pas vous le permettre. Il y a trop de gens qui se croient fatigués, tout le monde est soi-disant épuisé, plus personne n'a l'énergie de remédier à quoi que ce soit. On attend que quelqu'un d'autre s'en occupe, et on a beau se dire qu'il faudrait faire quelque chose, on n'en a plus la force. Nous sommes devenus un peuple de spectateurs, Perry. On allume la télé, on voit un drame ou une tragédie aux actualités, et on se contente d'un hochement de tête en disant : « Bigre, pourvu que quelqu'un fasse quelque chose. Quel scandale que rien ne soit fait ! » Puis on zappe, on regarde *American Idol*[1] et on va se coucher.

– Vous avez regardé la septième saison d'*American Idol* ?

– Ne faites pas le con.

Un ange passa. Au bout d'un moment, je lui dis :

– Bonne chance, Dunbar. Sincèrement. Je vous souhaite vraiment bonne chance. Mais moi je suis sur la touche.

Il baissa la tête et détourna le regard. Puis il plongea la main dans sa poche et en sortit un billet qu'il laissa tomber sur la table. Il me serra la main en silence, se dirigea vers la porte et sortit seul dans le vent, la tête rentrée dans les épaules.

1. Équivalent américain de *La Nouvelle Star.*

33

Ce soir-là, je ne parvins pas à trouver le sommeil. Je m'étais entraîné deux heures dans l'après-midi, après quoi j'étais passé au Hideaway où j'avais bu quelques bières avec Scott Draper en regardant le match des Indians. Ils enchaînaient les défaites. Je connaissais ça.

Rentré à minuit, je filai directement au lit en espérant m'endormir rapidement, l'alcool aidant. Que nenni. Deux heures passèrent, puis trois, puis quatre. Je fixai le plafond, m'installai un moment dans le canapé, retournai au lit, allumai la télé, l'éteignis, tentai de lire quelques pages, me livrai à des exercices respiratoires, essayai tout et n'importe quoi mais impossible de fermer l'œil.

Je laissai tomber vers 5 heures et enfilai une tenue de sport pour aller courir, manière de punir mon corps qui refusait le repos. Histoire de le briser avant qu'il n'en fasse autant de ma volonté. Mais une fois dehors, je sentis bien que le courage me faisait défaut. Je m'étirai sur le parking, goûtant la fraîcheur de la nuit finissante à laquelle succéderait bientôt une nouvelle journée chaude et moite. Au lieu d'un footing, pourquoi pas un tour en voiture ? C'était une meilleure idée. Je pouvais me rendre au parc d'Edgewater avant les embouteillages matinaux, y admirer le lever de soleil sur le lac et la ville. Ou bien traîner au marché du West Side, observer les commerçants arriver et installer leurs étals. J'y passais souvent quand j'étais policier après une nuit de patrouille, le marché me faisant l'effet d'un lieu d'une autre époque.

J'avais donc l'embarras du choix, aussi serais-je bien en peine d'expliquer comment je me retrouvai à Old Brooklyn, garé en face de l'immeuble de Parker Harrison.

Il sortit peu avant 6 heures, comme lors de notre rencontre précédente. Il verrouilla la serrure et actionna la poignée pour s'assurer que c'était bien fermé, puis se dirigea vers son pick-up. Son Chevrolet S-10 avait quinze ans minimum. Quand il quitta le parking, il se retrouva un instant pile en face de moi, avant de tourner et de s'éloigner. Je démarrai mon Silverado et le pris en filature. Je voulais l'observer. Rien d'autre. Je ne cherchais pas une nouvelle confrontation, je n'avais rien à lui dire, je souhaitais juste l'observer.

Il se rendit au cimetière de Riverside. Il y entra mais je poursuivis tout droit, certain de me faire repérer si je l'y suivais de si bonne heure. Après avoir patienté un quart d'heure, je revins en arrière et m'engageai à mon tour dans le cimetière, l'un des plus grands et plus anciens de la ville. Un endroit vraiment magnifique, une quarantaine d'hectares vallonnés peuplés d'arbres en fleurs, de marbre et de morts. Quantité de morts.

Je roulai jusqu'à apercevoir le pick-up Chevrolet, garé devant le hangar des services d'entretien. Sans Harrison qui m'avait échappé. Je retournai à la chapelle, où mon véhicule avait plus de chances de passer inaperçu, m'y garai et entamai mon exploration à pied. Je risquais de mettre un certain temps avant de le retrouver dans une si vaste étendue. Mais je n'étais pas pressé.

Je quittai les allées goudronnées pour marcher dans l'herbe, où j'eus bientôt les chaussures trempées de rosée. Après une traversée infructueuse au sud, j'obliquai et repartis vers le nord, m'éloignant du hangar. Je n'étais pas seul. J'aperçus deux fois des personnes venues se recueillir de bonne heure sur la tombe d'un proche. Cela me rappela que je ne m'étais pas rendu sur celles de mes parents depuis fort longtemps.

J'approchais du virage que décrit l'allée principale au nord-est, où je comptais repartir vers l'ouest et la sortie, quand j'entendis le bourdonnement d'une débroussailleuse. Quelques minutes plus tard, je découvris Harrison qui défrichait la base d'un monument, tête penchée.

Je demeurai figé un instant, ne sachant que faire. Il était au travail et y passerait la journée. Inutile de le regarder tondre la pelouse et arracher les mauvaises herbes dans un cimetière. Si je tenais vraiment à entamer une surveillance, autant revenir dans l'après-midi, l'attendre à la sortie du boulot pour voir où il se rendait. Voilà qui serait plus utile. Plus utile que de rester planté là, en tout cas. Mais je ne pus me résoudre à partir. Maintenant que je l'avais trouvé, je voulais l'épier un peu plus longuement. Seulement quelques minutes. Je reculai sur la pelouse, à la recherche d'un emplacement où je pourrais m'asseoir et l'observer sans me trahir. Surtout m'asseoir. J'avais soudain la tête lourde et les jambes en compote, le coup de fatigue qui suit immanquablement une nuit blanche.

À une centaine de mètres de l'endroit où travaillait Harrison, je repérai un énorme monument funéraire surmonté d'un lion en granit. L'animal était couché, les pattes avant déployées devant lui, sa tête fièrement dressée. Une sculpture ravissante. J'imaginai les heures de travail que cela représentait. Sur la pierre ne figurait qu'un simple nom de famille, sans dates ni prénom. Daykin. Remarquant que le même nom était gravé sur les pierres voisines, j'en déduisis qu'il devait s'agir d'un hommage familial. Le patriarche affirmant son autorité. Je m'assis dans l'herbe au pied du fauve et appuyai la tête contre le socle. De l'autre côté de l'allée, la débroussailleuse d'Harrison bourdonnait toujours et celui-ci pivotait les épaules en cadence. Quel lieu de travail pour un assassin !

Cette pensée me ramena à l'appartement d'Harrison le soir où Ken et moi lui avions rendu visite pour la première fois, quand il nous avait indiqué qu'il bossait dans un cimetière et s'y plaisait bien. « Fort étrange », avait dit Ken. Je le répétai à voix haute et m'esclaffai. Quelle formule ! « Fort étrange » ! Un nouveau rire m'échappa, plus retenu, dans ma barbe, puis je calai ma tête contre la pierre, fermai les yeux et tentai de m'accorder un moment de paix.

Et ce fut là, assis dans un cimetière et la tête contre un bloc de granit, que le sommeil vint enfin.

Je me réveillai au bout de quelques minutes, mais j'avais l'impression d'avoir dormi longtemps et je mis du temps à émerger, comme si je sortais d'une longue et pénible ascension. Quand je soulevai enfin les paupières, il me fallut une seconde pour comprendre où j'étais, puis je pris conscience qu'Harrison avait disparu et que la débroussailleuse s'était tue. Je me redressai et jetai un coup d'œil à la ronde. Il se tenait à quelques mètres et m'observait, les bras croisés.

– Bonjour, Lincoln. Je présume qu'il ne s'agit pas d'une coïncidence.

J'envisageai de me lever, mais à quoi bon ? Je me penchai en avant, plantai les coudes sur les genoux et relevai la tête pour le regarder.

– Bel endroit où travailler.

– Je m'y plais.

– Joli matou, dis-je en indiquant le lion.

– Vous savez qui c'était ?

– Daykin ? Aucune idée.

– Un cheminot. Plus précisément un conducteur de locomotive. Il a participé au convoi funéraire d'Abraham Lincoln. John Daykin. C'est l'une de mes tombes préférées.

– Vous les connaissez toutes ?

– Mieux que vous n'imaginez.

– Vous veillez à l'entretien des tombes et Mark Ruzity taille les pierres. Vous pouvez m'expliquer ?

– Alexandra nous a appris l'importance de respecter les morts. Mark est devenu tailleur pour cette raison. Quand j'ai quitté la Crête aux Murmures, il a profité de ses relations ici pour me trouver un travail. Rien de bien sinistre, vous voyez. Désolé de vous décevoir.

– Vous êtes au courant qu'il a rencontré Sanabria ? Il existe une photo, Harrison. Ruzity en compagnie de Sanabria, prise à l'époque où votre chère Alexandra et Joshua ont disparu. Quant à vous, vous avez eu Sanabria au téléphone.

Il ne réagit pas. Je détachai le regard de son visage et le laissai courir sur les innombrables tombes défraîchies, érigées en souvenir d'existences depuis longtemps achevées.

– L'assassin de Ken n'a toujours pas été arrêté, Harrison.

– Si j'avais un nom, je l'aurais livré.

– Ah oui ?

– Que faites-vous ici ? Qu'est-ce que ça vous apporte de me regarder travailler ?

– Il me faut une réponse, Harrison. À une seule question. Je pense que vous détenez beaucoup de réponses, mais je vous en demande une seule. Pourquoi moi ? Pourquoi vous êtes-vous adressé à moi ? Voyant que j'ignore votre première lettre, vous m'en écrivez d'autres. Comme je ne vous réponds toujours pas, vous vous déplacez en personne. Pourquoi ?

– Vous me l'avez déjà demandé.

– Je sais. Cette fois j'aimerais que vous me disiez la vérité.

Il soupira, posa la débroussailleuse par terre et se redressa. En nage sous la chaleur qui augmentait rapidement, il prit un torchon glissé dans sa ceinture et s'épongea le visage et le cou.

– Je vous ai dit la vérité la première fois et je vous la redis maintenant. Je me suis adressé à vous à cause de ce que j'avais lu. Parce que j'espérais que vous seriez comme je vous imaginais.

– C'est-à-dire ? Mettons que je vous croie, ce qui n'est pas le cas. Vous vous attendiez à quel type d'individu, Harrison ?

– Je pensais que vous saviez reconnaître les coupables.

– Pardon ?

– Pas démasquer les coupables, Lincoln. Comment les *reconnaître*. Les jauger. La personne derrière le crime. Je suis un meurtrier. Je m'y connais. Joshua Cantrell a été assassiné, pas par moi. Je voulais savoir qui l'a fait et pourquoi.

– Ce n'est pas ce que vous m'avez demandé.

– Non, et c'est là mon erreur. J'ai gardé la vérité pour moi alors que je n'aurais pas dû, mais je tenais absolument à ce que vous alliez voir la maison.

– Qu'a-t-elle de spécial ? Pourquoi fallait-il à tout prix que je m'y rende ?

Il écarta les bras et embrassa le paysage d'un geste.

– Vous voyez toutes ces pierres ?

Je l'observai et scrutai ses traits, essayant une fois de plus de porter un jugement. J'avais envie de le croire.

– Que sont ces pierres, pour vous ? insista-t-il.

– Des tombes.

– Non, les tombes sont en dessous. Que sont… ?

– Des traces, des monuments.

Il hocha la tête.

– Joshua Cantrell a le sien, vous l'avez vu. Cette maison est son monument. Elle l'a laissée pour lui, Lincoln. À sa mémoire.

Ken Merriman avait fait la même comparaison. Cela se comprenait aisément pour une maison dotée d'une épitaphe.

– Le berceau des rêves… murmurai-je.

– Oui, des rêves qu'elle partageait avec son mari. Il est important de se souvenir des morts. Alexandra le comprenait, et moi aussi. C'est pour ça que je travaille ici. Et je réponds à votre question avant même que vous ne me la posiez : oui, je me souviens de l'homme que j'ai tué. Je pense à lui tous les jours, à ce dont je les ai privés, lui et ses proches. Il est important de ne pas oublier.

– Vous affirmez qu'elle a conservé la maison en souvenir de Joshua. Vous en êtes sûr ? (Il acquiesça.) Savez-vous qui l'a tué ?

Il secoua la tête. Je ne décelai aucun signe de mensonge.

– Je voulais savoir, dit-il. C'est pour cela que je suis venu vous trouver. Vous auriez préféré ne jamais me rencontrer et je m'en excuse. Je vous ai choisi en espérant que vous ne vous arrêteriez pas à mon crime, à ma peine de prison. La police en est incapable. Vous aussi, mais ce n'est pas grave. J'ai tenté ma chance avec vous. Ça n'a pas réussi. Tant pis.

– Pas grave ? Ken est mort, Harrison.

– Je n'y suis pour rien. Je m'en veux, plus que je ne saurais vous en convaincre, mais ce n'est pas moi qui l'ai tué.

Une voiture apparut, traversant le cimetière au ralenti, et nous nous tûmes jusqu'à ce qu'elle soit passée.

– Pourquoi avez-vous contacté Dominic Sanabria ? lui demandai-je.

– Quand ça ?

– Vous l'avez appelé un certain nombre de fois. Quand Cantrell a été assassiné, puis après la découverte du cadavre, et aussi juste avant le meurtre de Ken.

Il marqua une hésitation avant de répondre.

– Au début, je cherchais à obtenir des informations. À joindre Alexandra.

– Qu'avez-vous dit à Sanabria la veille du meurtre de Ken ?

– Je l'ai informé que vous abandonniez l'enquête. Il m'avait appelé pour me prier de laisser sa sœur tranquille et d'oublier le passé. C'est pour ça que je vous ai demandé d'arrêter. J'étais inquiet pour vous et je ne voulais pas que vous soyez en danger par ma faute. Je me méfiais de lui.

– Tout ça serait parfaitement crédible, Harrison, s'il ne manquait un coup de fil dans votre explication. Pourquoi l'avez-vous appelé dès la découverte du cadavre ? Avant même son identification.

Il parut mal à l'aise et pour la première fois son regard fuyait le mien.

– Je ne peux pas en parler.

– Sale fumier ! crachai-je avec une grimace de dégoût. Vous savez des choses qui pourraient s'avérer utiles mais vous refusez de les dire. Vous n'avez pas envie que l'affaire soit résolue. Vous n'en avez rien à branler de Ken, de Cantrell et des autres ! Pour vous, tout ça n'est qu'un jeu malsain.

– Pas du tout…

– Alors dites-moi tout ce que vous savez ! m'emportai-je en me levant.

Il m'observa, silencieux. J'attendis qu'il s'exprime mais il resta muet. Après l'avoir fixé quelques secondes, je soupirai, exaspéré.

– J'ai fait une promesse, dit-il soudain à voix basse, à quelqu'un qui comptait plus pour moi que n'importe quelle autre personne au monde. Pouvez-vous comprendre cela ? J'ai donné ma parole.

– À Alexandra ? Elle n'est plus là, Harrison. Elle est peut-être morte. Elle n'a pas réapparu depuis douze ans. Ça ne vous dérange pas que votre promesse fasse obstacle à la justice ?

Aucune réaction, ni dénégation ni confirmation.

– Pourquoi témoignez-vous tant de loyauté à cette femme ? lui demandai-je d'un ton las.

Il hésitait à répondre. Une main posée sur le flanc du lion des Daykin, j'attendis.

– Ce n'est jamais parfaitement silencieux en prison, finit-il par dire. Les gens s'imaginent que c'est un lieu calme, solitaire, mais pas du tout. Les portes claquent, les gardiens vont et viennent, les codétenus parlent, crient, rigolent et toussent. C'est tout le temps bruyant. Même la nuit, on entend les autres. On n'est jamais vraiment seul.

Il marqua une pause. Je ne dis rien. Une autre voiture passa.

– On n'est jamais seul, répéta-t-il, et ce n'est pas un lieu facile. Comme il se doit, non ? La société vous enferme pour vous punir, pour vous faire souffrir. On se retrouve avec d'autres meurtriers, des dealers et des violeurs. Des mecs violents, des mecs dingues. Vous êtes l'un d'eux et vous avez un rôle à jouer. Il faut se montrer plus violent et plus dingue qu'eux. Il faut être le plus méchant de la prison, sinon on ne survit pas. (Il s'humecta les lèvres et tapota l'herbe du pied.) Au bout de quatre ans, j'ai compris que je ne pourrais pas tenir sur la durée. J'ai laissé tomber, je savais que je n'avais aucune chance de m'en sortir. Je me suis fait affecter à l'équipe de ménage et j'ai commencé à voler de la soude. Il y avait un énorme flacon, jamais je n'aurais pu le cacher, alors je vidais des tubes de dentifrice, je les remplissais de soude et je les rapportais dans ma cellule. Vous imaginez comme l'opération était compliquée ? Il faut de la détermination, j'aime mieux vous le dire ! J'ai attendu d'avoir trois tubes pleins. Je ne voulais pas risquer de me louper faute d'en avoir assez. Trois tubes, ça me semblait suffisant pour un suicide.

– Vous êtes toujours là. Ça n'a pas marché ?

– Je pense que ça aurait suffi. Je ne l'ai pas bu.

– Pourquoi ?

– La prison est devenue calme. Le soir où je comptais le faire, il y a eu une heure de silence. Presque une heure entière. J'attendais, j'avais peur et tout est devenu silencieux. J'ai eu une heure de silence. Je n'y croyais pas. Personne ne bougeait, personne ne parlait, personne ne criait. Et pendant cette heure, je me suis souvenu pour la première fois depuis très longtemps que je n'étais pas que ça. J'avais tué quelqu'un, un geste horrible, et je me trouvais dans cet endroit horrible, encore pour de longues années, mais je n'étais pas que ça. Par contre, si je m'y suicidais, si je mourais là, ce serait une autre histoire. Cela deviendrait mon identité, le monde entier ne garderait de moi que ce seul souvenir, on me verrait comme le énième meurtrier à être mort dans l'endroit où les meurtriers méritent d'être enfermés.

Il saisit à nouveau le chiffon accroché à sa ceinture et essuya son front en nage.

– J'ai raconté cette histoire à Alexandra quelques semaines avant ma libération. Elle a pris ma main dans la sienne et m'a promis que nous ferions en sorte que cette heure-là devienne le reste de ma vie. Elle m'a promis que celui que j'avais été, ou que j'avais feint d'être, en dehors de cette heure n'aurait plus aucune importance. (Il serra le chiffon et des gouttes de sueur tombèrent dans l'herbe.) Elle a tenu sa promesse, Lincoln. Je vais donc tenir la mienne. Désolé, mais je la tiendrai.

TROISIÈME PARTIE

Souvenirs et épitaphes

34

L'été passa tranquillement. La chaleur s'atténua, l'humidité retomba et ce fut bientôt la rentrée des classes. Les Indians se réveillèrent en fin de saison mais trop tard, de quoi laisser dans la bouche de leurs supporters un goût de regret amer pour tout l'hiver. Quelques nouveaux clients s'inscrivirent à la salle de gym. L'agence resta fermée. Joe revint à la mi-septembre. J'étais avec lui quand il retrouva sa maison après neuf mois d'absence, y pénétra et fit le tour des pièces. Impossible de déchiffrer ses émotions.

– Que de poussière, murmura-t-il.

Il avait quitté la Floride en août, mais avait pris la direction de l'ouest et non du nord, suivant Gena dans l'Idaho. Histoire de lui tenir compagnie pendant le long trajet en voiture, m'avait-il expliqué. Il avait tout de même passé une dizaine de jours là-bas et je me demandais si ce n'était pas à des fins de repérage. Il me confia qu'ils n'avaient arrêté aucun plan pour l'avenir et n'écartaient aucune option. Je ne cherchai pas à en savoir plus.

Nous rouvrîmes l'agence le dernier jour de septembre. Une matinée fut consacrée au ménage et à la réorganisation. Nous nous partagerions les enquêtes de préembauche et les bénéfices. Ni l'un ni l'autre ne pourraient en vivre mais ce n'était pas un problème : nous avions chacun un revenu complémentaire, lui sa retraite de policier et moi la salle de sport. Ce boulot mettrait un peu de beurre dans les épinards et nous occuperait.

Au bout de quinze jours, un rythme tranquille était pris : nous nous retrouvions au bureau deux ou trois matinées par semaine, pour éplucher des comptes-rendus et solliciter des vérifications dans les archives judiciaires quand cela nous semblait nécessaire. J'étais content que Joe soit de retour, qu'on puisse reprendre nos joutes verbales comme avant. Le travail n'avait rien à voir avec une vraie enquête, vraiment rien, mais il avait son importance. Nous repérions régulièrement des candidats qui avaient eu affaire à la justice par le passé, pour des contraventions ou des délits. C'était là le genre de personne qu'il valait mieux ne pas embaucher, car elles risquaient de causer de sérieux ennuis à la compagnie. Il s'agissait parfois d'affaires très anciennes, remontant à dix, quinze ou vingt ans, mais nous les signalions néanmoins. Que les incartades fussent récentes ou non, il en découlait un facteur de risque quant à l'éventuel recrutement de la personne, risque que notre nouveau client ne souhaitait pas courir. Il ne pouvait pas se le permettre, nous avait-il expliqué. Pas à l'époque actuelle.

Quinn Graham se manifesta à la fin octobre. Il appela à l'agence et parut surpris de tomber sur moi.

– Je pensais que vous aviez jeté l'éponge.

– Nous avons d'autres missions. Uniquement des enquêtes sur dossier.

– Je vois.

– Quoi de neuf, Graham ? Vous tenez une piste ?

– Non. (Je perçus l'embarras dans sa voix.) Il y a du nouveau, mais pas comme vous l'imaginez.

– Quoi donc, alors ?

– Les parents de Joshua Cantrell ont obtenu gain de cause hier. J'ai jugé bon de vous avertir.

– La justice a prononcé le décès d'Alexandra ?

– Oui… en fait, ça remonte à quelques semaines. Hier, l'accord financier a été conclu. La maison revient aux héritiers, qui souhaitent vendre.

– Ils vont se partager la somme avec Sanabria ?

– Non. Les avocats de Sanabria se sont présentés pour expliquer qu'il n'en voulait pas un *cent*. Ils ont réglé les formalités juridiques pour qu'il renonce à ses droits. La totalité revient aux Cantrell.

Au moins le salopard ne toucherait rien. Maigre consolation, mais tout de même.

– Ils comptent la mettre en vente bientôt ?

– Immédiatement, à ce que j'ai cru comprendre.

Nous bavardâmes un petit moment. Il me raconta que quelques semaines auparavant il avait arrêté le coupable des meurtres de jeunes filles sur lesquels il enquêtait depuis le printemps. Un doctorant de l'université de Penn State, trente ans, dont la thèse portait sur la pornographie. J'étais content que Graham l'ait coincé. Content aussi qu'il m'en ait informé. Ce genre de nouvelle faisait du bien.

Deux jours plus tard, un petit article parut dans le journal. Juste quelques lignes pour expliquer la situation juridique et annoncer la vente imminente de la propriété. Le prix n'avait pas encore été fixé mais la rumeur parlait de quatre millions. Toutefois, les Cantrell envisageaient un lotissement et s'accordaient le temps de considérer les diverses possibilités.

Le matin où l'information parut, je me rendis à l'agence et demandai à Joe s'il pouvait se débrouiller sans moi quelques jours.

Où seras-tu ?

– En forêt avec une paire de jumelles et un téléobjectif.

Il me dévisagea longuement sans rien dire.

– Je sais que tu vas me trouver dingue mais je veux surveiller la baraque.

– La propriété des Cantrell ? Tu veux la surveiller ?

– Oui, pour voir qui va se pointer.

– Qu'est-ce qui te fait croire qu'il y aura quelqu'un d'autre que l'agent immobilier ?

– Parce que, pour certaines personnes, ce lieu est sacré, Joe. Du moins il l'était. Je suis curieux de voir si quelqu'un viendra lui dire adieu.

– Alexandra, par exemple ?

– Je ne sais pas. Il y a peut-être une infime chance. Ou bien Sanabria. Ou Harrison. Voire un parfait inconnu.

Il plissa le front.

– Mettons que quelqu'un vienne, et j'ai du mal à y croire. Qu'est-ce que ça t'apprendra ?

Je ne répondis pas à cette question. J'en étais incapable. Malgré tout, j'avais envie d'essayer. Parce que je n'avais pas oublié la remarque de Ken à Murray Hill : *Elle a fait graver une épitaphe à côté de la porte d'entrée. Ce lieu compte énormément pour elle. Laisse-moi te le dire : si elle est vivante, je suis prêt à parier qu'elle viendra le revoir.*

– Si tu estimes que ça mérite d'être tenté, alors fonce… Je pourrais même te tenir compagnie un jour ou deux. Ça fait un bail que je ne me suis pas farci une surveillance. Au nom du bon vieux temps. Pourquoi pas, hein ?

Nous y consacrâmes une semaine entière. Je passai sur place plus de temps que Joe, à mon poste dès l'aube et jusqu'à la nuit tombée, mais il assura pas mal d'heures. Jugeant préférable de ne pas rester devant le portail, nous nous installâmes un peu plus loin au bord de la route.

Au cours des deux premiers jours, il y eut un peu de passage mais ce n'étaient que des curieux, des gens qui s'arrêtaient en voiture devant la grille puis repartaient. L'article de presse suscitait l'intérêt, voilà tout.

Le troisième jour, une BMW noire se présenta, son conducteur descendit pour ouvrir le portail puis engagea son véhicule dans la propriété. Intrigué dans un premier temps, je reconnus l'homme dès qu'il sortit : l'avocat Anthony Child. Sans doute venait-il inspecter la demeure une dernière fois, avant que la gestion ne lui en soit retirée. Il serait probablement soulagé d'en être débarrassé.

Le lendemain après-midi, d'autres visiteurs passèrent. Une vieille camionnette arriva peu après 13 heures et se gara dans l'allée. Observant la scène au téléobjectif, je vis deux hommes descendre : Parker Harrison côté passager, Mark Ruzity côté conducteur. Le tailleur de pierre grisonnant tenait un bouquet de fleurs à la main. Harrison et lui contournèrent la grille et s'enfoncèrent dans les fourrés comme moi au printemps. Je pris quelques photos.

Joe m'avait tenu compagnie pendant la matinée, mais il était parti à midi. Je l'appelai à l'agence.

– Devine qui vient de se pointer ? Parker Harrison et Mark Ruzity.

– Vraiment ? Qu'est-ce qu'ils fabriquent là, à ton avis ?

– Ils sont venus se recueillir. Ruzity a apporté des fleurs. Je te dis, Joe, cette baraque est un vrai mausolée.

Harrison et Ruzity réapparurent au bout de vingt minutes, sans le bouquet. Ils remontèrent dans la camionnette et repartirent.

Je tenais donc une réponse. J'avais vu ce pour quoi j'étais venu et pourtant, comme Joe l'avait pressenti, je n'étais pas plus avancé pour autant. L'étrange prédiction de Ken – *elle viendra le revoir* – n'était que sottise, comme j'aurais dû m'en douter.

Je m'obstinai néanmoins. Le reste de cette journée-là et les trois suivantes. Au bout d'une semaine, je commençais à tourner bourrique à force de me tenir si longtemps au même endroit, et Joe se taisait, signe qu'il jugeait que le moment était venu d'abandonner. Amy me demanda combien de temps je comptais monter la garde, d'un ton qui en disait long sur son sentiment : la surveillance avait assez duré.

Je leur expliquai qu'il me fallait un jour de plus. Je passai douze heures à observer l'allée déserte et le portail, sans voir âme qui vive.

– Tu savais de toute façon que les chances étaient infimes, me dit Amy. Passe à autre chose.

J'abondai dans son sens, convenant que cela avait assez duré. Mais le lendemain matin, je pris mes jumelles et mon appareil photo, et j'y retournai. Pour ne rien voir. *Bis repetita* le surlendemain. Le soir, je racontai à Amy que j'avais passé la journée au club. Le lendemain, je me levai avant l'aube et m'y rendis encore une fois.

C'était la journée la plus fraîche depuis le début de l'automne. À 7 heures, la Thermos de café était vide, le soleil n'était toujours pas levé et le froid gagnait la cabine du pick-up, engourdissant mon dos et mes épaules déjà nouées. Il était grand temps de jeter l'éponge. On frôlait vraiment le délire, à moins qu'on n'y soit déjà.

Garé sur le bord de la route à côté d'un bosquet d'arbrisseaux et de fourrés, j'étais coincé à l'arrière de la cabine, des rideaux noirs masquant les vitres. J'en étais à une centaine d'heures dans cette posture, ma plus longue surveillance depuis belle lurette, et je ne touchais pas un *dime* pour ma peine.

Quand les phares rasèrent le haut de la colline et ralentirent devant l'allée, je n'attrapai même pas mon appareil photo. J'avais vu trop de voitures pour m'enthousiasmer une énième fois. Mais celle-ci marqua un arrêt, ce qui me fit me redresser et écarter les rideaux, puis elle s'engagea dans l'allée gravillonnée jusqu'au portail. Je m'activai enfin, attrapai l'appareil, le portai à mon œil et l'allumai au moment même où s'ouvrait une portière rouge. Quoique puissant, mon téléobjectif n'était pas conçu pour la faible luminosité : dans l'obscurité du petit matin, je pus seulement distinguer une personne qui avait l'air d'une femme. Elle contourna le portail pour passer à travers bois.

Elle se dirigeait vers la maison.

35

Je tergiversai un moment, ne sachant pas comment agir. Assis dans mon pick-up, mon appareil photo à la main, je fixai les arbres sombres où elle avait disparu. Était-il préférable d'attendre qu'elle en ressorte pour la prendre en filature ou bien fallait-il y aller tout de suite dans l'espoir de la rattraper à la maison ? Après une brève hésitation, l'action l'emporta sur la patience. Je descendis sans l'appareil photo mais armé, et longeai la route vers l'allée. Je pris mon temps, conscient qu'il était illusoire d'espérer la suivre discrètement par le ruisseau et les bois. D'où l'importance de lui laisser de l'avance. Quand j'atteignis la voiture rouge, je m'accroupis à l'arrière et photographiai la plaque d'immatriculation avec l'appareil intégré de mon mobile, gadget fort appréciable en pareille circonstance. Une plaque de l'Ohio. Ce n'était donc pas Alexandra, qui ne se serait pas installée si près de chez elle. Oui, c'était sans doute un agent immobilier entreprenant, venu jeter un coup d'œil à la propriété avant de se rendre au boulot, rien de plus. Mais à l'avant du véhicule, je repérai un autocollant « AVIS » – une voiture de location.

Je me dirigeai vers les arbres qui bordaient la clôture. Ils étaient nettement moins foncés qu'il m'avait semblé au téléobjectif et je pus m'y déplacer assez facilement. C'était moins compliqué en automne ; au printemps la végétation poussait dans tous les sens et l'eau atteignait un niveau élevé sur les berges. Dès que j'eus franchi le ruisseau et la clôture métallique, je ralentis et veillai à me montrer discret. Je retrouvai l'allée sillonnée d'ornières et la suivis, aucun bruit ne me parvenant de celle qui me devançait.

Au sortir du dernier virage qui débouchait sur la butte derrière laquelle se cachait la maison, je m'arrêtai et scrutai les arbres, à la recherche de l'inconnue. J'observai attentivement les alentours et m'assurai qu'elle n'était pas là avant de poursuivre. J'avais fait cinq ou six pas quand je l'aperçus devant l'entrée.

Je ne l'avais pas distinguée parce que la porte était plongée dans l'ombre sous l'arche de pierre, et aussi parce qu'elle ne se tenait pas debout mais agenouillée. M'approchant lentement d'un pas feutré, je vis qu'elle inclinait la tête et tendait le bras, la paume appuyée sur la porte en chêne.

C'était forcément elle. D'autres femmes pourraient s'aventurer ici avant l'aube, mais aucune autre ne tomberait à genoux devant cette maison et n'en caresserait la porte comme un autel.

Alexandra était de retour.

Je m'arrêtai à une dizaine de mètres et patientai. Elle demeura dans cette posture une minute, peut-être deux. Immobile, silencieuse, la tête inclinée et la main sur le battant.

Quand elle bougea enfin, elle commença par caresser le bois, puis se releva, se retourna et me vit.

– C'est une maison magnifique, dis-je. Unique en son genre. Vous la regrettez ?

Ses yeux se détachèrent de moi pour balayer de droite à gauche, cherchant s'il y avait quelqu'un d'autre.

– Je suis seul, précisai-je, et je n'ai pas l'intention de vous attirer des ennuis. J'aimerais que vous me parliez. Que vous éclaircissiez certaines choses. C'est très important pour moi.

Elle s'écarta de la porte, sortit de l'ombre et s'approcha de moi. Pas très grande, guère plus d'un mètre soixante-cinq, elle était menue et se déplaçait avec grâce. Quand elle fut toute proche, je pus constater qu'elle avait conservé de nombreux traits du visage que j'avais longuement contemplé en photo :

l'ossature délicate, le petit nez, la bouche fine, les yeux incroyablement foncés. Ses cheveux étaient plus courts, presque rasés, mais dans l'ensemble elle n'avait guère changé.

– La plupart du temps, je porte une perruque, expliqua-t-elle en me voyant la détailler. Et des lunettes qui ne me servent à rien : des verres sans effet correcteur. Je me maquille alors que ce n'était pas du tout mon genre. Je mets de l'eye-liner, du fond de teint et un tas d'autres cosmétiques répugnants.

Elle s'arrêta à moins d'un mètre de moi, pencha légèrement la tête, fronça les sourcils et dit :

– Vous êtes Lincoln.

Mon nom n'avait jamais été cité dans la presse. Il n'existait aucune trace de mon implication dans les diverses enquêtes la concernant.

– Comment me connaissez-vous ?

Elle m'ignora, tourna la tête et contempla la porte derrière elle.

– Vous avez raison. C'est une maison magnifique et je la regrette. Elle me manque épouvantablement, et aussi tout ce que j'ai abandonné, la vie que j'ai dû quitter.

– Alexandra, insistai-je, comment savez-vous mon nom ?

– Par Ken Merriman.

Figé et sans voix, je fixai sa mine parfaitement calme.

– Vous n'êtes tout de même pas en train de me dire que vous avez parlé à Ken Merriman ? dis-je très lentement et distinctement.

– Bien sûr que si. C'est moi qui l'ai engagé.

36

La phrase franchit ses lèvres avec nonchalance et m'atteignit comme une volée de plomb.

– Vous avez engagé Ken Merriman ? bafouillai-je. Vous avez engagé Ken Merriman ?

Elle hocha la tête.

– Non, fis-je. Ce sont les parents de Joshua qui l'ont contacté. La presse en a parlé. Ken vous cherchait depuis douze ans.

– Il m'a cherchée pendant environ neuf mois et il a fini par me trouver.

– Expliquez-moi.

J'avais peine à m'exprimer.

– Vous savez comment cela a commencé. Il a été engagé par les parents de Joshua. Dans cette histoire, je m'en suis avant tout voulu de l'incertitude qu'ils ont subie. Ça a dû être terrible pour eux, forcément. Ils n'étaient pas sympathiques et Joshua avait une relation douloureuse et difficile avec eux, mais cela ne justifie en rien ce que j'ai fait… (Elle se tut quelques secondes.) Il n'y a sans doute aucun moyen pour faire comprendre aux autres les décisions que j'ai prises. Je ne peux dire qu'une seule chose : une fois que j'étais partie, une fois que c'était enclenché, je n'ai pas eu le courage de faire marche arrière. Quoi que nous fassions, Joshua nous était perdu à jamais, pour eux comme pour moi.

– Parlez-moi de Ken. Comment vous a-t-il retrouvée ?

Un soleil rose pointait derrière les arbres. On entendait le gazouillis des oiseaux mais aucun bruit de circulation.

– Comme vous.

– Il a surveillé la maison ?

– Il avait interrogé beaucoup de gens à propos de l'inscription près de l'entrée, les mots qui y sont gravés. Comme tout le monde lui a confirmé qu'elle n'y figurait pas avant notre départ, il était convaincu qu'il s'agissait d'une épitaphe. Il avait raison. (Elle indiqua le ciel qui rougeoyait à l'orient.) Si on montait là-haut ? J'adore m'y asseoir pour admirer le lever du soleil. C'est magnifique.

Sans attendre ma réponse, elle se dirigea d'un côté de la butte et emprunta un chemin dallé presque entièrement recouvert de mauvaises herbes. Arrivée au sommet, elle s'adossa au vieux puits, face au soleil. Je m'émerveillai une fois encore de cette maison entièrement dissimulée. Sous nos pieds, seules l'herbe et la terre étaient apparentes, il n'y avait que le rebord du mur en pierre pour indiquer l'à-pic au-delà duquel les fenêtres donnaient sur la mare. Je m'arrêtai à un ou deux mètres d'Alexandra, croisai les bras et attendis en silence tandis qu'elle regardait le lever du soleil sans rien dire. Quand elle s'exprima enfin, elle ne prit pas la peine de se tourner vers moi.

– Vous montez la garde depuis combien de jours ?

– Un certain nombre.

– Cette visite devait être la dernière, soupira-t-elle. Elle le sera forcément. Il y aura bientôt de nouveaux propriétaires. Je vois mal comment je pourrais continuer à venir.

– Si vous étiez au courant, pourquoi vous ne vous êtes pas manifestée ? En prouvant que vous étiez encore en vie, vous pouviez conserver la maison. Pourquoi avez-vous laissé faire ?

Elle ne répondit pas.

– Vous l'avez tué ? demandai-je.

Elle se tourna enfin, blessée.

– Bien sûr que non ! Joshua ? Je l'aimais tant, de tout mon cœur.

– Dans ce cas, pourquoi vous cachez-vous ?

Elle s'écarta du puits et s'assit par terre, en tailleur. Nullement gênée par l'herbe qui lui arrivait bien au-dessus de la taille, elle s'y installa confortablement et retroussa les manches. Elle portait un jean foncé, une polaire grise et des bracelets argentés tout simples aux poignets. Elle devait frôler la cinquantaine et pourtant on aurait dit une étudiante paressant sur un campus. J'aurais mis ma main à couper qu'elle pesait moins de cinquante kilos. Elle avait la peau à la fois marquée et douce, chaque fine ride apportant une touche qui sinon lui aurait fait défaut.

– Vous comptez rester debout ? me demanda-t-elle en me regardant. Ça me met mal à l'aise.

Je pris place dans l'herbe à côté d'elle, mon jean s'imprégnant de l'humidité des pluies de la veille, et j'observai le lever du soleil dans son dos en écoutant son récit.

La vie d'Alexandra avait été largement façonnée par celle de son père, par l'univers de crime et de violence dans lequel avait baigné son enfance. D'abord embarrassée par l'argent qu'il lui avait légué, elle avait ensuite décidé de l'investir dans un programme de réinsertion. Elle avait conçu la Crête aux Murmures comme une sorte de ferme pédagogique mais n'avait jamais reçu ni le soutien ni les fonds nécessaires. Elle s'était tout de même lancée à une échelle plus modeste, en misant sur le succès pour le développement futur. À ce stade, elle avait commencé à sentir une réticence croissante chez son mari.

– Joshua n'était pas quelqu'un de direct en situation de conflit, me confia-t-elle. Il n'a jamais voulu me dire franchement qu'il ne voulait pas de cela chez nous et, alors que j'en étais parfaitement consciente, j'ai tout de même continué. Je croyais qu'il était acquis à mes idéaux et que le temps ferait son office. J'ai peut-être agi de manière égoïste. Après y avoir longuement repensé, je m'en rends compte, mais à l'époque, je ne pouvais pas imaginer… Vous comprenez forcément que j'étais loin d'envisager la suite.

À savoir des problèmes de couple grandissants. La version des faits que me livrait Alexandra collait bien avec celle de Dunbar. Elle me décrivit un Joshua de plus en plus renfermé et méfiant. Puis Parker Harrison avait été embauché et son arrivée n'avait fait qu'exacerber les tensions à la Crête aux Murmures.

– J'étais très proche de Parker, reconnut-elle. Je pourrais en dire autant pour tous, mais avec lui c'était d'un autre ordre. Parker et moi, nous étions des âmes sœurs. Son histoire tragique m'a beaucoup touchée.

– Je pense que la famille de sa victime l'a été tout autant.

Elle se tut et me dévisagea avec un froncement qui marquait plus l'incompréhension que la désapprobation.

– Affirmer l'un ne revient pas à nier l'autre, me dit-elle. Pouvez-vous comprendre cela ?

– Je peux entendre la suite ?

– Comme je vous le disais, j'avais une relation privilégiée avec Parker. Nous étions vraiment très proches. Je pense que cela a attisé le ressentiment qu'éprouvait déjà Joshua.

– Vous parlez d'une relation forte. Était-elle charnelle ?

– Non, non, non, absolument pas. Mais Joshua a changé de personnalité au cours des six premiers mois que Parker a passés chez nous. Je comprends maintenant qu'à cette période, il était en contact avec le FBI qui faisait pression sur lui pour obtenir des renseignements sur mon frère, mais à l'époque je l'ignorais.

– Pas le FBI, la contredis-je. Un seul agent, retraité et mal inspiré.

– Quoi qu'il en soit, mon mari se montrait de plus en plus distant, et j'ai enfin perçu tout le mal qui avait été fait. Quand le moment est venu de trouver un remplaçant à Parker, Joshua a proposé de se charger des interviews et du choix, alors que jusque-là je m'en étais toujours occupée. J'ai été surprise mais j'ai accepté volontiers, enchantée qu'il retrouve son enthousiasme. Mais il a choisi Salvatore Bertoli qui était très différent du profil sur lequel nous nous étions mis d'accord au départ.

– Vous ne saviez pas que Salvatore était lié à votre frère ?

– Non. Salvatore ignorait tout autant qui j'étais, vu que j'avais pris le nom de Cantrell. De plus, mon frère et moi n'étions pas très liés. On se voyait rarement et on ne discutait jamais de… de ses collègues. Mais tout ça c'est du passé. Les crimes de mon frère. Il a purgé sa peine de deux ans et à sa sortie il a changé de vie. Il a coupé les ponts. La plupart des individus qui auraient pu lui poser des problèmes étaient incarcérés, et les autres ont respecté son souhait de se retirer. Mon frère n'a plus trempé dans aucun crime depuis quinze ans.

– Il y a des policiers qui s'inscriraient en faux. J'en ai rencontré quelques-uns.

Elle décroisa les bras et se pencha en avant.

– Quelles preuves vous ont-ils apportées ? Ont-ils évoqué des faits récents, autre chose que de l'histoire ancienne ?

– Non.

Notant la satisfaction sur son visage, j'ajoutai :

– Mais l'histoire ancienne comprend des meurtres. Il y a des gens pour qui ces dossiers ne sont pas clos.

Elle perdit son air satisfait et baissa à nouveau les yeux.

– Je veux bien le croire. Je peux simplement vous dire qu'il n'a plus aucune activité criminelle depuis quinze ans et consacre sa vie au service des autres. Il est devenu un homme d'affaires très généreux. Vous devriez voir les œuvres charitables qu'il…

– Sauf votre respect, je ne suis pas ici pour juger du passé de racketteur de votre frère. Vous dites qu'il n'a tué personne ces derniers temps et vous m'en voyez ravi. Je conviens qu'il s'agit d'un progrès, cependant là n'est pas le problème.

Je m'attendais à ce qu'elle prenne la mouche, mais elle se contenta de me dévisager calmement. Son regard me mit mal à l'aise, comme si j'entrais dans une catégorie d'individus qu'elle étudiait depuis toujours et comprenait parfaitement.

Elle poursuivit son récit sans rancœur, laissant de côté le sujet de son frère.

– J'avais de moins en moins confiance en mon mari et Bertoli m'inspirait la plus grande méfiance. Je sentais que de mauvais coups se tramaient sous mon toit, aussi j'ai demandé à Parker de rester. Je pouvais compter sur lui. C'est cette décision qui a fait basculer Joshua. Je n'en étais pas consciente à l'époque, bien entendu, mais apparemment il hésitait beaucoup et l'agent du FBI, Dunbar, lui forçait la main. Quand je lui ai annoncé que je voulais demander à Parker de rester, ça l'a mis hors de lui et, en réaction, il a accepté de jouer un double jeu. Notre maison est devenue un lieu hideux pendant quelque temps, un lieu de défiance et de silence.

– J'ai parlé à Dunbar, dis-je. Lui affirme avoir tout échafaudé parce qu'il était convaincu que votre frère avait participé au meurtre d'un certain Johnny DiPietro.

– C'est faux.

– D'après votre frère.

– Non, d'après Salvatore.

– Comment ça ?

– Il a confié à Parker qu'il savait très bien ce que manigançait Joshua, et que ceux qui l'y avaient incité se gouraient complètement, qu'on s'en prenait à la mauvaise personne alors qu'il existait bel et bien quelqu'un d'autre qui n'hésiterait pas à tuer mon mari.

– On peut comprendre que Bertoli prétende ça.

– Peut-être, mais Parker l'a cru et Salvatore est parti.

– Et Parker vous a tout rapporté. Voulez-vous me faire croire que le sujet n'a jamais été abordé avec votre mari ?

– Mais si, et nous avons eu une dispute magistrale, une scène épouvantable où ça criait dans tous les sens, et cela a sauvé notre mariage. Enfin, ça l'aurait sauvé…

Sa voix n'était plus qu'un murmure et des larmes perlaient à ses paupières. Elle les essuya délicatement, sans honte aucune. À cet instant, elle était d'une beauté envoûtante.

– Ce soir-là le silence a été rompu, dit-elle, et l'on s'est avoué tout ce qu'on s'était caché. Il m'a révélé ses pensées et ses agissements, je lui ai expliqué que son silence avait fait beaucoup de tort à notre couple, et nous avons fait l'amour comme de vrais amoureux pour la première fois depuis des années. Puis nous avons décidé de partir.

– Pour toujours ?

Elle secoua la tête.

– Non, pour quelques mois, peut-être un an. Joshua en parlait depuis longtemps, il voulait voyager à l'étranger, mais j'avais toujours refusé à cause du retard que prendrait notre projet. Ce soir-là j'ai accepté parce que je pensais qu'il nous fallait partir pour retrouver une vie commune, pour pouvoir revenir. Sinon, la séparation serait inévitable. Nous en serions peut-être arrivés là quand même, mais j'aime croire que non.

Elle cessa de parler et comprima les lèvres. Je crus d'abord qu'elle était en colère, puis je compris que les larmes revenaient et qu'elle était déterminée à ne pas craquer.

– Joshua trouvait aussi qu'il était plus prudent de s'absenter. Compte tenu de ce que nous avait confié Parker, il pensait que nous étions peut-être en danger.

– Vous aviez donc le projet de partir, mais cela n'a pas pu se faire. Pas pour votre mari, en tout cas.

Elle acquiesça.

– Nous avons pris nos dispositions, pour la maison, pour le courrier, tout ce qu'il faut prévoir avant de s'absenter. La dernière fois que je lui ai parlé, je m'apprêtais à me rendre dans une agence de voyages et je lui ai proposé de m'accompagner. Il m'a dit d'y aller seule, qu'il avait des choses à faire à la maison. Je me suis absentée environ trois heures. À mon retour, j'ai découvert le cadavre de mon mari. (Elle avait le regard rivé sur le puits, comme si quelque créature en émergeait.) Il était dehors. Devant la porte d'entrée. On lui avait tiré dessus, il y avait du sang partout. Dès que j'ai vu son corps, j'ai compris que mon frère l'avait tué.

– Comment donc ?

– Dominic avait offert un cadeau à mon mari au moment de notre mariage. Une bague hideuse, avec une énorme pierre, qui avait dû lui coûter une fortune mais ne correspondait pas du tout à Joshua. Il ne portait jamais de bagues. Mon frère si, à l'époque. Il était grande gueule, m'as-tu-vu, et il portait des bijoux hors de prix. Pour lui, ce présent avait une vraie valeur. Mais Joshua la détestait et ne la portait jamais, sauf quand Dominic nous rendait visite.

Elle se recroquevilla, alors qu'il n'y avait pas de vent et que le soleil nous réchauffait à travers les arbres nus.

– La bague reposait sur sa poitrine ensanglantée, murmura-t-elle. L'assassin l'avait balancée dans son sang et j'en ai compris le sens. Cette bague avait valeur de symbole pour mon frère, en signe d'accueil dans notre famille, et Joshua avait trahi cet accueil. Mon frère l'a donc tué et, bien qu'il m'ait menti à ce sujet, la bague était là comme message.

– Il a été assassiné ici et son cadavre reposait devant la porte.

Elle fit oui de la tête.

– Alors, pouvez-vous m'expliquer comment son corps s'est retrouvé dans une forêt de Pennsylvanie ?

Elle me regarda, puis tourna la tête et pivota le torse comme pour se détendre le dos, et me répondit en dissimulant son visage.

– Je l'ai emmené là-bas et je l'y ai enterré.

– Je suis content que vous m'ayez menti à ce sujet, Alexandra, car vous êtes une piètre menteuse et cela m'aide à croire le reste de votre histoire.

Elle se retourna lentement, ramenant son visage vers moi.

– C'est Parker Harrison qui l'a enterré, dis-je. Maintenant expliquez-moi pourquoi.

– Pour me venir en aide. Pour me sauver. Il s'était absenté tout l'après-midi et quand il est rentré avec sa cargaison de paillis, il m'a trouvée assise à côté de Joshua.

– Pourquoi n'avez-vous pas alerté la police ?

– La police n'aurait pas pu me rendre Joshua, par contre on m'aurait obligée à rester ici, à endurer l'enquête et le procès, la mise en cause de mon frère et les médias. Voilà ce qui serait arrivé si je n'étais pas partie, et tant d'autres choses. Il y avait des gens comme Parker, Nimir Farah ou Mark Ruzity, dont je savais que la presse leur tomberait dessus, ce qui me semblait épouvantable. Je voyais tout le mal qui en sortirait, et rien de bien.

– Et que le meurtre de votre mari ne demeure pas impuni ? Cela ne vous importait pas ?

– Bien sûr que si. J'ai réagi sous le choc, je veux bien l'admettre. À la seule idée d'endurer ce qui s'ensuivrait… je m'en suis sentie incapable. Vous estimez sans doute que c'était de la lâcheté et peut-être avez-vous raison. Je vous laisse en juger.

– Mark Ruzity a été aperçu en compagnie de votre frère après votre disparition, après la mort de Joshua. Et Parker Harrison a appelé votre frère. Pourquoi ?

– J'ai demandé à Parker de lui transmettre un message. Que je partais, que je ne lui parlerais plus jamais et qu'il ne devait pas me chercher.

– Et Ruzity ?

Elle plissa le front.

– Mark est une belle âme, mais il a du mal à maîtriser sa colère. Beaucoup de mal. J'ai demandé à Parker, qui était proche de Mark, de lui dire seulement que je partais à cause de mon frère. Je me méfiais de sa réaction s'il apprenait les détails. Malgré tout, il se pourrait que Mark ait voulu faire passer le message à Dominic… de manière un peu appuyée.

– Pardon ?

Elle releva les yeux.

– Je subodore qu'il a menacé de le tuer s'il continuait de s'en prendre à moi.

Je repensai au ciseau appuyé sur mon front, puis au cliché pris par Dunbar, Ruzity qui semblait avoir empoigné Sanabria par le cou et lui murmurer quelque chose à l'oreille. Peu de gens oseraient menacer un mafieux, mais lui en paraissait tout à fait capable.

Harrison a donc emporté le corps et vous avez pris la fuite.

– Oui.

J'étais de plus en plus intrigué. Pourquoi Harrison avait-il traîné son ombre jusqu'à ma porte ? Vu qu'il savait déjà ce qui était arrivé, que diable cherchait-il ?

– Harrison savait-il où vous étiez ? Êtes-vous restés en contact ?

– Non.

Peut-être voulait-il uniquement la retrouver. Peut-être ce point-là était-il vrai.

– Je n'ai plus eu aucun contact avec Parker jusqu'au mois de mai. La veille du meurtre de Ken, j'ai appelé Parker pour lui dire de ne pas vous faire confiance.

– Quoi ?

– Je lui ai dit qu'il n'avait aucun souci à se faire pour moi, mais que j'étais au courant qu'il me recherchait et qu'il courait un grand risque à collaborer d'une quelconque manière avec la police ou un détective privé. Comme c'était lui qui avait enterré le cadavre de mon mari, il était tout à fait concevable qu'on le mette en cause. S'il lui arrivait quoi que ce soit, je lui ai dit qu'il n'avait qu'à m'appeler pour que je me manifeste.

La veille du meurtre de Ken. Le jour où Harrison m'avait demandé de laisser tomber…

– Pourquoi n'avez-vous pas expliqué à Harrison qui était Ken ?

– Ken était le seul à savoir où me trouver, depuis des années. La police aurait pu le lui reprocher, non ? Je ne voulais pas lui attirer des ennuis.

– Des ennuis, répétai-je. Il est mort. Votre décision que le meurtre de votre mari ne soit jamais résolu peut se comprendre, et même peut-être se défendre. Mais pas pour la mort de Ken.

– Je suis d'accord.

– Pourtant vous n'avez pas contacté la police, vous n'avez rien fait.

– Je ne voyais pas comment m'y prendre. J'ai disparu depuis douze ans. J'ai une nouvelle vie, ailleurs. Je ne veux pas qu'elle soit détruite comme l'a été ma vie d'avant.

– Mais vous êtes la seule à savoir quelque chose.

– Je sais simplement que le jour de sa mort, Ken Merriman m'a laissé un message…

– Nouveau mensonge : il ne vous a laissé aucun message. Ses appels ont été épluchés plus d'une fois.

– Il ne s'est pas servi de sa ligne, ni de la mienne. Il comprenait mes réticences à communiquer mon numéro. Il s'était donc abonné à un service de secrétariat téléphonique, un truc anonyme, et il m'appelait toujours d'une cabine publique et avec une carte. Moi aussi. C'était notre seule façon de nous contacter. Jamais une vraie conversation, toujours un échange de messages. Souhaitez-vous savoir ce qu'il m'a dit le dernier jour ?

– Oui.

– Il pensait que vous n'étiez plus loin de la vérité sur le meurtre de mon mari, tous les deux, et que cela n'avait rien à voir avec mon frère. C'était plutôt une histoire de voiture, d'après lui.

37

– Une histoire de voiture ?

Je la fixai, sans voix. Une histoire de voiture ? Quelle voiture ?

– Vous ne voyez pas de quoi il s'agit ? s'enquit-elle.

– Non. Parce qu'il m'a tenu à l'écart, est parti sur son idée et s'est fait descendre.

– S'il vous a tenu à l'écart, c'est qu'il attendait mon accord pour vous dire la vérité. Pour tout vous dévoiler. Il vous jugeait digne de confiance.

– Y auriez-vous consenti ?

Elle réfléchit un instant avant de répondre.

– Je ne sais pas. Sans doute que oui. Maintenant vous savez la vérité.

– Seulement parce que je vous ai retrouvée.

En le disant, je me rendis compte que j'en étais redevable à Ken. À sa conviction qu'elle reviendrait si la maison était mise en vente, pour revoir ce lieu une dernière fois. *Laisse-moi te le dire : si elle est vivante, je suis prêt à parier qu'elle viendra le revoir*, m'avait-il certifié avec cette entame de phrase bien à lui.

– Vous lui aviez dit que vous reviendriez. Quand vous avez appris que votre belle-famille réclamait l'héritage, vous avez confié à Ken que vous reviendriez avant la vente.

– Oui.

Il m'avait indiqué la piste pour retrouver Alexandra. J'étais là grâce à lui.

– Il était au courant depuis des années et pourtant il a gardé le secret, dis-je. Pourquoi ?

– Je lui ai raconté la même chose qu'à vous, mais avec beaucoup moins de sang-froid. C'était la première fois que je revenais ici et j'étais déjà en piteux état quand il m'a trouvée. Si on y ajoute le choc d'être découverte… Il m'a calmée, il m'a écoutée et je lui ai livré en gros le même récit qu'à vous, excepté quelques éléments que je n'avais pas encore appris.

– Vous lui avez tout raconté, puis vous lui avez demandé de faire comme si de rien n'était, comme s'il ignorait complètement ce que vous étiez devenue.

Elle hocha la tête.

– Vous désapprouvez et cela ne m'étonne pas. La plupart des gens partageraient votre avis, j'en suis sûre. Mais pas Ken Merriman. Il m'a comprise quand je lui ai expliqué qu'on m'avait tout pris. J'avais deux grandes passions dans ma vie : mon mari et ma mission ici. Toutes deux étaient anéanties. Croyez-vous que l'État aurait continué notre collaboration ? Un homme était mort par ma faute, alors que j'étais censée faciliter sa réinsertion. Mon projet était détruit, mon mari mort, et le responsable était mon frère. J'ai fui tout ça. J'ai fui, d'accord ? C'était mal, peut-être, faible à coup sûr, mais j'ai réagi comme ça et voilà tout… (Je ne laissai transparaître aucune réaction.) J'ai supplié Ken Merriman de me laisser partir et il a accepté. Oui, il a accepté.

Cela avait dû se passer après la campagne de presse et les critiques des parents de Joshua, des coups sévères portés à la réputation de Ken et à sa carrière. Il aurait pu jouer un atout maître en livrant Alexandra, faisant taire ses critiques et s'assurant une vraie renommée. C'était un fait divers incroyable, une énigme sensationnelle, et il aurait pu s'adjuger le scoop. Au lieu de quoi il avait choisi le silence, de retourner aux infidélités conjugales et aux fraudes à l'assurance, à ses problèmes d'argent et à une existence qui lui valait si peu de reconnaissance.

Je repensai à la fois où il m'avait sorti que sa femme avait eu raison de le quitter. Selon lui, on prenait parfois des décisions qui semblaient justifiées sur le moment mais avec le recul, compte tenu du prix que payait sa famille, on avait parfois le sentiment d'avoir agi égoïstement.

– Mesurez-vous ce qu'il a sacrifié pour vous ? Ce à quoi il a renoncé ?

– Bien sûr. Pour préserver la mienne, il a accepté que sa propre vie en pâtisse.

– C'est l'épitaphe qui l'a convaincu que vous reviendriez ? (Elle acquiesça.) Qui l'a gravée ?

– Parker. À ma demande, après mon départ. Je voulais que ce soit une sorte de mémorial, avec des mots qui marquent mon frère. Qu'il sache que j'avais compris qu'il était l'assassin de mon mari. Ken l'avait à peu près deviné et il supputait que je reviendrais peut-être, dès lors que cette maison était pour moi comme un mémorial. Probablement à la date anniversaire, le 12 avril. Il a donc attendu et surveillé les lieux. Tous les jours pendant trois semaines.

Trois semaines. Je n'aurais jamais tenu si longtemps. La remarque de Casey Hopper, quand je l'avais interrogé sur Ken, me revint. *J'étais tireur isolé au Vietnam. Alors quand je dis que quelqu'un est patient…*

– Vous n'êtes pas revenue le 12 ?

– Non. J'aurais voulu, mais j'ai eu peur que quelqu'un n'y ait pensé. Je suis donc venue plus tard.

– Il vous attendait toujours.

– Oui. Tout le monde lui avait raconté à quel point ce lieu était important pour moi, l'espoir et l'énergie que j'y avais investis. Ça plus l'épitaphe, il était convaincu que je reviendrais.

– La maison était presque neuve, elle valait une fortune. Vous comptiez la laisser inoccupée à jamais ?

– Il n'y avait plus rien ici pour moi. Il m'était impensable de continuer à l'habiter. Par contre, je n'aurais jamais pu vendre cette maison. Pour rien au monde.

– Elle ne vous appartient plus. Je doute que vous puissiez la récupérer. Il est sans doute trop tard.

– Je ne vais pas m'y opposer. Qu'ils aient leur argent. C'est bien le minimum que je leur dois.

– Ils ont fait beaucoup de tort à Ken pour sa carrière.

– Je sais. Quand il m'a laissé un message m'informant que vous vous intéressiez à la propriété, je l'ai engagé pour qu'il découvre qui était votre client. Je craignais que ce ne soit les Cantrell et j'étais inquiète pour Parker. J'étais loin d'imaginer que c'était lui.

– Quand vous l'avez su, vous avez demandé à Ken de rester dans le coup pour me surveiller ?

– Non, il a décidé ça tout seul. Il commençait visiblement à douter de la culpabilité de mon frère.

– Vous n'avez pas de contact avec votre frère ?

– Aucun. Comme je vous l'ai dit, j'ai cru pendant des années qu'il avait tué Joshua. Puis Ken m'a laissé ce dernier message dans lequel il semble me donner tort.

– Et il conseille aux enquêteurs de s'intéresser à une voiture.

Nouveau hochement de tête.

– Maintenant il faut aller au bout, dis-je. À vous de l'accepter.

– La police parviendra-t-elle à élucider l'affaire, après tant d'années ?

– Moi j'y parviendrai. Si j'en crois Ken, c'est même déjà fait ! Je n'ai plus qu'à comprendre où se trouve la solution.

Nous restâmes assis là encore une heure, le soleil de plus en plus haut dans le ciel et nos muscles de plus en plus engourdis. Elle me parla de sa vie mais je n'appris plus rien de renversant. Je finis par lui demander où elle avait passé les douze dernières années. J'eus droit à une réponse plus étoffée que je ne m'y attendais.

– J'habite dans une petite ville, dans un pays étranger mais tout proche… (Elle rit.) En voilà une devinette compliquée ! Bon. Je suis donc installée au Canada. J'ai changé de nom et je porte une perruque depuis si longtemps qu'elle me semble faire partie de moi. Je gagne modestement ma vie mais cela me suffit. Dans ma nouvelle existence, il ne m'en faut pas plus. Je ne me suis jamais remariée et je doute fort que cela m'arrive un jour. J'ai des amis auxquels je tiens énormément, au-delà de ce que je peux exprimer, et aucun d'eux ne connaît mon passé, vraiment aucun. Je ne leur ai pas menti, j'ai seulement demandé qu'on ne me pose pas de questions, et ils respectent ce souhait. Du moins mes plus proches amis.

J'avais pour ma part tant d'autres questions à lui poser, mais je m'aperçus qu'elle détenait peu de réponses. La conversation en vint à stagner, puis à s'éteindre complètement. Je ne voulais pas la laisser repartir, tout en étant conscient que nous ne pouvions pas rester là éternellement.

– Je pourrais vous retenir ici et prévenir la police. Ils sont nombreux à vouloir vous interroger.

Elle ne réagit pas, soutint mon regard en silence.

– Je ne suis pas certain d'en avoir envie, dis-je. Peut-être plus tard, mais pas tout de suite. En même temps, je suis convaincu que ce serait une erreur de vous laisser filer.

– Donnez-moi votre numéro de téléphone. Je vous appelle demain. Je vous le promets. Quoi que vous me demandiez, j'accepterai.

– Y compris vous signaler à la police ?

Nouveau silence.

– Ah, fis-je. Tout sauf ça.

– Peut-être que si. Je ne suis pas sûre. Je suis partie depuis si longtemps, j'ai une nouvelle vie qui serait sacrifiée. Vous comprenez bien qu'on ne prend pas ce genre de décision sur un coup de tête.

– C'est le moins qu'on puisse dire pour une décision qui aura pris douze ans, mais de toute façon je ne suis pas certain qu'elle vous appartienne, Alexandra.

Nous nous fixâmes un moment, puis je me levai. J'étais

resté assis si longtemps que mes jambes semblaient ne plus m'appartenir.

– Je pourrais prendre tout ça pour argent comptant et m'en vouloir de vous avoir crue quand j'apprendrai dans une semaine que ce n'était que mensonge.

– Ce n'est pas un mensonge.

– Si ça l'est, sachez une chose : je vous traquerai. J'irai jusqu'au bout de la terre et j'y consacrerai le temps qu'il faudra, mais je vous retrouverai.

Elle se leva à son tour, frotta son jean, puis s'avança et me tendit la main. Comme je la serrais dans la mienne et la regardais droit dans les yeux, elle déclara :

– Je vous le répète : ce n'est pas un mensonge.

Elle s'éloigna et se dirigea vers le rebord en pierre qui marquait la façade arrière de la maison, avec vue sur l'étang. Les épaules rentrées et les mains dans les poches de son pantalon, elle demeura là à contempler le paysage en contrebas.

Je lui accordai quelques minutes en solitaire avant de la rejoindre.

– J'aurais aimé que vous puissiez voir la propriété, me dit-elle.

– J'imagine de quoi ça devait avoir l'air.

– Non, dit-elle en secouant la tête. Vous ne pouvez pas imaginer. Quand Parker s'occupait du parc, quand tout était impeccable, c'était au-delà de ce que vous pourriez imaginer. Au printemps, quand toutes les fleurs étaient épanouies… non, vous ne pouvez pas imaginer. (Elle sortit les mains de ses poches et tourna le dos à la vue.) Cette maison était comme je l'avais rêvée. Nous aurions pu y accomplir tant de choses… tant de choses.

38

Je repartis avec Alexandra par l'allée, en silence. Arrivée à sa voiture de location, elle se tourna vers moi.

– Je vous appelle demain, dit-elle. Nous verrons comment faire avancer les choses. Peut-être ne me croyez-vous pas, mais c'est la vérité. Si je ne téléphone pas, tenez promesse : entamez la traque.

– Prenez-le à la rigolade si vous voulez, moi je ne plaisante pas. Peu importe où vous serez, Alexandra, je finirai par mettre la main sur vous. On peut retrouver n'importe qui.

– Ken Merriman me l'a prouvé.

Elle prit ma main et la serra, puis se retourna, ouvrit la portière et s'installa au volant. J'attendis qu'elle démarre pour regagner mon pick-up un peu plus loin au bord de la route. Tandis que je filais vers la voie express, j'observais attentivement tous les véhicules que je croisais en repensant à ce qu'avait dit Ken. Une histoire de voiture…

Une seule idée me vint à l'esprit, un élément que Mike London avait déjà vérifié. Le jour où Ken et moi avions déjeuné avec lui, il nous avait parlé d'un véhicule qui avait été repéré à proximité du lieu où Bertoli était mort et appartenait à un atelier clandestin affilié à Dominic Sanabria. Comment s'appelait le propriétaire, déjà ? Neloms. Darius Neloms. Mais celui-ci avait un alibi solide et la piste s'était arrêtée là. Ken avait-il repéré un détail qui aurait échappé à Mike ? À moins qu'il ne s'agisse d'une tout autre voiture. Auquel cas, je n'étais pas plus avancé qu'avant d'avoir parlé à Alexandra.

J'étais à mi-chemin quand mon portable sonna. Le numéro de l'agence s'afficha. Joe.

– T'es encore fourré là-bas, hein ? m'apostropha-t-il dès que je répondis. Laisse tomber, LP. Oublie ça.

– Elle est passée à la propriété ce matin.

Aucune réaction ne se fit entendre dans un premier temps.

– Dis-moi que c'est la vérité, Lincoln, et qu'il ne faut pas que je me mette à chercher une clinique appropriée pour toi.

Je lui racontai ma matinée. Quand j'eus terminé, j'étais à un kilomètre de l'agence et il ne s'était pas exprimé depuis un bon moment.

– Je l'ai laissée filer, dis-je, et je sais que tu vas m'expliquer que j'ai fait une grosse connerie mais je m'en fous.

– Si tu la crois, alors elle n'est plus la préoccupation majeure du moment.

Une partie de moi-même se détendit avec soulagement. Il partageait mon point de vue : Alexandra n'était plus la priorité.

– J'y crois parce que je l'ai vue mentir une fois aujourd'hui et c'est une piètre menteuse, Joseph.

– Et la voiture ? As-tu des idées là-dessus ?

– Peut-être. Mais si je me trompe, on se retrouvera bredouilles. Attendons de voir.

Je raccrochai et cinq minutes plus tard j'étais à mon bureau. Je fis part à Joe de l'enquête de Mike London telle que je m'en souvenais, puis me calai contre mon dossier en écartant les mains.

– Je n'ai rien de mieux. Darius Neloms était un acolyte de Dominic Sanabria, mais il était très loin du premier cercle. Il repeignait des véhicules volés et les remettait dans le circuit. Pas franchement le bras droit de Sanabria. De toute façon, Ken avait apparemment de sérieux doutes sur l'implication de Dominic dans le meurtre.

– La voiture aurait donc son importance. Ken avait peut-être découvert qui d'autre avait pu s'en servir.

– Faut voir. En tout cas, si ça n'a aucun rapport avec l'atelier clandestin, alors je n'ai pas la moindre idée de ce à quoi il faisait allusion. Comme nous avions vu Mike la veille du meurtre de Ken, il avait cet élément présent à l'esprit, et puis il semble m'accorder le mérite de l'avoir conduit à la solution… Je ne vois que ça. London est le seul à avoir mentionné une bagnole.

– Eh bien, je dirais que le moment est venu de l'appeler.

Je le fis aussitôt, en mettant le haut-parleur. Joe écouta la conversation, le menton posé sur ses mains jointes. Je n'avais pas parlé à Mike London depuis la mort de Ken. Il m'avait contacté quand il avait appris la nouvelle, curieux plutôt qu'ému, et on en était restés là.

Jugeant préférable que Joe soit le seul à être au courant qu'Alexandra était ma source, je passai ce fait sous silence et racontai à Mike que Ken avait évoqué, juste avant son assassinat, une voiture qui aurait son importance.

– La seule voiture qui ait jamais été mentionnée, dis-je, c'est celle de ton enquête. Elle appartenait à un certain Darius Neloms, c'est bien ça ?

– Exact.

– Lequel avait un alibi…

– En béton, tout à fait.

– Il est entièrement exclu que tu te sois trompé à ce sujet ?

Un silence.

– Frère, si tu veux contrôler mon boulot, ne t'en prive pas ! Les bandes de vidéosurveillance doivent même traîner quelque part au fond d'un entrepôt. Mais je peux te jurer que Darius Neloms n'était pas dans les parages quand Bertoli est mort. Il y avait seulement une voiture lui appartenant. Je n'ai pas pu découvrir qui la conduisait. Ce n'est pas faute d'avoir essayé.

Le ton était lapidaire et cinglant. Joe arqua les sourcils et afficha un petit sourire. Je m'avançais en terrain périlleux en osant suggérer que quelque chose aurait pu échapper à Mike.

Je m'efforçai de l'apaiser – il faudrait certes que je vérifie cette histoire, mais rien ne m'obligeait à le lui annoncer tout de suite.

– Voilà qui me suffit amplement, Mike. Je me demande juste ce que je dois en faire. Si Ken s'est emballé à propos d'une voiture, je pense qu'il doit s'agir de celle dont tu nous as parlé, mais quant à savoir où cela l'a mené…

– Comme je vous l'ai expliqué au printemps, Darius était lié à Sanabria.

– Apparemment, Ken ne pensait pas que Sanabria ait été impliqué dans le meurtre.

– Alors je ne vois vraiment pas ce que je peux te dire, Lincoln.

Je fermai les yeux et me malaxai le front en cherchant la bonne question. Merde, il devait bien y avoir une question à lui poser… Qu'avait perçu Ken à propos de cette bagnole que ni Mike ni moi n'étions fichus de voir ?

– Tu as vérifié l'immatriculation, forcément, et elle était au nom de Neloms. C'est bien ça ?

– Ouais. Non, attends : en fait le véhicule était immatriculé au nom de l'atelier mais c'est kif-kif. Au bout du compte, elle lui appartenait. Il nous a expliqué que les clés étaient accrochées dans l'atelier, que n'importe qui avait pu l'emprunter. Puis il nous a sorti qu'on avait dû la piquer.

– Et le voleur l'aurait ensuite gentiment rendue.

– C'est ça. J'ai enquêté sur tous les employés… la plupart étaient des potes à lui ou de sa famille, des cousins ou des neveux ou Dieu sait quoi… et je n'ai rien trouvé. Mais je doute fort que le type au volant était de la clique à Neloms.

– Tu penses à un gars embauché par Sanabria ?

– Oui. Neloms lui avait déjà rendu service.

C'était là du réchauffé, la même conversation que six mois auparavant, avec Sanabria comme coupable désigné alors que les dernières paroles de Ken pointaient dans une tout autre direction.

– Écoute, Lincoln, je ne vois pas ce que je pourrais t'apprendre de plus…

– C'est bon, Mike. Ne t'en fais pas. Si je pense à autre chose, je te rappellerai.

Je le remerciai et raccrochai.

– Mike pense donc qu'un type de Sanabria était au volant, dit Joe.

– Mouais.

Nous réfléchîmes en silence.

– Une idée saugrenue qui me vient soudain, dis-je. Et si Bertoli s'était rendu sur place au volant de ladite voiture ?

Joe plissa le front.

– Et son fantôme s'est relevé pour la rapporter ? La voiture n'était plus là après sa chute mortelle, n'est-ce pas ? Raison pour laquelle Mike l'a considérée comme un véhicule suspect.

– Certes, mais il a bien fallu qu'il se rende sur place, ce dont l'assassin a pu tenir compte. Un gars qui vient de sortir de prison, peu probable qu'il ait une voiture. Peut-être en a-t-il emprunté une à Neloms. Il se rend avec à un rendez-vous, il se fait buter, et quelqu'un, peut-être l'assassin mais pas obligatoirement, la ramène. Si la voiture n'est plus sur place la police ne peut pas s'y intéresser, ce qui est le but recherché, d'autant que les coupables ne peuvent pas se douter…

Je ne terminai pas ma phrase.

– Continue, dit Joe.

Mais je restai silencieux. L'hypothèse de Bertoli comme conducteur avait déclenché quelque chose dans mon cerveau. Je me levai, me dirigeai vers l'armoire et y pris la liasse de papiers que Ken m'avait remise. La copie de l'intégralité de son dossier, m'avait-il assuré. Je mis un certain temps mais finis par trouver le document qu'il avait apporté à l'agence le lendemain de notre première rencontre arrosée, suite à laquelle j'avais fait le rêve délirant que Parker Harrison me rejoignait sur le toit.

Le profil des ex-détenus qui étaient passés à la Crête aux Murmures. Je le feuilletai jusqu'à atteindre le passage consacré à Bertoli. Je relus les circonstances de son arrestation suite au passage à tabac du routier auquel il avait volé son héroïne. Quelques heures avaient suffi à la police pour mettre la main sur lui. Grâce à sa voiture.

39

Bertoli avait utilisé des plaques minéralogiques volées, mais sur sa propre voiture, une Impala customisée et équipée de jantes chromées ornées de motifs découpés en losange.

– Fils de pute, marmonnai-je.

Sans fournir davantage d'explications à Joe qui affichait un air interrogateur, j'appuyai rageusement sur la touche « bis » et obtins Mike London à nouveau.

– Une dernière question. La voiture que tu avais repérée, c'était bien une Oldsmobile Cutlass et non une Impala ?

– C'est ça.

– Tu nous as dit qu'elle était customisée, non ?

– Ouais. Un tas de gadgets comme dans les clips de rap.

– À tout hasard, tu ne te souviendrais pas des jantes ?

– Les jantes ?

– Oui.

– Euh… c'était un modèle qui tourne, tu sais, quand le moteur est allumé ?

– Oui. Te souviens-tu si elles avaient des motifs découpés en forme de losange ?

– En forme de losange ? (Il se tut pendant qu'il y réfléchissait.) Ouais, c'est bien possible. Je n'en suis pas sûr et certain, mais ça me rappelle quelque chose.

– D'accord, Mike. Merci. Merci beaucoup.

Je raccrochai, me levai, laissai tomber le rapport de Ken sur le bureau de Joe et attendis qu'il l'ait lu.

– Tu penses qu'il avait confié sa voiture au fameux garage ?

– Oui.

– Logique. Cela dit, on savait déjà que la bande à Sanabria et Neloms trafiquaient ensemble.

– Oui mais relis le rapport d'arrestation. Qui se trouvait dans le véhicule avec Bertoli le soir où il a fauché l'héroïne ?

– Un mineur dont l'identité n'est pas dévoilée.

– C'est ça. Le nom ne figure pas dans le rapport car Ken n'avait accès qu'aux archives publiques dans lesquelles un mineur ne peut pas être cité. Mais il existe un rapport de police avec le nom du gamin. Il me le faut.

– J'appelle tout de suite.

Contrairement à moi, il ne mit pas le haut-parleur. Je l'entendis formuler sa demande et j'étais certain qu'il n'obtiendrait pas la réponse tout de suite. Si j'avais passé le coup de fil moi-même, on m'aurait proposé de me rappeler et si j'avais mal choisi à qui demander le service, le suspense se serait peut-être prolongé jusqu'au lendemain. Au lieu de quoi Joe fut mis en attente à peine trente secondes. Il remercia la personne en un murmure, griffonna quelque chose, raccrocha et tendit le bloc-notes tout près de mon visage.

Alvin Neloms, noir, seize ans.

– Probablement son fils, dis-je. Darius Neloms a un fils.

– Vérifie.

Je retournai à mon ordinateur, lançai une recherche sur Alvin Neloms dans une base de données et obtins l'historique familial. Père inconnu. Sa mère avait apparemment gardé son nom de jeune fille. D'après les informations affichées, Darius Neloms était l'oncle et non le père. Originaire d'East Cleveland, Alvin Neloms avait vingt-neuf ans et une seule arrestation à son actif depuis sa majorité, pour détention de stupéfiant, affaire classée sans suite. Ken avait très bien pu obtenir ces renseignements en quelques minutes, après avoir fait le rapprochement entre les deux voitures.

– Tu connais quelqu'un à la police d'East Cleveland ? demandai-je à Joe.

– Tony Mitchell a participé à des cellules spéciales avec eux.

– Interroge-le sur ce gamin, veux-tu ? Je préfère me renseigner avant de lui parler.

– Parce que nous allons lui parler ?

– On aurait tort de s'en priver, Joseph ! On n'est plus très loin, on touche au but.

Joe décrocha donc à nouveau son combiné et demanda à parler à Tony avec qui il échangea quelques amabilités tandis que je rongeais mon frein.

– Mets le putain de haut-parleur, Joe !

Il m'ignora et exposa à Tony le but de son appel : le nom Alvin Neloms lui évoquait-il quelque chose ? Il écouta la réponse, impassible, puis dit :

– Tu pourrais répéter ?

Cette fois il appuya sur le bouton du haut-parleur.

– Comme je te le disais, Cash est ce qui se fait de pire là-bas. L'un des pires, du moins. Et vu qu'il s'agit d'East Cleveland, t'imagines un peu le topo.

– Cash ? dit Joe.

– Oui, il se fait appeler comme ça. Un surnom qui lui est venu sur les terrains de basket. Quand il était gosse, tout le monde le surnommait Cash Money parce que de loin il marquait à tous les coups. Dans un quartier différent et un autre lycée, un gamin aussi doué serait recruté en équipe universitaire, puis chez les pros. Je t'assure, pour l'avoir souvent vu jouer. Nous l'avons surveillé pendant des années et, tout en étant impatient qu'on se le farcisse, j'étais impressionné par ses talents de basketteur. Il avait l'amour du jeu, si tu vois ce que je veux dire. Mais après avoir tiré quelques paniers, il allait buter un mec. C'est vraiment triste, en fait.

– Quel est son parcours ? s'enquit Joe.

– Drogue et sang. Par là-bas, il est au sommet de la chaîne alimentaire. Pas une seule barrette ne circule à East Cleveland sans qu'il soit au courant.

– Une seule arrestation à son actif ? Aucune poursuite engagée ?

– Le petit est habile, pigé ? Il a une bonne vingtaine de racailles et de dealers qui jouent les fusibles pour lui et personne ne bronche, parce que celui qui l'ouvre c'est comme s'il venait de creuser sa propre tombe sur mesure. Cash gère son opération de manière super organisée, comme la mafia.

Joe pencha la tête et me regarda. Aucune réaction de ma part, aucun commentaire.

– Décompte officieux des cadavres à l'actif de Cash Neloms ? dit Tony. Une vingtaine, peut-être bien vingt-cinq.

Les muscles de mon torse parurent soudain se glacer et se contracter.

– As-tu eu vent de liens avec le milieu ? demanda Joe.

– Non. Il est seul maître à bord, Pritchard. C'est son organisation. Et le sang qu'il fait couler dans ce quartier de merde n'a jamais fini de sécher.

– Mettons qu'on souhaite lui parler… commença à dire Joe.

– Parler à Cash ? À propos de quoi ?

– Une vieille affaire. Qui remonte à douze ans.

– Douze ans ? *Douze* ans ? Bonté divine, Pritchard. Je ne te le dirai qu'une seule fois, mais je vais m'efforcer d'être le plus clair possible : ce n'est pas le genre de gars à qui tu veux parler. Pas en tant que privé. Je sais bien que tu as été longtemps policier mais maintenant tu es un civil, une distinction d'importance aux yeux de Cash. Pigé ? Si tu te pointes dans son quartier en te mettant à poser des questions sur Cash Neloms, t'as intérêt à porter un gilet pare-balles et à être armé, de préférence avec le doigt sur la gâchette.

– Je suis prévenu, dit Joe. Merci, Tony. (Il raccrocha et soupira.) Bordel. Dans quoi nous engageons-nous, Lincoln ?

Je n'en savais rien. Je m'efforçais de réfléchir, mais il y avait trop de morceaux et trop de façons de les assembler pour que j'arrive à me faire une idée d'ensemble, même vague, à partir des éléments épars. Je finis par décrocher mon combiné et le gardai dans la main, tenté d'appeler Quinn Graham. Mais je n'en fis rien. Je raccrochai avant que la tonalité ne se transforme en signal occupé. Je décrochai à nouveau et appelai John Dunbar. Chez lui. Il répondit.

– Allô ? Ici Lincoln Perry. Vous vous souvenez de moi ?

– Vous avez quelque chose ?

Incroyable combien sa voix était chargée d'espoir.

– Oui, j'ai une question. Vous auriez accès aux listings des appels téléphoniques des Cantrell, pour les quelques mois précédant leur disparition ?

– Je les ai. Comme je vous l'ai dit, j'ai tout conservé. Il n'y a rien à en tirer. Je les ai éplu…

– Soyez gentil et sortez-les. Vérifiez s'il y a un coup de fil à un certain Alvin Neloms. Ou bien à un atelier de carrosserie dans l'East Side. Cherchez les deux.

Il posa le téléphone et s'éloigna. Il revint au bout de cinq minutes pour déclarer dans un murmure :

– J'ai relevé trois appels à un atelier d'Eddy Road. Le Classic Auto Body.

– Tous pendant le séjour de Bertoli ? Au cours des dernières semaines où la maison a été occupée ?

– Oui.

– Ne bougez pas, Dunbar. J'arrive. (Je raccrochai et me tournai vers Joe.) Le problème dans ce métier, c'est que les supputations précèdent toujours les faits. Je suis à peu près sûr que ce processus a conduit Ken à la tombe.

40

John Dunbar eut le mérite de ne pas se braquer. D'ailleurs, pendant que je lui exposais mon hypothèse, son visage marqua la honte et non l'incrédulité. Je crus même le voir grimacer quand je lui montrai le rapport de police où il était fait mention de la voiture de Bertoli, et lui indiquai les similitudes avec un autre véhicule repéré aux environs du lieu où il était mort.

– Je savais quel genre de voiture il avait, dit-il. Bien sûr que je le savais, et aussi que c'était ce qui avait permis son arrestation, mais je n'ai pas envisagé que cela puisse avoir tant d'importance. Je ne l'ai pas envisagé une seule seconde…

Il répéta ces mots, énervé et furieux contre lui-même. Joe, qui ne s'était guère exprimé, me regarda et eut un léger hochement de tête, signe qu'il le jugeait sincère.

– Je savais qu'Alvin Neloms se trouvait dans la voiture avec Bertoli le soir de son arrestation, dit Dunbar. Bien sûr que je me suis renseigné, bien sûr que j'étais au courant. J'ai mené la même enquête que vous. À l'époque, il n'était qu'un gamin, de ceux qu'on poste aux coins de rue pour surveiller la police, ou qui servent de mule à la rigueur. Il avait seize ans.

– Il a grandi, dit Joe. D'après nos informations, il est le caïd de la drogue dans l'East Side, ou tout comme. C'est le territoire des gangs par là-bas, y survivre ne serait-ce que six mois n'est pas une mince affaire. Que Neloms soit toujours là après tant d'années en dit long sur le bonhomme.

Dunbar porta les yeux de droite à gauche mais fixés à la même distance, comme s'il regardait un film.

– DiPietro assurait une partie de l'approvisionnement de l'East Side, déclara-t-il lentement. C'était justement le problème, voyez-vous, le premier sujet d'affrontement entre lui et Sanabria. Dominic se méfiait de la drogue, et des Noirs. Son père était de la vieille école, un vrai raciste, et je suis sûr que ça a influencé Dominic. Il refusait de toucher au trafic de stupéfiants dans l'East Side. Nous le savions, grâce aux écoutes, aux informateurs et à notre boulot acharné. Nous savions que Dominic était furieux contre DiPietro. Dominic a tué DiPietro, dit-il d'une petite voix après une longue inspiration.

Il gardait les yeux vrillés sur le rapport de police où était décrit le véhicule de Bertoli. J'éprouvai une pointe de tristesse en le détaillant. J'avais devant moi un vieux flic qui avait cru très fort à un scénario dont il se rendait à présent compte qu'il était peut-être faux.

– Vous avez parlé à un flic d'East Cleveland, dit-il. Quelqu'un de bien informé sur Neloms.

– Oui, confirma Joe.

– Vous pourriez le rappeler ? Lui poser une question ?

– Laquelle ? s'enquit Joe.

– S'il sait à quelle époque Alvin s'est imposé dans la hiérarchie. Et d'où venait la marchandise. Une petite fortune en drogue a disparu au moment où DiPietro s'est fait buter. Elle n'a jamais réapparu du côté des Italiens.

Joe sortit son mobile, composa le numéro, demanda à parler à Tony et patienta. Il répéta les questions et écouta les réponses tandis que Dunbar et moi attendions en silence, les yeux rivés au sol. Joe finit par remercier Tony et raccrocher. Il rangea le téléphone dans sa poche et laissa passer quelques secondes avant de parler. Il s'exprima sans regarder Dunbar :

– D'après les souvenirs de Tony, Alvin était ce que vous décriviez, un gamin posté aux carrefours, jusqu'à dix-huit, dix-neuf ans. Puis il a mis la main sur de la came. Personne n'a su d'où elle venait ni comment il s'y était pris, et puis trois dealers majeurs ont été abattus par un tireur en voiture dans St. Clair, et depuis ce jour-là Alvin, tout gamin qu'il était, est devenu le patron à East Cleveland. Tout cela a démarré quand il n'avait pas vingt ans. Un jeune homme ambitieux, selon Tony.

Je me tournai vers Dunbar.

– La drogue dont vous parlez était contrôlée par DiPietro, c'est bien ça ? Il en avait la possession.

– Vous le savez. Je vous l'ai déjà dit. Nous avons passé en revue tous ses associés, tous ceux qui… Neloms était un gamin. Un enfant.

– Tony m'a aussi confié qu'Alvin était proche de son oncle, ajouta Joe posément. Père inconnu qui s'est tiré pendant la grossesse, alors Darius s'est occupé de la famille. Il les soutenait financièrement.

J'acquiesçai.

– Avec l'aide du milieu, d'après Mike London. Il nous a expliqué que Darius trafiquait des véhicules volés, les maquillait pour les revendre.

Dunbar se tortilla nerveusement, passa ses paumes sur les jambes de son pantalon pour les défroisser et déglutit péniblement.

– Vous n'avez jamais envisagé cette éventualité ? lui demandai-je.

Il releva la tête.

– Neloms ? Eh bien, je n'avais pas idée que…

– Non, pas Neloms. L'éventualité que le coupable soit quelqu'un d'autre que Sanabria. Tout simplement.

– Bien sûr que si.

– Vraiment ?

Son regard se durcit et se rebella.

– Perry, cet homme aurait tué quiconque s'opposait à lui. Vous n'arrivez pas à comprendre ça. Moi si. Il avait déjà tué et je le tenais, OK ? Je vous ai raconté l'épisode.

– Je sais. Je me demande juste pour quel meurtre vous le traquiez, le nouveau dont vous pensiez qu'il l'avait commis, ou bien l'ancien pour lequel il vous avait échappé.

Il soutint mon regard un moment, puis détourna le sien et se passa la main sur la bouche. Il avait les mains blanches et sèches, marquées de veines bleues. Assorties aux poches blêmes sous ses yeux.

– Nous supposons donc, dit Joe, que Bertoli et Neloms étaient potes. Ils s'étaient probablement rencontrés à l'atelier de l'oncle. Neloms est présent quand Bertoli tabasse le gérant du routier mais il n'intervient pas, ce qui signifie que tout jeune il se servait déjà des autres pour faire couler le sang, et aussi qu'il cherchait à se procurer de la drogue, en guise de fonds de commerce. Il voulait être son propre patron et non faire le planton à un coin de rue pour un autre.

– Le mec que Bertoli a agressé avait moins de came qu'ils ne le pensaient, dis-je. Ils avaient surestimé son importance. Bertoli a été condamné, mais Neloms a échappé aux poursuites parce qu'il était mineur.

Joe hocha la tête.

– Tout à fait. Ensuite DiPietro est assassiné, une petite fortune en stupéfiants disparaît et un jeune mec devient un caïd meurtrier. Un coup de force, en gros, de la part d'un inconnu que personne ne respectait à l'époque.

– Voilà le scénario ?

– Tout à fait, confirmai-je. Ken Merriman avait dû en reconstituer le dixième. Il a fait le rapprochement entre les voitures. Je parie qu'il n'a pas été plus loin, mais il a dû chercher. Et il est mort.

– Qu'aurait-il entrepris ? demanda Joe. Une fois le lien établi entre les véhicules, qu'a-t-il fait, d'après toi ?

– Il a dû se renseigner, murmurai-je, en proie à une tristesse écœurante. Il n'était pas un détective de terrain. Je le vois bien se rendre directement à l'atelier de carrosserie pour y poser des questions sur les deux véhicules, convaincu d'agir à bon escient. À ce stade, il soupçonnait peut-être Cash Neloms d'être impliqué mais il n'imaginait certainement pas que ce type était si dangereux. Il a donc pu se rendre sur place pour poser des questions, ce qui n'était pas son fort. Pour l'avoir vu en interrogatoire, je peux dire qu'il n'était pas doué.

– Mettons que vous ayez raison pour Bertoli, admit Dunbar. Que Neloms l'ait effectivement tué. Ça ne veut pas dire pour autant qu'il a aussi descendu Cantrell. Ce sont des styles de crimes difficilement comparables. Dans un cas, le cadavre est abandonné sur place, sans s'en soucier, dans l'autre il est enterré en Pennsylvanie. Il s'agit là de deux meurtres bien différents, peut-être commis par deux assassins distincts.

Il avait raison en apparence, mais je savais des choses qu'il ignorait. Comment et pourquoi le corps de Joshua Cantrell avait été transporté. Les deux crimes étaient tout à fait du même style : deux victimes abandonnées là où on les avait abattues. Une seule méthode, un seul assassin. Il suffisait d'en élucider un pour que l'autre le soit aussi.

Ces réflexions me conduisirent à prendre soudain conscience d'une chose : pour celui qui avait tué Cantrell, la disparition de son corps avait dû sembler un mystère extraordinaire. Pendant douze ans, alors que le reste du monde s'interrogeait sur ce qu'était devenu l'homme, le meurtrier se demandait, lui, où était passé le cadavre. Une interrogation tenace, sans nul doute.

– Je veux parler à Darius, dis-je. Pour le neveu, on va attendre un peu. On va balancer à l'oncle le seul élément concret dont on dispose, le rapport de police avec la description du véhicule de Bertoli, et voir ce qu'il en dit.

– J'ai des photos, lança Dunbar.

– Pardon ?

– De Bertoli et de sa voiture. Je dois avoir en photo les bagnoles d'à peu près tout le monde, tous ceux qui ont approché Sanabria.

– Vous pouvez les récupérer rapidement ?

Il se leva et passa dans la chambre. D'où j'étais assis, je le vis par l'encadrement qui ouvrait un placard. Une toute petite penderie, à l'image du reste de la maison. Les quelques vêtements accrochés étaient poussés sur le côté pour faire de la place à un casier à tiroirs en plastique transparent. Beaucoup de gens utilisent ce genre de rangement pour les vieux pulls ou les jeans usés, des affaires qu'ils mettent rarement ou qui encombrent leurs étagères. Mais celui de Dunbar ne contenait aucun habit. Les tiroirs étaient remplis d'enveloppes en papier kraft et chacun comportait une étiquette indiquant une période chronologique.

Un type à la retraite depuis quinze ans, qui disposait chez lui de très peu d'espace de rangement. À la vue de ce casier en plastique, je me sentis à nouveau triste pour lui.

Il lui fallut très peu de temps : premier tiroir ouvert, première enveloppe sortie.

Il revint dans le salon, trois photos à la main. Il en tendit une à Joe et deux à moi.

– Elles ont été prises quelques mois avant l'arrestation de Bertoli, peu de temps avant le meurtre de DiPietro. Vous pouvez voir les losanges sur les jantes. Ils sont minuscules mais bien là.

En effet. Six petits losanges. Sur une Impala noir métallisé, probablement un modèle du milieu des années soixante-dix. Bertoli n'était visible ni sur l'une ni sur l'autre : les vitres étaient remontées et d'un coloris proche de celui de la carrosserie, un niveau de teinte manifestement illégal. Ce genre de vitre fumée insupporte les flics de patrouille qui ne peuvent pas voir ce qui se trame à l'intérieur quand ils s'approchent du véhicule. Une voiture comme celle-ci ne demandait qu'à être arrêtée et fouillée.

– Parfait, dis-je. On peut vous les emprunter ?

Dunbar acquiesça, le regard à nouveau perdu au loin.

– Merci, ajoutai-je en me levant. Pour les photos et pour vos lumières.

– J'ai d'autres éléments à vérifier, murmura-t-il sans relever la tête. Je vais y réfléchir… Je ne suis pas certain que vous ayez raison… mais je vais y réfléchir.

41

L'atelier de Darius Neloms, Classic Auto Body, était situé dans Eddy Road, l'une des quelques rues que je prenais grand soin d'éviter. C'était un ruban d'asphalte en proie à la désolation et à la colère. J'y étais intervenu suite à une rixe quand j'étais jeune flic débutant ; j'avais retrouvé sur place un gamin de quatorze ans qui se vidait de son sang sur le trottoir, poignardé au cou. Je ne suis pas de ces privés qui aiment porter une arme et d'ordinaire je n'en ai pas dans mon pick-up. Il m'arrive de le regretter aux abords d'Eddy Road.

Ce jour-là j'avais mon flingue et Joe à côté de moi, qui promenait un regard morose sur le paysage environnant.

– Ça ne fait qu'empirer, hein ? me dit-il. Je ne suis pas venu ici depuis quelques années, mais on ne peut pas ouvrir le journal sans qu'il y ait un article sur ce quartier. De pire en pire, toujours plus pauvre et plus sanglant.

– Et plus désespérant.

Voilà comment je voyais East Cleveland, un héritage de crime, de pauvreté et de corruption sous lequel se noyaient les gens qui tentaient d'y faire leur vie.

– Putain, rien n'est jamais complètement désespéré, fit Joe. C'est surtout qu'on délaisse les choses.

Mais la misère d'East Cleveland n'était pas ce qui m'occupait l'esprit. Je pensais à Ken Merriman et à l'endroit où son corps avait été retrouvé à Mill Stream Run. Avait-il emprunté Eddy Road lors de son dernier jour sur terre ? Joe me tournait la tête, toujours occupé à observer la ville. Je lui jetai un coup d'œil et deux visions m'assaillirent : les cicatrices qu'il avait à la poitrine, souvenir des balles qu'il avait prises, et la barre de sécurité en travers de la porte d'entrée d'Amy.

– Hé, l'interpellai-je. Quand on parlera à Darius, autant ne lui dévoiler aucun nom, d'accord ?

– Cantrell et Bertoli, tu veux dire ?

– Non, Pritchard et Perry. (Il fronça les sourcils.) Comme je te l'ai déjà dit, ceci n'est qu'une mission exploratrice, OK ? Je veux l'interroger sur la voiture de Bertoli, mentionner Cantrell, voir s'il réagit. Tâter le terrain, quoi. Ensuite j'appellerai Graham. C'est toujours son enquête, tu sais.

Son front demeurait creusé.

– Quel rapport avec nos noms ?

– Aucun.

– Dans ce cas, pourquoi…

– Écoute, je me suis déjà fait remonter les bretelles par Graham, qui se plaignait de m'avoir dans les pattes. Je n'ai pas envie de remettre ça.

Il me dévisagea longuement, puis pointa le feu du menton.

– C'est vert.

Il était près de 18 heures et les lampadaires s'allumaient mais Classic Auto Body était encore ouvert. Le bâtiment en parpaing étalait sa laideur, derrière un parking où traînaient quelques voitures désossées et des pneus empilés. L'extérieur donnait une impression de pauvreté, mais par les portes relevées on apercevait deux véhicules rutilants à l'intérieur du garage : une Cadillac neuve et un pick-up repeint en noir et doré, monté sur des roues surdimensionnées. Deux jeunes Noirs paressaient sur des tabourets. Derrière eux, des haut-parleurs diffusaient un morceau de rap dont la ligne de basse résonnait dans ma poitrine.

– Tiens donc, fit Joe en descendant. Regarde un peu les roues, me dit-il en indiquant le pick-up noir et doré.

Les jantes chromées arboraient de petits motifs découpés en forme de losange.

L'un des types, un garçon svelte à la peau très foncée et au crâne rasé, avait glissé la main sous son blouson trop grand dès qu'il avait aperçu notre voiture. Il la ressortit en nous voyant et fit signe à son collègue, qui se leva. Il se dirigea vers une porte qu'il ouvrit, parla à quelqu'un, la referma et vint à notre rencontre. Le mec au blouson ne bougea pas.

– C'est fermé, nous lança le gars en s'arrêtant à la limite du garage.

Il portait un débardeur blanc moulant, le dessin de ses muscles visibles en dessous. La musique était encore plus forte, le crépitement d'une mitraillette incorporé à la mélodie.

– On ne dirait pas, notai-je.

– Mais c'est fermé.

– Ce n'est pas grave. Je ne suis pas là pour ma voiture. Je souhaite parler à Darius.

Il se gratta au-dessus du sourcil, la tête légèrement inclinée, en me dévisageant.

– Darius est super occupé.

– Je n'en doute pas. C'est pour ça qu'on ne va pas le déranger longtemps. On a une photo à lui montrer, une question à lui poser. Puis on s'en va.

Il jeta un coup d'œil à Joe, dont l'allure et l'attitude le désignaient comme flic aussi discrètement qu'une enseigne publicitaire.

– Je peux lui faire passer la photo.

Joe secoua la tête.

– On préfère s'en charger nous-mêmes. Merci quand même.

– Mec, Darius est pas dispo.

– Vous travaillez avec lui ?

– C'est ça.

– Alors vous savez où le joindre. Appelez-le.

Pendant que Joe discutait, je me pris à regarder l'autre

type. Toujours assis sur son tabouret, la main à la hanche, il observait Joe.

– Il répondra pas, soutenait celui au débardeur.

– Qu'en savez-vous ?

– L'est occupé.

– Et si on l'appelait quand même ? insista Joe.

– Non, intervins-je.

Tous deux se tournèrent vers moi, surpris. Je fis non de la tête.

– S'il n'est pas là, tant pis. On repassera.

Le gars opina du chef.

– C'est ça, mec.

– Merci.

Je tournai les talons et regagnai le pick-up. J'étais déjà installé au volant que Joe n'avait toujours pas bougé. Il revint lentement, monta et claqua la portière sans un mot. Le type du tabouret se leva et rejoignit son collègue à l'entrée du garage. Ils nous regardèrent quitter le parking.

– J'ai peut-être mal interprété la situation, dit Joe au bout de quelques blocs, mais j'ai l'impression que Darius était dans le bureau. Tu sais, là où le type a passé la tête avant de venir nous parler.

– C'est possible.

– Hmm. Tu peux m'expliquer pourquoi on est repartis, alors ?

– Je pense qu'il vaut mieux refiler le bébé à Graham. C'est son enquête, à lui de prendre les décisions. On a vu les losanges sur les jantes. C'est bien suffisant, non ? Ça plus les coups de fil, on a ce qu'il faut. Le moment est venu de tout lui transmettre.

– Voilà un point de vue assez différent de celui que tu soutenais en début d'après-midi.

– J'ai eu quelques heures pour y réfléchir.

– Ce ne sont pas quelques heures de réflexion qui te rattrapent, mais plutôt quelques mois.

Nous nous montrâmes peu diserts pendant le trajet de retour. Quand nous fûmes arrivés à l'agence, Joe me demanda seulement de le prévenir si Alexandra appelait, puis il monta dans sa voiture et partit.

Je rentrai à l'appartement où j'appelai Amy pour l'avertir que je comptais passer et que j'avais du nouveau. Avant de me mettre sous la douche, je m'attardai un long moment devant le lavabo à fixer le mec dans la glace, attendant qu'il me dise ce qu'il comptait faire. Ce qu'il devait faire. Puis la buée envahit le miroir et il disparut sans me fournir de réponses.

Je n'appelai pas Graham, contrairement à ce que j'avais dit à Joe. Je n'appelai personne. Ce soir-là je racontai tout à Amy, de ma rencontre avec Alexandra Cantrell jusqu'à ma décision au garage.

– Tu comptes vraiment te retirer et refiler le dossier à Graham ? dit-elle. Dans ce cas, à quoi bon t'être rendu là-bas ? Pourquoi as-tu passé quinze jours à guetter Alexandra ?

– Juste pour voir s'il avait raison. Je voulais savoir. C'est tout. Maintenant c'est bon.

– Qui ça, « il » ? Ken ?

J'acquiesçai.

– Au début, tu disais que tu lui en voulais. Tu te sentais blessé et trahi, parce qu'il t'avait menti.

– Bien sûr. Ça te semble anormal ?

– Non, mais tu n'as plus l'air en colère.

– Maintenant je comprends pourquoi il l'a fait.

Elle hocha la tête.

– Ça rend les choses plus faciles à accepter, n'est-ce pas ?

– Bien sûr.

– Tu sais que tu m'as menti ?

– Comment ça ?

– Tu me mens depuis trois jours. Tu me disais que tu avais cessé la surveillance, que tu n'allais plus là-bas… et contrairement à toi avec Ken, je ne comprends pas pourquoi.

– Je te demande pardon. Je n'avais pas l'impression de te

mentir, même si c'était un mensonge. Je savais que toi et Joe vous pensiez qu'il était temps d'arrêter…

– C'est toi qui nous as dit que tu arrêtais. Cet été, tu soutenais que c'était terminé. De façon catégorique. Ni Joe ni moi ne t'avons conseillé de cesser ton activité mais tu as fait ce choix, et puis tu es revenu dessus, en secret. En me mentant. Je ne comprends pas.

Je ne savais pas comment le lui faire comprendre. Je ne pouvais pas lui expliquer que j'avais jeté l'éponge en partie pour elle, parce que avec le meurtre de Ken le coup m'avait frôlé de trop près. La prochaine victime serait peut-être Amy. Ou Joe. J'avais pris ma décision au garage en voyant le type sur le tabouret glisser la main à l'intérieur de son blouson, les yeux rivés sur Joe. À cet instant précis, j'avais compris certaines choses. Qu'il s'en fallait d'un rien pour qu'un nouveau drame se produise, ce que je tenais à éviter à tout prix. Plus jamais je ne mettrais en danger ceux qui m'étaient chers. Plus jamais.

Si je comprenais cela, pourquoi ne pas carrément laisser tomber ? Qu'est-ce qui m'avait pris de retourner à cette maudite baraque perdue au milieu des bois avec mes jumelles et mon téléobjectif ?

Je n'avais pas de réponse à cette question, ce qui me faisait froid dans le dos. Je m'étais retrouvé là-bas, voilà tout. L'absence de solution, de vérité, me tourmentait depuis trop longtemps. Ç'avait fini par l'emporter. J'étais plus faible que je ne pensais.

– Je vais te demander une dernière chose, dit Amy, et si tu m'aimes un tant soit peu, dis-moi la vérité. (Elle s'exprimait très lentement, avec soin, comme pour me faire sentir le poids de chaque mot.) Si tu ne me dis pas la vérité, ce sera fini entre nous, Lincoln. Terminé. Parce que je ne pourrais pas vivre avec toi dans le mensonge.

– Pose-moi ta question.

– As-tu vraiment l'intention de passer la main à Graham ou

bien nous dis-tu une chose à Joe et à moi tout en prévoyant d'en faire une autre ?

Je détournai le regard.

– Lincoln ?

– Il me reste une chose à faire. C'est la vérité. Je dois m'y coller seul. Ensuite je transmettrai le tout à Graham et oui, je me retirerai. Je te promets que c'est la vérité. Je n'ai plus qu'une dernière chose à accomplir.

– Quoi donc ?

– Je vais procurer à Graham l'enregistrement qu'il m'avait demandé, mais cette fois je lui fournirai la bonne source au lieu d'Harrison. Je vais lui apporter des preuves, Amy, un dossier avec lequel il puisse engager des poursuites, pour que ça se termine comme il faut. Je ne veux pas le lui transmettre avant d'être sûr de mon fait. Je refuse qu'on se casse la gueule une fois de plus, comme Dunbar, Mike London et Graham. Peux-tu le comprendre ? Je ne veux pas d'un nouvel échec.

Elle s'endormit vers minuit. Je restai assis à côté d'elle dans l'obscurité, à observer un rai de lumière sur la moquette en me plaisant à imaginer qu'il s'agissait d'un rayon de lune au lieu du lampadaire d'un parking. Elle n'avait pas insisté pour connaître mes plans plus en détail et je m'en étais tenu là. La soirée s'était déroulée calmement. Nous n'avions ni fait l'amour ni discuté après nous être couchés et avoir éteint, mais Amy s'était assoupie en serrant mon bras très fort. Au bout d'une vingtaine de minutes, quand sa respiration se fut ralentie au rythme du sommeil profond, je me levai et pris mes clés de voiture. Elle était tournée sur le côté, le visage enfoui dans l'oreiller. Avant de m'éclipser, je déposai un baiser sur sa tête et humai le parfum de ses cheveux. Puis je traversai l'appartement obscur, ouvris la porte et sortis dans la nuit. Impossible de remettre en place la barre de sécurité derrière moi. J'aurais eu l'esprit plus tranquille si j'avais pu.

Je m'arrêtai dans une supérette sur Rocky River pour m'acheter un grand café noir, puis rentrai chez moi et dénichai le micro dont je m'étais servi avec Harrison. Je ne l'avais jamais rapporté à l'agence ; nous n'en avions plus l'utilité. Je le testai puis l'installai, plus bas cette fois, au niveau du quatrième bouton plutôt que celui juste en dessous du col, me rappelant qu'Harrison n'avait eu qu'à tirer sur ma chemise pour l'exposer. Une fois le micro en place, je pris mon coffret à armes dans le placard et sortis le Beretta 9 millimètres en acier. Je ne m'en étais pas servi depuis un bon bout de temps mais j'avais un holster d'épaule parfaitement adapté ; je l'enfilai et y insérai l'arme. Le tout dissimulé sous un blouson laissé ouvert, j'y ajoutai le Glock dans son holster, accroché lui au creux de mes reins. La panoplie pour East Cleveland.

Ces préparatifs terminés, j'éteignis la lumière et me rendis à l'agence. J'allumai l'ordinateur, sortis ma carte de détective privé, la passai au scanner et apportai quelques modifications à l'image obtenue avant de l'imprimer. Deux ou trois coups de ciseaux, un petit tour à la machine à plastifier acquise il y a des années précisément pour ce genre d'occasion, et le tour était joué. Je glissai la nouvelle carte dans mon portefeuille à la place de l'ancienne, quittai l'agence et repris la direction d'Eddy Road.

42

Une partie du quartier s'endormait à l'aube tandis qu'une autre s'éveillait. Ma nuit de surveillance n'avait pas été de tout repos. J'avais observé des gens complètement défoncés tituber sur le trottoir, j'avais assisté à un début de pugilat qui avait tourné court au passage d'un véhicule de police, j'avais entendu les rires et les autoradios des fêtards qui rentraient de boîte. Ce monde-là s'était éclipsé avant le lever du soleil, puis la circulation avait peu à peu augmenté et les commerces avaient commencé à ouvrir.

Quelques minutes avant 9 heures, il y eut enfin du mouvement chez Classic Auto Body. Une Cadillac CTS noire étincelante s'engagea sur le parking et s'arrêta devant la vitrine de l'accueil, endroit où il n'était pas prévu de stationner. La portière s'ouvrit côté conducteur et en descendit un Noir corpulent, un trousseau de clés à la main. Il déverrouilla la porte d'entrée et disparut à l'intérieur.

J'écartai le rideau noir de séparation, passai à l'avant du pick-up et sortis. Je me dirigeai vers le garage, actionnai la poignée et profitai de ce que c'était ouvert pour entrer.

L'accueil était désert, mais j'entendis qu'on se déplaçait dans l'atelier pour y allumer les lumières. Quelques secondes s'écoulèrent, puis la porte donnant sur le garage s'ouvrit et le conducteur de la Cadillac marqua un temps d'arrêt en me voyant.

– On peut vous aider ?

Pas inamical mais pas franchement ravi de me voir non plus.

– J'ai quelques questions sur une voiture que vous avez retapée.

– Ah ouais ? dit-il en passant derrière le bureau et en s'appuyant contre le bord, un peu plus intrigué. Ça vous botte, ce que vous avez vu ?

– Oui, absolument, tout à fait.

Il hocha la tête, fier de son travail.

– Vous avez un modèle classique que vous bricolez ou bien vous cherchez plutôt à styler comme il faut une caisse plus récente qu'a pas le bon look ?

Il paraissait encore plus imposant à l'intérieur qu'à l'extérieur. Environ un mètre quatre-vingt-quinze, cent dix ou cent vingt kilos, dans les quarante-cinq ans. Sa tête massive était posée sur des épaules de catcheur et un collier de barbe ultrafin suivait le contour de sa puissante mâchoire. Jean baggy, tee-shirt blanc et blouson. Il avait au cou une chaîne en platine ou en or blanc, à laquelle était accroché un pendentif en forme de losange qui lui descendait au milieu du torse.

– J'ai des photos…

Je sortis de ma poche les clichés de Dunbar. Avant de les lui tendre, j'indiquai son pendentif.

– Ce losange, ce serait pas, genre, votre logo ?

– Si, mec. C'est comme une signature. Tous les artistes en ont une qu'ils mettent sur leurs œuvres. (Il souriait désormais.) Et ça évite aussi que les autres fassent passer leur camelote pour la mienne. Les gosses, ils bricolent tout seuls, mais ils voudraient faire comme s'ils avaient dépensé du fric, genre comme s'ils avaient de la tune à claquer, alors ils racontent : « Ouais, je l'ai confiée à Darius. » Mais j'ai ces losanges que je fais à la main et y en a pas un qu'oserait en mettre.

– Vous protégez votre marque, dis-je. C'est votre logo.

– Ouais, exact. Mon logo. (Il tendit la main pour prendre

les photos.) Faites voir la caisse qui vous a plu, celle qui vous a tapé dans l'œil…

– Vous ne vous en souvenez probablement pas, dis-je en les lui tendant. Ça remonte à très longtemps.

Il examina les photos l'une après l'autre. Son visage se plissa mais sans rien de soupçonneux. Son air était seulement pensif, pour l'heure.

– Sans blague, mec ! Ça fait un bail. Mais je me rappelle la caisse. Ça remonte à au moins dix ans. Les jantes comme on en faisait avant.

– C'est votre œuvre ?

– Oui, bien sûr. C'est moi qui l'ai relookée.

– Vous ne vous souviendriez pas du propriétaire ?

Il hésita et réfléchit, les lèvres pincées, cherchant le nom. Il finit par le retrouver au bout de quelques secondes et son froncement lui revint, cette fois empreint d'une tout autre qualité, en même temps qu'il s'exprimait d'une voix nettement moins détendue.

– Un jeune Italien, je crois. Peut-être pas. Je sais plus.

Il me tendit les photos. Comme je ne les prenais pas, il les agita pour attirer mon attention, apparemment pressé de s'en débarrasser.

– Je me demande pourquoi cette merde vous a tapé dans l'œil.

– Pourquoi, elle ne vous plaît pas ?

– Vous savez, j'ai fait le boulot, voilà tout. Les gens ont leur idée sur ce qui a du style, moi j'essaie de les écouter. Alors, c'est quoi votre caisse ? Vous avez envie de quoi ?

– Je crains qu'il n'y ait eu un malentendu. Je ne suis pas ici pour vous confier une voiture. Je suis ici à propos de ce véhicule.

Je soulevai l'une des photos et l'agitai comme il l'avait fait, mais il garda les yeux vrillés sur moi.

– Vous êtes flic ?

– Non, privé.

– Privé de quoi ?

– Je suis détective privé.

– Mec, j'ai pas le temps pour ça. Cette bagnole est tellement vieille, je sais rien sur elle. J'ai rien à vous dire sur le jeune Italien, OK ?

– Très bien, Darius. Mais vous pourriez peut-être me rendre un service ?

Il attendit, méfiant.

– Appelez votre neveu. Dites-lui de venir.

– Qu'est-ce que ma famille vient faire là-dedans ? Allez, fichez-moi le camp. J'ai pas de temps…

– Vous n'avez rien à voir avec Alvin… avec Cash, je veux dire ?

J'avais droit à présent au regard impassible, attitude qu'il peaufinait depuis des années en réaction aux interrogatoires de police.

– Vous pourriez lui transmettre un message, proposai-je. Vous notez mon nom, vous lui dites que je suis passé et que je souhaite lui parler, si possible. Que j'aimerais bien qu'il m'appelle.

– Si vous voulez parler à Cash, démerdez-vous tout seul pour le trouver.

– Voyons, Darius… fis-je en écartant les mains. Vous voulez vraiment que je vous fasse chier ? Je vous demande juste de prendre mon nom, de dire à votre neveu que je suis passé. Vous faites ça et je m'en vais.

Il se rembrunit et esquissa un geste d'impatience.

– D'accord, laissez-moi votre nom et cassez-vous.

– Je n'ai plus de cartes, dis-je. Il va falloir que vous le notiez.

– Merde, vous avez qu'à l'écrire vous-même.

L'ignorant, je pris mon portefeuille dans la poche arrière de mon pantalon, l'ouvris et le lui présentai, ma nouvelle carte de privé en évidence. Il y jeta un coup d'œil superficiel et prit un bloc-notes qu'il me tendit.

– Écrivez ça là, marmonna-t-il.

Je ne dis rien, brandissant toujours la carte sous son nez. Cette fois son regard s'y attarda. Il l'observa quelques secondes, si longuement qu'il ne pouvait pas avoir l'esprit tranquille. Il ne m'en fallait pas plus.

– Comme je vous ai dit, finit-il par maugréer, écrivez-le vous-même.

Il détacha les yeux de la pièce d'identité et me fixa. Sa voix s'était adoucie, son regard assombri.

– OK, fis-je.

Je refermai le portefeuille et le remis dans ma poche, puis j'écrivis le nom qui figurait sur la carte, en lettres capitales et sur toute la largeur de la page – KEN MERRIMAN.

Il me regarda faire et resta muet quand je laissai tomber le bloc-notes sur le bureau.

– Vous êtes bien certain que vous n'avez pas envie d'appeler votre neveu tout de suite ?

Il me dévisagea et scruta mes yeux en mastiquant.

– Ce serait peut-être une bonne idée, insistai-je. À vous de voir, Darius, mais je serais d'avis que vous l'appeliez.

Sans me quitter des yeux, il sortit un mobile d'une poche de son jean démesurément grand.

– Attendez ici.

Il passa dans le garage.

Je sentis l'air quitter mes poumons quand la porte se referma derrière lui. Je jetai un coup d'œil à la ronde et par la fenêtre donnant sur la rue – personne dans les parages. Je serais seul avec eux quand Cash se pointerait, comme l'avait sans doute été Ken. Mais j'étais mieux préparé que lui. Mon histoire était au point, le scénario en place. Il ne restait plus qu'à le mettre en œuvre, me tailler d'ici et transmettre à Quinn Graham un dossier bien ficelé. Facile. Facile comme tout.

Je glissai la main à l'intérieur de mon blouson et tapotai le Beretta, puis je laissai mes bras pendre le long de mes cuisses et attendis.

Darius ne s'absenta pas longtemps, deux minutes tout au plus. Quand il revint, son visage était inexpressif et ses yeux à nouveau impénétrables.

– Vous avez du bol, Cash est dans le coin.

– Il va venir ?

Il fit non de la tête et je remarquai qu'il avait ses clés de voiture à la main.

– C'est vous qui allez vous déplacer. Je vous emmène.

– Inutile de vous déranger.

– J'aime rendre service, mec.

– Si vous devez y aller, faites. Moi, je l'attends ici.

Il secoua à nouveau la tête.

– Si vous voulez voir Cash, je vous emmène.

– Vous n'avez pas l'air de comprendre. Je vais l'attendre ici.

Pour la première fois, son visage laissa transparaître une authentique colère, expression à laquelle on devait rarement tenir tête.

– Il ne viendra pas ici, grommela-t-il, et vous allez foutre le camp de chez moi.

Je pris place sur l'un des fauteuils en plastique en face du bureau et croisai les jambes.

– Rappelez-le, Darius. Je pense que vous vous trompez. À mon avis, il acceptera de venir.

Il hésita ; ce n'était pas moi qui l'inquiétais mais la réaction de son neveu. Il finit par retourner dans le garage et cette fois ne revint qu'au bout de dix minutes.

– OK, fit-il. Il est en route.

– Génial.

– C'est ça.

Il traversa la pièce et tira sur la baguette du store vénitien pour l'obturer. La rue disparut et le bureau fut plongé dans l'obscurité. Puis il se dirigea vers la porte, la verrouilla et retourna l'affichette du côté « Fermé ».

– C'est ça, répéta-t-il.

Il s'assit à son bureau, ouvrit un tiroir et sortit un Beretta qui ressemblait fort à celui que j'avais sous mon blouson. Sans un mot, il le posa sur son bureau. Pas pointé sur moi mais tout de même à portée de main.

Et nous attendîmes.

43

Cash n'arriva qu'au bout de vingt minutes. Darius Neloms et moi n'échangeâmes pas un seul mot pendant l'attente. Pour ceux qui pensent que vingt minutes, c'est vite passé, tentez l'expérience dans un parfait silence face à un type armé. À un moment, je m'étonnai que personne d'autre ne soit arrivé à plus de 9 heures. Puis je me souvins que Darius s'était absenté un long moment avant de me prévenir que son filleul était en route ; d'ailleurs il n'avait affiché le panonceau « Fermé » qu'à son retour. Peut-être avait-il appelé ses employés pour leur demander de rester chez eux. J'avais choisi à dessein de revenir ici le matin, me disant qu'il y aurait plus d'activité, mais ça ne semblait pas être le cas. Cela dit, les seuls types que j'avais vus la veille n'étaient pas de ceux dont la présence m'eût rassuré. Il y avait de quoi s'interroger : l'atelier fonctionnait-il au ralenti ou bien s'agissait-il avant tout d'une couverture pour Cash Neloms ?

Quand une voiture se présenta enfin, Darius se leva, prit son arme, déverrouilla la porte et se posta à côté. Au bout d'un moment elle s'ouvrit pour laisser entrer un jeune type svelte à l'allure sportive. Il referma la porte, jeta un coup d'œil à Darius puis se tourna vers moi.

– Bonjour, dis-je. Merci de vous être déplacé.

De la même taille que son oncle, il lui rendait une bonne trentaine de kilos. Son crâne rasé reluisait sous les néons du bureau. L'air de famille était manifeste : les yeux vigilants et sceptiques, la bouche comprimée et dure, les puissantes épaules. J'étais surtout étonné de son air très juvénile. L'eussé-je croisé sur un campus que je n'aurais pas envisagé une seconde qu'il puisse être autre chose qu'un étudiant.

– Big D. dit que t'as une question à me poser ?

Chaque mot était détaché, soupesé avant d'être prononcé.

– C'est exact.

Je me livrai à nouveau à mon petit manège, sortis mon portefeuille, l'ouvris de manière à exposer la carte au nom de Ken Merriman et le lui tendis. Avec Darius, cela avait fonctionné à merveille, peut-être même au-delà de mes espérances. Je doutais de parvenir à mes fins en les interrogeant, l'oncle et le neveu, sur Ken Merriman. Rompus aux interrogatoires, ils connaissaient les ficelles. Par contre, en me faisant passer pour Ken, en reproduisant sa venue ici du mieux que je pouvais l'imaginer, je cherchais à susciter une autre réaction, à créer une vague impression de recommencement que les Neloms, tout chevronnés qu'ils étaient, ne pourraient ignorer.

Quand il avait vu la pièce d'identité, Darius en était resté cloué. Cash, lui, avait l'avantage d'avoir été prévenu. Au lieu de la regarder, il m'arracha le portefeuille des mains, se désintéressa de la carte de privé et sortit deux cartes de crédit. Il lut les noms qui y étaient inscrits et en brandit une.

– Tu t'embrouilles, mec ! me lança-t-il. T'as deux noms ?

Je ne répondis pas. Il attendit un long moment, puis remit les cartes dans le portefeuille et le balança sur moi. Il rebondit sur ma poitrine et tomba sur mes genoux. Toujours silencieux, je le rangeai dans ma poche.

Darius se tenait près de la porte, le pistolet le long de sa cuisse. Il prêtait davantage attention à Cash qu'à moi.

– Alors, qu'est-ce que tu veux ? me demanda le neveu.

Je ne dis rien.

– Tu causes ou quoi ?

Je restai muet. Toujours assis, je ne quittais pas Cash des yeux, résistant à la tentation de regarder Darius pour vérifier si l'arme était toujours pointée vers le sol. S'il bougeait, je le verrais à temps. Certainement.

– Mec, tu vas cracher ce que t'as à dire, putain de merde!

Cash semblait gagné par l'énervement. Je le gratifiai de ce que j'espérais être un regard calme et posé. Il laissa passer près d'une minute avant de s'exprimer à nouveau.

– C'est bon, dégage. Tu te ramènes ici et tu nous fais perdre notre temps, à moi et à mon oncle. Casse-toi.

Sa voix tremblait sous l'effet de la colère contenue, les muscles de son cou ressortaient. C'était exactement ce que je recherchais. Qu'il se sente frustré. Je voulais le rendre dingue par mon silence. Qu'il soit déstabilisé quand nous en viendrions à la vraie discussion.

– Je vais te le dire une dernière fois… commença-t-il.

Je lui coupai la parole.

– J'ai quelques questions, Alvin.

– Ne m'appelle pas comme ça.

– Moi je suis Ken Merriman. Détective privé en Pennsylvanie. J'ai été engagé par les parents d'un certain Joshua Cantrell. Il a été assassiné il y a quelques années… Douze ans, en fait. Presque treize.

Ses yeux allèrent de moi à Darius et il fallut toute ma volonté pour garder la main immobile, ne pas tenter de sortir mon Beretta. Darius n'avait pas bougé. Son arme était toujours dirigée vers le bas.

– Pourquoi tu te fais passer pour un autre? me demanda Cash Neloms. Tu trouves ça intelligent de débarquer ici et de nous mentir? Tu crois que c'est comme ça que tu vas rester en vie?

– Tu as raison, je mentais. Je ne suis pas venu poser des questions. Je suis venu te donner des réponses. Si tu les veux.

– Je te connais même pas. Qu'est-ce que tu veux que j'en aie à foutre de tes réponses?

– Moi, je pense que ça devrait t'intéresser.

Nouveau coup d'œil à Darius. Je compris qu'il en irait ainsi : au signe convenu, l'arme serait braquée.

– Je sais pas ce qu'on t'a raconté et ce que tu t'imagines, dit Cash Neloms. Je sais pas ce qui t'a pris de débarquer ici comme un pauvre ballot et de sortir ces conneries, mais maintenant tu vas dégager, mec. Vite.

– Tu n'as pas envie de savoir comment le cadavre de Cantrell s'est retrouvé en Pennsylvanie ?

Voilà qui le figea. Sa bouche se referma, son regard devint dur et inerte, et l'espace d'un instant il parut avoir oublié Darius dans son coin. L'espace d'un instant, il parut avoir tout oublié sauf moi.

– Je pensais que t'aurais envie de savoir au moins ça, insistai-je. Pour ce qui est de Ken Merriman, eh bien, tu sais déjà tout, je n'ai pas à te fournir les réponses. Pareil pour Bertoli. Cantrell, par contre… j'ai pensé que tu serais curieux de savoir. C'est long, douze ans à s'interroger.

– Je ne sais pas…

Cela se voulait une nouvelle dénégation mais il n'acheva pas sa phrase. Il me dévisagea et se frotta la bouche, cherchant quoi dire. Cela dura une dizaine de secondes.

– OK, fit-il. Je dis pas que je sais de quoi tu parles mais vas-y, raconte. Si t'es venu pour ça, vas-y, raconte.

– Dominic Sanabria, ça te dit quelque chose ?

– J'ai peut-être entendu ce nom.

– Je pensais bien. Il aimerait que tu lui rendes un service. Ça peut toujours être utile d'être bien avec ce genre de type, tu sais ?

– Je lui dois rien.

– Ah non ? Pas sûr qu'il soit de cet avis.

Il y eut un nouveau silence.

– Alors ? dit-il, l'énervement reprenant le dessus. Qu'est-ce qu'il y a, mec ? T'accouches ou quoi ?

– La sœur de Dominic a disparu depuis douze ans. Un tas de gens l'ont recherchée : la police, la famille, des détectives privés, des journalistes. Après tant d'années, si elle avait quoi que ce soit à dire à ces gens-là, elle l'aurait déjà dit, non ? Tu ne crois pas ?

Il ne répondit pas.

– Je vais te dire ce qu'elle m'a raconté, poursuivis-je. Elle a une nouvelle vie. Elle ne veut pas l'abandonner. Elle n'a pas envie de revenir ici, pour être assiégée et bombardée de questions.

– Pourquoi tu me racontes ça ?

– Le service que te demande Dominic est assez simple. Je vais te mettre en contact avec elle, arranger un rendez-vous. Toi, tu lui expliques que Dominic n'a rien à voir dans la mort de son mari. C'est tout.

Je m'attendais de sa part à une réaction d'incrédulité, de confusion ou de colère, tout sauf un aveu, mais il ne s'exprima pas et se contenta de me fixer. Quand il rompit le silence, ce ne fut pas pour avancer un argument mais pour me poser une question, d'un ton calme et froid.

– Qui es-tu ?

– Tu as vu mon nom.

– Les noms, je me les fous dans le cul.

– Tu n'as besoin de savoir qu'une seule chose sur moi : je suis venu te transmettre la proposition de Dominic. Tu l'as entendue. Alors, t'acceptes ?

Je n'avais plus qu'une envie, me casser de là. Le micro fonctionnait, j'avais enregistré toute la conversation, il ne restait plus qu'à mettre au point le rendez-vous avec Alexandra. Elle ne serait pas la seule présente : il y aurait un tas de policiers, des micros et une paire de menottes prêtes à être passées aux poignets de Cash Neloms. Je touchais au but, je n'avais plus qu'à boucler l'affaire et me tirer. Plus qu'à franchir la porte.

– D'accord, dit Cash après une pause. J'accepte, mec.

Il était parfaitement décontracté, le visage détendu. Si je n'avais pas été sur mes gardes, prêt à bouger au prochain coup d'œil adressé à Darius, je serais mort immédiatement.

Mais j'étais aux aguets et à peine commença-t-il de se tourner que je réagissais, me relevant alors que l'oncle n'avait pas encore pointé son arme. Plongeant la main sous mon blouson pour sortir mon Beretta, je me précipitai vers Cash Neloms qui se tenait devant la porte battante du garage. J'espérais pouvoir me mettre derrière lui ou du moins assez proche de lui pour que son oncle rechigne à tirer, mais c'était perdu d'avance ; on a vite fait de braquer un pistolet et d'appuyer sur la détente. Darius tira avant que j'aie dégainé et la balle m'atteignit au flanc droit, comme si un pieu chauffé à blanc s'enfonçait dans ma chair. L'impact me fit basculer en avant et le deuxième coup me passa au-dessus alors que j'atterrissais dans les jambes de Cash Neloms. Je ne le heurtai pas très fort, ni même intentionnellement, mon seul but étant d'atteindre la porte. Il prit tout de même mon poids sur les genoux, parvint à rester debout mais fut poussé en arrière contre le mur et nous nous retrouvâmes un moment enchevêtrés. Il se redressa et voulut m'attraper par la gorge à deux mains. Penché sur moi, il empêcha son oncle de m'achever avec une deuxième balle. Je pus enfin sortir mon pistolet et me tortillai pour échapper aux griffes de Cash. Je ne voyais que le bureau métallique et les jambes de l'oncle en dessous, mais c'était tout de même une cible. Je tirai. Une giclée rouge jaillit d'un mollet et Darius laissa échapper un cri. Je repoussai les jambes de Cash Neloms et me précipitai vers la porte du garage. Au passage, Cash me flanqua un coup de poing dans la nuque et tenta de me retenir par la main. Le Beretta m'échappa et tomba par terre. Il glissa vers le bureau, hors de portée, mais je ne m'en préoccupai pas et me ruai en avant. Sorti de l'accueil, je me retrouvai sur un sol au ciment froid. Je décochai un coup de pied à la porte et l'entendis heurter quelque chose. Puis il y eut une nouvelle détonation et je ressentis une brûlure déchirante, cette fois à la cuisse.

Il faisait noir dans le garage, portes baissées et lumières éteintes. Je fis une roulade et renversai quelque chose qui s'écroula avec fracas autour de moi. Je ne compris qu'il s'agissait d'une pile d'enjoliveurs qu'en en touchant un. Je reculai à la force des bras, redressai le torse et tendis les jambes devant moi, puis j'attrapai le Glock dans le holster dissimulé dans mon dos. Je mis un certain temps avant d'y parvenir. Quand Cash Neloms émergea à son tour, l'arme au poing, il se tourna d'abord vers l'interrupteur sur la gauche, certain que j'étais désarmé.

Je pointai le Glock et tirai à deux reprises.

Il bascula en arrière, contre la porte battante qui s'ouvrit, son torse s'affaissant dans le bureau. Ses jambes bougèrent quelques instants et tentèrent de se relever, les talons raclant le ciment du garage, puis elles se figèrent et le silence régna.

Assis parmi les enjoliveurs, mon Glock toujours braqué sur la porte, j'attendis Darius. J'avais du mal à tenir mon pistolet et la porte semblait danser devant moi, flotter et ondoyer jusqu'à se fondre parmi les ombres. J'entendis du mouvement et tirai un coup avant de me rendre compte que cela venait de la porte d'entrée. Darius avait quitté l'accueil par l'extérieur. Il allait revenir par une autre issue, d'une direction différente. Je ne savais pas où regarder. C'était son atelier, lui en connaissait la disposition, moi non. La posture assise m'était de plus en plus pénible, je ne voyais plus grand-chose. Le Glock retomba sur ma cuisse, une décision de mon corps et non de mon esprit, mon bras n'en pouvant plus. Je me penchai péniblement sur le côté et tentai d'extraire mon mobile de ma poche. Je dus m'y reprendre à deux fois avant d'y parvenir. J'avais les doigts imbibés de sang tiède.

Je l'ouvris, composai le numéro et balbutiai quelques mots. Impossible de me rappeler l'adresse, ni même le nom de la rue. Je sus seulement leur dire que j'étais blessé et que Darius allait revenir à l'attaque. Je répétai plusieurs fois que j'ignorais par quelle porte il allait surgir, que je n'avais aucun espoir de le cueillir.

Mes doigts laissèrent échapper le portable qui atterrit sur

le ciment. Je n'eus pas la force de chercher à l'atteindre alors qu'il reposait tout près. J'avais du sang plein la bouche, un horrible bourdonnement dans les oreilles et j'étais incapable de ramasser mon téléphone comme de brandir mon pistolet.

Je n'entendis pas les sirènes.

44

Les ambulanciers récupérèrent mon enregistreur et le remirent à la police. Forts de ce qu'ils entendirent et des informations que Joe leur fournit, les enquêteurs n'eurent aucune peine à reconstituer les événements. Heureusement, car je n'étais pas en état de m'exprimer.

Le temps que je sorte du bloc opératoire, les premières informations filtraient dans les médias. Alvin Cash Neloms y était présenté comme l'assassin présumé de Joshua Cantrell. Mike London et John Dunbar furent associés à l'enquête. Quinn Graham sauta dans sa voiture. L'enregistrement constituait une base solide, mais il ne comportait pas d'aveux. Pas suffisant. Quinn Graham suggéra qu'on se concentre sur le meurtre de Ken Merriman, le plus récent et donc celui où l'on avait les meilleures chances de réunir des preuves. Plusieurs armes furent saisies lors de perquisitions au domicile de Darius et Cash Neloms, dont un pistolet et des munitions identiques à celles utilisées pour le meurtre de Ken. Les analyses devaient confirmer qu'il s'agissait bien de l'arme du crime.

J'avais eu tort de craindre que Darius Neloms ne surgisse par une autre porte : il avait pris la fuite en voyant son neveu s'effondrer dans le bureau, mort sur le coup. Traînant sa jambe blessée, il était parti au volant de sa Cadillac. Deux minutes plus tard et dix blocs plus loin, il s'était évanoui à cause de la douleur et du sang perdu. Sa voiture avait terminé sur le trottoir où elle avait embouti un poteau téléphonique. On l'avait arrêté à sa sortie d'opération.

Quand les secours étaient arrivés, j'étais inconscient et en état de choc. Mon état ne s'était stabilisé qu'après mon transport à l'unité de traumatologie de Metro Health, l'hôpital qui avait sauvé Joe. Je fus d'ailleurs soigné par le même médecin que lui, le docteur Crandall, expert en blessures par arme à feu. Toutefois mon opération dura six heures de moins que la sienne, ce dont mon partenaire ne manquerait pas de se prévaloir.

Curieusement, la blessure à la poitrine n'était pas la plus grave. À vingt centimètres près, elle causait ma perte – « Si vous aviez été touché au même endroit à gauche, m'expliqua le docteur Crandall, vous seriez mort dans la seconde » –, mais la balle avait suivi une trajectoire incroyablement indulgente pour me traverser de part en part, ne m'infligeant qu'une côte cassée et quelques lésions bénignes aux tissus mous. Si elle était entrée à gauche, je la prenais en plein cœur.

La blessure à la jambe, survenue quand Darius m'avait tiré dessus alors que je fuyais par la porte du garage, était beaucoup plus grave. La balle avait touché l'artère et il s'en était fallu de peu que je ne me vide de tout mon sang avant l'arrivée de l'ambulance : j'avais été sauvé par ma position assise et le fait que la plaie était sur l'arrière de la cuisse, ma posture exerçant une pression qui avait ralenti l'hémorragie. Sur les photos que j'obtins par la suite, je vis une giclée de sang à presque deux mètres, qui s'était produite quand je m'étais penché pour extraire mon portable. Si je n'avais pas basculé pour me remettre en position assise, comprimant la blessure contre le sol en ciment, j'aurais perdu connaissance avant de pouvoir dire quoi que ce soit à l'opératrice du 911.

Comme quoi, se retrouver sur le cul peut vous sauver la vie. Matière à réflexion.

On envisagea de m'inculper. J'étais un civil et non un flic, et j'avais tué un homme. Généralement, cela s'appelle un meurtre.

Sans l'enregistrement qui confirmait mes dires, j'aurais été mis en examen, au moins dans un premier temps.

Le deuxième jour, j'avais retrouvé suffisamment de cohérence pour regarder la télé. L'esprit enveloppé dans un voile médicamenteux, j'aperçus la photo de Cash Neloms prise lors de son unique arrestation. Le présentateur expliqua qu'il était décédé mais faisait encore l'objet de plusieurs enquêtes criminelles.

Cash était donc mort.

C'était terminé, alors ? Oui, le dossier était sans doute clos.

Alexandra Cantrell ne se manifesta pas au lendemain de cette issue sanglante.

On me garda dix jours à l'hôpital. Au cours de mon séjour, je refusai toute visite excepté celles de la police, de Joe, d'Amy et de ma sœur. Ma sœur Jennifer resta près d'une semaine, une première depuis qu'elle avait quitté South Bend pour s'installer à Seattle. Elle fit la connaissance d'Amy et toutes deux eurent l'air de bien s'entendre.

Gena fit également un saut à Cleveland, et je fus ravi de l'apprendre. Mais je ne le sus que le jour de son départ ; Joe me confia qu'il lui avait expliqué mon souhait de limiter les visites à un cercle restreint. L'interdiction ne valait pas pour Gena, mais c'était bien Joe de l'appliquer sans discuter, à la lettre. J'étais quand même content qu'elle soit venue quand il avait besoin d'elle.

Je dormais la plupart du temps. Les bons médicaments ont cette vertu. Une fois, je me réveillai et entendis Amy qui pleurait, assise à mon chevet, mais j'eus l'intuition qu'il était préférable de ne pas ouvrir les paupières, de ne pas la déranger. Je l'écoutai, au bout d'un moment elle cessa de sangloter et posa la main sur mon bras, et je me rendormis.

Je recevais sans cesse des appels, surtout des médias. Quelques copains voulurent téléphoner ou passer. Amy me raconta que Parker Harrison s'était présenté à trois reprises pour se voir refouler chaque fois. Il avait apporté une carte mais avait refusé de la confier à la réceptionniste ou à Amy.

Un reportage bien informé sur la fusillade et les crimes qui y avaient conduit fut publié pendant mon hospitalisation. Il comprenait nombre d'éléments précis mais sans en indiquer la provenance, l'essentiel étant attribué à une source anonyme bien informée de la situation. La source n'était autre qu'Amy. Je tenais à ce qu'un maximum d'informations sortent, et le plus rapidement possible. Cela sans accorder la moindre interview. Le genre d'arrangement auquel rechigne la presse, mais elle confia le tuyau aux gens qu'il fallait, des journalistes en qui elle avait confiance, et ils en firent bon usage.

La charge de tentative de meurtre fut retenue contre Darius Neloms. Nous apprîmes que son avocat comptait soutenir que j'avais tiré le premier. Amy s'en inquiéta. Je lui dis qu'on verrait bien quand on y serait. Puis Darius et son avocat écoutèrent l'enregistrement, et apparemment ils le jugèrent plus convaincant qu'ils n'avaient cru. Au quatrième jour de mon hospitalisation, ils entamèrent des négociations avec le procureur, laissant entendre que Darius pouvait apporter les preuves que son neveu était bien l'assassin de Bertoli, Cantrell, Ken Merriman et d'autres. Visiblement, les liens du sang n'avaient plus autant d'importance pour Darius dès lors que son neveu était mort et lui-même emprisonné.

D'après Darius, Salvatore Bertoli avait contacté Cash pour l'avertir que Joshua Cantrell se renseignait sur le meurtre de Johnny DiPietro. Bertoli s'imaginait que Cash Neloms était toujours son pote, mais la donne avait changé pendant son séjour en prison. Pour le remercier de l'avoir prévenu, Cash l'avait liquidé, puis il s'était chargé de Cantrell. Histoire de faire le ménage. Cash avait désormais un empire à défendre, et un empire ne se gère pas par la manière douce.

Tandis que j'étais focalisé sur cet aspect-là, la police et le ministère public s'intéressaient surtout à ce que Darius pouvait leur dire des associés de son neveu : Cash Neloms était mort, pas son réseau. D'après Mike London, il se murmurait que Darius Neloms pourrait bénéficier d'un accord très avantageux, à condition de balancer suffisamment de monde. Je ne savais pas quoi en penser.

Joe passait fréquemment, mais il n'était pas lui-même. Quand il parlait, c'était le plus souvent pour sortir une plaisanterie, par exemple qu'on nous fasse tourner une pub télé vantant les mérites de l'unité de traumatologie. Une bonne humeur forcée. Je me doutais que mon état était un sujet d'inquiétude, mais je percevais autre chose dans le silence qui s'installait entre les tentatives d'humour. De la colère.

La veille de ma sortie, il se trouva enfin seul avec moi. Les autres fois il y avait toujours quelqu'un d'autre, Amy, ma sœur, un flic ou une infirmière. Cette après-midi-là, Amy s'était absentée quelques heures, ma sœur était dans l'avion pour Seattle, les policiers et le personnel de santé étaient occupés ailleurs. Joe prit place sur la chaise devant la fenêtre. Après quelques minutes de bavardage, il perdit son air faussement comique.

Il indiqua le lit et les appareils autour de moi.

– T'es content comme ça, hein ? me lança-t-il.

Je souris.

– Bien sûr ! Mon lit à la maison est beaucoup moins bien équipé.

Lui ne souriait pas.

– Ça te va bien, d'être allongé là et que moi je sois assis à côté de toi. Tu ne trouves rien à redire.

– Qu'est-ce que tu entends par là ?

– Ça me paraît clair : tu t'accommodes parfaitement d'être alité tandis que je suis bon pied bon œil. De même que ça ne te gênait pas d'aller voir Alvin Neloms seul et en douce, alors qu'Amy n'était pas présente, ni moi, ni aucune des personnes qui tiennent à toi.

– Qu'est-ce que tu racontes, Joe ?

– Tu penses que tu n'as rien à craindre dès lors qu'il n'y a personne avec toi. Si toi seul es blessé, on s'en tape, hein ? Tu es prêt à faire face. Alors que dans l'autre cas tu en es incapable.

– Pas du tout. J'ai su faire face.

– Pas très bien. Vraiment pas très bien.

Je pivotai ma tête sur l'oreiller pour échapper à son regard.

– Tu me dis de rentrer chez moi, Lincoln, puis tu y retournes seul. Pourquoi ?

Je ne répondis pas.

– On aurait pu parler à Darius. On s'est rendus là-bas dans ce but. Mais tu as soudain fait marche arrière, parce que c'était prétendument une mauvaise idée et qu'il était préférable de passer la main à Graham. Tu m'as sorti ça, tu es rentré chez toi et tu as raconté la même chose à Amy, puis tu as chargé tes flingues et tu y es retourné seul, sans rien dire à personne. J'aimerais que tu m'expliques pourquoi tu as agi ainsi.

Je tendis la main pour me frotter le haut du nez, geste qui m'arracha une grimace de douleur. Elle me prenait encore au dépourvu. J'étais allongé là depuis six jours, à ne penser qu'aux dégâts infligés par les balles, et pourtant la douleur me surprenait encore.

– Je vois que tu ne comptes pas t'expliquer, dit Joe, alors je vais le faire pour toi. Tu t'es rendu là-bas seul parce que tu as peur pour ton entourage mais pas pour toi. Il est tellement plus simple de t'isoler, n'est-ce pas ? Comme ça, il n'y a plus aucune raison de s'inquiéter. Eh bien, il existe une poignée de gens, de pauvres âmes égarées telles qu'Amy ou moi, qui t'expliqueront que c'est là une attitude incroyablement égoïste.

– Dis donc, tu sais parler aux patients ! T'aurais pu être médecin ou aumônier.

– Je ne vois pas pourquoi je mettrais des gants. Tu ne vas pas si mal. Tu t'es pris deux balles. J'ai connu ça. Si tu t'attends à ce que je vienne ici pour t'éponger le front, n'y compte pas. Tu vas t'en remettre. C'est déjà en bonne voie.

Je me retournai vers lui.

– Qu'est-ce que tu veux que je te dise, Joe ? Que je m'excuse de ne pas t'avoir emmené pour que tu puisses te faire tirer dessus encore une fois?

– Je ne suis pas ici pour que tu me dises quoi que ce soit. Je veux que tu comprennes une chose.

– Quoi?

– Ce que tu es en train de t'infliger, LP.

– Je ne comprends pas.

– Laisse-moi te poser une question: pourquoi as-tu décidé d'arrêter cet été?

– Je te l'ai déjà expliqué, j'étais las.

– Las de quoi?

– De tout.

– Non, tu as employé une expression, devant moi. Les dommages collatéraux. Ken Merriman a été assassiné, et ça faisait trop. Après ce qui était arrivé à Amy et à moi, c'en était trop. Je comprenais parfaitement. Amy aussi. Nous t'avons donc soutenu, nous n'avons pas cherché à t'en dissuader, nous t'avons laissé faire. Je ne pensais pas que quitter l'agence était le bon choix, mais…

– Tu avais toi-même arrêté de bosser, Joe. L'aurais-tu oublié?

– J'ai aussi soixante-deux ans. J'ai été flic pendant trente ans. Toi seulement cinq ans. Tu ne vois aucune différence?

Nous demeurâmes silencieux quelques secondes. Quand il s'exprima à nouveau, son ton s'était adouci.

– Je ne pensais pas que c'était une bonne chose mais je n'ai pas voulu en débattre parce que dire aux autres comment mener leur vie me semble ce qu'il y a de pire, ou presque. Je t'ai donc laissé arrêter. Maintenant, quelques mois plus tard, te voici dans cette chambre parce que tu n'as pas su t'arrêter.

– Je devrais m'y tenir plus facilement à l'avenir.

À son tour de rester muet.

– Tu te rappelles la tête de Dunbar quand on s'est rendus chez lui pour lui montrer le lien avec Neloms? dis-je. Tu te souviens quand il a été chercher le dossier dans sa chambre?

Dans sa chambre, Joe. Un type à la retraite depuis des années. Il était obnubilé. Et il avait tort.

– Mais il est très différent de toi.

– Ah ouais ? Je n'en suis pas si sûr. Ni qu'il soit très différent de toi, si tu ne t'étais pas forcé à disparaître, à lâcher le métier. Dunbar est ce qui nous guette au bout du tunnel.

– Comprends bien une chose, Lincoln : il existe un tas de tunnels et chacun creuse pour soi.

Nous en restâmes là. Il demeura sur sa chaise jusqu'à ce qu'une infirmière lui fournisse un prétexte pour s'éclipser.

45

Ce fut notre seule conversation de cet acabit. Lors de notre rencontre suivante, d'autres gens étaient présents et Joe avait retrouvé sa jovialité forcée. En fait, je ne l'avais jamais connu si drôle. Il aurait mérité d'avoir son propre talk-show.

À ma sortie d'hôpital, je m'installai chez Amy. Les escaliers y étaient mieux adaptés pour moi, sans compter que son appartement était plus spacieux et plus lumineux que le mien. Des détails qui ont leur importance quand on passe ses journées cloué dans un canapé. Je me remettais rapidement, à en croire les médecins et le kiné. Beaucoup plus rapidement que je n'étais en droit de l'espérer, d'ailleurs, grâce à ma forme étincelante quand je m'étais fait tirer dessus. Les séances d'entraînement forcené avaient donc servi à quelque chose. Bon à savoir.

Amy et moi parlions souvent de la fusillade mais toujours sous l'angle journalistique : la qualité du dossier contre Darius, les éventuelles conséquences judiciaires à mon encontre, et autres questions de ce genre. Au début je supposai qu'elle maintenait une distance par égard pour moi, avant de comprendre qu'elle cherchait à se préserver. Dans le silence gêné qui s'installa après une de nos conversations, je lui dis que j'étais désolé.

– Tu es désolé ? fit-elle. Pourquoi ? De t'être fait tirer dessus ?

– De te faire subir tout ça.

Elle eut un sourire triste.

– Ce soir-là avant d'y retourner, tu m'as dit qu'il te restait une dernière chose à accomplir, et que tu devais t'y coller seul.

– Je m'en souviens.

– Regarde le résultat ! Dans ta tête, j'imagine que tu voulais protéger Joe. Et moi aussi, sans doute.

– Mince. Je vois que Joe t'a fait part de ses lumières de psychologue.

– Parce que tu penses qu'il a tort ? Tu oserais me regarder droit dans les yeux et prétendre qu'il se trompait quand il t'a parlé à l'hôpital ?

Je ne répondis rien.

– Exactement, dit-elle. Tu sais qu'il a raison. À quelques centimètres près, je serais seule ce soir, à me souvenir de notre dernière soirée ensemble. Crois-tu que ce serait un bon souvenir ? Je n'arrêtais pas d'y repenser à l'hôpital et je me suis dit que l'épitaphe te conviendrait à merveille : « Il avait une dernière chose à accomplir. Seul. » Ça, c'était forcément seul.

Je ne dis rien.

– J'aurais peine à exprimer à quel point ce souvenir résonnait en moi pendant ton hospitalisation. Cela me paraissait être le symbole parfait et tragique. Si tu y avais laissé la vie, et cela a bien failli, ce moment me serait resté à jamais. Tu sais pourquoi ? Parce que j'avais l'impression que tu me disais : « Il me reste une dernière chose à faire, seul. Ensuite je pourrai t'aimer sans retenue ! »

– Bon sang, Amy, tu sais bien que je t'aime.

– Oui, mais j'essaie de t'expliquer quelque chose qu'il faut que tu comprennes… Tu ne peux pas préserver ceux que tu aimes du danger. Du monde extérieur. Sinon tu finiras par craquer, à la longue. Inévitablement. Et tu sais quoi ? Ceux que tu aimes subiront quand même des malheurs. Tu ne peux pas l'empêcher et ce n'est pas ton rôle d'essayer. Ton rôle est d'être là quand ça leur tombe dessus.

Un long silence s'ensuivit.

– Fais-moi confiance, Lincoln : ceux que tu aimes auront

forcément des coups durs. J'ai mon amoureux sous les yeux et, crois-moi, il fait peine à voir. Blessé et couvert de pansements, même pas fichu de s'extirper tout seul de mon canapé.

– Bien sûr que si!

– Prouve-le, me lança-t-elle en se dirigeant vers la chambre.

Par une de ces journées interminables que je passais seul dans son salon pendant qu'Amy était au travail, je pris un bloc-notes et tentai une nouvelle fois d'écrire à la fille de Ken. Contrairement à ma première tentative, les phrases me vinrent aisément. Je grattai cinq pages, une longue lettre d'excuses et de condoléances. À la relecture, je trouvai que ça sonnait faux, balançai le tout à la corbeille et recommençai. Je conservai quelques paragraphes de la première mouture, puis me focalisai sur l'enquête. Je lui racontai tout ce que je pouvais. Je lui décrivis quel genre de détective avait été son père, on ne peut plus consciencieux et patient. Qu'il s'était obstiné des jours et des jours, fort de son intuition, et qu'au bout du compte il avait eu raison. Je n'avais rien d'autre à lui confier, mais c'était déjà ça. Il avait été un bon détective, écrivais-je, parce qu'il ne lâchait jamais. Parce que sa soif de vérité primait sur tout le reste, y compris sa personne. Oui, y compris lui-même.

Cette fois-ci, je postai la lettre.

Joe appela en fin de semaine pour m'informer que Parker Harrison laissait quotidiennement des messages sur le répondeur de l'agence. Je pris son numéro et le rappelai. Il demanda si on pouvait se voir en personne, je lui indiquai l'adresse et il m'annonça qu'il serait là dans vingt minutes. Il ne mit qu'un quart d'heure. J'étais déjà en bas où je l'attendais assis sur la dernière marche. L'escalier constituait toujours une épreuve. Ma jambe droite hurlait à la mort dès que je mettais mon poids dessus. Je lui ouvris la porte, nous échangeâmes une poignée de main et nous montâmes. Une lente ascension. Il me suivit sans rien dire. Arrivé dans le salon, je me laissai tomber sur mon extrémité attitrée du canapé tandis qu'il s'installait dans le fauteuil en face de moi. Il me tendit une enveloppe.

– D'abord ceci, dit-il. Je voulais vous la transmettre à l'hôpital.

Je la décachetai et sortis une lettre manuscrite. L'écriture était féminine. Signée Alexandra Cantrell. À la lecture, je faillis éclater de rire. Cela me rappelait tant ma missive à la fille de Ken – le ton, le vocabulaire, même des phrases entières. Il y avait là beaucoup de gratitude, maladroitement exprimée. Et au dos, je découvris un numéro de téléphone et une promesse : « Si vous avez besoin que je parle à la police, à la presse ou à qui que ce soit, je le ferai. Il vous suffit de me joindre à ce numéro. Je vous dois beaucoup plus que je ne saurais l'exprimer et je me sens à la fois coupable et meurtrie de ce qui vous est arrivé, plus que vous n'êtes sans doute disposé à le croire. S'il y a quoi que ce soit que je puisse faire en guise de réparation, contactez-moi à ce numéro. »

Ma lecture terminée, je repliai la lettre et la remis dans son enveloppe.

Parker Harrison m'observait.

– Je sais ce qu'elle vous a proposé, dit-il. Elle est sincère. Si vous souhaitez qu'elle se manifeste, elle le fera. Elle voulait le faire dès le début, mais je l'en ai dissuadée. Je lui ai conseillé d'attendre. Vous comptez le lui demander ?

– Je n'en vois pas vraiment l'intérêt. Cela n'apporterait rien à personne, du moins les gens qui comptent vraiment. Mais Alexandra y perdrait. Elle a déjà beaucoup perdu.

Il parut satisfait. Il fixa le sol un moment, puis se pencha en avant et dit :

– Lincoln, tout ce qui est arrivé…

Je l'interrompis d'un geste.

– Taisez-vous, Harrison. Je n'ai pas besoin d'excuses et je n'en veux pas. En revanche, il y a certaines choses que vous pourriez m'expliquer.

– Bien sûr.

– Pour commencer, pourquoi m'avez-vous engagé ? Parce que vous craigniez d'être impliqué après la découverte du cadavre et souhaitiez retrouver Alexandra au cas où vous auriez eu besoin de son témoignage ?

Il sourit.

– Savez-vous combien de fois vous m'avez posé cette question ? Combien de fois vous m'avez demandé pourquoi je me suis adressé à vous ? Je vous ai dit la vérité le premier jour.

– Seulement une partie de la vérité.

– En effet. Je m'en excuse. Cela dit, mes raisons… étaient honnêtes.

– Dans ce cas, pourquoi avoir attendu douze ans ?

– J'y avais songé plusieurs fois, mais sans franchir le pas. Quand on a retrouvé le corps de Joshua, je me suis dit que c'était le moment. Je voulais revoir Alexandra.

– Ken a essayé de vous interroger au début de son enquête. D'après lui, vous vous êtes esquivé. Malgré tout, vous ne vous souveniez pas de lui ?

– Cela remontait à douze ans, Lincoln, et puis je ne l'avais jamais rencontré. Je m'étais contenté d'ignorer ses appels et ses messages. Son nom ne me disait rien. Puis Alexandra m'a contacté, pour m'informer que la police s'intéressait à moi et que vous bossiez avec eux, et pour me conseiller de vous éviter.

Je repensai au jour où il m'avait congédié, au coup de fil qu'il avait passé juste après mon départ. Ce n'était pas Alexandra qu'il avait appelée.

– Vous avez toujours été en communication avec Dominic Sanabria. Pourquoi ?

– Quand elle est partie, Alexandra m'a demandé de lui transmettre un message.

– Oui. Qu'elle ne lui parlerait plus jamais et qu'il ne devait pas la rechercher. Elle me l'a expliqué. Et pourquoi Ruzity est-il allé voir Sanabria ?

– Pour le menacer de le tuer si jamais il tentait de la retrouver. Vous comprenez, j'espère, que Mark ne faisait pas cette promesse à la légère. Même s'il adorait Alexandra. Je ne voulais pas que vous le rencontriez de crainte que ça ne dérape, pour tout le monde. Mais Mark va bien. Depuis son passage chez Alexandra, il se débrouille comme il faut.

– Pourquoi avez-vous parlé à Sanabria après m'avoir congédié ?

– Pour l'informer que vous ne bossiez plus pour moi et que s'il vous arrivait quoi que ce soit je l'en tiendrais pour responsable.

En d'autres termes, il l'avait appelé pour tenter de me protéger.

– D'après Quinn Graham, alors qu'il n'y avait eu aucun contact depuis des années, vous avez joint Sanabria quand le cadavre a été découvert.

Il hocha la tête.

– Je lui ai fait savoir que je n'irais pas en prison pour lui. Que je raconterais tout à la police si on m'interrogeait, en faisant fi du choix de sa sœur de tout passer sous silence. Il m'a répété, comme auparavant, qu'il n'avait pas tué Joshua. Pour la première fois, je me suis mis à le croire. J'avais besoin de connaître la vérité et de parler à Alexandra. Je me suis donc adressé à vous.

– Parce que vous aviez lu des articles sur moi.

– Parce que je pensais que vous étiez l'homme de la situation. Comme je vous l'ai déjà expliqué au début, en raison du regard que vous portez sur les coupables. Je pensais que vous sauriez aller au-delà de certaines choses auxquelles d'autres s'arrêteraient.

– Mais je n'ai pas été à la hauteur.

Il eut un haussement d'épaules, comme si cela n'avait pas d'importance, mais j'insistai.

– Non, Harrison. J'ai l'impression que vous ne saisissez pas à quel point j'ai déçu les espoirs que vous placiez en moi. Je me suis méfié de vous dès le début. Cela n'a jamais changé.

Il baissa les yeux, contempla ses mains croisées et resta muet un moment.

– Je n'ai jamais demandé à personne d'oublier ce que j'ai commis, dit-il. Moi-même je ne l'oublie jamais. Il est impératif qu'on s'en souvienne. Je le porte en moi. C'est mérité.

– Nous sommes tous attachés à l'idée de réinsertion, dis-je. Mais je me demande combien d'entre nous y croient vraiment.

Cela le fit sourire.

– Il suffit de quelques-uns, Lincoln. J'ai croisé Alexandra et il ne m'en fallait pas plus.

– Lui avez-vous parlé ?

– Plusieurs fois. Comme je vous l'ai expliqué, je l'ai dissuadée de contacter la police le jour où l'on vous a tiré dessus. Je lui ai conseillé d'attendre.

– Tant mieux.

Je le disais sincèrement. Je ne voyais aucun profit à tirer de sa réapparition, ni pour moi ni pour quiconque. Quelques mystères persisteraient pour le reste du monde. Et le monde s'en porterait sans doute mieux.

– J'ai une autre question à vous poser.

– Oui ?

– Qu'est-il advenu de la bague de Joshua, celle que Dominic était censé avoir jetée sur son cadavre ?

– Elle repose au fond du lac de rétention de Pymatuning. (Il fronça le sourcil.) Vous savez, si Alexandra n'avait pas choisi de disparaître, son frère aurait pu aller en prison. C'était bien joué pour lui faire porter le chapeau. Ç'aurait pu marcher.

– Oui.

Après un court silence, il sortit de son blouson un paquet emballé dans du papier journal et me le tendit.

Ça pesait lourd dans la main.

– C'est quoi ?

– Mark Ruzity tenait à vous prouver qu'il est capable de manier le ciseau autrement que ce qu'il vous a montré lors de votre visite. Je pense que c'est sa manière de dire merci. Peut-être même de s'excuser.

Je déchirai l'emballage et découvris une magnifique pierre

en granit. Sur le devant était inscrit, en petites lettres parfaitement lisibles : « Lincoln Perry, détective privé. »

– Vous pourrez la poser sur votre bureau.

– Oui.

Quand il se leva, je voulus en faire autant, mais il me fit signe de rester assis.

– Inutile que vous descendiez pour moi.

– C'est pour mon bien, Harrison. Je souffre, mais c'est pour la bonne cause.

Je l'accompagnai dans l'escalier et lui serrai la main au rez-de-chaussée.

– Merci, Lincoln. Pour ce que ça vaut… tout ce que j'espérais à votre sujet, j'y crois toujours.

Il s'en alla et j'inspirai un bon coup avant d'entamer la remontée.

De retour dans le salon, je relus la lettre d'Alexandra, puis je soupesai dans ma main la pierre gravée par Mark Ruzity.

« Lincoln Perry, détective privé. »

Pour mon bureau, avait dit Harrison. Du moins, Ruzity l'avait taillée dans cette intention. Malgré tout, j'étais tenté d'y voir la plus petite pierre tombale qu'il ait jamais réalisée.

46

Trois semaines s'écoulèrent avant que je rende visite à Joe Dunbar. J'arrivais mieux à me déplacer et j'avais repris un peu de poids. Ayant perdu neuf kilos suite à la fusillade, j'étais déprimé comme pas permis rien qu'à l'idée de retrouver la salle de sport dans mon état d'affaiblissement. Après avoir été au mieux de ma forme, voilà que je touchais le fond. Mais il en va toujours ainsi. Toujours.

Je fis ma virée à la fin novembre. Le lac était froid et gelé, fouetté par un puissant front en provenance du Canada. L'hiver arrivait. Joe, lui, allait repartir. Je n'avais pas été surpris quand il m'avait annoncé son intention de s'absenter à nouveau en janvier, pour un séjour non dans l'Idaho mais encore en Floride. Gena avait apparemment démissionné de son poste pour l'y rejoindre. J'avais repensé à ce qu'elle m'avait confié, que ni l'un ni l'autre ne souhaitaient faire preuve d'égoïsme et qu'un nouveau lieu serait peut-être la meilleure solution. Ce serait donc la Floride, où ils s'étaient rencontrés qui plus est. Peut-être s'y installeraient-ils de façon permanente, à moins que Joe ne la persuade de passer une partie de l'année à Cleveland.

C'était très calme à Sheffield Lake ; le lac n'attire pas grand monde en novembre. Quand je descendis de voiture et me dirigeai vers la porte de Dunbar, j'eus beaucoup de peine à fendre le vent. Il semblait repérer mes blessures, s'y insinuer et propager le froid au reste de mon corps.

Dunbar était là et fut ravi de me voir. Il me fit entrer, prit mon manteau et m'installa dans un fauteuil devant l'âtre. Ce n'était pas un feu de bois, rien qu'un simple foyer à gaz, mais la chaleur qu'il dispensait faisait de cette maisonnette le refuge idéal pendant une tempête rugissante.

– Je vais vous préparer du café, dit-il. Avec une larme de whisky ? Histoire de se réchauffer. C'est le jour ou jamais.

J'acceptai volontiers et il passa dans la cuisine. J'en profitai pour observer les éléments se déchaîner sur le lac. Quand il revint, nous sirotâmes nos cafés et je l'écoutai m'entretenir de l'enquête, évoquer les derniers développements, les thèses et les recoupements qui m'avaient peut-être échappé. Il finit par se tarir, posa sa tasse et me demanda :

– Qu'est-ce qui vous amène ici par une journée pareille ? Pas mon café, à coup sûr.

– Vous êtes vraiment certain qu'Alvin Neloms a tué Joshua Cantrell ?

Il cilla.

– Tout à fait certain. Comment voudriez-vous que je ne le sois pas, à ce stade ? J'ai entendu votre enregistrement… il a quasi avoué. Enfin, vous en êtes convaincu vous aussi, non ? Vous n'allez pas me soutenir le contraire ?

– Si on me demandait mon sentiment, si je devais parier jusqu'à mon dernier *dime*, oui, je dirais que c'est lui le coupable.

– Je pensais bien.

– J'y crois à cause de ce que j'ai vu. À cause de sa réaction quand j'ai mentionné le nom de Joshua Cantrell. Mais il m'arrive de faire fausse route. Parfois, je me livre à des suppositions en fonction de ce que je vois et je me trompe.

Il me dévisageait en silence, le front plissé.

– J'ai une question à vous poser, dis-je. Avez-vous tué Joshua Cantrell ou bien avez-vous juste laissé la bague ?

Je patientai longtemps. Il resta muet. Immobile. Sans détourner le regard.

– Cela ne m'aurait sans doute pas chiffonné si je ne m'étais pas fait tirer dessus. Ou bien cela m'aurait échappé. Étant blessé, j'ai eu tout le loisir d'y réfléchir. J'ai repensé à la façon dont Neloms a chargé son oncle de m'abattre, à la manière dont il s'est débarrassé du corps de Ken ou a balancé Bertoli du haut d'un immeuble. Il ne s'embarrassait pas de subtilités. Il se contentait de buter les gens et de passer à autre chose. Il se fichait de savoir qui serait arrêté, comme de faire porter le chapeau à quelqu'un d'autre. (Je me penchai en avant et ressentis un tiraillement à la poitrine, mais rien à voir avec la douleur irradiante des premiers temps.) Alexandra pensait que son frère l'avait tué ou fait tuer. À cause de la bague. C'est pour cela qu'elle est partie. Je peux comprendre qu'elle ait fait cette déduction, par contre je ne vois vraiment pas pourquoi Dominic aurait laissé la bague. Comme message ? Cela ne remplissait aucun but. Il ne s'agissait pas d'un rival au sein de la pègre mais de sa sœur, à qui il était très attaché. S'il avait assassiné son mari, il n'aurait pas laissé sa carte de visite.

Le visage de Dunbar demeurait impassible, mais son regard était rivé sur le mur au-dessus de ma tête.

– Il est possible que Joshua Cantrell ait mentionné la bague à Bertoli, poursuivis-je, et que Bertoli en ait parlé à Neloms. Seulement, voici le hic, Dunbar : même en supposant que Neloms juge bon de faire accuser un type comme Sanabria, ce qui me paraît improbable, et même s'il avait été au courant de l'existence de la bague, il n'aurait pas su où la trouver. Parce que Cantrell ne la portait jamais. J'imagine que Bertoli aurait pu savoir où elle était rangée et le dire à Neloms, mais je n'y crois pas une seconde.

Le silence était pesant. Dunbar me dévisagea un moment, puis détourna le regard.

– Bien sûr que je ne l'ai pas tué.

– Vous ne niez que cela ?

Il acquiesça.

– Comment êtes-vous au courant pour la bague ? s'enquit-il.

– Mystère.

Il se cala contre son dossier et relâcha une expiration tremblotante.

– Racontez-moi ce que vous avez fait, dis-je.

Il tendit les mains, paumes en l'air.

– Vous le savez déjà.

– Je sais que vous avez laissé la bague. J'aimerais davantage de détails.

– Joshua m'a appelé pour m'annoncer que Bertoli était mort et qu'il souhaitait se retirer, qu'Alexandra et lui partaient à l'étranger. Je lui ai dit qu'il ne pouvait pas faire ça, que son témoignage était capital pour l'enquête sur le meurtre de Bertoli. Il m'a raccroché au nez. Je me suis donc rendu sur place et j'ai découvert son cadavre… (Ses lèvres continuèrent d'articuler en silence.) Vous ne pouvez pas imaginer ce que j'ai ressenti. Je ne peux pas vous le décrire. Je savais que j'étais en partie responsable et j'étais persuadé de connaître l'identité de son meurtrier.

– Vous *pensiez* le savoir. Vous aviez tort.

Il contracta la mâchoire, la mine sombre.

– À l'époque j'étais sûr de mon fait, et je me suis dit : *Non, je ne permettrai pas que cela recommence. Je n'accepterai pas que Dominic s'en sorte encore une fois impunément.*

– Vous saviez où Joshua rangeait la bague ?

– Dans un meuble à côté de la porte d'entrée. Il la conservait là pour les fois où Dominic passait à l'improviste. Histoire de pouvoir l'enfiler au dernier moment, vous comprenez ? Dominic attachait beaucoup d'importance à cette bague.

Il prononçait le prénom du mafieux comme la plupart des gens disent le mot « poison ».

– Vous aviez la clé ?

– La porte était ouverte. Joshua avait les pieds à l'intérieur.

– Vous êtes donc reparti et vous avez attendu la découverte du cadavre.

Il hocha la tête. Une veine palpitait sur sa tempe gauche.

– J'ai patienté toute la nuit et une partie de la journée du lendemain. N'en pouvant plus, j'y suis retourné. Le cadavre avait disparu et le dallage était propre. Je n'en croyais pas mes yeux. J'avais l'impression de perdre la tête.

– Vous n'avez prévenu personne. Le meurtre remontait à moins de quarante-huit heures et pourtant vous n'avez pas donné l'alerte.

– J'avais faussé une scène de crime et je n'avais pas agi tout de suite.

– Il y avait un meurtre à élucider. Vous étiez le seul...

– Je ne pensais pas que ça prendrait douze ans ! s'emporta-t-il, ses mains tremblant à leur tour.

Je secouai la tête, écœuré.

– J'ai tenté d'aider l'enquête, dit-il. N'importe qui pourrait vous le confirmer. J'ai essayé d'orienter les choses.

– Pour conduire les enquêteurs à Dominic Sanabria, un innocent.

– Il n'est pas innocent.

– Il l'était cette fois-là, Dunbar.

– Si vous aviez su ce que je savais...

– J'ai eu les éléments, dis-je. Comme tous les inspecteurs et détectives qui se sont penchés sur le dossier. Nous nous sommes fourvoyés avec Sanabria, Harrison et les autres. Merde, ce n'étaient pas les suspects qui manquaient ! Tous coupables de quelque chose. Mais pas de ce meurtre-là. Personne n'a jamais pu démêler cette histoire, parce qu'il y avait trop d'arbres pour cacher la forêt. Jusqu'à Ken Merriman. Lui a compris, avant d'être assassiné. Vous en êtes en partie responsable, Dunbar.

– Tout ce que vous dites est vrai mais cela n'aurait peut-être rien changé, parce qu'on avait déjà un cadavre. Celui de Bertoli. Cela n'arrangeait rien.

– Vous avez raison. Qu'aurait bien pu apporter une nouvelle scène de crime, hein ? Ou le témoignage d'Alexandra ? Vous savez combien de temps il m'a fallu pour remonter à Neloms après avoir parlé à Alexandra ? Un jour. Un jour, bordel de merde !

– Quand lui avez-vous parlé ?

– Eh oui, Dunbar, elle est installée quelque part et elle va y rester. Révélez à qui que ce soit que je l'ai rencontrée et je me ferai un plaisir d'évoquer le reste de cette conversation en guise de diversion.

– Je garderai ça pour moi. Je n'arrive pas à croire… Je n'ai jamais pensé que…

– Elle s'est enfuie. À cause de ce que vous avez fait et non du meurtre. À cause de la bague et du message qui en découlait. Supprimez cela et vous auriez peut-être eu une arrestation dans la semaine, douze années de moins d'Alvin Neloms, et Ken Merriman serait peut-être encore en vie. (Je n'avais qu'une envie, le frapper. Je me contentais de caresser ma chemise, à l'endroit de la cicatrice.) J'espère que cela pèse sur votre conscience, Dunbar, d'un poids terrible. Ce serait la moindre des choses.

– Vous espérez ? Vous n'en êtes pas sûr ?

– Je ne sais plus grand-chose. J'espère juste.

Je me levai, me dirigeai vers la porte et ressortis dans le vent glacial.

Ce soir-là, j'emmenai Amy et Joe dîner chez Sokolowski. Je n'y étais pas retourné depuis le déjeuner avec Ken au printemps. À l'approche de l'hiver, les lumières de la ville étaient quelque peu noyées derrière les vitres ruisselantes de pluie. La vue était toujours aussi belle mais l'admirer exigeait un peu plus d'efforts.

Je leur racontai ma visite chez John Dunbar. La réaction initiale de Joe fut de préconiser qu'on fasse quelque chose : il réclamait la police, le ministère public, une sanction.

– C'est un vieillard, objectai-je. Un agent en retraite du FBI, hautement respecté. Tu penses vraiment qu'on permettra que le procès ait lieu ? Qu'il soit jugé pour avoir faussé une scène de crime, alors qu'on ne peut plus en apporter la preuve ?

– Il y aurait des témoignages.

– De Parker Harrison et d'Alexandra Cantrell. Eux seuls pourraient en attester. Laisse-moi te poser une question : le jeu en vaut-il la chandelle ?

Joe ne répondit pas.

– Non, dit Amy. Je ne pense pas que ça en vaille la peine.

– La fille de Ken Merriman serait peut-être d'un autre avis, souligna Joe. Comme l'a suggéré Lincoln, Neloms aurait dû être arrêté bien des années avant de tuer Ken.

– Rien ne dit qu'il l'aurait été effectivement. Quoi qu'il en soit, malgré ses malversations, sois certain que Dunbar ne misait pas sur un tel scénario. Joe, je l'ai suffisamment côtoyé pour être certain qu'il ne sera jamais en paix avec lui-même. Alexandra et Parker Harrison sont plus proches d'y parvenir et ils le méritent davantage. Je propose qu'on leur accorde d'en rester là.

– Et toi ? demanda Joe. Tu t'es fait une raison ?

– Bien sûr.

Lui et Amy échangèrent un regard.

– Tu te rappelles notre conversation à l'hôpital ? dis-je.

– Oui.

– Tu avais raison, bien entendu. Je voulais que cette enquête occupe toute ma vie, mais sans que ma vie en soit affectée. Ça n'a peut-être aucun sens, mais je ne sais pas comment le formuler autrement.

– Non, c'est tout à fait sensé. J'ai vu beaucoup de policiers se fourvoyer ainsi.

– Moi aussi. Ce sont ceux qui finissent par divorcer, toujours ivres et en colère.

Il opina du chef.

– En gros, je suis en train de te dire que j'ai compris ton point de vue. Malgré tout, Joe, il faut que tu comprennes que j'ai eu du mal à accepter que certaines affaires se soient immiscées dans ma vie. Pour vous affecter, toi et Amy.

– Il comprend, dit-elle. Moi aussi. Fais-moi confiance, je comprends.

– Où veux-tu en venir ? dit Joe. Tu es en train de nous annoncer que tu es prêt à redevenir détective ou bien que tu vas arrêter pour de bon ?

– Je vous explique que je n'ai pas encore la réponse. J'ai besoin de temps. Il y a une partie de moi-même qui veut passer à autre chose, peut-être bien la majeure partie.

– Et que souhaite l'autre partie ? demanda Amy.

– Il y a des gens qui se sont adressés à nous parce qu'ils en avaient grandement besoin. J'aimerais croire que nous avons été vraiment utiles dans ces situations.

– Tu sais bien que oui, dit-elle.

– Bigre, fit Joe. Inutile de t'imaginer que tu es à la croisée des chemins, Lincoln. Comme s'il fallait choisir tout de suite entre tourner à droite ou à gauche. Attarde-toi un peu au « stop ». Au point mort. On continue de nous appeler pour nous confier des enquêtes de terrain, tu le sais. Ce n'est pas parce que tu réponds au téléphone que tu es obligé d'accepter. Tu peux écouter, puis décider.

– Oui, ça me semble bien.

Pour l'instant, cela me suffisait.

Décrocher quand le téléphone sonnerait. Écouter.

REMERCIEMENTS

Ce livre et ses prédécesseurs n'auraient jamais existé sans la confiance, le travail acharné et le regard perçant de Peter Wolverton, ami et éditeur envers qui j'ai une énorme dette. Merci, Pete, ainsi qu'à tout le monde chez St. Martin's Press, Minotaur Books et Thomas Dunne : Andy Martin, Thomas Dunne, Matthew Shear, Katie Gilligan, Elizabeth Byrne, Hector DeJean et tous les autres.

J'exprime toute ma gratitude à :

David Hale Smith, agent extraordinaire.

George Lichman de la police de Rocky River, ami et source appréciable.

Laura Lane, qui a jeté un regard critique aux premiers jets et à qui je dois la genèse de cette histoire, il y a plusieurs années. Elle ne s'en doutait pas, bien entendu, mais le mérite lui en revient néanmoins.

Un duo de premiers lecteurs de grande valeur : Bob Hammel et Christine Caya.

Michael Connelly, pour ses innombrables attentions.

Dennis Lehane, avec un remerciement évident mais indispensable pour son colloque *Writers in Paradise* à Eckerd College, www.writersinparadise.com.

Tom Bunger, qui a répondu aux questions juridiques les plus étranges sur les personnes disparues, les morts et leurs patrimoines. Si vous êtes mort ou disparu et propriétaire d'une maison, je vous suggère d'appeler Tom.

Les nombreux libraires et amis qui m'ont gracieusement accueilli au fil des ans, notamment, mais la liste n'est pas exhaustive : Jim Haung, Robin et Jamie Agnew, Richard Katz, Jon et Ruth Jordan, Steve Stilwell, Barbara Peters, Otto Penzler, John et Toni Cross, Mike Bursaw et tant d'autres.

Un assortiment hétéroclite de généreux personnages : le Dr J.D. Headdy, Ridley Pearson, George Pelecanos, Laura Lippman, Gena Asher, Lawrence Rose, Brad Petrigala, Tony Mitchell, George Juergens, Louise Thurtell, Robert Pépin, Roger Lévesque et ma famille.

Le Seuil s'engage
pour la protection de l'environnement

Ce livre a été imprimé chez un imprimeur labellisé Imprim'Vert, marque créée en partenariat avec l'Agence de l'Eau, l'ADEME (Agence de l'Environnement et de la Maîtrise de l'Énergie) et l'UNIC (Union Nationale de l'Imprimerie et de la Communication).

La marque Imprim'Vert apporte trois garanties essentielles :

- la suppression totale de l'utilisation de produits toxiques ;
- la sécurisation des stockages de produits et de déchets dangereux ;
- la collecte et le traitement des produits dangereux.

RÉALISATION : PAO ÉDITIONS DU SEUIL
IMPRESSION : NORMANDIE ROTO IMPRESSION S.A.S. À LONRAI
DÉPÔT LÉGAL OCTOBRE 2011. N° 101250 (113604)
Imprimé en France